VINCENZO CIAMPI

Mio cugino il fascista

Robin

Se in fondo al volume non è presente il catalogo, potete consultarlo su www.robinedizioni.it

Comitato editoriale e redazione
a cura de
GLI UNICORNI snc

Servizi redazionali e letterari creativi
Tel. 06.39.37.29.66
sito web: www.gliunicorni.it

Edizione a cura di
Giuseppina Velardo

Via Silla 35 - 00192 Roma
Tel. 06.39.726.745 Fax 06.39.722.835
e-mail: robinedizioni@robinedizioni.it
sito web: www.robinedizioni.it

PARTE PRIMA

Roma

Da qualche giorno siamo una Repubblica. È trascorso poco più di un anno dalla morte violenta di mio cugino Alessandro, Alex per tutti noi, fucilato il 30 aprile 1945.

Gli avvenimenti che intendo raccontare riguardano soprattutto il periodo che va dall'autunno del '43 – quando mi trasferii a Milano – all'aprile dell'anno scorso. Prima di arrivarci parlerò di me, della mia famiglia, degli anni precedenti la guerra.

Mio padre, un ammiraglio in pensione, si fece collocare a riposo alla fine del '39, lasciando gli incarichi ministeriali che ricopriva da molti anni. Nelle alte sfere si diceva che la guerra, se mai fosse scoppiata, non sarebbe arrivata prima del '42: troppo tardi per aspettare di potersi "rendere utile", anche se da un ufficio ministeriale o a Supermarina.

Papà non aveva mai cercato incarichi politici, quindi non era oggetto di particolari gelosie, anche perché aveva elargito più favori di quanti ne avesse ricevuti. Era uno che sapeva muoversi, se voleva, ma difficilmente si lasciava coinvolgere dalle rivalità e dagli intrighi che pure facevano parte del suo ambiente. Per circa tre anni, dal '36 al '38, era stato un personaggio importante, perché si era dedicato a studiare le possibilità di rafforzamento della nostra Marina, peraltro realizzato in modo diverso da come lui avrebbe voluto.

Era infatti fra coloro che insistevano sulla necessità di avere almeno due portaerei, e credeva poco alle ristrettezze di bilancio opposte dai politici, convinti del fatto che la nostra penisola fosse già di per sé una immensa portaerei proiettata nel Mediterraneo.

Credo che mio padre sia tuttora persuaso che a vanificare le sue proposte fossero state essenzialmente le gelosie delle altre armi, e in particolare dell'Aeronautica. All'epoca del pensionamento minimizzava il suo insuccesso, come se non lo avesse toccato per niente, ma sono sicuro che abbia cominciato ad accarezzare l'idea della pensione subito dopo la conclusione di quell'incarico.

Fu in quel periodo che si rinsaldò la sua amicizia con il professor Aristide Dell'Acqua, il mio diretto superiore alla Banca, al quale spesso si rivolgeva per valutare l'entità degli investimenti richiesti, e anche per ottenere informazioni sulle industrie europee in grado di produrre le apparecchiature più moderne.

Dopo la pensione papà passava il suo tempo a leggere e a fare lunghe passeggiate. Stava ancora bene in sella quando andava al galoppatoio. Giocava spesso a bridge, non si sottraeva alle cene e ai ricevimenti che abbondavano nel nostro ambiente, ma più per assecondare il desiderio di socialità di mia madre che per mantenere i suoi rapporti con le gerarchie militari.

A differenza dei colleghi ancora sulla breccia, evitava di agitarsi troppo per i nostri propositi bellicisti. Non credo stimasse molto la maggior parte di loro.

Dopo il discorso di Mussolini del 10 giugno, quello delle decisioni irrevocabili, si sentí obbligato a dichiararsi disponibile per assumere qualche incarico non meglio precisato, se non altro in virtù delle sue conoscenze personali fra i colleghi di molte marine, sia alleate che nemiche.

So che chiese di incontrare il generale Soddu e l'ammiraglio De Courten, suoi amici. Anche Badoglio lo avrebbe subito ricevuto, ma i due non si erano mai trovati troppo simpatici.

Quegli incontri non ebbero mai luogo, fu mio padre stesso ad annullarli.

Sono certo che in famiglia tutti capivano i miei dubbi sul farmi richiamare o meno in servizio, da volontario, a due anni di distanza dal mio congedo da ufficiale di complemento. Su questo argomento mio padre era sfuggente, benché non fosse difficile intuire cosa pensasse in quei giorni: voleva che nessuno fosse sfiorato, neppure minimamente, dal dubbio che lui volesse chiedere qualcosa per me.

Io mi sentivo piuttosto refrattario alle pulsioni guerresche, l'idea di andare in guerra non mi attraeva per nulla. Alla Banca avevo già fatto carriera, grazie alla benevolenza di Dell'Acqua e al tempo guadagnato con la laurea in legge conseguita mentre ero ancora in divisa.

Avevo prestato servizio a viale Giulio Cesare – poco lontano dalla nostra abitazione in Prati – più da impiegato che da sottotenente, con tanto di permesso di dormire a casa. Non mi era stato difficile trovare il tempo e il modo per finire gli esami e scrivere la tesi.

Buona parte dei miei amici si era imboscata grazie alle raccomandazioni con le quali avevano evitato il servizio militare, né si facevano scrupolo di ammetterlo apertamente. Non ci tenevo affatto a essere il solo "fesso" del gruppo.

La guerra ebbe inizio in un periodo felice e spensierato della mia vita, e non volevo che vi ponesse termine. Cominciavo a guadagnare, non avevo problemi, mi divertivo, lavoravo a contatto con un pezzo grosso della finanza; cercavo con successo di rinviare il più possibile lo spettro di un matrimonio.

Se dovessi definire quegli anni con un aggettivo, non esiterei a definirli “facili”. Ma non potevo, con un ammiraglio in casa, ignorare cosa stava succedendo.

Papà, come suo solito, non diceva nulla, non faceva domande, cercava di evitare ogni discorso che riguardasse gli eventi bellici. Mia madre assecondava volentieri quell’atteggiamento, non era difficile intuire che mi preferiva a Roma sano e salvo.

Forse proprio a causa di quei silenzi, avvertivo un disagio sottile e crescente, senza sapere come scrollarmelo di dosso. In realtà volevo restare a casa, ma volevo anche l’approvazione di mio padre, pur conscio di non poterla pretendere. Alla fine fui io stesso ad affrontare il discorso: lo feci pochi giorni dopo l’inizio delle ostilità, in occasione di un pranzo con mio fratello Giorgio, rientrato da Tripoli con la moglie Maria per salutare i miei, che non vedeva da un anno.

All’inizio cercai di essere il più indiretto possibile e cominciai a rievocare con Giorgio il viaggio in Francia che io e lui avevamo fatto due anni prima: Parigi, i campionati del mondo di calcio, e poi la Costa nizzarda, con la sua bellezza e le sue tentazioni. Rievocammo insieme la vicenda tragicomica di un amico di famiglia andato a rovinarsi nei casinò con la sua amante ungherese, che lo aveva piantato in asso davanti a tutti dopo l’ultima rovinosa nottata ai tavoli da gioco.

Mia cognata, che in quell’occasione era rimasta a Roma, scherzava sugli inevitabili tradimenti che si diceva certa di aver subito in quell’occasione, soprattutto dietro mia istigazione. Papà entrava con aria distratta nella conversazione, ostentando un moralismo poco convinto con il quale tentava abilmente di aggirare ogni possibile riferimento alla guerra.

Era però impossibile sottrarsi all'infinito. A un certo punto, infatti, mio fratello osservò: "Certo, sembra cosí strano oggi trovarsi in guerra proprio contro la Francia."

Era il pretesto che cercavo per intavolare la mia piccola provocazione. Nei miei discorsi i francesi erano diventati i più colti, i più raffinati, i più bravi a godersi la vita; la Francia intera una specie di immenso museo all'aria aperta, un culla della civiltà; Parigi l'unico posto in cui vivere – a parte Roma, naturalmente.

Giorgio, già pentito della sua sortita, non voleva rovinarsi il breve soggiorno romano e provò a deviare il discorso sullo scherzo rivolgendosi a me: "Noi una campagna di Francia l'abbiamo già vinta; ti ricordi, Michele, allo stadio, quando Peppino Meazza ha alzato la Coppa? Morivano di invidia i francesi!"

Un'altra frase infelice. Mia madre, che già detestava quella guerra, non si trattenne dall'osservare: "Non muoiono certo di invidia, *adesso*." Ci fu un momento di imbarazzo, se non di tensione: se ne accorse perfino la cameriera, che si affrettò a uscire dalla sala da pranzo.

Quando mia madre è nervosa si sente di più la sua inflessione senese e si sa per certo che dirà la sua: in questi casi non può fermarla neppure la calma imperturbabile del marito, dovuta più al carattere che ai molti anni di differenza. Non si era certo dimenticata degli anni di ansia durante la Prima Guerra, quando io ero appena nato, Giorgio aveva sei anni, e mio padre navigava fra Adriatico ed Egeo a bordo di un incrociatore, in attesa dello scontro con la flotta di Francesco Giuseppe.

Mamma richiamò la fantesca, quasi per avere un testimone in più, e mi chiamò in causa: "Che vuoi fare, Michele?" Aggiungendo poi, tanto per far capire a tutti come la pensava: "Per me stai bene dove sei. Ma se ti garba tanto una guerra dichiarata a una nazione già morta, fai pure, accomodati!"

A questo punto mio padre non poteva non intervenire.

Era calmissimo: non disse nulla – come del resto mai aveva fatto – sul senso del dovere, sull'obbligo di odiare il nemico, sulla nazione in armi. Si rivolse a me sollevandomi dall'imbarazzo di una risposta: "Michele, visto che Dell'Acqua ti ritiene cosí indispensabile, non sentirti obbligato a rimettere la divisa solo perché tuo padre è un ammiraglio. Io ormai sono fuori e tu non devi pensare che ci faccio brutta figura, perché è una fesseria. La tua vita non è nell'esercito. Fra l'altro non ci sei portato. Anzi, sai che ti dico? Tua madre ha ragione, anche per me stai bene dove sei."

E riprese a sbucciare la sua pesca.

Tutti sorpresi, ma anche sollevati, e io più di loro: l'argomento era chiuso, si poteva parlare d'altro in attesa del caffè. Purtroppo la mia giovane cognata non perdeva mai l'occasione di rientrare nei campi minati da cui si era appena usciti: "E poi, Michele, anche se ti fai richiamare, non fai neppure in tempo a rientrare in servizio che la guerra è già finita."

Mio padre era un suocero ideale, trattava la nuora come una figlia, mai avaro di premure, carezze, attenzioni. Spesso si adoperava per moderare la sferzante ironia di mia madre, che considerava Maria frivola e superficiale, se non proprio stupidina, e mio fratello più stupido di lei per non essersi limitato a *spupazzarsela* nelle estati in Versilia. Stavolta, però, l'ammiraglio guardò la ragazza con aria di vero, ostentato compatimento, e le disse: "Bambina mia, la guerra con la Francia forse dura poco, ci hanno già pensato i tedeschi. Ma tu credi davvero di sapere cosa succederà dopo?"

Poi fece finta di ignorare lo sguardo di approvazione di mia madre, e si rivolse con piglio più deciso a mio fratello: "Fatti trasferire, e alla svelta: sei stato anche troppo in colonia. Fra un po' lí ci sarà l'inferno, e non è il caso di restarci bloccato con i miei nipoti. Ti darò una mano ad accelerare le cose."

Mio fratello prese l'invito per quello che era: un ordine.

Nei mesi successivi continuai a lavorare a diretto contatto con Dell'Acqua, occupandomi di credito industriale e di transazioni internazionali.

Numerose società del Nord avevano la sede legale a Roma, o almeno un ufficio di rappresentanza. Accadeva spesso che grossi prestiti venissero trattati preventivamente presso la nostra Banca, dietro indicazione di qualche alto burocrate o di importanti gerarchi. In altre parole, se c'erano molti milioni in gioco, eravamo noi ad aprire i rubinetti, oppure mettevamo le banche locali in condizione di farlo. Noi e qualcun altro a Roma, naturalmente.

Il capo mi faceva partecipare a quasi tutte le riunioni, seguite spesso da pranzi o cene di lavoro. Avevo cosí la possibilità di conoscere dirigenti, imprenditori, finanzieri, alti burocrati. Ero escluso solo quando Dell'Acqua riceveva i rappresentanti di qualche istituto di Lugano o di Zurigo, ma ciò solo dopo avermi rassicurato ogni volta che si trattava di "incontri di cortesia", se non vere e proprie "perdite di tempo".

Si imparava presto.

Prima delle sedute conclusive Dell'Acqua mi chiedeva sempre una valutazione *obiettiva* e *rigorosa* dei bilanci societari e degli investimenti previsti. Io esaminavo le schede tecniche elaborate dai "competenti uffici" (sistematicamente ignorate dal mio capo), prendevo qualche informazione aggiuntiva alla Banca d'Italia o altrove, infine trasmettevo a Dell'Acqua una sintesi corredata da qualche nota "riservata" e "personale".

Tutto questo, ovviamente, all'insaputa dei funzionari che avevano messo mano all'istruttoria ("Caro avvocato," mi ripeteva, "i suoi colleghi sono meticolosi ma suscettibili, meglio evitare gelosie, non crede?").

Impiegai poco tempo a capire che la mia rigorosità doveva indirizzarsi a conferma di un sí o di un no che lui aveva già in testa fin dall'inizio, manifestati sotto forma di simpatia o antipatia verso gli interlocutori. Era un gioco sottile fra il maestro e l'allievo in cui perdevo sempre, perché alla fine quel che ricavavo dalle cifre e dalle informazioni aggiuntive corrispondeva inevitabilmente alle intuizioni di Dell'Acqua, prossime talvolta a vere e proprie premonizioni. Tempo dopo, nel vivo della guerra, arrivai perfino a sospettare che lui sapesse in anticipo se uno stabilimento sarebbe stato bombardato. Quando un giorno glielo confessai, scoppiò in una risata e poi mi disse: "Avvocato, lei per fare carriera arriverebbe a farmi fucilare come spia!"

Dell'Acqua non dava del "voi" se non quando era strettamente necessario, e mai in privato ("Non mi verrà mai spontaneo" era la giustificazione); trattava i politici da pari a pari (ma sembrava una sua concessione); era ricco, influente, ben saldo in sella. Presiedeva le riunioni di lavoro mantenendone costantemente il controllo. In tali occasioni, non era raro che si lasciasse andare a vere e proprie lezioni di storia o di economia, assumendo atteggiamenti da cattedratico che stemperava con una bonaria ironia. Ciò non gli impediva di recuperare al momento giusto il necessario pragmatismo, riconducendo tutti al cuore dei problemi: "Perdonatemi la digressione, e torniamo a noi," diceva.

Mi confessò più tardi che quella era la sua tattica infallibile per portare gli interlocutori esattamente dove lui voleva.

Mio padre aveva molto insistito perché io andassi a lavorare dal suo illustre amico: sapeva bene che avrei saltato molti gradini della normale carriera, che non avrei mai prestato servizio a uno sportello, che non avrei subito trasferimenti fuori Roma.

Al principio non volevo accettare, dicevo di voler fare l'avvocato, ma in realtà non avevo tanta voglia di lasciarmi coinvolgere cosí presto dal lavoro. Alla fine avevo ceduto e mi ero deciso ad affrontare il colloquio con Dell'Acqua, andandolo a trovare nel suo enorme ufficio in un palazzo storico a due passi da piazza Venezia.

Mi aveva accolto con familiarità, senza trincerarsi dietro il prestigio del ruolo, e parlandomi subito di quello che avrei potuto fare.

Era un uomo imponente, con il viso rotondo e affabile arricchito da un bel paio di baffi bianchi alla Bismarck. Mi parlava da una scrivania piccola, elegante, sempre sgombra da incartamenti, "il vero segno del potere", come lui stesso diceva. Mi conquistò facilmente, facendomi pentire di aver rimandato per tanti mesi quel colloquio.

Mi aveva preso subito in simpatia e quando un mese dopo, per "ragioni di opportunità", si era trovato costretto a farmi firmare la richiesta per la tessera del Partito, lo aveva fatto con il sorriso sulle labbra, tenendo a specificare: "Qui si lavora anche di sabato, lei non si farà neppure un'adunata e la camicia nera non le servirà, mio caro, a meno che lei non la trovi elegante."

Anche da studente avevo evitato buona parte delle seccature che affliggevano i giovani della mia età (Balilla, GUF, eccetera), e questo lo dovevo essenzialmente allo sport.

Nonostante la mia passione per il calcio, mio padre mi

aveva consigliato di dedicarmi a qualche disciplina un po' meno popolare, nella quale fosse più facile emergere quel tanto che bastava per fare attività agonistica ed essere considerato "atleta" a tutti gli effetti. Io avevo seguito il suo consiglio e, avendo ereditato da lui la statura fisica, scelsi di dedicarmi alla pallacanestro. Finché c'era il campionato, mentre gli altri avevano le adunate, io andavo agli allenamenti o alle partite.

Al liceo e all'università andavo come un treno, mi piaceva molto studiare, e questo ai miei bastava.

Per quanto riguarda la politica, i ragazzi appartenenti al mio ceto sociale avevano quasi tutti un atteggiamento di blanda acquiescenza nei confronti del regime, che non doveva necessariamente sfociare in un consenso convinto e attivo: non ci era richiesto. Si oscillava da un conformismo distaccato e ironico a un fastidio ben dissimulato per le circostanze di carattere patriottico o coreografico. Di qui a concepire qualcosa di simile all'antifascismo ce ne corre: per quelli della mia età il regime era un dato di fatto, lo Stato e chi lo governava erano tutt'uno, non si sentiva la necessità di alternative.

In famiglia non avevo trovato esempi di particolare entusiasmo per il fascismo. Mia madre era decisamente ostile, riteneva i fascisti volgari e ridicoli, nutriva una istintiva avversione per Mussolini. L'ammiraglio, fedelissimo alla Corona, scettico nei confronti della politica, aveva vissuto un momento di commozione il giorno della proclamazione dell'Impero. Poi, con il tempo, aveva recuperato un atteggiamento critico, più distaccato di quello di mamma, ma sostanzialmente convergente. Giorgio la pensava esattamente come lui.

Chi apparteneva alle classi più benestanti e influenti poteva permettersi di non farsi coinvolgere troppo. Non poteva dirsi la stessa cosa per gli altri studenti, che a volte manifestavano insofferenza o invidia. Alcuni di loro erano fascisti convinti anche per reazione alle distanze sociali e ai piccoli privilegi di cui godevano quelli come me. Per loro era molto più difficile lasciarsi andare a qualche battuta, se non a vere e proprie critiche.

Ogni tanto si manifestavano atteggiamenti di fronda da parte di gruppi di studenti. Io li vedevo come una ostentazione di anticonformismo da parte di giovani intellettuali desiderosi di affermare la propria capacità dialettica, di mostrarsi coraggiosi, o semplicemente di fare colpo sulle ragazze. Mi ricordo di un collega di studi che sapevo amico di uno dei figli di Mussolini: era un ragazzo molto intelligente, forse un po' troppo serio. Un giorno mi attirò abilmente in una discussione a sfondo storico e sociologico, per poi parlarmi del periodico intorno al quale lavoravano i suoi amici: l'idea era di fondare un movimento che doveva esportare in tutta Europa i valori "autentici" del fascismo. Era una specie di sondaggio, ma io non mi mostrai interessato alla cosa. Solo parlandone con amici più informati venni a sapere che si trattava di un "movimento" piuttosto eterodosso, se non di vera e propria opposizione, e all'epoca fui contento di non essermi lasciato coinvolgere: non c'era nessun bisogno di procurarsi grane.

*****

Vissi tutta la seconda metà del '40 aspettando che quei benedetti inglesi si decidessero a chiedere l'armistizio.

In realtà, dopo la rapida resa della Francia, le cose cominciarono subito a complicarsi, specie in seguito al nostro attacco sul fronte greco. L'eventualità di un richiamo si avvicinava pericolosamente.

Dell'Acqua mi avrebbe trattenuto volentieri, ma non poteva scavalcare mio padre senza avvertirlo, e visto che nessuno si muoveva, accadde ciò che temevo: ci pensò il Regio Esercito a richiamarmi in servizio.

Nei giorni precedenti la partenza per l'Albania ne parlai con il mio capo, che si mostrò sinceramente tentato di ignorare mio padre e di far valere l'importanza del lavoro che facevamo insieme. Disse anche che, dopotutto, l'ammiraglio ne sarebbe stato contento, l'importante era che non toccasse a un padre muoversi per trattenere il figlio.

Poi lasciò cadere l'idea e suggerí una soluzione: "Avvocato, facciamo cosí: lei parte e lo fa adesso, perché poi potrebbe capitarle qualche destinazione più rischiosa dell'Albania. Lei è nei servizi motorizzati, no? Comanda autocolonne? Bene: allora si faccia qualche gita in camion fra i sassi dell'Albania, poi ci penso io a farla rientrare per 'improrogabili esigenze di servizio'. Qui troverà tutto come prima."

Otto mesi dopo il pranzo con mio fratello mi ritrovai – con una stelletta in più e un magone indicibile – su una nave diretta a Durazzo. Anch'io ero in guerra.

Non mi dilungherò sulla mia personale vicenda bellica, anche perché c'è poco da raccontare.

Arrivai in Albania quando il peggio stava passando. I combattimenti li ho sentiti qualche volta a distanza di molti chilometri. I nemici più pericolosi erano il freddo, la noia e i civili albanesi. Il comando ci raccomandava di stare attenti nelle ore libere e di non cedere alle tentazioni rappresentate dalle ragazze del luogo, perché ognuna di loro poteva attirarci in prossimità del coltello di qualche congiunto ostile agli italiani. A differenza di molti colleghi io mi attenni alla consegna, reputando stupido farsi sbudellare per sfuggire alla malinconia. Contavo di tornare presto, aspettavo che Dell'Acqua si muovesse come aveva promesso.

I miei compiti consistevano nell'organizzare e comandare piccole colonne di automezzi su stradacce di montagna. Chi si muoveva in camion era comunque un privilegiato: la campagna di Grecia si era svolta per lo più a piedi, il servizio trasporti era affidato principalmente ai muli.

In teoria anche quel compito poteva risultare pericoloso: i greci non avevano aerei da attacco al suolo, ma su quelle piste infami ogni azione era possibile, anche da parte di pochi uomini. In pratica non successe mai nulla fino al giorno in cui a pochi chilometri da Valona, all'altezza di una curva, il camion su cui mi trovavo fu improvvisamente bersagliato da alcune fucilate.

Il finestrino esplose. Colpito al volto da un frammento, l'autiere alla guida perse il controllo del mezzo, che prese irrimediabilmente a declinare verso l'orlo del burrone. Era stato un solo partigiano albanese a creare quel disastro: il camion si rovesciò giù per la scarpata, ma per fortuna si fermò qualche metro più in basso, contro qualcosa, senza ribaltarsi del tutto.

Prima di svenire per il dolore e per la botta alla testa feci in tempo a sentire qualche sparo, ma a quanto so il cecchino nemico si era già dato alla fuga. Fu un miracolo se nessuno rimase ucciso, perché il nostro mezzo trasportava una dozzina di alpini, usciti tutti piuttosto ammaccati, ma vivi.

Io ero il più malconcio di tutti: un trauma cranico, che all'inizio preoccupò non poco; frattura a una gamba e alla clavicola, tre costole incrinate, una caviglia e un ginocchio mal ridotti, altri danni minori.

Dei primi giorni di degenza, ingessato e fasciato come una mummia, ricordo soprattutto il dolore terribile in varie parti del corpo e alla testa; e poi il continuo interesse dei medici e degli infermieri nel chiedermi quanti anni avevo, se ricordavo nome, cognome e grado, se riuscivo a contare le dita di una mano, eccetera.

Superata la commozione cerebrale, ero comunque a pezzi.

A onore dei medici va detto che quei pezzi li avevano rimessi insieme nel modo giusto: per loro merito non sono rimasto zoppo o storpio per tutta la vita. Quando cominciai a trovare piacevole essere aiutato a orinare da qualche volontaria di buona famiglia, dai loro sorrisi di compiacimento capii che me la sarei cavata. Lo capirono anche loro, e mi sentii perfino trascurato quando, per espletare la medesima funzione, mi veniva semplicemente messo in mano il *pappagallo*. Interpretai la cosa come conseguenza del fatto che le mie ferite non fossero dovute a qualche azione eroica, ma a una specie di incidente automobilistico.

Non appena fui in grado di reggermi in piedi con le stampelle, nonostante le fitte lancinanti alla spalla fu deciso che per me era tempo di affrontare il trasporto all'ospedale militare di Bari, in una crociera di mezza giornata della quale ricordo soprattutto il timore dei sommergibili e la visita del comandante, amico di mio padre.

Seguí una breve permanenza al Celio, l'ospedale militare di Roma, dove mio padre accompagnò mia madre a salutarmi: lei si comportò splendidamente, senza lacrime, baci, abbracci; mi prese perfino in giro per l'accaduto.

Quando iniziò la licenza di convalescenza eravamo già all'estate del '41.

Essendo ancora in servizio, non potevo lavorare: appena guarito, cosa data per probabile ma non imminente, sarei tornato a disposizione delle Forze Armate.

In realtà, una volta stabilitomi a casa ripresi i contatti con l'ufficio. Dell'Acqua mi faceva avere degli incartamenti da esaminare, ne parlavamo a lungo al telefono, ma questa attività a domicilio mi faceva sentire ancora di più la mancanza della Banca. L'idea di rimanere cosí, appeso, senza sapere cosa mi attendesse, mi intristiva quanto i postumi dell'"incidente".

Fu il colonnello Alimonti, che dirigeva il reparto al Celio, ed era anche nostro medico di famiglia, a farmi capire che quando e come riprendere servizio dipendeva essenzialmente da me. Fra il *quando* e il *come* si faceva strada anche un *se*, non pronunciato, ma sempre più reale.

L'amicizia del colonnello con i miei non poteva giustificare, in tempo di guerra, un qualsiasi intervento per tenermi a casa, però le sue annotazioni sui sintomi rendevano molto credibile il mio stato.

In effetti non stavo bene, anche se ormai mi serviva una sola stampella, e di lí a poco avrei fatto a meno anche di quella. Seguivo diligentemente la fisioterapia, miglioravo, ma il recupero era molto lento.

Avevo subito una perdita parziale dell'udito; ero soggetto a mal di testa e ripetuti ronzii; le articolazioni mi facevano ancora molto male; non ruotavo bene la spalla, né si riusciva a capire quando avrei potuto riprendere a camminare normalmente. La forte contusione riportata al ginocchio, al principio considerata come un danno secondario, lasciava intendere il perdurare di una qualche lesione, forse ai legamenti, visto che piegare la gamba mi causava fitte molto dolorose.

Poco prima di Natale, in una delle visite di routine, il colonnello mi parlò più apertamente: "Michele, io sono ancora convinto che tu, col tempo, potrai riprendere una vita normale, camminare bene, anche correre. Risentirai di alcuni fastidi, questo sí, e avrai dolori alle ossa, temo, per tutta la vita."

Per proseguire attese che io finissi di rivestirmi.

"Ora, tu sei un militare e la nazione è in guerra: mi potresti chiedere, a questo punto, quando potrai riprendere il servizio attivo."

"D'accordo: quando?"

"Passeranno ancora dei mesi, questo è sicuro."

Fu incoraggiato a proseguire dalla mia espressione di evidente ansietà: "Bene, io non vorrei rinnovarti la licenza di convalescenza. È una prassi poco ortodossa, che presuppone la guarigione completa entro un tempo ragionevole di recupero. È arrivato il momento di prendere una decisione."

L'ansia cominciava a tramutarsi in speranza: "Quale decisione, professore?"

"Se tu fossi un militare di carriera potrei prevedere il servizio ridotto, con l'esenzione dai compiti più pesanti. In sostanza, andresti dietro a una scrivania, almeno per ora... poi forse potresti fare di meglio..." e soggiunse, senza mostrare di crederci: "Certo, anche senza combattere si fa il proprio dovere di soldato. A questo punto non credo che una delle nostre scrivanie sia più idonea, per servire al meglio la Patria, di quella che potresti occupare da civile."

Non so perché, mi vennero in mente le numerose e discrete telefonate di Dell'Acqua fatte a mia madre per sincerarsi delle mie condizioni.

"Tu al fronte ci sei già stato. Hai rischiato la vita o la sedia a rotelle. Ti sei fatto mesi di ospedale. Non sarebbe certo un'onta, neppure per le tradizioni della tua famiglia, se per te la guerra diventasse un capitolo chiuso."

Alimonti cercava di non offendermi nel prospettarmi l'eventualità di un congedo per motivi di salute, io stentavo a nascondere quanto poco mi sentissi offeso. Mi fissò un appuntamento per la settimana dopo, raccomandandomi di telefonargli prima, al suo studio privato o a casa: "Decideremo noi per te, ma fammi sapere prima cosa ne pensi. Ho fiducia nella tua onestà e nella tua intelligenza e non voglio che nessuno debba sentirsi umiliato da quanto decideremo."

Non nascondo che quel colloquio aveva riacceso la speranza di poter tornare prestissimo a una vita normale. Mentre l'automobile guidata dal nostro autista mi riportava a casa, cercavo di decidere se parlarne o meno con mio padre. Alimonti, in sostanza, mi aveva lasciato libertà di scelta.

Non avevo il diritto di chiedere consigli. D'altra parte, ogni tentativo di non informare papà sarebbe stato inutile, perché mia madre avrebbe preteso e ottenuto di sapere tutto appena fossi tornato a casa. La sera stessa raccontai ai miei il colloquio con Alimonti facendone quasi un resoconto stenografico.

Mia madre, raggiante come una ventenne innamorata, osservò che Alimonti era sempre stato un gran signore, e sottolineò: "È stato molto bravo a porti la questione come se fosse una scelta tua, Michele, anche se sappiamo che non potrebbe mai esserlo."

Mio padre fu più diretto: "Tu che gli dirai?"

Gli risposi di non averci ancora pensato.

La mattina dopo l'ammiraglio venne in camera mia mentre ero ancora a letto, e non c'era più traccia dell'alto ufficiale che era stato: era solo mio padre, in pigiama e pantofole, seduto sull'orlo del letto.

Entrò subito in argomento: "Secondo me Alimonti sta cercando di darti una mano senza dirmi nulla, ma non posso fargli il processo alle intenzioni, quindi... *transeat*!"

Voleva dirmi che lui non c'entrava nulla. Proseguí: "Questo importa poco, però. E neppure importa che la guerra si mette male e forse andremo tutti incontro a un disastro... non si devono combattere solo le guerre che si possono vincere."

Stava arrivando al nocciolo della questione: "C'è una cosa, Michele, che voglio sapere da te: che ne pensi di tutto quello che sta succedendo?"

In casa mia si era sempre parlato poco di politica, questa era l'ultima domanda che mi sarei aspettato da lui. Dissi ciò che pensavo in quel momento: "Spero solo che finisca presto."

"Bene. E allora non restare in attesa di un fronte al quale tornare. Rientra al tuo lavoro, alla tua vita. La tua parte l'hai fatta, ora fa' quello che sai far meglio."

Anche questa volta seguii il consiglio. O accettai il permesso. O colsi l'alibi.

Mia madre era al settimo cielo quando mi portò il caffè a letto: un'altra guerra senza dover ritirare medaglie alla memoria. Chiamai subito Alimonti, che addirittura mi ringraziò, poi Dell'Acqua, che dovevo avvertire del mio imminente rientro in Banca.

"Finalmente!" fu il suo unico commento. Non sembrava sorpreso, ma contento sí, questo era evidente.

Pochi giorni dopo indossai per l'ultima volta la divisa e mi presentai davanti a una commissione di tre ufficiali medici, fra cui naturalmente c'era anche Alimonti. Uno dei tre, sul camice, aveva i gradi da generale. Quel giorno mi sentivo meglio e temevo che ciò potesse risultare troppo visibile.

Mi fecero qualche domanda, esaminarono con aria distratta la mia cartella clinica, le radiografie, i referti medici, la relazione del medico curante. Durò tutto pochi minuti. Fu il generale a dirmi seccamente, come se fosse una sentenza di morte: “Tenente Anastasi, ci dispiace comunicarvi che voi non risultate più idoneo al servizio. Ritenetevi in congedo a partire da oggi.” Per gli ufficiali il termine “riformato” non si usava volentieri.

La stretta di mano con cui mi congedò fu molto più cordiale del suo tono: “Mi raccomando, non mancate di salutarmi vostro padre. È un po’ di tempo che non lo vedo.”

La settimana successiva rientrai, appoggiato alla stampella, nel mio ufficio in Banca. Notai con piacere che nessuno lo aveva occupato negli ultimi dieci mesi. Dell’Acqua era a Lugano, lo avrei rivisto dopo qualche giorno. La sua segretaria, la signora Rosetta, una donna di mezza età sorridente ed elegantissima, fece irruzione dopo un minuto e mi diede il bentornato con il suo accento milanese, riversando sulla mia scrivania la pila di incartamenti che teneva fra le braccia: “Buon lavoro, avvocato!”

Mi sentii felice.

*****

A dir la verità, anche mio padre sembrava piuttosto sollevato.

Per quanto potesse attingere a fonti di prima mano sull’andamento delle guerra, ne parlava solo su sollecitazioni dirette – mie o di mia madre – sforzandosi di dare alla vita quotidiana un carattere di normalità, come se tutto quello che stava accadendo in Africa, nei Balcani o in Russia, fosse molto lontano da noi.

Le conseguenze della guerra sulla nostra vita familiare erano molto blande: per la maggior parte della cittadinanza non c’erano ancora serie limitazioni, per noi non ce n’era alcuna. Non solo mancava un clima da sconfitta imminente, ma sembrava non esserci neppure un clima di guerra. Eppure, le cose andavano piuttosto male su tutti i fronti.

Era un po' calata di tono la vita sociale, questo sí, come d'altronde era inevitabile; per il resto, le nostre giornate del '42 non erano molto diverse da quelle d'anteguerra.

In primavera mia madre cominciò a parlare del solito bimestre estivo a Forte dei Marmi. Mio padre, che non voleva allontanarsi troppo da Roma, cominciò a rassegnarsi all'idea di restare da solo per tutto agosto, tranne qualche sporadica puntata in Versilia o nella casa di campagna che avevamo nel Viterbese. Non era il momento più adatto per riproporre la sua idea di far costruire una villetta a Fregene, progetto che mia madre, negli anni, aveva sistematicamente bocciato ("Non sei mica un gerarca! Là ci vanno tutti i fascisti!").

Mamma si mostrò favorevole alla mia idea di acquistare un appartamento tutto per me, cosa che ormai potevo permettermi e che lei trovò del tutto naturale, soprattutto dopo essersi accertata che l'iniziativa non corrispondeva a progetti matrimoniali.

La nostra famiglia era piuttosto benestante.

Da parte di mio padre c'erano le rendite delle proprietà in Sicilia, comprese quelle ereditate dalla prima moglie, gli affitti di quattro appartamenti a Roma, di cui due ai Parioli, e i redditizi investimenti suggeriti da Dell'Acqua.

Da parte di mia madre c'era una posizione altrettanto solida: mio nonno materno non era solo uno dei più accreditati avvocati di Siena, ma anche il comproprietario di un'azienda vinicola vicino alle Serre di Rapolano, da cui provenivano le prestigiose dotazioni della nostra cantina.

Mamma non è la madre naturale di mio fratello Giorgio.

La prima moglie dell'ammiraglio era una nobildonna catanese, morta di malattia all'età di trentadue anni mentre mio padre era ancora impegnato nella spedizione libica. Quando il tenente di vascello Anastasi ricevette a Bengasi l'ultima lettera della consorte, in cui era scritto che sia lei che il bambino stavano benissimo, la donna era stata già ricoverata d'urgenza in una clinica di Catania per un malanno improvviso di cui l'unico aspetto chiaro era la gravità assoluta.

La notizia della sua morte arrivò oltremare pochi giorni prima del trigesimo.

I miei genitori si conobbero in Versilia nell'estate del 1913: mio padre aveva deciso di trascorrere due settimane di licenza in casa di un suo amico e conterraneo che aveva fatto fortuna a Prato con una piccola azienda di tessuti.

All'epoca mamma aveva venticinque anni e si era da poco laureata in lettere. Era esile, graziosa, piena di allegria e di buonumore. Lui era già oltre la quarantina e per due giorni, nelle passeggiate sul lungomare di Viareggio, aveva fatto di tutto per nascondere di essere un ufficiale, vedovo, e per di più con un figlio.

A mia madre non importava molto, per lei quel signore gentile e, pare, di bell'aspetto era un possidente siciliano, appena brizzolato, dotato di ironia e di cultura, capace di intrattenere le signore con disinvolta galanteria.

Durante le cene all'aperto nelle ville dei vacanzieri le presentazioni erano d'obbligo, per cui il segreto resse poco. Ma la conoscenza reciproca non subí alcuna battuta d'arresto: lei si incuriosí ancora di più nel constatare che le sue amiche, non solo le nubili, decantavano l'aspetto e i modi di quell'uomo, facendo di tutto per attirarne l'attenzione.

Ride sempre, mia madre, quando racconta queste cose, aggiungendo inevitabilmente: "Lo avevo già scelto come marito non appena ci scambiai due parole."

Quella vacanza durò pochi giorni, ma fu lei a scrivergli con qualche scusa dopo neppure una settimana. Per tutta risposta lui ottenne a tempo di record un trasferimento a Livorno, rinunciando a un comando prestigioso. L'estate successiva passarono insieme le vacanze a Taormina, da sposati, per la prima e unica volta in cui mio padre riuscí a sottoporre la moglie alla presentazione di una schiera inesauribile di parenti.

Col suo carattere solare ma determinato, mia madre ci aveva messo poco a vincere le resistenze che erano sorte in famiglia nel vederla fidanzata con un vedovo molto più grande di lei. Il colpo decisivo lo aveva messo a segno minacciando di trasferirsi a Parigi, da sola, per un corso di letteratura moderna.

Suo padre, come ultimo tentativo, aveva preso informazioni di carattere patrimoniale sulla famiglia del futuro genero, rassegnandosi di fronte all'evidenza: il candidato non aveva alcuna necessità di appendere il cappello. Inoltre disponeva di ottime entrature a Roma, cosa che fu giudicata potenzialmente utile per gli affari. Uno zio di mio padre era stato deputato al seguito di Crispi.

Non c'erano più obiezioni possibili.

Si chiedeva spesso, mio nonno materno, perché mai il futuro genero avesse scelto quella carriera, visto che poteva permettersi di vivere di rendita, come avevano fatto tutti gli uomini della sua famiglia fin dai tempi dei Borboni.

Solo dopo qualche tempo cominciò a credere alla

figlia, la quale insisteva sul fatto che al marito quella vita "garbava molto", che gradiva il mare, i viaggi, le terre d'oltremare; ma che se tutto questo avesse smesso di piacergli se ne sarebbe tornato alla vita civile, avendo sposato lei, non la Regia Marina. Inoltre, aggiungeva sempre, cominciare con un figlio "già bell'e fatto" era un buon modo di "avvantaggiarsi".

Io venni al mondo mentre mio padre comandava un incrociatore che presidiava a distanza le isole dalmate, in cerca di un nemico che non si faceva mai stanare. Fece conoscenza con me solo alla fine del 1917.

Credo che negli anni successivi alla vittoria del '18 mia madre abbia compiuto nei riguardi del marito un'opera lenta e discreta di smilitarizzazione, facendogli riscoprire la sua vera indole, fatta di socialità e amore per una vita agiata, comoda, ricca di interessi e povera di avventure.

Probabilmente è stata questa la ragione principale per cui mio padre, benché ancora in età per comandare unità navali importanti, accettò incarichi ministeriali e portò tutti a Roma.

Io beneficiai di quella mentalità: per mio padre era naturale che la carriera militare si dovesse intraprendere per libera scelta. Una scelta neppure troppo definitiva, se si ha di che vivere bene.

Mio fratello Giorgio non aveva subito che blande e poco convinte pressioni, se così possono definirsi, per seguire le orme paterne: voleva fare l'ingegnere, girare il mondo, e ci è riuscito.

Con me non ci fu neppure un tentativo: mio nonno, l'avvocato senese, visse abbastanza per compiacersi della mia iscrizione a giurisprudenza.

*****

Mio cugino Alessandro, Alex per tutti noi, era figlio del fratello di mia madre, morto giovane per un incidente d'auto nei pressi di Poggibonsi. "Correva come un matto," era il giudizio comune ancor prima dell'incidente. Per questo motivo mia madre stravedeva per il nipote, trattandolo come se fosse il terzo figlio.

Alex, più grande di me di tre anni, aveva trascorso l'infanzia fra Firenze e Milano, dimostrando fin da piccolo un carattere molto indipendente, da persona cresciuta in fretta.

La famiglia di mia madre aveva diverse proprietà in Versilia. La villa a Forte dei Marmi era molto grande, vicina al mare, immersa nel verde della pineta. D'estate c'era posto per tutti e fin dal dopoguerra, per circa due mesi io, Giorgio e Alex ci ritrovavamo lí.

Da piccolo, la differenza di età mi escludeva dalle amicizie di Alex: poi, pian piano, la cosa divenne molto meno importante e ci scoprimmo inseparabili, fino all'ultima estate passata insieme, quella del 1935.

Alex era di altezza media, sul metro e settantacinque, fisico piuttosto agile e nervoso, occhi scuri, capelli nerissimi che però iniziarono molto presto a diventare grigi, dandogli un'aria precocemente vissuta.

Con mio cugino era facile divertirsi e fare amicizia con tutti, ragazze comprese. Alex non me lo faceva pesare, diceva che la *società* funzionava perché io ero bello e lui simpatico. Prima degli approcci fingeva sempre di farmi scegliere la ragazza che preferivo. Nelle spartizioni a tavolino, naturalmente, mi toccavano le più giovani, che spesso non erano ancora in età per uscire dopo cena; ma alla fine o uscivano per davvero, o le "sue" avevano sempre qualche sorella o qualche amica per me.

Con Alex si andava sul sicuro. Aveva una capacità incredibile di familiarizzare con gente di qualsiasi età o condizione. Sapeva fare il serio, l'adulto, anche essere gentile e formale, soprattutto con i genitori delle ragazze. Quando ci ritrovavamo fra di noi assumeva invece un atteggiamento più che cameratesco, quasi arrogante, con improvvise tendenze alla scurrilità cui poneva fine esibendo un'aria falsamente ingenua, quasi di scusa, grazie alla quale otteneva sempre unanime complicità.

Quando mostrava disprezzo per qualcuno faceva un gesto particolare con la mano, portandosela davanti alla patta dei pantaloni, ondeggiandola a destra e a sinistra per simulare come lui, a quelli lí, "gli pisciava sopra". A volte, in presenza di estranei, gli bastava accennare impercettibilmente quel gesto con le dita per farci capire il suo pensiero, e allora era molto difficile trattenersi dal ridere.

Aveva sempre molti soldi in tasca, compresi quelli che gli passava mia madre. Voleva essere sempre lui quello che offriva, un po' per generosità, un po' per esibizionismo. Fu il primo di noi a sostituire la bicicletta con l'automobile.

Sua madre, zia Giulia, dopo la morte del marito era diventata remissiva, quasi inesistente, lasciando fare al figlio tutto quel che voleva. D'estate non lo vedeva quasi mai se non grazie alla sua insonnia, perché a volte si alzava nelle prime ore del mattino, quando Alex rientrava alla villa.

Durante le vacanze i ragazzi della nostra età godevano di una libertà impensabile nella normale vita cittadina. Al mare si andava in tarda mattinata, mentre quasi tutti i pomeriggi li passavamo in una delle ville, a turno, per ballare o semplicemente ascoltare musica. Dopo cena era normale uscire per delle passeggiate, per un gelato, o solo per far tardi.

Per quanto mia madre si sforzasse di supplire alla passività della sorella, atteggiandosi spesso a vice-mamma del nipote, all'atto pratico era altrettanto condiscendente, preoccupandosi solo che io non fossi coinvolto prematuramente da complicazioni con ragazze. Il bello è che faceva a lui le raccomandazioni, non a me: quando dopo cena ci accingevamo a uscire, gli diceva sempre di essere ancora troppo giovane per fare la nonna.

Con mio fratello Alex non andava d'accordo, litigavano in continuazione. Benché quasi coetanei, erano troppo diversi: Giorgio non si divertiva molto perché non amava farlo, per lui le comitive fra ragazzi erano solo un'anticipazione della vita sociale degli adulti.

Quando era fra noi rideva poco, mai per le battute di Alex; si sottraeva alle lunghe e faticose gite in bicicletta, in cui ci avventuravamo fino alle propaggini delle Alpi Apuane; non amava troppo neppure i bagni di mare, figuriamoci le nuotate notturne per asciugarsi vicino ai falò sulla spiaggia.

Alex lo sfotteva, gli diceva che era pigro, orso, noioso, e ne faceva il bersaglio preferito di ogni sorta di scherzi.

Se parlavano di politica, poi, era un disastro: mio fratello, quando Alex si proclamava fascista convinto, gli rinfacciava di essere un fascista un po' strano, un piccolo plutocrate, di quelli che amano i soldi e la bella vita. Lui gli rispondeva per le rime, dicendogli che poteva insegnargli tutto della vita, compreso l'essere fascisti.

Seguivano sempre riappacificazioni forzate, patrocinate da mia madre.

Fu proprio nel '35 che i loro rapporti si deteriorarono

in modo serio, e ciò avvenne a causa di Maria, la mia futura cognata. Fu l'unica occasione in cui mia madre riuscí ad arrabbiarsi seriamente col nipote.

Maria e Giorgio si erano fidanzati nel luglio di quell'anno. Siccome avevano molti amici in comune, a Giorgio toccava frequentare il cugino più di quanto non desiderasse. Nei due anni precedenti un motivo ricorrente di sfottò era stata proprio la corte, neppure troppo insistente, che mio fratello faceva alla futura moglie, all'epoca una diciottenne molto appariscente, figlia di un commerciante di Firenze.

Fra i nostri amici c'era stata una specie di gara per conquistarla, alla quale l'unico non iscritto era Alex: "Troppo attaccata alla madre, quella ci sta solo da sposata."

Maria non sembrava il tipo da interessarsi a un giovane invecchiato in fretta, serio e un po' impacciato come mio fratello; ma ogni qualvolta Giorgio si recava nella casa estiva della ragazza, un grazioso villino a pochi chilometri dal Forte, i genitori di lei, e in particolare la madre, lo accoglievano con grande calore e lo invitavano a tornare molto più insistentemente di quanto non facesse la ragazza. Non era quindi una malignità di mia madre il fatto che Giorgio fosse subito stato visto, in quella casa, come il partito ideale.

In presenza del cugino, Alex incoraggiava il corteggiamento, ma il più delle volte lo faceva sottolineando con gesti eloquenti le forme abbondanti di Maria, invitando Giorgio a saggiarne la consistenza *manu militari* prima che altri si togliessero lo sfizio.

Mia madre rideva, anche per stemperare i silenziosi risentimenti di Giorgio. Mio padre, le poche volte che era presente, censurava senza troppa convinzione l'audacia del nipote, che di lui aveva soggezione; potrei giurare, tuttavia, di aver notato anche il suo sguardo soffermarsi più di una volta sulla scollatura della ragazza.

Non so con precisione cosa fosse successo, fatto sta che una sera, mentre io, mio cugino e pochi amici ascoltavamo una decadente orchestrina in un caffè all'aperto di Viareggio, e già meditavamo di spostarci in qualche posto frequentato da gente più giovane, mio fratello piombò fra di noi come una furia e si sedette al nostro tavolo con aria sconvolta, senza salutare.

Io gli chiesi se voleva ordinare qualcosa, lui mi ignorò e iniziò a coprire Alex di insulti dalla imprevedibile pesantezza.

Alex manteneva il suo sorriso beffardo, senza rispondergli se non con ampi gesti della mano volti a sottolineare la platea degli altri avventori, involontari testimoni della scenata.

Finita la sfuriata, Giorgio si alzò e tornò alla macchina parcheggiata sul lungomare. Andando via fissò al cugino un appuntamento che non lasciava presagire nulla di buono. Dieci minuti dopo Alex, rimasto silenzioso, si assicurò che io disponessi di un passaggio per rientrare al Forte, pagò il conto per tutti, e si congedò.

Quella sera tornarono alla villa dopo di me, a dieci minuti di distanza l'uno dall'altro. Mia zia Giulia era già a dormire, mio padre era a Roma. Ad aspettarli in piedi c'era solo mamma, che vide prima arrivare il nipote con un occhio nero, sempre sorridente – "Ciao, bella zia, ancora in piedi?" – poi mio fratello, torvo e rabbioso, con un fazzoletto rosso di sangue sul naso. Io che stavo in giardino a fumare una sigaretta vidi mia madre venirmi incontro per l'inevitabile interrogatorio. Se avessi saputo non avrei parlato, ma a ogni modo non sapevo, quindi lei non insistette. Per una volta si dimenticò di sequestrarmi il pacchetto.

Nei giorni successivi non condusse alcuna indagine. Giorgio non abbandonava più il muso lungo e l'espressione di rabbia repressa, non rivolgeva mai la parola ad Alex. Maria non si vedeva più in giro, neppure allo stabilimento balneare. Alex si comportava come sempre, salutava mio fratello ogni volta che lo incrociava, non si mostrava offeso di non ricevere risposta.

Un giorno in cui c'era troppo vento per andare al mare ci ritrovammo tutti a pranzo in giardino. Verso la fine, quando zia Giulia andò a riposare, mamma buttò lí una domanda dall'apparente innocenza: "Giorgio, ma la Maria è già rientrata a Firenze? È un po' che non la vedo."

Silenzio.

Alex fissava qualcosa fra gli alberi, Giorgio il piatto, nessuno di due avrebbe voluto essere lí in quel momento.

"È strano però," insistette lei, "siamo ancora a metà agosto, e di solito i suoi ripartono a fine mese."

"Non è partita," dissi io, sperando di sbloccare in qualche modo la situazione.

"Oh bella! Allora c'è stato un litigio!"

Giorgio lanciò un'occhiata di odio al cugino, poi si rifugiò in casa.

Mamma si rivolse al nipote: " Che hai combinato, disgraziato?"

Alex cercò di difendersi: "Nulla, zia, è stato un equivoco, vedrai che gli passa presto."

Stavolta mia madre era molto seria: "Senti, bello mio, tu puoi fare il *grullo* con tutte quelle che ti pare, ma almeno la fidanzata di tuo cugino potevi lasciarla perdere!"

"Ma zia, scusa: se si devono sposare, sempre meglio che si conoscano prima, no? Giorgio dovrebbe dirmi solo grazie."

Gli arrivò un ceffone di quelli che fanno rumore. Era già un uomo fatto, eppure per un attimo gli vedemmo in volto l'espressione di un bambino sculacciato.

Poi sorrise, prese con delicatezza la mano che lo aveva schiaffeggiato, la baciò come si fa con una regina, e disse: "Scusami, zia. Mi dispiace."

Quando si fu allontanato, dissi a mia madre: "Vedrai che fanno pace."

"Chi? Giorgio e Alex?"

"No. Giorgio e Maria."

Allora non riuscí a trattenersi dal ridere e mi confessò: "Peccato. Ci avevo sperato..."

*****

Quella fu l'ultima estate al Forte dei cugini inseparabili.

Alcuni mesi dopo Alex partí per l'Africa Orientale, e quando rientrò ci fu chiaro che era troppo preso dalle sue attività e dai suoi viaggi per rivederlo al mare l'anno successivo.

Giorgio e Maria si sposarono due anni dopo. L'annuncio delle nozze autorizzò qualche dubbio su quanto fosse stato grande il torto fatto da Alex al cugino. Soprattutto in presenza di mio padre, nessuno osava porre la questione in modo esplicito. Non sapevamo neppure se lui fosse a conoscenza del litigio di due anni prima, noi ci eravamo ben guardati dal raccontarglielo.

Il pomeriggio precedente le nozze l'ammiraglio decise di sorprenderci: approfittando dell'assenza di Giorgio, alzò gli occhi dal giornale e chiese a mia madre: "Alessandro verrà al matrimonio?"

"Ma come no? Ti pare che non viene? Mia cognata ha

detto che forse non farà in tempo per la chiesa, ma al pranzo ci sarà sicuramente."

"Avrei pensato il contrario," commentò lui.

"Perché?" chiedemmo all'unisono io e mia madre.

"Beh, il dolce lo ha già assaggiato, no?"

Aspettò che finissimo di ridere, poi chiese a mia madre: "Lisetta, ma tuo nipote cosa fa di preciso?"

Bella domanda. Nessuno di noi sapeva esattamente cosa facesse Alex.

Mia madre si attestò d'istinto sulla difensiva: "Non so, veramente. So che è tornato quattro mesi fa dalla Spagna."

"Va bene, ma una guerra civile non è un lavoro. E Alessandro fa una vita per cui non gli basta neppure la piccola fortuna che gli ha lasciato il padre. Automobili, motociclette, viaggi, locali eleganti, dame affascinanti e più vecchie di lui... E poi abita un giorno qui, un giorno là... anche se pare che ora si sia stabilito a Roma."

Era una amorevole frecciatina per mia madre: il nipote prediletto abitava a Roma e non si era ancora fatto vivo.

"Ti vedo informato," disse lei, punta sul vivo. "Perché chiedi a me notizie, allora?"

"Non ne so abbastanza. L'ultima notizia certa è che abita a largo Argentina, ed è molto preso dalla politica e dalla vita mondana. Qualcuno mi dice che fa il giornalista, qualcun altro che lavora per l'entourage di Ciano, non si sa bene a che titolo. Pare che quando non si vede in giro con qualche bella donna, o con gente del cinematografo, lo si vede con dei gerarchi."

Mia madre si spazientí: "Insomma, Armando, hai fatto prendere informazioni?"

"Ma certo, amore mio, per dieci estati di seguito ha vissuto con noi e gli vogliamo tutti bene: che c'è di male se mi preoccupo della mia famiglia? La cosa strana, però, è che è difficile avere notizie precise. A un certo punto, si alza una specie di cortina fumogena."

"Io non ci credo che per te sia cosí difficile approfondire." Era la curiosità a farla insistere.

"Infatti non sarebbe difficile. Ma dovrei dare delle spiegazioni, e poi lui lo verrebbe a sapere; non vale la pena fargli questo affronto, non credi?"

Se anche sapeva più di quanto dicesse, era evidente che se lo sarebbe tenuto per sé.

Mia madre mise le mani sui fianchi, come faceva quando imitava il Duce: "Di' la verità, quella storiella con nostra nuora non ti è andata giù, vero? Ma erano ragazzate, dai!" E poi, più dolcemente: "Sei preoccupato per Giorgio?"

"No, perché dovrei preoccuparmi? Mio figlio è maggiorenne, sa quello che fa." Poi aggiunse, più serio: "Basta solo che tuo nipote stia alla larga da mia nuora."

*****

Alex si presentò al matrimonio puntualissimo. Era elegante, sfoggiava un paio di baffetti che non gli avevamo mai visto. Dopo la cerimonia l'abbraccio con Giorgio fu caloroso, il bacio a Maria molto distratto, di circostanza.

La famiglia della sposa era reduce da una vivace disputa riguardo alla sede del matrimonio. I genitori di Maria avevano previsto che avesse luogo a Firenze, i fidanzati avevano insistito per Roma, e alla fine l'avevano spuntata.

Secondo mia madre, nel cedimento del fronte fiorentino era stata decisiva l'attrattiva delle nostre conoscenze altolocate, che sarebbero sicuramente intervenute al ricevimento, aumentando il tono dell'evento. Inoltre Giorgio lavorava a Roma, anche se già si parlava di qualche anno da trascorrere oltremare, “utile per la carriera”.

I miei avrebbero preferito senz’altro Firenze, proprio per evitare l’imbarazzo di invitare mezza Roma, la Roma che contava. C’era stato anche il rischio di ritrovarsi fra gi ospiti il conte Ciano, Ministro degli Esteri, e sua moglie Edda, la figlia del Duce, con tutte le complicazioni protocollari del caso. Per fortuna impegni di Governo avevano scongiurato il pericolo.

Non mancavano, tuttavia, personalità di riguardo, come il Ministro della Real Casa, che portò agli sposi gli auguri del Re, e l’ammiraglio De Courten, che aveva in mano le sorti della nostra Marina, e aveva accettato volentieri il ruolo di testimone con Aristide Dell’Acqua.

Durante la stucchevole omelia del celebrante mia madre commentò a voce bassa, ma non troppo, che a quel matrimonio c’era più gente in divisa di quanta non ne fosse intervenuta al suo, guadagnandosi con ciò un’occhiataccia di mio padre. Non so se mamma si riferisse alle uniformi militari o alle camicie nere.

Il pranzo si svolse all’aperto, all’esterno di una villa privata sull’Appia Antica. Mia madre si era dovuta sobbarcare alcune incombenze organizzative per conto dei fiorentini, e si era vendicata astenendosi dall’evitare ai consuoceri un vero e proprio salasso economico: volevano il ricevimento di classe, con la gente importante, e l’avevano avuto.

Soltanto a tavola, seduti vicini, ebbi finalmente la possibilità di parlare con mio cugino, che non vedevo da quasi due anni.

Durante l’aperitivo avevo già notato come quel giovanotto brillante, ma appena ventottenne, conoscesse già molte delle persone che si trovavano lí. Nonostante l’età veniva trattato con rispetto, alla pari. Confesso di essere rimasto colpito soprattutto dalla sua disinvoltura nel trattare con personaggi che non si potevano certamente definire “alla mano”.

Eravamo visibilmente contenti di esserci ritrovati, e per i primi cinque minuti non facemmo altro che spettegolare e scherzare sulle toilette delle signore meno giovani, e su alcune fanciulle di cui era *imperativo* e *improcrastinabile* assicurarsi il numero telefonico. Poi mi ricordai della conversazione fra i miei del giorno prima, e tentai di saperne di più: “Allora, Alex, non mi dire che sei diventato importante.”

Lui annuí: “Perché, avevi qualche dubbio?”

“Ma dai, dimmi di te. Raccontami cosa hai fatto per tutto questo tempo.”

“Molte cose, Michele, se comincio a raccontare poi non la finisco più.”

“Dimmi allora cosa stai facendo ora. Sei a Roma, vero?”

“Sí, sto qui, anche se viaggio spesso.” Poi, come per prevenire un’accusa: “Dovrò scusarmi con zia Lisetta, ho avuto molto da fare, ma sono stato imperdonabile comunque. Non me la farà passare liscia. Dai, verrò a trovare i tuoi quanto prima. Tu invece passa da me domani, ti faccio vedere dove abito e facciamo due chiacchiere come ai bei tempi.”

Presi nota dell’indirizzo e per tutto il pranzo parlammo di calcio, di cinema e di donne, come se ci fossimo visti il giorno prima.

L’indomani andai a casa sua che era già quasi l’ora di pranzo. Abitava al quinto piano di un bel palazzo di corso Vittorio Emanuele che faceva angolo con largo Argentina, proprio dietro il teatro: androne enorme con statue classicheggianti, portinaio in divisa, un ascensore dotato di poltroncine in velluto rosso per i più pigri.

Non avevamo preso un appuntamento preciso, quando suonai il campanello dovetti attendere a lungo.

Mi venne ad aprire in vestaglia e a piedi nudi, sotto aveva solo un paio di mutande. Era evidente che si era appena svegliato. Con la barba lunga sembrava un quarantenne, aveva le borse sotto gli occhi arrossati e probabilmente si era dimenticato di avermi invitato, anche se non lo diede a vedere: “Entra, stavo facendo il caffè.”

Era una casa di dimensione insolita per un giovane scapolo, grande almeno quanto la nostra abitazione in Prati.

Passai per un ingresso molto ampio, di cui ricordo uno specchio enorme posto sopra un mobile di legno scuro, che portava a un grande salone dal pavimento in marmo, arredato elegantemente in stile moderno. I divani erano in pelle liscia marrone, il tavolino di fronte a essi era di forma stilizzata, col pianale in cristallo; sopra c’erano una decina di bicchieri lasciati lí dalla notte precedente. Qualcuno era macchiato di rossetto.

Alle pareti c’erano quadri piuttosto anonimi; di fianco alla portafinestra che affacciava sul balcone, semichiusa, c’era un mobile di quelli che contengono radio, grammofono, liquori. Sul piatto del grammofono c’era ancora un disco. Intravidi la copertina con le scritte in inglese e la foto in bianco e nero di un trombettista dalla pelle nera.

Il tavolo da pranzo aveva chiaramente ospitato un poker notturno: sul panno verde c’erano ancora le carte e le *fiches*.

Lo seguii fino in cucina, chiedendogli ragione di una notte di stravizi.

"Ho perso," disse, ma con l'aria divertita, quasi fosse stata una sua concessione agli avversari.

"Non molto," specificò subito. "Dovranno faticare anni per rifarsi di tutti i soldi che gli ho sfilato."

Al Forte lui aveva insegnato a giocare a poker a me e a tutti, ragazze comprese. A volte proponeva che si giocassero cifre enormi ma fittizie, tanto per divertirsi; poi con le perdenti si fingeva serio, comunicando con finto imbarazzo che c'era stato un equivoco, che le somme perdute erano reali e dovevano essere pagate entro ventiquattr'ore, "in soldi o in natura". Alcune fingevano di rassegnarsi alla seconda opzione.

Gli ricordai questi trascorsi mentre versava il caffè nelle tazzine, e lui si fece pensieroso, soggiungendo: "Funziona ancora cosí, qualche volta."

Preso il caffè si chiuse per qualche minuto nel bagno, dal quale uscí sveglio e sbarbato invitandomi a seguirlo in camera da letto per continuare a parlare mentre si vestiva. Prelevò dall'armadio una camicia nera ben stirata, la sahariana, i pantaloni, e si sedette sul grande letto disfatto per infilarsi gli stivali.

"Sempre più fascista?" gli chiesi, e lui, sorridendo: "Fascistissimo, non si vede? Comunque, è molto raro che mi vesta cosí. Oggi lo faccio perché più tardi devo incontrare dei gerarconi a una cerimonia."

"Magari sei anche tu un gerarcone, o stai per diventarlo."

"In un certo senso sí, ma senza troppe pagliacciate. Io bado alla sostanza."

Ci sedemmo sul divano di spalle alla finestra che finalmente fu aperta, illuminando il salone. Non potei fare a meno di complimentarmi per la casa.

Emise un sospiro: "Esagerata, non è vero? Io non prenderei mai una casa cosí, ma me l'hanno assegnata, e già che ce l'ho, la uso per ricevere."

"Gente importante?"

"Anche. E gente gradevole, naturalmente, di genere femminile."

Mi lasciai sfuggire che lo avevano visto in giro con donne belle ed eleganti: lui mi chiese seccamente, a bruciapelo: "Chi te l'ha detto?"

Prima che io trovassi la risposta mi precedette, più disteso: "Dai, Michelino, lo so che zio Armando ha fatto prendere informazioni."

Rimasi interdetto, ma lui minimizzò: "Ha fatto bene lo zio. È un grande l'ammiraglio. Nella sua posizione deve sapere tutto della famiglia, non è cosí?"

Visto che si giocava a carte scoperte, restai in argomento: "Perché non me lo dici tu cosa fai? Hai detto che la casa te l'hanno assegnata? Chi è stato cosí generoso?"

"Se vuoi saperlo l'affitto me lo pago. Anche se in verità a buon prezzo, varrebbe il quadruplo 'sta reggia."

"Non era questa la domanda..."

Prese il discorso un po' alla lontana. Cominciò dicendo che la sua professione era fare il giornalista, un giornalista che scriveva poco ma bravissimo nello scovare notizie. Lavorava per la Stefani, l'agenzia di stampa ufficiale, e collaborava saltuariamente con alcuni quotidiani. Mi lasciò intendere che la funzione dell'agenzia era essenzialmente quella di passargli uno stipendio. Poi si corresse, dicendo che non si trattava di uno stipendio, ma di compensi, onorari, perché lui non era un topo di redazione, ma un libero professionista. Mi disse che aveva anche altre collaborazioni con ambienti ministeriali, e in particolare con gli Esteri.

Ovviamente volli saperne di più: non si sottrasse, ma percepivo che cercava di evitare troppi particolari, o meglio, mi forniva quelli che voleva lui.

Mi spiegò che grazie al suo proverbiale *savoir faire* si era facilmente introdotto negli ambienti delle persone che contano, compresi quelli più mondani, disponendo cosí di fonti di informazione “molto, molto dirette”.

“Ma quali sono le notizie che cerchi? E a chi servono queste informazioni?”

Anche se ero giovane e inesperto, la parola “spia” mi era già venuta alla mente. Fu come se Alex me l’avesse letta in faccia: “Ehi, Michele, pensi che il tuo cuginone faccia il delatore? No, caro mio, quelli lí lavorano per l’Ovra, e sono personaggi squallidi, dei morti di fame che si venderebbero anche la madre. Io lavoro a un livello più alto, non mi confondo con quella gente.” Accennò quel suo tipico gesto di disprezzo con la mano davanti ai pantaloni. Poi si alzò in piedi, piuttosto infervorato, e proseguí: “Ti spiego la differenza. La polizia cerca soffiate per individuare bolscevichi, antifascisti, froci, depravati, intellettualoidi in vena di opposizione. È un piccolo cabotaggio che si fa con informatori prezzolati, chiacchiere di portineria. Piccoli uomini per piccoli problemi. A me non interessa rovistare nei bassifondi per mandare dei poveracci in galera o al confino. Il gioco è più grosso, Michele: è un tavolo al quale mi sono appena seduto, e mi piace perché ci credo.”

Mi faceva una strana impressione sentirgli fare quei discorsi in divisa fascista, non si riusciva a pensarlo cosí serio e determinato. Non lo interruppi: voleva spiegarmi, finalmente, qual era il suo scopo. E mentre mi spiegava, Alex il fascista sembrava improvvisamente più maturo, più uomo, senza neppure l’ombra dell’ironia e della strafottenza che avevo conosciuto nell’Alex ragazzo.

“Noi siamo un Impero, ormai, e stiamo per stabilire

delle alleanze che ci porteranno lontano, oltre il punto di non ritorno. L'Europa non ci accetta, ci vuole deboli e straccioni, non ci riconosce il ruolo riservato alle nazioni che da secoli dominano la scena. Eppure, la potenza che ci è sempre stata ostile e distante, che ci guardava dall'alto in basso, oggi ci offre un'alleanza perché guarda a noi come a chi è in grado di insegnare a tutti la strada che abbiamo intrapreso per primi."

Io annuivo e ascoltavo. Alex era ormai inarrestabile: "Abbiamo superato l'illusione e l'ingiustizia di sistemi parlamentari ipocriti, fondati sul denaro e sull'interesse di pochi. Mentre tutti gli stati più influenti proteggono il proprio passato, noi siamo gli unici che guardano al futuro, che agiscono affinché chi verrà dopo di noi abbia un futuro di pace e di benessere. Per noi e per tutta l'Europa, Michele... ma non *questa* Europa vecchia, materialista, con la puzza sotto il naso. Noi siamo ancora poveri, è vero, ma siamo giovani come nazione e come spirito; abbiamo vitalità, intelligenza, coraggio. Abbiamo una cultura millenaria, viviamo in un paese magnifico, e allora perché dovremmo accettare ancora il posto di comprimari?"

Ero sinceramente affascinato dall'Alex che avevo davanti, ma volevo anche sapere come si inserisse lui in questo grande disegno. Non c'era bisogno, tuttavia, di invitarlo ad andare avanti, ormai era padrone del palcoscenico: "Dobbiamo essere all'altezza delle nostre idee, ma ancora non ci riusciamo. Il regime fascista non è un uomo solo, deve durare anche dopo quell'uomo. La nostra classe dirigente proviene ancora dai ranghi di quel mondo borghese e viziato che pensa soprattutto agli affari propri. È vero, nel partito c'è tanta gente che ha seguito Mussolini fin dall'inizio, quando erano in quattro gatti e bisognava preoccuparsi ogni giorno di evitare la galera. Ma non oggi, non servono più i ragazzi della prima ora. Ci servono persone che abbiano chiaro il cammino, che sappiano guidare la gente che vive e lavora con loro. Questo è il punto: di chi possiamo fidarci fino in fondo? È difficile saperlo, molto difficile... ma è anche tremendamente importante!"

Si rimise a sedere, ora che stava per parlare di se stesso voleva farlo con calma, con un tono più confidenziale: "Da come uno vive si può vedere per cosa vive. Io ho avuto la possibilità di recitare la mia parte facendo le cose che so fare meglio, perché so stare al mondo, capisco la gente, so ispirare agli altri fiducia e simpatia. Io so giudicarli, Michele. In alto, molto in alto, si ha la necessità di poter controllare l'operato delle persone che hanno incarichi di responsabilità, capacità di influenza. È necessario conoscere i discorsi che si fanno con un bicchiere di champagne in mano, o con una bella figliola su cui fare colpo; saperlo anche quando parlano con personaggi stranieri, che domani potrebbero essere nostri alleati o nostri nemici."

"E sei tu a osservarli e giudicarli?"

"Io frequento l'ambiente delle persone che contano, partecipo alla loro vita sociale, percepisco gli orientamenti, le opinioni, gli atteggiamenti. Cerco di sapere con chi e di che cosa parlano, e soprattutto di capire perché. Io sono un'antenna, Michele, e mi trovano attendibile, intelligente, prezioso."

Aveva finito, ora attendeva i commenti. Non volevo dargli troppa soddisfazione: "Però ti diverti pure, a quanto posso capire..."

Ritornò subito l'Alex che ricordavo: "Certo che mi diverto, e non puoi capire quanto. E poi, scusa, per stare al passo devi avere un tenore di vita all'altezza, questo è chiaro."

“Ma Alex, quando dici *in alto*, intendi al piano superiore? All’attico?”

“Quasi. Ma ora basta, curiosone, ti ho già detto troppo!”

Rimasi colpito da questa osservazione: avermi raccontato quelle cose era in qualche modo incoerente con la sua attività, basata certamente sulla massima riservatezza. Mi sentivo istintivamente gratificato dalla sua fiducia, questo sí, però mi chiedevo la ragione di tanta inaspettata confidenza.

Se ne rese conto e, con la stessa espressione che aveva quando adocchiava le ragazze in Versilia, mi disse: “Tu sei mio cugino Michele. Più che mio fratello, cioè. Io mi fido di te e ti voglio bene. Zio Armando sa già tutto, o quasi. Non lo dirà a nessuno, neppure a zia Lisetta. Neanche tu, vero?”

“Giuro. Muto come un pesce.”

In quel momento si sentí suonare il campanello.

Sbuffando, Alex andò alla porta, lamentandosi della servitù che ancora non era arrivata. Era un giovanotto impacciato vestito da chauffeur, che vedendosi aprire da mio cugino in divisa fascista, con tanto di aria seccata, non trovò di meglio che fargli il saluto romano in modo piuttosto buffo. Ero sicuro che Alex stesse reprimendo le risa. Sentii il ragazzo dire: “Scusate il disturbo, dottore, mi manda la contessa.”

“Ah già, ha dimenticato qui qualcosa. Lo prendo subito.”

Poggiato sulla credenza c’era un portasigarette d’oro, Alex lo prese e lo consegnò all’autista, che si congedò replicando goffamente il saluto romano.

Non chiesi chi fosse la contessa, ma fu naturale pensare a una coppia molto in vista assente al matrimonio di Giorgio per impegni di Governo.

Ci lasciammo ripromettendoci di vederci più spesso.

La settimana dopo Alex telefonò a casa nostra. Mia madre, non contenta di averlo praticamente ignorato al matrimonio, gli fece pesare enormemente di non essersi fatto vivo per mesi, poi lo perdonò e lo invitò a cena per l'indomani.

Si presentò in abito scuro, sorridente, insieme a una splendida pianta fiorita. Salutò calorosamente mamma, strinse la mano a papà con la consueta deferenza.

Durante la cena, esauriti rapidamente i soliti discorsi di famiglia, forní una versione moto abile e verosimile delle sue attività, pur conscio del fatto che due interlocutori su tre conoscessero più di quanto non stesse dicendo. Io ormai ne sapevo più di mio padre.

Parlò della sua attività giornalistica, poi dell'ambiente del cinema, che aveva frequentato, disse, "per ragioni professionali". Parlò anche della Spagna, soffermandosi molto sui luoghi e sulla gente, meno sugli avvenimenti bellici. Ci raccontò dei servizi che aveva scritto e mandato all'agenzia e ai giornali, aggiungendo con soddisfazione che alcuni di essi erano stati ripresi dalla stampa tedesca.

Riguardo alla sua vita privata, si definí scapolo incorreggibile e convinto e, dopo le solite, irresistibili pressioni di mia madre, confessò di essersi accompagnato ad almeno due attrici abbastanza note, anche se non famosissime. Mio padre annuiva bonariamente: ciò che stava ascoltando corrispondeva alle sue informazioni.

Con lui Alex scambiò qualche impressione sull'Africa Orientale, che aveva visitato a quasi vent'anni di distanza da mio padre, approdato più volte a Gibuti e a Massaua. Notai in mio cugino la capacità di cogliere e riportare in due parole gli aspetti più interessanti di quanto aveva visto e ascoltato, e pensai che una simile dote doveva essergli molto utile nel suo lavoro.

Papà si mostrò molto interessato al clima psicologico e all'atteggiamento delle popolazioni locali. All'ennesima domanda dell'ammiraglio, mamma non si trattenne dal chiedere al nipote: "Su, coraggio, diglielo se anche tu hai trovato cosí belle le eritree!"

Si parlò anche di politica. Alex, pur ammettendo di essere piuttosto coinvolto, stava attento a non attirarsi addosso l'ironia dei miei, ben sapendo come la pensavano. Rise di cuore alle barzellette su Starace, fino ad allargare le braccia sconsolato, quasi a giustificarsi delle gaffe proverbiali del Segretario del Partito. Anzi, ricordo che fu proprio lui a raccontarci un episodio avvenuto ai Littoriali della Cultura, quando un gruppo di studenti aveva portato il gerarca in trionfo con ovazioni di contenuto marcatamente ironico, cosa chiara a tutti tranne che all'interessato, preoccupatissimo di ritrovarsi col sedere per terra da un momento all'altro.

Di quella serata, oltre all'allegria, ricordo il clima particolare: Alex era divertente, ma soprattutto si sentiva veramente a casa sua, e noi eravamo felici di passare con lui quelle ore.

Ricordo che mio padre gli chiese chi fossero, secondo lui, i personaggi emergenti della politica, e mio cugino non si tirò indietro: "Ciano, e anche Pavolini." Mia madre allora ne approfittò per chiedergli: "Ma c'è qualcuno che ti sta antipatico?" E lui: "Molti, zia: Buffarini Guidi, ad esempio, o Farinacci." "E il più intelligente? A parte il Duce, naturalmente..." "Beh, zia, devo pensarci un poco... ma sí, è Starace, chi altri sennò?"

Mamma si ricorda ancora di quanto ci divertimmo a quella battuta cosí scontata: lei non avrebbe mai più rivisto Alex.

*****

Stavolta non ci perdemmo di vista.

Spesso Alex mi proponeva di andare al cinema e ogni tanto mi invitava a dei ricevimenti che periodicamente organizzava a casa sua. Erano circostanze nelle quali mi sentivo sempre un po' a disagio, soprattutto perché ero il più giovane tra i partecipanti.

C'era, mediamente, una ventina di persone. A servire c'era sempre un cameriere che portava tartine in quantità idonea a sostituire una cena. Non mancavano liquori di pregio e buona musica di sottofondo.

Era gente piuttosto danarosa e di elevato livello sociale. Gli uomini non erano mai accompagnati da mogli o fidanzate, bevevano molto e scherzavano ad alta voce; di loro si capiva che erano burocrati, imprenditori o gerarchi. Una sera intervenne anche Pavolini, accompagnato da un'attrice bella e conscia di esserlo, alla quale lui impediva regolarmente di rivolgergli la parola in modo affettuoso, reagendo bruscamente se ciò avveniva.

Le ragazze erano tutte eleganti e attraenti: si trattava per lo più di attrici, soubrettine, cantanti o aspiranti tali. In quel gruppo vigeva la prassi di presentarsi con il solo nome di battesimo e di darsi del tu al primo scambio di parole. Gli argomenti di conversazione erano i più svariati, ma nessuno di particolare interesse per me: affari, viaggi, località di villeggiatura, automobili, il golf all'Acquasanta. Anche politica, naturalmente, ma una politica fatta essenzialmente di pettegolezzi e indiscrezioni su questo o quell'altro gerarca, come avviene fra persone che oltre a ritrovarsi nelle ore di svago, si frequentano anche sul lavoro.

Verso l'una di notte molti andavano via, ma quattro o cinque di loro restavano per giocare a carte, con qualche presenza femminile come pubblico, giustificata dal desiderio di vedere gli uomini impegnati nel virile esercizio dell'azzardo. Io ero troppo giovane per farmi tentare dal gioco: se avessi perso una forte somma mio padre mi avrebbe fatto a pezzi.

Alex mi invitava a quelle serate con l'evidente scopo di farmi conoscere qualche ragazza: qualcuna di loro, in effetti, era abbastanza giovane per essere alla mia portata.

Devo dire che nessuna di loro era volgare o si comportava in modo provocante. Non ho mai visto una coppia che si abbandonasse a effusioni, o che si appartasse in qualche stanza. Se la serata aveva un seguito galante, come era probabile, ciò avveniva da qualche altra parte.

Non di rado accadeva che qualche ragazza, vedendomi da solo con un bicchiere in mano, si avvicinasse a parlare del più e del meno. Una volta notai che una di loro lo aveva fatto dopo aver lanciato un'occhiata ad Alex, quasi per chiedergli il permesso.

La cosa mi seccò molto e mi impedí, se non altro per una questione di orgoglio, di andare oltre un distratto scambio di convenevoli. Dopo le prime due o tre serate mi fermavo sempre di meno, poi cominciai a declinare gli inviti. Mio cugino non ci mise molto a capire che ero contrariato da qualcosa.

Una mattina ci vedemmo per l'aperitivo a piazza del Popolo e Alex, dopo il mio ennesimo rifiuto a un suo invito, mi domandò ironicamente se fossi diventato improvvisamente timido.

Non ricevendo risposta, aggiunse: "Io non ti capisco: molti pagherebbero chissà quanto per frequentare un giro di attrici e belle figliole come quelle che ti presento. Tutte le mie amiche, poi, ti trovano simpatico, elegante, e mi decantano il tuo fisico atletico. Evidentemente loro non sono simpatiche a te. Ehi, non ti sarai mica fidanzato?"

Mi mantenni sul sostenuto: "Alex, per dirtela tutta, mi sento un po' a disagio. Ho l'impressione che alcune di loro vogliano attaccare discorso con me per fare un piacere a te. La cosa mi fa sentire un po' stupido. Dimmi, le tue amichette sono abituate cosí?" E soggiunsi, con una vena di cattiveria: "O questo è un lato del tuo lavoro?"

Mi fissava cercando di mostrarsi un po' offeso, mentre io ero pronto a rincarare la dose: "Hai detto che molti pagherebbero... ma siamo sicuri che alcuni non paghino per davvero?"

Adesso era offeso per davvero e mi piantò in asso dicendomi: "Sei solo uno stronzetto, Michele."

Ero quasi sicuro di aver colto nel segno, anche se dentro di me non volevo credere che mio cugino Alessandro fosse diventato una specie di procacciatore per l'alta società.

Dopo aver mantenuto il punto per qualche settimana, gli telefonai e lo andai a trovare il pomeriggio stesso. Lavoravo in Banca da due mesi, quindi rompemmo il ghiaccio parlando del mio nuovo lavoro.

Alex mi disse un gran bene del professor Dell'Acqua, mostrandosi consapevole del calibro del personaggio. Sottolineò più volte come il mio capo fosse uno dei pochi dirigenti di banca italiani ad avere stabili relazioni personali e di affari con l'estero, soprattutto con la Svizzera e l'Inghilterra. In questo modo, inoltre, voleva confermarmi quanto fosse bene informato anche su personaggi molto meno conosciuti dei politici o dei grandi industriali, ma non per questo meno influenti: "Il vero potere si esercita nell'ombra, con discrezione," commentò, "e quindi alleluia, ho un cugino che diventerà presto molto, molto importante."

"Allora continuerò a essere invitato ai tuoi ricevimenti?"

Era un modo per rimuovere l'ostacolo che si era interposto fra noi.

Non si fece pregare: "Ma certo che devi venire! A proposito, lo sai che Ines mi chiede sempre di te? Proprio l'ultima volta mi ha detto: 'Quel tuo cuginetto cosí bello e timido, quand'è che ce lo fai rivedere?' Pensa, mi ha pure domandato se sei fidanzato. Io le ho detto di no anche se non so nulla, sai, nel caso ti interessasse..."

Ines era una gran bella ragazza che si presentava sempre insieme alla sorella maggiore Ida, più vistosa e meno simpatica di lei a causa delle arie che si dava solo per aver fatto due o tre comparsate in qualche film.

Per la verità, l'idea di rivedere Ines non mi dispiaceva affatto. Ero di nuovo in sintonia con mio cugino: "Scusa Alex, ma per rivederla basta che tu mi dia il numero di telefono, poi ci penso io."

"Allora non vuoi proprio tornarci alle mie serate. Eddai, vieni domani sera e glielo chiedi tu il numero."

"D'accordo, forse vengo. Ma spiegami qualcosa in più su quel giro di amici. Non mi sembra di vedere una grossa amalgama: da un lato trentenni e quarantenni probabilmente sposati, gente di livello elevato; dall'altro donne piuttosto giovani, tutte attraenti e con ambizioni nello spettacolo. Io le serate fra amici le intendo diversamente, ma forse capisco male..."

Se lo aspettava, quindi attaccò subito con le spiegazioni: "I personaggi che vedi da me non sono veri e propri amici. Sono per lo più conoscenti con i quali ogni tanto gioco a carte, anche in altre case. Frequentano spesso i Ciano, alcuni fanno capo a Galeazzo per raccomandazioni o per affari. Una sera il conte mi ha parlato di qualcuno di loro, e mi ha anche detto come sospetta che facciano i soldi. In qualche modo mi ha fatto capire che si fida poco, che avrebbe voluto sapere di più della gente che lo circonda frequentando lui e, di conseguenza, anche la figlia del Duce. Lo sapevi, a proposito, che la contessa ha il vizietto del gioco, e per giunta perde spesso? Io ho seguito spesso la Mostra di Venezia, conosco molta gente del cinema. Cosí ho unito l'utile al dilettevole: loro vogliono incontrare queste ragazze, io devo mantenere i rapporti e ho una casa grandissima. Da questo è venuta l'idea di abbinare le partitine a piccoli ricevimenti. Mi pare logico, no?"

"Tutto qui? Tutto cosí innocente?"

"Senti, se queste ragazze diventano le amanti di qualcuno, i patti sono chiari: se le portino nelle loro garçonniere, o a Capri, o in albergo. A casa mia si beve qualcosa e si gioca a carte, nient'altro, mica è una casa di appuntamenti. Sappi comunque che è un aspetto marginale della mia attività, vedi tu stesso che la maggior parte delle volte mi annoio a morte finché non si gioca."

"Ines chi frequenta di loro?"

Non mi nascose nulla: "Ines si vede con quel dirigente dell'IRI, Nicola, quello alto coi baffi, hai presente? Nicola Rossato. Ma secondo me non ne può più."

Mi passò subito la voglia di invitare Ines a cena.

"Tralasciamo un attimo il lato dilettevole, Alex, è quello utile che ancora non mi è chiaro."

"Sono obbligati con me. Io so tutto di loro e di molti altri. Li possiamo valutare. Li possiamo manovrare. Soprattutto, li possiamo controllare."

"Bene, ho capito. Torniamo al dilettevole: in cosa consiste per te, a parte il gioco?"

Sorrise maliziosamente: "Qualcuna di loro la vedo, ogni tanto. Ma a tu per tu, non certo alle festicciole."

"Anche Ines?"

"No, è bella ma è troppo giovane. Lo sai che mi piacciono almeno trentenni."

"E le ragazze ti raccontano sempre cosa dicono i loro amanti?"

"Ma certo, mio caro, a me non potrebbero nascondere nulla. E se ne sentono, di cose..."

"Ma lo fanno perché sei amico dei produttori?"

"Ehi, Michele, questo cos'è, un terzo grado? E poi sottovaluti il mio fascino." Tagliò corto: "Comunque, Michele, tu non sei ancora un pezzo grosso, se una viene con te è perché le piaci. Ricordalo. Dopodiché fa' quel che ti pare."

Per fare contento Alex, ma anche per incontrare Ines, accettai l'invito per la sera seguente.

Ritrovai le solite persone e scoprii che qualcuno di loro sapeva già del mio incarico alla Banca. Alex mi giurò di non aver detto nulla, io gli credetti, ormai stavo imparando come quella gente si nutrisse quotidianamente di quel tipo di informazioni. Ero diventato un interlocutore con cui potevano trattare alla pari: uno che lavorava a stretto contatto con Dell'Acqua meritava considerazione, e farselo amico poteva sempre risultare utile.

C'era anche Ines, che mi accolse mostrandosi felicemente sorpresa del mio arrivo. Il suo solito accompagnatore quella sera non sarebbe venuto.

All'inizio non riuscii a mostrarmi cordialissimo, sapendo che quella ragazza era l'amante di un uomo sposato e frequentava un giro in cui molte erano le amanti di qualcuno. Mantenni nella conversazione un educato distacco, finché – dopo aver detto cosa facevo, dove lavoravo, come passavo il tempo libero, insomma tutte le banalità di rito – non fu il mio turno di chiedere di lei.

Appresi cosí che era studentessa universitaria mancata, che viveva con i genitori e un fratello più piccolo a San Giovanni. Suo padre era un impiegato comunale in pensione. A lei non interessava fare l'attrice come la sorella. Alla fine le chiesi, a mo' di provocazione, se fosse fidanzata.

In risposta mi fece cenno di seguirla in un lato più appartato del salone, dove mi chiese: "Alessandro non ti ha detto nulla?"

Mentii: "No, cosa doveva dirmi?"

Mi guardò con un'aria indifesa e un po' imbarazzata, che sul momento sospettai fosse artefatta: "Ho una relazione... un errore che non avrei mai dovuto commettere."

La lasciai raccontare. Mi disse di aver cominciato a seguire la sorella in alcune cene e ricevimenti, soprattutto a beneficio della madre che si sentiva più tranquilla quando le due figlie uscivano insieme. Poi aveva accompagnato Ida sul set di alcuni film, aiutandola a truccarsi e a vincere l'emozione. In questo modo aveva preso a frequentare persone brillanti, di mondo, ma sempre dipendendo dalla sorella, che le comprava i vestiti, le pagava il parrucchiere, gli alberghi, tutto insomma.

Riceveva continuamente attenzioni da parte di uomini molto più grandi di lei, e quando rifiutava gli inviti perché loro non erano liberi, la sorella la prendeva in giro, dicendole: "Dai, non ti mangiano mica! Tu non disdegnare gli inviti e i regali, poi fa' quello che vuoi."

Alla fine aveva accettato di uscire con quell'uomo, il Rossato, senza chiedergli se avesse famiglia, sebbene lo sospettasse: "Mi trattava come una principessa. Era gentilissimo, educato, corretto. Si accontentava di vedermi nel pomeriggio per il tè, non cercava mai di attirarmi in qualche camera da letto. Un po' alla volta, mi sono fidata di lui."

Non proseguí il racconto, il seguito me lo lasciò intuire. A me sembrava sincera, ma senza farmi rimuovere completamente il dubbio che stesse recitando la parte della ragazza ingenua e indifesa.

Ines era davvero attraente: piuttosto alta, ben fatta, trucco appena accennato, capelli nerissimi, occhi verdi dal taglio leggermente orientale. Elegante, ma non eccessiva. Aveva un modo di parlare molto dolce e naturale, con qualche leggera inflessione dialettale.

Cosa rara per le ragazze e per le donne in genere, si rivelò appassionata di calcio e tifosa della Roma; disse anche che a volte era andata a vedere le partite al campo di Testaccio.

"Con chi ci vai?" le chiesi. E lei, con una punta di malizia nel sorriso: "Cosa credi? Ci vado con papà, quando mi ci porta..."

Gettai il cuore oltre l'ostacolo, cercando di dissimulare la mia ansia per l'esito della proposta che volevo farle: "Domenica ci vieni con me alla partita?"

"Con chi gioca la Roma?"

"Con l'Ambrosiana Inter di Milano."

"Ma lo so che è di Milano! E ci gioca Meazza! Davvero mi ci porti?"

*****

Andai a prenderla alle due del pomeriggio con la macchina di papà, dopo averlo costretto, cosa che gli seccava moltissimo, a richiedere due biglietti della tribuna riservata. Aveva capito che volevo fare bella figura e non fece obiezioni, cercò solo di avviare un'indagine sulla mia accompagnatrice, ma fu respinto. Si prese una platonica rivincita chiarendomi in anticipo che non avrebbe sottratto l'autista al riposo domenicale, solo per avere conferma che non volevo nessuno fra i piedi.

Ines si fece trovare all'interno del portone di un palazzo situato in piazza San Giovanni, all'angolo con via Tasso. L'avevo sempre vista vestita da sera, il suo aspetto era molto diverso: indossava un vestito semplice, azzurro, un paio di sandali bianchi con poco tacco, un golfino bianco sulle spalle; i capelli erano tenuti da una fascia da liceale. Non per questo mi parve meno attraente.

Io ero in giacca e cravatta. Appena salita in auto, dopo avermi elargito un inatteso bacio sulla guancia, notò il mio abbigliamento e mi chiese: "Ma dove mi porti?"

"Alla partita, no?"

"Questo lo so. Ma che posti abbiamo?"

Quando glielo spiegai si mise a ridere e finse una protesta: "Ma in tribuna non si possono dire le parolacce!"

Devo essermi rabbuiato, perché volle spiegarmi che quando accompagnava il padre alle partite andava nei popolari vestita "come un maschiaccio", e le piaceva urlare, imprecare e dire di tutto, in particolare all'arbitro.

Provai a essere tagliente: "Ora ti sarai certamente abituata a sedere dove stanno le signore."

Ines non perse la battuta: "Certo, infatti è da un pezzo che non vado in giro con i ragazzini." Incassato il vantaggio mi graziò con un buffetto, e aggiunse: "*Mica so' tutti* belli come te, però..."

Quel giorno Meazza segnò due gol e rischiò di rovinarci la domenica. Ines assistette alla disfatta contenendosi per tutto il primo tempo, poi cominciò a mostrarsi insofferente all'andamento della partita e divenne sempre più chiassosa e intemperante, fino a lasciarsi sfuggire, verso la fine, una imprecazione verso un nostro difensore in evidente difficoltà: "*Oggi ce mancava pure 'sto pippone rin-*

coglionito!" I presenti si girarono verso di lei, più divertiti che scandalizzati.

Ponemmo fine alla sofferenza lasciando in anticipo il campo sportivo e girammo un po' in macchina, senza una meta precisa.

Mi parlò della sua famiglia: le ambizioni della sorella, che da piccola passava le ore davanti allo specchio indossando i vestiti che le signore lasciavano a sua madre per le riparazioni; le manie del padre, che aveva problemi di cuore e, per evitare preoccupazioni nocive, non voleva mai sapere nulla di cosa facessero le figlie; il fratello più piccolo che voleva fare il carabiniere; il primo lavoro delle due sorelle come dattilografe nello stesso ufficio, e le avance dei superiori, respinte sempre con battute velenose.

"I miei sono persone anonime, modeste: però hanno messo al mondo due belle figliole. Mia madre dice sempre che una ricchezza ce l'ha lasciata e che non dobbiamo buttarla via. Forse vuol dire che dovremmo fare un bel matrimonio. Non ci siamo portate, si vede. Mia sorella, ad esempio, i soldi vuole averli lei, vuole sfondare, e per mesi non ha fatto altro che scongiurarmi di fare anch'io dei provini. Dice che sul set vede lavorare delle ragazze perfino insignificanti in confronto a me, è sicura che potrei fare fortuna. È diventata una fissazione la sua."

"E tu perché non segui il consiglio?"

"Ma credi che non ci abbia pensato? Solo che mi sono trovata invischiata in questa storia, e non puoi capire... Nicola è geloso fradicio! Lo vedo due o tre volte al mese, sí e no, eppure accampa diritti. Parla male di mia sorella, dice che andrebbe con tutti pur di avere delle parti più sostanziose, che non sa recitare, sa solo mettere in mostra le gambe. Fa il moralista, insomma. Ma ti rendi conto? È sposato, ha due figli, però ha l'amante, ammesso che io sia la sola. Va alle corse, fa sempre tardi, gioca a carte due volte la settimana... e poi a me fa le prediche!”

“Ma è cosí complicato darci un taglio? Non credo che nella sua posizione potrebbe permettersi di correrti dietro. Oppure sei tu che non vuoi troncare?”

Mi rispose con molta calma, per farmi capire che poteva ritenersi offesa ma non lo era: “Senti, Michele, lo so che non è una bella cosa mettersi insieme a uno che non è libero; ma se l’ho fatto, avrò anche trovato qualcosa in quell’uomo, non ti pare?”

Cosa replicare? Nulla, e infatti non dissi nulla. Ma Ines volle rispondere anche alle domande che ancora non le avevo rivolto: “Vengo alle serate di tuo cugino perché è un’occasione per incontrarlo con l’alibi di mia sorella. Ci vengo sempre, e a volte lui non c’è. Quando c’è si ferma a giocare. Le prime volte mi trattenevo un po’ a vedere, poi mi sono stufata. Alcune persone di quel giro sono simpatiche, questo sí, ma non ho fatto amicizia con nessuno, a parte te, e poi molte delle ragazze sono invidiose, parlano solo di soldi, di viaggi, di regali. Non è che mi piaccia tanto come ambiente. Si vede da lontano che sono uomini ricchi che cercano soltanto di divertirsi un po’. Mia sorella però finisce sempre per convincermi, le piace cosí tanto... contenta lei...”

Osservai che quelle frequentazioni avrebbero avuto un senso se lei si fosse decisa a fare del cinema.

L’osservazione la divertí: “Anche tu mi vorresti attrice? Dici che dovrei farlo? Ma lo sai che tu e tuo cugino siete uguali in questo? Anche lui mi dice: ‘Ines, buttati, molla quel pallone gonfiato e goditi la vita, il cinema ti aspetta.’ Magari avete ragione voi due, chissà... E poi avrei la strada spianata, Alessandro conosce tutti...”

Era diventata pensierosa, seria, io commisi l’errore di

insistere sull'argomento: "Se siamo in tanti a vederti attrice, allora è sicuro che abbiamo ragione. Dai, pensaci, ti prometto che sarò il primo a chiederti l'autografo."

A questa battuta divenne improvvisamente ostile e mi chiese di lasciarla scendere, perché avrebbe fatto due passi fino a casa. Io non capivo, ma dovetti acconsentire.

Prima di scendere dall'automobile mi disse: "Può anche darsi che una come me abbia altre aspirazioni. Non c'è solo il cinema. Oppure ho già perso il diritto di essere una ragazza normale?"

Mi lasciò come se avessi ricevuto un calcio fra le gambe. Tornando a casa ripensai ai discorsi fatti, e impiegai poco tempo per capire cosa aveva voluto dire. Avevo dato per scontato che se a ventitré anni una comincia a fare l'amante, e quindi a sfruttare la propria bellezza per farsi mantenere, allora lo farà sempre, mettendosi in mostra fino a quando non troverà un uomo più ricco del precedente. Ora dovevo ammettere la possibilità che Ines, dentro di sé, desiderasse solo le cose che normalmente vogliono le ragazze della sua età.

Guidavo la Lancia di mio padre e mi ricordavo di aver pensato, prima di uscire, a una serata ben diversa, in cui si andasse subito al sodo. Mi ero anche detto che, in mancanza di un posto dove andare, una macchina cosí comoda sarebbe andata benissimo. Provai vergogna.

Perché ero uscito con Ines? Perché ero tornato ad accettare gli inviti di Alex? Facile rispondermi: Ines era la più bella ragazza che avessi mai conosciuto; aveva detto ad Alex che le piacevo; volevo averla subito, senza dubitare di potermelo permettere. Mi scoprii angosciato dall'idea che lei lo avesse intuito, e che per questo si fosse sentita umiliata.

*****

Quei pensieri mi accompagnarono per molti giorni.

Ines mi piaceva davvero, non riuscivo proprio a eliminarla dalle mie fantasie, anche se molti elementi potevano far dubitare della sua buona fede. Quando non mi sentivo in colpa verso di lei, mi sentivo in colpa verso me stesso.

A parole ci diciamo tutti nemici dei pregiudizi, e anch'io me ne ero sempre dichiarato esente, ma la conoscenza di Ines mi stava mettendo alla prova. Non potevo dimenticare che era di famiglia modesta, né che aveva accettato i vantaggi derivanti prima dal frequentare gente in vista, poi dal concedersi a un uomo sposato. Chissà, forse pensava davvero che non fosse necessario seguire l'esempio di sua sorella per vivere un po' meglio; forse si sentiva in diritto di aspirare a uno come me, libero, già avviato nella carriera e di buona famiglia, senza per questo essere obbligata a frequentarlo nelle stanze d'albergo o negli appartamenti di amici. D'altra parte, sentivo che non avrei mai potuto presentarla ai miei come fidanzata: mia madre mi avrebbe dato del cretino, mio padre mi avrebbe tolto il saluto.

Pensai anche di parlarne con mio cugino, ma era fin troppo facile immaginare cosa avrebbe detto: "Michele, ma che problemi ti fai? Ti piace? Le piaci? E allora che aspetti? Mica te la devi sposare!" Me lo immaginavo mentre diceva queste cose con l'aria di quello che doveva insegnarmi tutto della vita.

Dovevo rivederla. Mi mancava solo l'occasione giusta per farlo.

Passati altri giorni, e in mancanza di un nuovo invito a casa di Alex, capii che l'occasione dovevo procurarmela. Una mia ex collega di studi, prossima alla laurea, aveva invitato un gruppo di amici a passare una domenica nella casa di campagna dei suoi, vicino Grottaferrata, e mi venne in mente di invitare anche Ines. In simili circostanze era normale portare amici o amiche. Mi parve di aver avuto una buona intuizione: avrei dimostrato a Ines di volerla trattare come qualsiasi altra ragazza.

Coltivai l'idea per una giornata intera, senza decidermi: Ines era abituata a frequentare persone e ambienti molto diversi dal nostro, temevo che si sentisse a disagio, o che semplicemente si sarebbe annoiata a morte. Alla fine presi in mano il telefono. Mi rispose la sorella con la sua voce impostata, quasi un falsetto. Mi riconobbe subito e mi anticipò: "Sei Michele? Aspetta che ti chiamo Ines, si sta vestendo."

"Uscite?" le chiesi subito. E lei: "Se ci dai il permesso sí, Michelino." La sentii chiamare Ines ad alta voce. Restai appeso per due minuti al telefono, poi Ines mi rispose salutandomi come se mi avesse sentito la sera prima.

Esordii con una domanda indiscreta: "Allora, dove ve ne andate di bello?"

"Ida è passata a prendermi, ma io non vado da nessuna parte se mi inviti tu."

"No, no, non è per stasera," chiarii frettolosamente. Mi accorsi in ritardo che aveva trovato il modo di non rispondermi. Le dissi della festa in campagna, lei accettò subito. Forse avevo fatto la mossa giusta.

Quando passai a prenderla, notai che era vestita come il giorno della partita: se ben ricordo aveva in più solo un sottile girocollo d'oro, due piccoli orecchini, e i capelli freschi di parrucchiere.

"Vado bene cosí?" mi chiese. Non volli darle la soddisfazione di una risposta scontata. Era incantevole.

Salutò Rossella, la padrona di casa, come si fa fra compagne di scuola, con tanto di bacetti sulle guance; poi si presentò a tutti da sola, esentando me dal compito. Si sottopose con disinvoltura all'assembramento dei miei amici maschi e ai saluti più diffidenti delle ragazze.

Mentre nell'ampio giardino che circondava la casa si preparava il pranzo all'aperto, Ines fece subito circolo con le altre ragazze, guadagnandosene l'attenzione, se non la simpatia. Le si sentiva ridere in continuazione, cosa che registrai come un primo successo. A distanza, un po' teso, cercavo di seguire in qualche modo i conciliaboli, perché ero sicuro che qualcuna le avrebbe chiesto della sua famiglia o magari cosa faceva nella vita. Non posso dire se ciò accadde, ma non colsi neppure un momento di incertezza o di imbarazzo. Era perfettamente a suo agio, sembrava divertirsi.

Nel frattempo i miei amici, a turno, mi rivolgevano frasi del tipo: "E questa qui, perché ce la tenevi nascosta?" "Michele, complimenti, l'hai vinta alla lotteria?" Qualcuno andava oltre informandosi se fosse *solo* una mia amica, nella speranza di un "via libera" che cercavo di non rifiutare e, al contempo, di non concedere.

La più diretta fu Anna, che era ritenuta dal gruppo una mia quasi-fidanzata. Io e Anna ci conoscevamo da anni ed eravamo grandi amici. Fra di noi c'era stata solo qualche innocente effusione adolescenziale, molto studio insieme, e una confidenza che non avevo mai avuto con nessuno, a parte Alex.

Figlia di un architetto romano e di una signora dell'alta società londinese, Anna aveva diviso quasi equamente la sua infanzia fra Londra e l'Italia, finché i suoi non si erano stabiliti definitivamente a Roma. Avevamo frequentato il liceo insieme, poi lei, come aveva sempre detto di volere fin da piccola, si era iscritta alla facoltà di medicina. Il fatto che pochissime ragazze riuscissero a diventare medico non la preoccupava affatto. Era sempre stata molto determinata nelle sue scelte, cosí come non aveva mai perso il gusto dei buoni libri e delle belle arti, riuscendo ogni tanto a comunicarmene una pur minima parte.

Aveva già pronta per me la sua radiografia di Ines, che mi espose senza che io gliel'avessi chiesta: "Complimenti: è proprio bella. Fisico da invidia, beata lei. Gambe notevoli, muscolose ma non troppo, un po' come quelle di Ondina Valla. Elegante, curata, ma ostenta semplicità, si vede che è furba. Sa che le altre la brucerebbero viva e per questo se le sta conquistando: quindi ci tiene a te. Parla bene, si informa, ma ha studiato poco. Famiglia cosí e cosí, ogni tanto le scappa un po' di romanaccio."

"Anche a me e a te qualche volta scappa..."

"Sí, Michele, ma noi *ce giocamo*. La tua amica invece l'estrazione, sotto sotto, la tradisce. Però è simpatica, e poi non vedi come te la stanno invidiando? Insomma, può valere la pena... sei orgoglioso della conquista, vero?" Accompagnò la domanda con una pacca sulla spalla molto maschile.

"Ma che dici, Anna? È solo un'amica, la conosco da poco."

"Ah sí? E la porti qui fra le Eumenidi? Che coraggio! Si vede proprio che vuoi fare schiattare i nostri amici maschi." Poi, più seria: "La trovo un po' grande per te."

"Guarda che ti sbagli, ha l'età nostra."

"È grande di testa, non di età. Secondo me, Michele, devi fare attenzione. Lei lo saprà già, no, chi è tuo padre, da che famiglia provieni? Non dovrei dare questi consigli a un maschio, ma 'sta ragazza per te va bene solo se riesci a... insomma, se riesci a non metterla sul sentimentale."

Conoscevo Anna, so che non parlava per gelosia, ma certamente non potevo dirle come avevo conosciuto Ines, e in quale ambiente. Le dissi solo: “So badare a me stesso, ciccina. Ma grazie dei consigli, sei una vera amica.” Mi scrutò con quell’espressione perplessa e malinconica che hanno le donne quando non ti credono, poi cambiò discorso.

A pranzo, seduti intorno a una lunga tavolata, si scherzava e ci si beccava a distanza con battute di quella feroce innocenza quali possono permettersi persone che si conoscono da molto tempo. Ines sembrava divertirsi ad ascoltare, ma essendo l’ultima arrivata, non partecipava al gioco.

Verso la fine del pranzo il mio amico Filippo, che nonostante il suo titolo principesco era il più sboccato e ridanciano, e quel giorno pareva scatenato, ebbe l’idea di costringere qualcuno dei presenti a improvvisare un brindisi. Per farlo star zitto toccava assecondarlo. I primi malcapitati se la cavarono con gli auguri alla padrona di casa o con i complimenti alla cuoca, ma quando toccò a me, che non sapevo cosa dire, Filippo volle venirmi in soccorso a modo suo: “Lo faccio io per te il brindisi!” Non attese il mio permesso: “Io, Michele, nuovo astro della finanza e apprendista Casanova, brindo a Ines, bella come il sole e *bona* come il pane, alla faccia vostra, maschiacci invidiosi e ipocriti, che non le staccate gli occhi dal sedere!”

Tutti ridevano, mentre io ero diventato rosso e cercavo con gli occhi Ines pensando di dovermi scusare. Lei mi rassicurò a distanza, unendosi al coro delle risate senza alcun imbarazzo e facendo il gesto di sollevare il calice in direzione di Filippo, che ricambiò compiaciuto, per poi scolarsi l’ennesimo bicchiere di Frascati.

Dopo pranzo, scartati gli insopportabili giochi di società proposti dalle ragazze, molti facevano due passi per quel giardino che in realtà era un vero e proprio parco. La giornata era bellissima, quasi estiva.

Quasi volesse interpretare una mia direttiva di comportamento, Ines parlava un po' con tutti e un po' anche con me, ma come se io fossi uno dei tanti. Ricordo che il pomeriggio si trascinò cosí per un'oretta, piacevole e spensierato, finché qualcuno non cominciò a congedarsi. Rossella riuscí a trattenerne pochi disposti a fermarsi anche per la cena: il pranzo era terminato dopo le tre, e la sola idea di un altro pasto faceva paura.

Ines venne da me e mi disse: "Andiamo, se vuoi." Salutammo, e Rossella fu molto gentile con lei, ricordo che le propose anche di vedersi, qualche volta.

In macchina mi chiese: "Ma tu volevi restare?" E io: "Devi rientrare a casa?" Lei scrollò le spalle, senza pronunciarsi. Io non volevo che quella giornata finisse subito, c'era ancora luce, cosí le proposi di fare un giro in macchina prima di rientrare a Roma. Accettò di buon grado.

Nessuno dei due voleva chiedere all'altro le impressioni sulla giornata, fu lei la prima a parlarne: "Allora, ti ho fatto fare bella figura?" Non risposi, lei insistette: "Come si è comportata questa figlia del popolo? Ho superato l'esame?"

"Non era un esame. E a quanto pare hai preso il massimo dei voti."

Divertita, annuí: "Sí certo, con i tuoi amici soprattutto!"

"Tu, piuttosto, come sei stata?"

"Ti devo ringraziare: erano anni che non stavo cosí bene. Gente simpatica, davvero. Le ragazze al principio mi scrutavano da capo a piedi, poi si sono rivelate simpatiche anche loro. Non mordono. Ma dimmi un po' invece, quella biondina, Anna mi pare che si chiami: ti viene dietro?"

"Non saprei. Sí, forse sí, ma siamo molto amici."

"È una ragazza fuori dal comune: farà il dottore. Che brava, non è facile per una donna. Intelligente, ha classe, come dicono E che begli occhi azzurri che ha... ti ci vedo, sai? È il tipo che fa per te."

"E com'è un tipo che fa per me?"

"Una come Anna."

"Sí, grazie, ho capito: ma come dovrebbe essere?"

"Una ragazza di buona famiglia. Una che sa stare in società, che legge, ha cultura. Secondo me è da sposare."

"Dici? Anche lei mi ha parlato di te."

"Lo avevo capito."

Non mi diede la soddisfazione di chiedermi cosa Anna avesse detto, aspettò che fossi io a dirglielo: "Mi ha detto un gran bene, comunque." Lei non si scompose, mantenne l'aria ironica con cui aveva iniziato: "Ti ha dato il permesso di frequentarmi?"

"Non gliel'ho chiesto."

"Mi frequenterai lo stesso?"

Decisi di fissare un prezzo, anche se ero pronto a concedermi gratis: "Dipende da chi vuoi frequentare tu."

Non mi rispose subito. Arrivammo a Frascati poco prima del tramonto. Nelle domeniche di primavera i caffè della piazza principale sono sempre affollatissimi, e quel giorno non facevano eccezione. Io non volevo stare in mezzo alla gente, perciò risalii la strada del Tuscolo, dove ci sono le ville patrizie: mi ricordavo di essere stato a un ricevimento in una di esse l'estate precedente.

Dopo qualche centinaio di metri trovai un enorme cancello aperto da cui partiva una strada asfaltata che passava attraverso un enorme parco. Non riconobbi il luogo, né sapevo se mi era consentito proseguire, però mi inoltrai per quella strada che saliva a tornanti nascosta dal verde. All'altezza di una curva uno spiazzo panoramico suggeriva una sosta. Le ultime luci del giorno consentivano ancora di vedere Roma in lontananza. Mi parve un ottimo posto per fermare la macchina.

Ines riprese da dove ci eravamo interrotti: "Ieri ho visto Nicola."

"Avete un posto per incontrarvi?"

"Sí, c'è, un appartamento che credo lui non sia il solo a utilizzare."

Si incupí nel proseguire: "Mi ha trattata da schifo. Aveva mezz'ora di tempo, poi gli arrivava gente a casa, forse per questo era più nervoso del solito. È entrato in camera da letto salutandomi a stento e ha incominciato a togliersi la giacca e a sbottonarsi la camicia. Quando si è accorto che io non facevo nulla, ha cominciato a dire che il suo tempo era prezioso, che non poteva sprecarlo con una che faceva la stronza. Io non ne ho potuto più, ho preso la borsetta per andarmene, stavo piangendo e non volevo che se ne accorgesse. Allora lui mi ha preso per il braccio, e mi ha buttata su una poltrona. Guarda il livido, guarda!"

Il livido c'era, sul braccio destro.

"Dopo dieci minuti di improperi dei più volgari, mi ha lasciato andare. Non ci vedremo più."

Restavo in silenzio. Lei cancellò di colpo la tristezza e si lasciò andare sullo schienale con un sospiro, stirandosi come chi si sveglia dopo una lunga dormita: io non potevo fare a meno di contemplare la curva dei suoi seni. Mi disse: "Oggi, dopo tanto tempo, ho respirato un po' d'aria fresca. Non solo quest'aria, intendo," volle chiarire indicando gli alberi, quasi delle ombre ormai.

"Avevo capito."

"Grazie per questo, Michele. Grazie." Lo disse raggomitolandosi dalla mia parte per appoggiare la testa sul mio braccio. Aveva ritirato le gambe sul sedile, lasciando i sandali sul pavimento della macchina, senza preoccuparsi che il vestito la lasciasse scoperta ben sopra le ginocchia.

Era proprio cosí che volevo ritrovarmi con lei, da solo. Stava facendo buio. Non volevo commettere altri sbagli: mi aveva appena raccontato un episodio doloroso, io ero diverso dal suo amante, quindi dovevo dimostrarlo. Mi sforzai di tenere a freno ciò che mi passava per la mente. Cominciai allora ad accarezzarle i capelli, mi lasciò fare con gli occhi chiusi, e continuai a lungo, stupito di me stesso. Insistevo con lo sguardo su due piccoli nei ravvicinati sul bordo del reggiseno, che appena si intravedevano. Mi chiedevo cosa avrei dovuto fare: lei era lí, forse bastava solo scendere con la mano, non avrei incontrato resistenza.

Quando infine stavo per farlo, si risollevò improvvisamente per dirmi: "Io non faccio per te."

Si sedette normalmente sul sedile, e guardando davanti a sé mi pregò di riportarla a Roma.

Non rimisi in moto la macchina, accesi solo i fari. Le chiesi: "Ti preoccupi per me? Grazie tante, non serve. O sono io che non faccio per te?"

Si girò con gli occhi lucidi: "Ma che dici? Sei quanto di meglio si possa volere. Ma non devi accollarti la missione di redimermi. Non tocca a te."

"Non ci penso nemmeno. E non capisco."

"Michele, io ho visto in te, intorno a te, tutte le cose che vorrei veramente. Ma non posso desiderarle. Non devo e non posso."

"Ma perché? Perché no? Cosa te lo impedisce?"

Alzò la voce: "Ma non ci arrivi da solo? Sei cosí stupido?" Poi, con più calma, mi pregò nuovamente di rientrare in città.

Misi in moto e mi avviai, temendo che la cancellata alle nostre spalle fosse stata richiusa da qualcuno. Glielo confessai mentre scendevamo verso l'uscita, e ci divertimmo all'idea di rimanere bloccati lí, al buio, indecisi se confessare ai padroni di casa l'invasione e farci aprire, o scavalcare il cancello per tornare a Roma col trenino, lasciando in ostaggio la macchina ai titolari del domicilio violato.

Ritrovammo il cancello aperto, e quando ricominciammo a scendere verso la città c'era di nuovo allegria fra noi. Parlammo di banalità fino a Roma, quando arrivammo sotto casa sua fermai di nuovo la macchina. Prima di farla scendere le domandai se voleva rivedermi.

Rimase pensierosa per un po', come se stesse analizzando domanda e risposta. Poi disse: "Ma certo che voglio. Rifatti vivo, quando ti va." E poi aggiunse, avvicinandosi: "*Se* ti va, naturalmente." Mi lasciò un po' di rossetto sulla guancia prima di sparire nel portone.

Rientrai a casa con addosso un misto di eccitazione fisica e di imbambolamento amoroso. Presi sonno dopo un lungo e strano dormiveglia nel quale si confondevano Ines, i miei amici, il viso indagatore di Anna, e poi ancora le gambe di Ines rannicchiata contro di me nella macchina, il suo livido sul braccio, i due piccoli nei che segnavano il confine fra i desideri e la realtà.

*****

Ad Alex non avevo detto nulla delle mie uscite con lei. Da un lato avevo un gran desiderio di raccontargli tutto, dall'altro temevo le sue inevitabili domande. Come confessargli che dopo ben due incontri il massimo risultato ottenuto era stato una tenera carezza sui capelli? Mi avrebbe sotterrato.

Alex venne a sapere lo stesso che mi ero visto con Ines. Ne venne a conoscenza a seguito di una telefonata con Ida, che ogni tanto lo tormentava con le sue richieste di presentarle persone utili per la sua carriera cinematografica. Sono sicuro che non fece passare più di mezzo secondo tra la fine della conversazione con Ida e la telefonata al mio ufficio.

Conscio del pericolo, provai a rinviare il colloquio: "Ciao Alex, scusami ma devo lasciarti, mi ha chiamato adesso Dell'Acqua e devo andare da lui."

"Balle! Dell'Acqua era dieci minuti fa all'incontro con la stampa alle Corporazioni, e non mi pare che abbia mai battuto Luigi Beccali."

"Non so che dire, era la segretaria in effetti, forse mi voleva al telefono."

"Senti, bello, non staccare il culo da quella poltrona!"

Mi arresi: "Va bene, dimmi."

"Dimmi tu. Allora?"

"Allora che?"

"Ines."

"Ines?"

"Esatto: I-n-e-s." Mi faceva il verso.

"Ah sí, Ines. Ci siamo visti, una volta o due."

"Una o due?"

"Due," confessai, con un sospiro.

"E bravo, due. Quindi?"

"Quindi che?"

"Ma non mi dici com'è?"

"Simpatica. Carina. Ma la conosci, no?"

Si spazientí: "Com'è a letto, idiota. Non mi dirai che...

No! Non posso crederci! Non ti ho insegnato nulla allora?"

Vergognandomi come un ladro, gli raccontai sinteticamente come e dove si erano svolti gli incontri.

Alex ascoltò in silenzio, poi mi toccò subire i suoi commenti. La partita di calcio poteva anche passare, ma l'idea di portarla fra i miei amici fu giudicata pessima. Mi chiese se per caso avessi in mente di fidanzarmi, e aggiunse ridacchiando: "Me la immagino zia Lisetta, quando poi le dirai che è una mia amica, che era l'amante di Rossato, e che l'hai conosciuta a feste con attrici, cantanti e ballerine."

Io protestavo e negavo, ma provavo anche a spiegargli che dopotutto Ines era una ragazza normale, non una donna di strada, e che era stata benissimo "in società". Gli raccontai anche dei discorsi fatti, dei litigi con il suo uomo, del livido.

Mio cugino ascoltò questa parte del racconto senza interrompermi, poi osservò: "Io non sto dicendo che Ines è una che trovi in un bordello. Del resto conosco cosí tante signore e madri di famiglia che ne fanno di tutti i colori... figurati se sputo sentenze. Su Nicola Rossato poi siamo d'accordo, si sa che è uno stronzo arrogante e pieno di boria. Ma tu stai sbagliando completamente l'impostazione: lei ti ha incontrato perché le vai a genio, e anche perché sei l'occasione per uscire dalla situazione in cui si è cacciata. Pensaci: li hai visti anche tu gli abiti che porta, i gioielli, e tutto il resto. A queste cose non rinuncia, stanne certo..."

"E cosa c'entro io con tutto questo?"

"È questo il punto, cuginetto. Come potrebbe avere queste cose *da te*? Ci hai riflettuto?"

"Lei vuole queste cose *da me*?"

"Ora no, non subito. Ma dopo... Da quello che mi hai

detto non ha sbagliato una mossa, la fanciulla. E questo sai che vuol dire?”

“Che vuole incastrarmi?”

“Diciamo che ci tiene a entrare nella tua vita. E il passaporto, bello mio, ce l’ha fra le gambe. Io ci scommetto tremila lire che se continui a fare il pollo, non la vedrai nuda finché non si sentirà una fidanzata.”

Mi misi a ridere: “Dici che vuole sposarmi, Alex?”

“Ma che ne so... però vuole entrare dalla porta principale e ricavarne tutto quello che può. Se le piaci, poi, tanto meglio, cosí si diverte pure.”

Quella che Alex mi descriveva non era la Ines che avevo conosciuto. Il suo atteggiamento mi irritava, mi sembrava ingiusto ed esagerato. D’altra parte, proseguire nella difesa d’ufficio mi avrebbe esposto ancora di più ai suoi strali, per cui, con notevole sforzo, mantenni la calma e provai a porre fine al discorso: “D’accordo, cuginone, ci penserò sopra. Va bene cosí?”

“Va bene. Ma prima un consiglio di tattica.”

“Tientelo, grazie, sbaglio da me.”

“No, aspetta, stammi a sentire. Lo so che sei arrapato come un ergastolano e non sai come uscirne fuori. Ti do una mano: vado per una settimana in Germania, parto dopodomani. Ti faccio avere le chiavi di casa mia in ufficio. Tu la chiami, la fai uscire, ci vai al cinema, a cena, dove ti pare insomma. Ma il programma glielo dici *prima*... andiamo di qua, andiamo di là, ma poi ci sentiamo in pace i dischi di mio cugino a casa sua. L’esito mi pare scontato, no? Vediamo cosa ti risponde.”

“E quale sarebbe la risposta giusta?”

“La risposta giusta è sí. Tu devi insistere, fallo in modo simpatico, ma insisti. Se dopo un po’ di resistenza accetta e ci viene, allora va bene, le piaci e basta. Quando ti avrà succhiato il midollo la cotta ti passerà. Se invece fa la difficile, o l'offesa, allora vuol dire che ha un piano in testa. E in tal caso... trai da solo le conclusioni."

"E perché non posso invitarla da te sul momento, quando siamo già insieme?"

"Domanda cretina: perché faresti una figura di merda! Saresti comunque uno che va in giro con le chiavi di casa mia in tasca. Secondo te avrebbe l'aria di un'improvvisata? Mica hai a che fare con una ragazzina, se ancora non te ne sei accorto."

Feci come mio cugino mi aveva consigliato. La chiamai e le proposi di uscire, restando sul vago, ma Ines mi aiutò chiedendomi dove saremmo andati. Io glielo spiegai cercando di essere il più naturale possibile. La sentii restare per qualche secondo in silenzio, poi mi disse, col tono impersonale di una centralinista: "Ti aspetto domani alle cinque e mezzo. Ciao."

Passai le ore precedenti l'appuntamento in uno stato di agitazione quasi incontrollabile. Uscii prima del solito dall'ufficio, dove la mia presenza era stata solo fisica, e feci addirittura un sopralluogo a casa di Alex per vedere se fosse tutto in ordine. Per un momento pensai a raddoppiare gli asciugamani nel bagno, ma poi inorridii alla stupidità della cosa e me ne andai.

Quando passai a prenderla, Ines salí in macchina salutandomi con un sorriso da vecchi amici, per nulla caloroso. Non aveva un filo di trucco, era vestita in modo anonimo. Se non fosse stata una ragazza cosí giovane e bella sarebbe apparsa sciatta e trascurata. Mi chiese subito una sigaretta, la accese mentre guidavo, e rimase in silenzio guardando la strada davanti a sé, mentre io raccontavo la giornata appena trascorsa, non diversa da cento altre, senza destare alcun interesse. Mi rispondeva con distratta gentilezza, con qualche “Ah sí?” o “Ma guarda!” di cui non volevo cogliere il sarcasmo.

Era fredda, annoiata, quasi spenta; dava l’idea di essere uscita solo per rispettare l’appuntamento.

Per guadagnare tempo mi diressi verso un grande locale con una sala da tè interna, sempre affollata. Mi chiese dove andavamo, io le accennai al tè o a un gelato, al che si mostrò infastidita: “Andiamoci adesso a casa di Alessandro. Stasera devo rientrare per cena.”

Il tono non era per nulla invitante. Pareva volesse semplicemente togliersi il pensiero.

Il portiere era stato da me preavvertito della nostra presenza, nonché opportunamente foraggiato. Per non mettere in imbarazzo la mia accompagnatrice, restò dietro il vetro della sua guardiola senza alzare le testa per salutare. Mentre salivamo in silenzio – io che guardavo me stesso allo specchio, lei che fissava il tetto dell’ascensore – il sottile disagio che mi aveva accompagnato nella mezz’ora precedente aumentava fino a farmi sembrare tutto forzato e innaturale.

Mi sentivo osservato da lei mentre non riuscivo a trovare la chiave giusta per aprire. Una volta entrati accesi le luci del salone, mentre lei si toglieva l’impermeabile e si metteva a sedere sul divano, attingendo al portasigarette che le avevo lasciato in consegna. Iniziò a sfogliare una rivista abbandonata sul tavolino. Non sapevo né cosa fare né cosa dire. La serata non stava andando come avevo immaginato.

Per non restare con le mani in mano, mi diressi verso il grammofono e scelsi un disco di musica americana. La voce calda di una donna e il sassofono di sottofondo non aiutarono molto la conversazione. Quando mi fui seduto sull'altra sponda del divano scoprii che il desiderio di Ines stava cedendo il passo a quello di andare via. Non potevo immaginare che la punizione era appena cominciata.

Finita la sigaretta la spense con cura, lentamente, schiacciandola nel portacenere di cristallo posto sul tavolino, poi mi fissò negli occhi per chiedermi: "Cosa vorresti fare adesso?"

Non potevo risponderle.

"Rimpiangi il tè e i pasticcini?" insistette.

Io continuavo a tacere. Lei si avvicinò lentamente e si inginocchiò sul tappeto davanti a me: "Mi deludi, però va bene cosí, ti aiuto io."

Cominciò a slacciarmi le scarpe, le lasciò cadere sul tappeto, poi risalí appoggiandosi al bordo del divano per occuparsi della mia cravatta. Lasciò cadere anche quella, invitandomi con lo sguardo a fare altrettanto con i suoi vestiti. Non ci riuscii: ero paralizzato. Nella confusione delle sensazioni che provavo, ora prevaleva quella di sottrarmi con la fuga a quello che avevo desiderato per settimane.

Non potei impedire che lei si sedesse a cavalcioni sulle mie gambe. Avvicinò il viso al mio, sempre fissandomi senza nemmeno un abbozzo di sorriso, poi d'improvviso mi baciò in bocca tirandomi la testa verso di sè con violenza, e premendo i seni sul mio torace. Io non opponevo resistenza, non potevo né staccarmi né collaborare. Faceva tutto automaticamente, senza la minima passione, come se fosse un lavoro. Si sistemò meglio sopra di me, e cominciò a ondeggiare lentamente con il bacino, su e giù, mentre le sue unghie quasi mi graffiavano il petto. Io ero eccitato e non potevo nasconderlo, ma volgevo gli occhi dall'altra parte, non era solo disagio, era sofferenza, finché lei non percepí dal mio respiro l'approssimarsi dell'inevitabile esito di ciò che stava facendo. Allora si fermò di colpo e mi sussurrò, tenendomi la faccia fra le mani: "Era questo che volevi? Dai, dimmi cos'altro ti piace. O vuoi che ti insegni io qualcosa?"

"Siediti, per favore," le dissi in segno di resa, indicando con la mano la parte libera del divano accanto a me.

"Va bene, come vuoi tu." Si rialzò, si mise a sedere e mi chiese: "Ecco. E adesso, quali sono gli ordini, signore?"

"Nessun ordine. Scusami, Ines, scusami tanto."

E poi, rialzandomi: "Ti porto a casa."

"Aspetta un momento," disse. Obbedii. Passò qualche secondo prima che lei ricominciasse a parlare: "Michele, sappi questo: io non sono la mignotta di nessuno. E se volessi esserlo, non sarebbe con te."

Ero mortificato e arrabbiato con me stesso. La rabbia mi rese reattivo, non volevo che tutto finisse con quella vergognosa disfatta. Le chiesi: "Ho capito. Ma dimmi una cosa: tu cosa ti aspetti da me?"

"Sei un cretino se dici questo. Io non mi aspetto nulla. È questo il tuo problema? Cosa voglio da te? Io posso avere molte cose, Michele, ci sono decine di uomini in fila pronti a darmele. Ti pensavo diverso da loro. Sei molto giovane, non ne sai abbastanza per giudicare. Abbiamo passato due mezze giornate insieme, e per me è stato come uscire da una caverna buia. Non sai quanto ti ho voluto bene per questo. Ma fammi abituare alla luce, all'aria aperta. Fallo, se ti va. Sennò, lasciami perdere. E adesso, per piacere, chiama giù il portiere e chiedigli di trovarmi un tassí."

Aveva finito di parlare con gli occhi lucidi, senza cattiveria, non mi era possibile provare risentimento. Mi vergognavo di me stesso, questo sí. Dovetti insistere fino ad alzare la voce per essere io a riaccompagnarla, e alla fine mi fu concesso.

Durante il tragitto dovevo avere un'espressione ridicola, perché ricominciò a scherzare: "Ma lo sai che sei il primo uomo che mi ha respinta?"

"Respinta? Mi vuoi sfottere?"

"Sul serio, dicevo, mai successo prima." Era divertita e cameratesca, come se nulla di serio fosse accaduto.

Provai a domandare: "Allora dovresti dirmi..." Mi interruppe immediatamente: "Eccolo là! E te pareva? Vuoi sapere quanti ne ho sedotti? Magari saltandogli addosso?"

"No, dai, non intendevo questo..."

"Sí che lo intendevi. E adesso non fare quella faccia, non sei più capace di scherzare?"

Aveva il potere di creare la tensione e di scioglierla subito dopo.

Dopo aver fermato l'auto vicino a casa sua esitavo a farla scendere: a frenarmi era la paura che non ci saremmo più rivisti.

Non voleva andare subito a casa. Aveva voglia di parlare. Volle raccontarmi molte cose della vita quotidiana, quella che faceva prima di conoscere gli amici di Ida. Mi parlò di un fidanzato che faceva il pugile, ed era rimasto suonato dopo un'incontro troppo difficile per lui: "Voleva menare chiunque si azzardasse solo a guardarmi, alla fine hanno menato lui." Mi spiegò come aveva conosciuto mio cugino ("Un uomo affascinante, sai?"), e di come Alex la pregasse sempre di restare quando giocavano a carte, perché diceva che gli portava fortuna. Tutto questo con grande irritazione del suo amico Nicola, che in quelle occasioni era solito perdere forti somme.

Piano piano, stava riuscendo a riportare il nostro orologio a prima di quel pomeriggio. Cominciavo a distendermi, a lasciare con il pensiero il divano di Alex, come se non fosse stato mai un luogo di tortura e umiliazione.

Diventò curiosa, mi chiese i particolari del viaggio in Francia che avevo fatto insieme a Giorgio. Alla fine del racconto disse: “Pensavo che forse avresti potuto portarmi fuori per qualche giorno.” Poi, quasi a rassicurarmi: “Mica dico all’estero. In qualche posto che non ho mai visto, qui vicino... ad Amalfi, o a Ischia, per esempio.”

“Ma ormai è arrivato l’inverno, fra un mese è Natale.”

“E che t’importa? Dicono che sia ancora più bello in questa stagione. Per Capodanno, ad esempio, non ti andrebbe? O mi cacci via dalla tua vita?”

“Ma guarda: pensavi a un viaggetto romantico? Io e te?”

“Sí, scemo, ci ho pensato in questi giorni. Ma se sarà romantico è da vedersi: stanze rigorosamente separate!” Poi si corresse, sempre più divertita: “Ah, già, scusa: tu hai altri progetti per la testa, poi ti stranisci da solo in camera...”

“Dai, non ricominciamo...”

Tornò seria, ma senza rudezza: “Michele, facci caso: non mi hai mai fatto un complimento, non mi hai mai detto che ti piaccio, che mi trovi bella. Non credo che tu ti comporti cosí con le ragazze del tuo ambiente. Non mi dire che tutte ci stanno la prima volta che vi trovate soli. Qualcuna l’avrai anche corteggiata, immagino. Perché, allora, subito la camera da letto con me?”

“Hai ragione,” ammisi, “ma sembrava, che so, come dire...”

“Sembrava *sprecato* un corteggiamento?”

“Ma no, un po’ buffo, forse.”

“Ed era ridicolo accarezzarmi i capelli, l’altra volta? Farlo cosí dolcemente, a lungo, quando chiunque al tuo posto ci avrebbe provato? Vuol dire che se vuoi, lo sai come ci si comporta. Era cosí bello, una cosa nuova per me. Io volevo che non finisse mai, mi dispiace tanto averti interrotto."

"Allora non sono un animale, anzi, un maiale..."

"Sei solo un porcellino dilettante. E sei tenero come il burro. Devi solo imparare come si fanno le cose." Intanto aveva preso la mia mano e se l'era portata sulla guancia, piegando leggermente la testa, e socchiudendo gli occhi. Me la restituí subito: "Ora devo salire in casa." Feci il gesto di scendere per aprirle la portiera, ma lei mi fermò. "Dai, lascia stare questi convenevoli. Un secondo e sto su. Però dimmi solo una cosa, prima."

"Certo, cosa?"

"Dimmi che non sparirai."

"No. Ines, non sparirò."

"Promessa? Da uomo?"

Glielo promisi.

*****

Ero arrabbiato con mio cugino quanto e più che con me stesso. Alex non aveva capito nulla di Ines, il suo consiglio era stato fallimentare, solo lei era riuscita a evitare una rottura definitiva.

Naturalmente lui avrebbe replicato che una cosa è la strategia, un'altra chi la mette in pratica. Che a lui sarebbe andata diversamente, perché avrebbe già da un pezzo esibito il trofeo. Avrebbe detto che dovevo approfittarne mentre mi era addosso, perché forse quello che voleva realmente era proprio ciò che stava facendo. Non avrebbe mancato di osservare che era la ragazza a comandare il gioco, facendo e disfacendo a suo piacimento. Che le era permesso di usare la seduzione e le lacrime, come fanno tutte le donne, e io lí, come un ragazzetto, a subire entrambe.

Forse i giudizi che attribuivo ad Alex erano l'altra faccia dei miei stessi pensieri. Anche se le avevo promesso di rifarmi vivo, non sarebbe stato cosí difficile ripensarci e defilarmi: quante promesse non si mantengono? L'episodio di quella sera era un motivo più che sufficiente per lasciarla perdere. E poi, perché dovevo sentirmi obbligato a un corteggiamento? Anzi, se avessi accettato le sue regole, sarebbe equivalso ad ammettere che lei non era un'avventura, che io ero talmente preso da rischiare perfino di innamorarmi. Cosa da evitare a ogni costo.

Preso, però, lo ero. Quella ragazza si era sentita offesa, trattata come una puttana.

Per quanto fossi combattuto, la mia bilancia interiore cominciava a pendere dalla parte di Ines. Rinunciai cosí a fare programmi. Mandai al diavolo la voce di Alex che parlava dentro di me e progettai di non vederlo né sentirlo per un po'.

Il martedí successivo all'incontro con Ines mi attendeva il treno per la mia prima trasferta di lavoro a Milano. Pensai di chiamarla prima della partenza e avvertirla che sarei stato fuori Roma fino al sabato. Dopo averci pensato un po' su feci una cosa diversa. Che partivo glielo scrissi in un biglietto, poi acquistai un braccialetto d'oro, non di grandissimo valore, ma molto grazioso, e mandai a casa sua regalo e biglietto con un sontuoso mazzo di fiori. La promessa era di chiamarla la settimana successiva.

Ero molto compiaciuto di me stesso: non c'era dubbio, mi stavo comportando da gran signore.

Per quei cinque giorni riuscii finalmente a concentrarmi sul lavoro. Al mio ritorno passai il fine settimana dedicandomi alla pallacanestro e a noiosi impegni di famiglia. Il lunedí arrivai in ufficio coltivando l'idea di chiamare

Ines nel pomeriggio, ma appena seduto alla scrivania mi raggiunse la telefonata di mio cugino.

Appena sentita la sua voce lo avvertii, con decisione, che non avevo nulla da raccontargli.

“Io sí,” disse lui seccamente. “Ci vediamo all’una sotto la Banca. Devo parlarti.”

Per tutta la mattinata fui accompagnato da un sottofondo di inquietudine o, se vogliamo, da un presentimento negativo. Se ne accorse perfino Dell’Acqua, che mi vedeva rispondere molto sinteticamente alle numerose domande sulle riunioni milanesi: “Avvocato, lei sa che io amo la concisione, ma non esageri: le dispiacerebbe essere meno avaro di particolari?”

All’una meno dieci Alex era già sotto l’ufficio, e dopo il consueto abbraccio ci dirigemmo verso una piccola trattoria nelle vicinanze, dove eravamo già stati altre volte.

Quando iniziò a parlare notai subito che era incerto e imbarazzato, cosa insolita per lui.

“Allora, Michele, lo sai che per tutta la settimana ci è toccato lavorare per te?”

“Per me? Non ci credo.”

“Credici pure: è stato un lavoro duro ma proficuo.”

“Dev’essere importante, allora. E cos’hai scoperto?”

Per tutta risposta mi domandò se ultimamente avessi rivisto Ines.

“L’ho vista l’altra domenica. Ma lo saprai già dal portiere.”

“Sí, infatti. Più vista dopo?”

Ero sempre più allarmato: “Perché mi fai queste domande?

“Perché non devi più vederla.”

“Ma che dici?”

“Mi hai sentito bene. Non devi più vederla.”

La mia prima reazione fu un rifiuto assoluto e pregiudiziale di quello che ascoltavo. Tuttavia non potevo dubitare che Alex sapesse quel che diceva, bastavano il tono calmo della voce e la sicurezza con cui aveva emesso la sua sentenza. Non restava che ascoltarlo.

Esattamente una settimana prima, appena rientrato da Monaco, aveva ricevuto dall'alto una richiesta di informazioni su Nicola Rossato e suo fratello Gaetano, un banchiere. La ricerca doveva estendersi ad alcuni movimenti di capitali fra società italiane e svizzere, su cui pareva ci fossero voci di possibili compartecipazioni.

Chiedendo notizie in giro aveva appreso che era stato Dell'Acqua a tessere le fila di quei movimenti. I Rossato e i loro compari politici si erano opposti e avevano perfino tentato, senza riuscirci, di arrivare fino al Duce per bloccare Dell'Acqua, protestando contro la pericolosità di quelle operazioni.

"Avrei potuto rivolgermi direttamente a te," mi disse Alex, "non mi era difficile rintracciarti a Milano. Ma il fatto che c'entrassero i Rossato mi aveva fatto venire una pulce nell'orecchio, anche perché una delle prime cose che mi è stato chiesto di scoprire era il motivo per cui quel gruppo di persone ce l'avesse tanto con il tuo capo."

Io ne sapevo qualcosa, non molto per la verità: si trattava di operazioni fiduciarie, ovviamente super riservate, che venivano trattate direttamente da Dell'Acqua. Forse perché l'ansia mi stava togliendo lucidità, ancora non riuscivo ad avere un'idea di come Ines avesse a che fare con gli affari del suo amante.

Mio cugino, dal canto suo, faceva un grande sforzo per arrivare al punto in un modo delicato e graduale: "Io ho l'abitudine, che dovresti prendere da me, di cercare sempre le motivazioni che stanno dietro i comportamenti.

Sapendo che il professore è uno che non farebbe mai cazzate su partite cosí grosse, mi è venuto in mente che gli affari con la Svizzera fossero solo un pretesto, e che dietro l'interessamento di quella gente potesse esserci il tentativo di fargli scattare fra i piedi qualche trappolone."

Mi spiegò che aveva rivolto qualche domanda ai suoi amici più informati sulle questioni finanziarie. Non ci aveva messo molto a scoprire che per ben tre volte il fratello di Nicola, presidente di una cassa di risparmio di medie dimensioni, aveva inutilmente cercato coperture per la concessione di grossi prestiti ad alcuni industriali amici. Ottenuta risposta negativa, aveva esposto la sua banca, con gravi conseguenze. Inutile aggiungere che era stato Dell'Acqua a impedire che ottenesse le garanzie richieste.

Qualcosa di estremamente sgradevole cominciava a farsi strada in zone nascoste della mia mente.

Alex continuò ad avvicinarsi gradualmente al nocciolo della questione: "Vedi, Michele, questo è un punto fondamentale del mio lavoro: diffidare e capire. Nel Partito, anche in posti di rilievo, troviamo un discreto numero di mezze seghe che si credono padreterni e ritengono di aver ricevuto, insieme alla tessera, il permesso di creare cordate e controcordate per farsi gli affari propri. Il Partito è unico, ma loro hanno la tendenza a crearsi dei piccoli partitini temporanei per poter trattare chi dà noia come un avversario politico e giustificare cosí le proprie vendette personali. Nicola è uno di loro. Ma non ha pensato, il coglione, a due cose fondamentali. La prima è che Dell'Acqua è un osso troppo duro per lui; la seconda è che non permetteremmo a nessuno di crearci problemi con la Svizzera."

Questa parte del racconto mi piaceva, perché traboccava di disprezzo per l'amante di Ines. Siccome non avevo fretta che si arrivasse a lei – sentivo che mi avrebbe fatto male – mi guardavo bene dall'interrompere Alex con le mie domande.

"Lo ammetto, Michele, avrei dovuto pensarci prima: quelle battute sui massoni, ogni volta che si parlava di Dell'Acqua... quel lamentarsi per il troppo potere che ha, senza essere stato mai fascista... le illazioni sui suoi contatti con l'estero... perfino le perplessità sul fatto che non si sa nulla della sua vita privata. Ce l'hanno a morte con lui, e forse hanno sperato che un giorno sarebbe stato possibile incrinarne la reputazione, per poi toglierlo di mezzo, o almeno condizionarlo. Penso ai rapporti con la City, ad esempio. Oppure la storia della massoneria, che magari è anche vera."

Non potevo più rifiutarmi di capire quale fosse il nesso con Ines: "Non posso crederci! Volgare spionaggio!" esclamai.

"Ecco, bravo. Ci stai arrivando."

"No, no, non è possibile. Tu cerchi i fantasmi dappertutto. Siete troppo abituati ai complotti e alle spie, ormai ne vedete a ogni angolo di strada."

Non obiettò nulla. Doveva lasciarmi sbollire.

Decisi di difendere la trincea fino alla fine: "Ines non mi ha mai chiesto nulla del mio lavoro."

"Non è una cretina. Lo avrebbe fatto fra un po'. O saresti stato tu stesso a cominciare."

"Scusa Alex, ma non regge! Tutto un piano cosí machiavellico per la sola possibilità di ottenere qualche notizia di seconda mano?"

Alex continuava a sgranocchiare qualcosa mentre io non toccavo cibo, non mi ero neppure accorto del cameriere che me lo aveva portato. Pensava al modo di dirmi quello che doveva. Prese un atteggiamento quasi paterno: "Dopotutto non è cosí complicato. A parte il fatto che bastano particolari insignificanti per costruirci sopra un dossier, tu per Ines non saresti mai stato un lavoro a tempo pieno. Sai, ora non credo più che volesse fidanzarsi con te: sa bene che a casa tua non ci metterà mai piede. Le era sufficiente frequentarti per un po', farti divertire, essere la tua amante insomma. Quel tanto che bastava, a meno di non prenderci gusto, ma questa eventualità forse l'hai potuta valutare meglio di me..."

A questo punto gli spiegai cosa era successo a casa sua, sostenendo vivacemente che quel comportamento contraddiceva tutta la sua costruzione. Mi smontò subito: "A me non pare, francamente. L'unica cosa che dimostra è che quella ragazza ti rigira come le pare."

Si concesse una digressione per aiutarmi ad assorbire il colpo: "Come spiegare il suo comportamento? Che dire... le donne sono complicate, chi può sapere cosa realmente gli passa per la testa? Magari le piace davvero essere tua amica. Forse le vai a genio e le fa ribrezzo doverti usare. Forse era un pezzo di recitazione studiato e premeditato. Io però non starei a farmi tutte queste domande. Quello che conta è che Ines ti ha agganciato per avere notizie sulla Banca e su Dell'Acqua. I fatti sono questi, ora devi solo digerirli."

Stavo per arrendermi, ma avevo ancora qualche cartuccia da sparare: "Se è vero quello che mi dici, allora hanno fregato anche te. Tu l'hai fatta entrare nel giro. Tu inviti Rossato a casa tua. E poi sei stato tu a spingermi, non ricordi?"

"Calma, calma: io ti ho solo spinto a scopartela, e a quanto vedo non l'hai neppure fatto. Quanto a fregarmi, poi... se mi hanno fregato o no, lo vedremo alla fine del gioco."

Accordai a me stesso qualche minuto di tregua per assaggiare il dolce e prendere il caffè. Poi cercai da Alex l'aiuto che non poteva darmi: "Ma sei sicuro al cento per cento che le cose stiano cosí? Assolutamente sicuro? È un'ipotesi logica, questo sí, ma solo un'ipotesi."

Volevo il beneficio del dubbio.

"Non ci sono mai certezze assolute, naturalmente, ma i fatti e l'esperienza mi dicono che è andata proprio come ti ho detto. E a quanto vedo sei confuso e non ragioni, ora vuoi sapere soltanto chi sei per lei, vedi solo la tua avventura mancata. Ammettilo: se in questo momento ti dicesse che ti ama, le crederesti; e se confessasse, la perdoneresti."

"Non posso essermi sbagliato fino a questo punto, Ci ho parlato io con lei, non posso essere stato cosí cretino!"

"Chissà, forse le piaci da morire. Forse ti ama. Forse potevi essere la sua salvezza. Ma cosa cambia?"

Non mi andava di discutere con lui, volevo fare qualcosa: "Va bene, allora la affronto, la prendo a schiaffi se necessario e vediamo cosa ne viene fuori. Sentiamo cosa mi dice a quattr'occhi."

Non mi disse che era un'idea stupida. Si finse d'accordo: "Va bene, puoi farlo se vuoi. Accomodati."

"Certo che lo farò. Voglio proprio vedere..."

"Prima, però, devi sapere altre cose. A condizione che tu voglia saperle, naturalmente."

Era il colpo mortale. Inspirai profondamente per incassarlo: "Voglio saperle. Vai avanti."

"La parte che mi interessava ufficialmente è finita. Per me due più due fa ancora quattro. Ma siccome ti voglio bene e ti ci ho messo io in questa situazione, lo ammetto, ho voluto farmi venire altri dubbi. Di chi è Ines me ne frego, ma so che interessa a te: cosí, per quanto mi ripugni chiedere aiuto agli spioni dell'Ovra, ho fatto fare qualche ricerchina da loro."

"Dai, spara: che hai saputo?".

"Che non si chiama Ines, anzitutto. Si chiama Giuseppina. Giuseppina Falconara. E la sorella non si chiama Ida, ma Sara. Giuseppina e Sara Falconara, non Falconi, come dicono loro. Il padre è veramente un ex-impiegato, invalido civile, la madre ha fatto la sarta, la cuoca, e anche la pulizia delle scale in qualche palazzo. Il fratello non farà mai il carabiniere, visto che l'hanno già beccato per furtarelli. Vado avanti?"

Accennai di sí col capo.

"Bene. Stavo dimenticando che il padre è di origine ebraica, un ebreo povero per giunta, il massimo della jella. Qualche amico di Ida – o di Sara, se preferisci – è riuscito a farlo arianizzare. A lui non serviva più, ma alla carriera di Ida sí. In quella casa se la passavano piuttosto male, due volte hanno staccato il telefono, una volta l'elettricità. Le ragazze hanno lavorato un po' come impiegate in una ditta, poi hanno perso il posto: un collega, padre di famiglia, è stato visto nel bagno fra le cosce di Ida e quelli per non sbagliarsi hanno licenziato tutte e due. Poi sono venute le amicizie utili e le prime particine per la più grande. Ora le sorelline hanno un discreto conto in banca e un appartamento intestato a entrambe. Ida ha anche la Topolino."

Sorseggiò il suo amaro, poi riprese, implacabile: "E veniamo all'attualità. La scorsa settimana Ines si è incontrata due volte con Rossato, di giorno, e pare che effettivamente non fossero in grande armonia. Hanno discusso animatamente, probabilmente stavano litigando."

Ripresi un po' di colore, ma mio cugino non mi dava scampo: "Aspetta a rinfrancarti: è uscita tre volte di sera e non è mai rientrata prima dell'alba. Una volta non si sa con chi era, è entrata in un albergo. Le altre due in un appartamento con un industriale di Venezia. Uno che gioca cifre importanti a baccarà e a poker, e che credo di aver visto anche giocare con Rossato. Chissà che stavolta non abbia vinto una posta in natura..."

Questa era una evidente illazione, ma dovetti riconoscere che ormai poteva benissimo rientrare nel quadro. In fondo me l'aveva detto che qualche volta funzionava ancora come ai tempi del Forte.

Alla fine, impietosito, concluse: "Scusami se non sono stato esauriente, ma queste informazioni da questurino non sono il mio mestiere. E adesso, dimmi: la vuoi rivedere?"

Non gli risposi neppure.

Ci salutammo senza il solito abbraccio, io però, in qualche modo, lo ringraziai. Prima di scappare via mi disse: "Domani sera passo a prenderti qui, aspettami."

"Per vedere come sto?"

"Ma no. Sopravviverai. Andiamo a cena, beviamo qualcosa, e parliamo di tutto fuorché di donne."

*****

Non era finita.

Poco dopo il mio rientro in ufficio, nello stato che si può facilmente immaginare, il professore mi fece recapitare dei documenti che riguardavano i nostri rapporti con due società svizzere, ed ebbi la sensazione che quella faccenda mi perseguitasse. Mi sentivo preso a calci, mi disprezzavo, non avevo neppure la forza di arrabbiarmi.

Nel pomeriggio arrivò la prima telefonata di Ines-Giuseppina. Alzai il ricevitore, sentii la sua voce e riagganciai: probabilmente voleva ringraziarmi per il regalo, fu doloroso ricordarmi di aver perso un'ora fra gioielliere e fioraio per farle una sorpresa. Diedi subito incarico a una segretaria di filtrare tutte le mie telefonate, con l'ordine di non passarmi nessuno senza preavviso.

Ines richiamò diverse volte, feci dire sempre che non c'ero. Anzi, dopo due o tre chiamate dissi all'impiegata di non annunciarmi neppure quella persona, solo per sentirmi rispondere, non senza impudenza: "Ormai si era capito, avvocato."

Con quegli incartamenti davanti agli occhi mi decisi finalmente a valutare l'aspetto professionale della vicenda.

Da quel punto di vista era uno scampato pericolo. Potevo benissimo evitare di parlarne con Dell'Acqua, ma alla fine conclusi che – per quanto probabilmente ne fosse già a conoscenza – dovevo trovare il modo di avvertirlo che c'erano trame contro di lui. Forse cercavo l'appiglio per un parziale riscatto.

Mi ricevette in tarda serata: la segretaria che custodiva il mio telefono se n'era già andata, ma Ines aveva finalmente smesso di cercarmi.

Presi il discorso molto alla lontana. Non dissi nulla delle mie disavventure amorose ed evitai di citare mio cugino comc fontc di informazioni.

In buona sostanza, informai Dell'Acqua che in certi ambienti alcune persone stavano cercando di indagare su di lui. Non appena fui certo che non avrebbe preteso di conoscere la fonte, gli parlai anche del collegamento con la Svizzera, e di rancori derivanti dalla vicenda di una cassa di risparmio.

Mi interruppe: "Ah sí... bene, bene, ho capito di chi potrebbe trattarsi. Mio caro avvocato, ci sono abituato ormai." Sembrava perfino divertito.

"Non dubitavo che ne foste già a conoscenza, professore, ma per lealtà ho ritenuto di dover..."

Non mi lasciò terminare: "Hanno tentato di metterla in mezzo?"

Dopo una breve esitazione, risposi di sí.

"Si sieda lí, Michele," disse, indicando il suo salottino. Non mi aveva mai chiamato per nome, quindi mi fu subito chiaro che eravamo entrati *in camera caritatis*.

Mi accomodai sul divanetto posto su un lato dell'enorme stanza. Prima di cominciare a parlare, Dell'Acqua sprofondò con tutta la sua mole nella poltrona posta di fronte a me: "Mi dica, secondo lei cosa stanno cercando?"

In ogni caso non sarei sfuggito alle sue domande, quindi dissi subito che "...più che interessarsi alle operazioni con gli svizzeri, credo che volessero sapere qualcosa su di voi. La vita privata, o meglio ancora le convinzioni ideologiche, le amicizie più riservate..."

"Insomma, gli piacerebbe poter dimostrare che sono un massone. Non è cosí?"

"Credo di sí, professore."

Annuiva, come se avesse ricevuto la conferma di qualcosa che già sapeva: "È dal 1920 che ogni tanto qualcuno mi definisce un massone. Vede, i fascisti di mezza tacca lo vedono come un tradimento della Patria, o dell'Idea. Loro esaltano lo Stato, quindi chiunque voglia organizzarsi al di fuori di esso, e per di più in segreto, è visto come il fumo negli occhi. Sostengono che la massoneria è ramificata in tutta Europa e in America, che manovra gli affari e la finanza, che è in perenne combutta con gli ebrei. In questo modo il pericolo assume una dimensione internazionale da cui è logico doversi difendere. I fascisti più intelligenti, invece... sa, fra di loro ce ne sono di massoni, eccome!"

Mi parlava di cose che avevo conosciuto per sentito

dire. Accortosene, il professore mi chiamò in causa con una domanda diretta: “Lei cosa ne sa della massoneria?”

Non sapevo sinceramente cosa rispondergli: bofonchiai qualcosa su riunioni di incappucciati, sui moti carbonari, ma ero evidentemente impreparato.

Assunse l’atteggiamento professorale che ben gli conoscevo: “La gente immagina riti di iniziazione, patti di sangue, complotti senza fine. Ciò deriva solo dall’ignoranza... mi perdoni, non la sua, quella di tutti. Per quanto possa saperne io, è vero che nella finanza mondiale esiste un dialogo sotterraneo che a volte prescinde perfino dall’interesse momentaneo dei singoli stati. È vero anche che ci sono persone che si intendono sulla base di principi che ritengono universali, ed è per questo che preservano il segreto. Spesso ciò che fanno i loro governi non è quello che costoro ritengono giusto. A quanto so non saranno mai dei traditori: sono dei patrioti che credono fermamente nella pace e nel diritto. La maggior parte di queste persone detesta le dittature, le persecuzioni politiche, religiose, razziali. Bene, alcuni di loro, forse, sono effettivamente massoni. E allora? Si guardi intorno: le pare che questi massoni abbiano un potere cosí grande da vedere affermate le cose in cui credono? Il mondo va a pezzi lo stesso, purtroppo.”

“Sono sopravvalutati, volete dire?”

“Certo, è cosí, ma molti li temono ugualmente, perché in realtà non sanno chi sono, non avranno mai la certezza di identificare la loro appartenenza. Gli attribuiscono l’esclusiva dell’occulto, dimenticando che anche Santa Romana Chiesa, per esempio, opera nel mondo con gli stessi sistemi... specie quando si tratta di soldi, caro ragazzo!”

Accompagnò questa osservazione con una delle sue risate caratteristiche, cosí roboanti e soddisfatte. Ebbi l'impressione che la prolusione fosse terminata, ma non era cosí, il professore doveva ancora concludere: "Mio caro, prima che lei esca da qui con la convinzione che la cosa di cui abbiamo parlato non conti più nulla, c'è ancora un elemento da considerare. Nella storia di noi poveri esseri umani sono purtroppo ricorrenti le crisi che portano a disastri, distruzioni, alla perdita della razionalità e dell'umanità. Ebbene, ci saranno sempre uomini che in tali circostanze continueranno a pensare al dopo, e cercheranno di essere gli architetti del futuro, preparandosi prima degli altri a riparare e ricostruire. Se sopravvivono, naturalmente..."

Uscendo da quella stanza ero indeciso se quella del mio capo fosse stata un'ammissione o una presa di distanza. Devo ammettere che in quel momento mi importava poco, preso come ero dai miei fallimenti personali. A casa, per saltare la cena e andarmene a letto, dovetti dichiararmi influenzato: non fui creduto, ma fui lasciato in pace.

La mattina dopo ancora telefonate di Ines, ma ormai la segretaria non aveva bisogno di istruzioni.

In ufficio facevo quello che potevo, con la testa altrove.

Nel pomeriggio Dell'Acqua mi fece chiamare. Ero sicuro volesse farmi notare che non stavo combinando nulla di buono, visto che per la prima volta avevo lasciato indietro due pratiche importanti. Invece lo trovai allegrissimo: "Michele, lei non ci crederà, ma si parla del diavolo e spuntano le corna! Anzi, il diavolo le corna se le rompe! Si sieda e stia a sentire, non potevo non chiamarla..."

Ancora la sua risata, che mi strappò un sorriso.

"Dunque: anche se ieri non abbiamo fatto nomi, abbiamo parlato di certe persone un po' troppo curiose, si ricorda?"

Certo che mi ricordavo.

Proseguí: "Allora senta questa chicca che ho saputo

proprio adesso dal Ministro delle Corporazioni: stamani il dottor Nicola Rossato ha rassegnato le dimissioni dall'IRI, e pare anche che stia lasciando Roma, perché avrebbe accettato un incarico in Libia. Ma aspetti, aspetti, il bello deve ancora venire! Pare che si tratti di una sciagura di famiglia, perché, sempre stamattina, suo fratello Gaetano, il banchiere da strapazzo, è stato arrestato a Napoli per una sfilza di reati finanziari. Incredibile! Con le manette ai polsi!"

Rideva come un matto, sembrava che fosse davvero sorpreso da quelle notizie. Il dubbio che fosse estraneo al crollo dei Rossato si trasformò in certezza subito dopo, quando ammise: "Dire che sono dispiaciuto sarebbe da ipocriti. Devo riconoscere, però, che io non avrei saputo fare di meglio!"

Alex!

La sera, quando passò a prendermi, mio cugino aveva l'aria del bambino che ha fatto una marachella e l'ha passata liscia. Non poteva essere sicuro che fossi già informato, ma sicuramente lo sospettava, per cui mi scrutava di sottecchi senza neppure sfiorare l'argomento del complotto. Io stavo al gioco.

Per tutta la cena non parlammo né di Ines né dei Rossato, ma appena usciti dal ristorante, prima di lasciarci, fui io a cedere: "Ho saputo che due certi fratellini sono stati trombati..."

"Ah sí? Davvero? Dimmi, dimmi."

"Raccontamela tu invece com'è andata."

Si finse ignaro di tutto ancora per un po', poi gettò la maschera: "Non deve interessarti com'è andata. Sono le regole del gioco, non puoi bluffare all'infinito, prima o poi trovi sempre chi viene a vederti le carte." Poi soggiunse: "A proposito di bluff: quello stronzo di Nicola mi deve ancora 40.000 lire. E quando me le riprendo, adesso?"

Lo vidi cosí compiaciuto da convincermi che per lui 40.000 lire erano un buon prezzo per prendersi una simile soddisfazione.

"E le sorelline?" osai chiedere.

"Le sorelline hanno molte risorse, se la caveranno benone. La tua amichetta, poi, si è già sistemata. Peccato che non possa lavorare per me, è un tipo veramente in gamba."

Si accorse dalla mia faccia di avere esagerato, per cui pensò bene di cambiare discorso. Mi parlò della figlia di un caporedattore dell'agenzia Stefani: "...ha solo diciannove anni ma è un fiore, che dico, un angelo! Ha i capelli biondissimi, un corpo da indossatrice, due occhi azzurri da perdercisi, ha tutto insomma. È anche una bravissima ragazza, sai? Intelligente, simpatica, non se ne trovano cosí, devi vederla, assolutamente."

Continuò cosí finché, per disperazione, non gli promisi che avrei accettato di conoscerla.

Rientrando a casa, non pensai alla figlia del giornalista, ma a quel che mi aveva detto Alex sulle regole del gioco. Probabilmente erano davvero quelle le leggi non scritte del suo mondo, e ora sapevo che lui, oltre a conoscerle, sapeva applicarle. Mi convinsi rapidamente, e ancora adesso lo credo, che avesse giocato pesante per me. Per quello che avevano fatto *a me*.

Loro mi avevano colpito. Lui li aveva affondati.

*****

Nei giorni successivi le telefonate di Ines si diradarono, fino a cessare del tutto.

Quando la segretaria mi dava l'elenco delle chiamate non le chiedevo nulla, ma per qualche giorno tenne a specificare che la signorina Falconi non aveva telefonato. Mi guardava con una tenerezza molto vicina al compatimento.

Passai le feste di Natale come sempre, il venticinque a casa con i miei, il Capodanno con gli amici. Alla festa di fine anno, a casa di Anna, invitai ad accompagnarmi la figlia del giornalista, ma lo feci solo per evitare che tutti mi chiedessero di Ines. Si chiamava Luisella, o forse Graziella. La trovavo carina ma insignificante. A pensarci bene era molto più che carina, ma io avevo altro per la testa. Più che la mia compagnia, comunque, gradí quella molto più allegra di Filippo, che una volta accortosi del mio disinteresse, cercò di fare a se stesso un bel regalo per il 1940 appena cominciato.

L'unica a capire qualcosa del mio stato d'animo fu Anna, che mi controllava a distanza. Allo scoccare della mezzanotte pensavo al Capodanno che io e Ines avremmo dovuto passare insieme in un albergo sul mare. Mentre tutti gridavano e si abbracciavano, mi sentivo triste e vuoto. Anna venne da me con due calici di champagne in mano e mise sotto il mio naso quello destinato a me: "Brindiamo, dai. Scegli tu se per festeggiare o per dimenticare."

"Per dimenticare," ammisi.

"Capisco... Ti ha fatto male?"

"No. Mi sono fatto male da solo."

"Ti serve una spalla per piangerci sopra?"

"Servirebbe il Muro del Pianto di Gerusalemme."

La serata non era troppo fredda e la casa dei genitori di Anna aveva una veranda dove ci si poteva soffermare gradevolmente. Mentre tutti si dedicavano al tradizionale Mercante in Fiera, del quale Filippo era indiscusso banditore, io e Anna ci appartammo per parlare in santa pace.

Le raccontai tutto: di Anna avevo fiducia assoluta,

conosceva Alex, conosceva Dell'Acqua, con lei non era necessaria alcuna riservatezza.

Ascoltava senza tradire reazioni. Quando ebbi finito, mi chiese: "Sono graditi i commenti?"

"Sí, ma senza infierire."

"D'accordo. Ma non voglio esprimere giudizi."

"Tu potresti."

"Sí grazie, lo so, ma ascolta: io intuisco che tu hai ancora dei dubbi."

Protestai: "Ma quali dubbi, era chiara la manovra: io ero il cretino designato."

"Non sono questi i dubbi. Tu ancora stai a chiederti se quella ragazza che hai visto piangere, che ha detto parolacce alla partita, che si faceva accarezzare i capelli... se quella ragazza recitava o era se stessa. È questo che ti manda al manicomio."

"Sí, lo ammetto, non posso essermi sbagliato cosí clamorosamente."

"Non saprai mai la verità, Michele. Io penso, per puro istinto, che fosse *quasi* autentica in quei momenti."

"Ma se anche fosse? Non cambia molto, non ti pare?"

"No infatti. Ti ha ingannato e ti sei lasciato ingannare. È questo il punto: non vuoi capire quali sono le domande che devi farti, quelle più importanti."

"Allora dimmelo tu quali sono."

"Dovresti chiederti se è mai possibile che siano sempre gli altri a dover risolvere i tuoi problemi. Se è giusto che sia tuo cugino ad aiutarti a crescere. Se ha un senso che tu stia a roderti per capire quando 'sta Ines recitava, o quando faceva schifo a se stessa. Se è concepibile che tu, a ventiquattr'anni, non abbia ancora realizzato che la vita è difficile e nessuno fa niente per niente."

Dolcemente spietata: cosí è Anna. Sentivo che aveva

ragione, per quanto fosse cosí difficile ammetterlo. Provai ad autocommiserarmi: "È vero, devo cominciare ad accorgermi di quello che mi sta intorno."

"Ma davvero? Sarebbe ora, prima della vecchiaia."

La pregai di non prendermi troppo in giro. Ma non c'era più nessuna severità da parte sua, c'era solo il desiderio di dire le cose mai dette. Eravamo appoggiati sulla ringhiera, guardavamo Roma dall'alto. Mi sentivo più sereno e più disposto ad ascoltare. Toccava a lei, ora.

"Tu non ti accorgi di molte cose perché vedi solo te stesso. Lo sapevi, per esempio, che anni fa sono venuta qualche volta ad assistere alle tue partite?"

"No, non lo sapevo. Non ti ho mai vista, dov'eri?"

"Non mi vedevi perché non mi cercavi. Ci saranno state un centinaio di persone al massimo, io ero un po' nascosta, vicino all'uscita. Te l'avevo detto tante volte che forse sarei venuta, e tu neanche ascoltavi. Volevo che tu mi cercassi con lo sguardo fra le persone. Non lo facevi mai. Però le occhiatine a quelle quattro deficienti che si mettevano in prima fila, le mandavi, eccome!"

"Anna, mi mortifichi..."

"È acqua passata. Mi facevi solo tenerezza. Non è finita, però. Ti ricordi la tua festa di laurea? Gli addobbi, i festoni, i cartelli di auguri, i fotomontaggi con la toga da avvocato... e poi i biglietti da visita, gli altoparlanti per la musica?"

"Sí, certo, siete stati fantastici."

"*Siamo* stati? Ma chi credi che abbia passato una giornata a preparare tutta quella roba? Non ci hai neppure pensato. Non lo hai neppure chiesto."

Era vero.

"E quando mi sono fidanzata con il milanese, quello alto quasi due metri? Poveretto: lo trattavo come una pezza da piedi! Ero cosí cretina, a diciott'anni, da volere solo che tu ci vedessi insieme. Quella storia durava da un mese, lo sapevano tutti tranne te. Poi un giorno mi hai chiesto: 'Per caso ci stai insieme a quello lí, quello alto?' Io ti ho risposto di sí, speranzosa di cogliere una reazione, una qualsiasi. Invece mi hai detto: 'Perché non lo fai venire ad allenarsi con noi? Ci serve un pivot.' Mi viene da ridere a ripensarci!"

Sorrideva senza amarezza nel ricordare quelle cose. Erano del passato, ed era esattamente questa la percezione che mi comunicava. Che molte cose si stessero perdendo, allontanando. Piccoli fatti insignificanti che stavano trasformandosi in ricordi. Eppure, non mi ero mai sentito cosí vicino a lei. Stavo perfino dimenticando Ines. Pensavo a come avrei potuto farmi perdonare per non essermi accorto della fortuna che per anni avevo avuto a portata di mano.

Mi disse dei suoi programmi futuri: "Se Dio vuole a gennaio mi laureo. Sarò dottore, ci pensi? Un medico!"

"Medico del corpo e medico dell'anima..."

"Già... ora ti serve quello dell'anima... povero piccolo..."

"Ma vorrai essere il mio medico di fiducia?"

"Se il professor Alimonti lo permettesse, lo farei volentieri. Ma dovrai aspettare per un po'."

Mi accorsi di avere paura della spiegazione che seguí: "Mio zio Charles è primario in un grande ospedale di Londra. Te l'avevo detto, no? Io voglio andare a specializzarmi lí, mamma mi sostiene e starà con me per un po'. Papà alla fine si è detto d'accordo, *obtorto collo*."

"Non so se è il momento migliore per andare in Inghilterra."

"Sono tempi difficili, lo so bene. Ma è un privilegio entrare in quel posto, non posso rinunciare alla mia vita per colpa di Hitler. E poi sono mezza inglese, parlo la loro lingua come l'italiano... perché non provarci? Là sono più avanti di noi, meglio organizzati. Spero solo che non gli facciamo la guerra. Dai, fammi gli auguri: è una bella cosa, non ti pare?"

Sí, era una bella cosa che non ero affatto contento di apprendere. Mi sorpresi a desiderare fortemente che Anna non se ne andasse, cercavo di escogitare un modo per trattenerla. Insistetti per un po' sulla situazione esistente fra Inghilterra e Germania, sull'alleanza fra noi e i tedeschi. Tutto inutile: aveva già deciso. Solo dopo un po' trovai il coraggio di chiederle quando sarebbe tornata.

"Non lo so di sicuro. Tutto il tirocinio dura due anni, intanto ne farò sicuramente uno. L'estate prossima potrei essere ancora in Italia. Per poco però, lí c'è da studiare anche ad agosto. Forse potrò fermarmi di più a Natale, e allora si vedrà."

Guardava in basso, per strada, dove c'era ancora gente che gridava e faceva confusione.

Riuscii a dire: "Ci mancherai."

Mi guardò come la maestra che estrae con le pinze la lezioncina allo scolaretto.

Fui più preciso: "Mi mancherai."

Mi sembrò di sentirla sussurrare: "Anche tu." Ma quello che ascoltai subito dopo fu più chiaro e perentorio: "Sono stata per anni ad aspettarti, tu puoi pazientare qualche mese. Ti farà bene: voglio trovare un uomo quando torno."

Dovrei dire che quello del '40 fu un brutto Capodanno, anche se oggi potrebbe apparire ridicolo, perché ne sarebbero seguiti cinque di guerra, ben più tristi e difficili. Eppure quella sera mi sembrava di aver perso tutto in una volta, di essere rimasto senza risorse.

Sono passati sei anni dagli episodi che ho appena raccontato: nessuno di noi poteva prevedere tutto quello che sarebbe seguito. Non potevo sapere che Anna sarebbe stata trattenuta in Inghilterra per tutta la durata della guerra, a me sembravano troppi i mesi che dovevo aspettare per rivederla.

Per lei la vita cominciava sul serio. Mio cugino era di poco più grande di me, e aveva già una vita da raccontare. Anche Ines, a modo suo. Io no. Non avevo fatto ancora nulla. Tutti loro erano più di me, nel bene e nel male: dovevo mettermi in coda e attendere il mio turno. Cominciavo a rendermi conto che le persone possono soffrire per cose ben diverse da una delusione amorosa. Ero cosciente di quanto fosse stupido e ingiusto essere depresso per una storia come quella di Ines. Eppure, quella era l'unica cosa importante che mi fosse accaduta. Scoprirmi consapevole di tutto questo mi rendeva più malinconico, perché comunque era una fine.

*****

A metà gennaio arrivò in ufficio una telefonata di Ines. La segretaria entrò nel mio ufficio tutta emozionata – chissà quali storie di cuori infranti aveva immaginato – e mi informò che la signorina Falconi era in linea. Le permisi di passarmela.

Evitò i saluti: "Mi concedi mezz'ora del tuo tempo prezioso?"

"Dovrei?"

"Solo mezz'ora, poi non ti disturbo più."

In assenza di risposta dette per scontato l'assenso: "Ci vediamo all'una e mezza al Tritone, davanti al Messaggero. Ti è comodo, no?"

Arrivai all'una e quaranta per non essere io quello che aspettava, ma sbagliai il calcolo, anche se di poco: Ines ancora non c'era. Faceva freddo, avevo deciso di attenderla solo per cinque minuti.

Prima che il termine scadesse un'automobile si accostò al marciapiede, a qualche metro da me. Sul sedile posteriore c'era Ines. L'autista fermò la macchina e scese ad aprirle la portiera.

L'avevo già vista vestita con eleganza nelle serate da Alex, ma quella mattina era in *mise* da gran signora, con un soprabito di colore celeste lungo appena sotto il ginocchio, calze opache, tacchi alti, una stola di visone sulle spalle. Aveva perfino il cappello con la veletta. E i guanti.

Rimasi fermo ad aspettare con le mani in tasca. Lei venne verso di me sorridendo e mi porse il guanto, intuendo che in mezzo alla gente sarei stato educato con lei.

"Ciao, Michele."

"Ciao, Giuseppina."

Fece finta di niente: "Ti trovo bene, sei un po' ingrassato però."

"No, per nulla. Uguale a prima. Tu invece sei molto elegante."

Non era un complimento. Mi ringraziò come se lo fosse. Poi, quasi a giustificarsi: "Di giorno io e te siamo andati alla partita o in campagna. Se ci fosse stata l'occasione, mi avresti già vista cosí."

"Mi dispiace essermi perso lo spettacolo. Ma dimmi, a cosa devo l'onore?"

Aprí la borsetta e ne estrasse un astuccio che riconobbi subito, era il regalo che le avevo mandato con i fiori: "Anzitutto, volevo riportarti questo."

Notai il bracciale che si intravedeva dalla manica del soprabito: era molto più bello e costoso del mio. Lei se ne accorse e si affrettò a dire: “È molto carino il tuo regalo, davvero, hai buon gusto.”

“Allora tienilo.”

“No, grazie, non posso. Credo che sarebbe più adatto a una fidanzata.”

“Ti sbagli. A una fidanzata non farei regali. Solo l’anello con i brillanti, al momento giusto.”

“Capisco. Ma tu l’avevi regalato... insomma non è mio, è come se tu l’avessi regalato a un’altra persona.”

“Ti sbagli ancora. L’ho regalato proprio a te e non me lo riprendo indietro. È tuo, fanne quel che ti pare. Magari vendilo.”

“Senti, Michele...”

“Sentimi tu: è per restituirmi questo oggetto che hai voluto vedermi?”

“No, no. Ti ho cercato perché devo parlarti... Ci sediamo da qualche parte, dieci minuti?”

“No, non serve. Restiamo pure qui. Ho poco tempo.”

“In macchina, almeno...”

Guardai l’autista che si era rimesso al suo posto. “Lui va a prendersi un caffè,” specificò Ines, quasi implorante.

Ci sedemmo in macchina. Il parcheggio era palesemente illegale, un vigile ci guardò, guardò Ines più che altro, e pensò bene di ignorarci.

“Allora? Cosa devi dirmi?”

Cercava le parole: “Ascolta, io non so cosa ti hanno detto, ma non voglio far finta di cadere dalle nuvole. Avete fatto fuori Nicola, avete rovinato il fratello, quel giorno stesso sei sparito, quindi c’è un nesso fra queste cose.”

“*Abbiamo*? Non credo proprio, si sono fregati da soli che io sappia. Ma dimmelo tu se c’è un nesso.”

“Michele, io non c’entro nulla...”

La interruppi, spazientito: “Allora Ines... scusa,

Giuseppina... ti dice nulla il professor Dell'Acqua? Ti dice nulla una cordata per farlo fuori, con a capo il tuo amante e quel mascalzone del fratello? Sai qualcosa di alcune ragazze che fanno le attrici per sport e le spie per professione? Che si fanno mantenere dagli amanti? Che si scelgono il letto di chi paga meglio? E soprattutto, che cercano notizie in giro per raccontarle ai loro protettori? Ti dice nulla tutto questo? Posso proseguire, se ci tieni."

"Basta!" urlò. Sicuramente fu udita all'esterno, perché qualcuno si girò verso di noi. Continuò a dire "Basta" molte volte, fra le lacrime. Non volevo infierire: "Va bene, basta. Ma ora che Rossato è chissà dove, mi dici la roba che hai addosso da dove proviene?"

Si riprese: "Certo che te lo dico: guarda che se volevo nascondermi non mi facevo vedere cosí. Il bracciale, dici? Il visone? Sono regali. Non lo sai che tutti i gioielli e le pellicce che indossano le donne sono regali?"

"Tutti della stessa persona?"

"Sí. Mi sposo, Michele."

Non potei fare a meno di ridere: "E chi è il fortunato? Al Capone?"

"Mi sposo con uno del Nord, un imprenditore che ha un'industria vicino Venezia. Parto domani."

Ero più calmo: "Matrimonio d'amore, vero? Lui sicuramente sarà cotto al punto giusto."

"Lui è un bell'uomo, simpatico, piacevole; ed è ricco. È pazzo di me, se vuoi saperlo. Chiamalo pure matrimonio di interesse, se ti va. Io non so rinunciare a fare questa vita. Devi capire: a te non succederà mai di essere povero, ma io ho vissuto fino ai diciotto anni senza sapere se al pranzo seguiva la cena. Io e mia sorella ci scambiavamo i vestiti, perfino la biancheria. Non voglio che succeda più. Mai più. Sono fatta cosí, Michele."

"Sí, lo so bene come sei fatta. Buona fortuna, allora..."

"Aspetta, ti prego, lasciami dire... è vero, volevano che io ti agganciassi e ti frequentassi, e il motivo è quello che hai detto tu: il tuo capo. Solo per un po', dicevano, serviva qualche notizia, qualche indiscrezione, niente di speciale, non moriva nessuno. Ma se non accettavo finivo di nuovo a pane e formaggio. Non ti conoscevo neppure, ti avevo solo visto in qualche serata a casa di Alessandro. Io e Nicola abbiamo litigato a morte per questa faccenda, a me non piaceva, e poi glielo dicevo che sotto il naso di tuo cugino non reggeva, che erano pazzi..."

"Eh già, mio cugino. Io però ero abbastanza idiota, vero?"

"No Michele! No! Non ritorcermi contro ogni parola. Io con te stavo bene per davvero, mi piaceva come mi trattavi. Con te non volevo essere una puttana qualsiasi, mi sono perfino illusa che le cose potessero essere... insomma... essere come le facevi sembrare tu. Quando ho visto che ti eri organizzato per portarmi a letto mi è crollato il mondo addosso, vi avrei ammazzati, te e tuo cugino. Ma poi eri disposto a rivedermi, mi hai mandato i fiori, il regalo: eri di nuovo tu, io ero felice. E a quel punto non gliele avrei mai date quelle informazioni. Te lo giuro, è cosí. Perché altrimenti te lo verrei a dire? Solo per farmi trattare in questo modo?"

Stavo ascoltando le cose che avevo tanto sperato di sentire: non avevano l'effetto che mi aspettavo.

"Io non so il perché. Forse vuoi scaricarti la coscienza. Forse qualcosa di vero c'è in quello che dici. So solo che se mi avessi raccontato tutto prima ti avrei aiutata a uscirne fuori. Io e Alex ti avremmo aiutata. Ma adesso non serve a nulla, non mi interessa più sapere cosa era vero e cosa era falso."

“E se ti dico che stavo per raccontarti tutto, naturalmente non mi credi...”

“Non lo so, Ines, non lo so proprio, ma non ha più nessuna importanza...”

“Grazie!”

“Ma di cosa?”

“Di avermi chiamata ancora Ines.”

Non ero più arrabbiato, quindi era il momento giusto per mettere fine all’incontro. Riusciva sempre a farmi calmare, se avessimo parlato ancora sarebbe riuscita a farsi compatire. E forse avrei cominciato nuovamente ad accorgermi di quanto era bella.

“D’accordo, Ines, va bene cosí? Tranquilla ora, dai. Ci siamo detti tutto. Nessun rancore. E auguri per il tuo matrimonio.”

Aprii la portiera, e mi venne in mente di dirle addio: mi parve subito una ridicolaggine cinematografica. Le dissi solo ciao e mi incamminai verso la Banca, scoprendomi di buonumore.

Ero tranquillo, era tutto alle mie spalle. Avevo superato la prova: Ines poteva andare dove voleva, con chi voleva, e non me ne sarebbe importato più nulla.

Ad Alex sarebbe piaciuto come mi ero comportato. E anche ad Anna.

*****

Ormai non giocavo più a pallacanestro, il lavoro non mi lasciava il tempo di allenarmi. Quando ebbi l’occasione di pesarmi, scoprii cha avevo effettivamente acquistato tre chili, e sorrisi fra me e me, ricordando che Ines se n’era accorta subito.

Non andavo più a vedere la Roma.

Anna partí per Londra il giorno dopo la laurea. Prima della partenza telefonò a tutti gli amici per scusarsi di non aver organizzato i festeggiamenti: "È tutto rimandato a fine anno, vi prometto una festa che non dimenticherete."

Andai ad assistere alla discussione della tesi, arrivando con qualche minuto di ritardo, mentre Anna stava già parlando delle patologie post-natali. Fui l'ultimo dei presenti a congratularmi: "Vedi? Siamo pari, non ti sei accorta che io c'ero." Per tutta risposta Anna indicò immediatamente in fondo all'aula il posto dove ero seduto: "Scemo, hai dimenticato lí la sciarpa, come al solito!" Poi venne fagocitata dalla confusione e dai parenti, e feci in tempo a dirle solo: "*Good luck, doctor*!" e a sentire in risposta: "*I need it!*"

In Banca ebbi un'altra promozione. I miei incarichi non cambiavano, ero sempre, di fatto, l'assistente del professor Dell'Acqua. Ora però avevo una segretaria tutta per me, invece che a mezzo servizio, e in più il telefono diretto. Lo stipendio lo aveva generosamente stabilito il professore: guadagnavo più di 4.000 lire al mese.

Uscivo di meno la sera, anche il sabato. Cominciai a perdere di vista alcuni amici. In compenso accettavo gli inviti di altri funzionari della Banca. Dell'Acqua mi aveva detto che ormai ero stato accettato, e mi faceva capire che avrebbe gradito un po' di "diplomazia interna" da parte mia. Qualche volta i colleghi mi chiedevano quanto prendessi di stipendio. Io rispondevo: "Sulle duemila."

Per tutta la primavera del '40 mio cugino fu in viaggio: Italia, Nordafrica, Balcani, Germania. Un giorno mi rivelò che le comunicazioni diplomatiche fra Roma e Berlino venivano intercettate, ma "...non dagli Inglesi, o meglio, non solo da loro". Il suo compito era di vederci chiaro. Al ritorno mi confessò: "Ho solo perso tempo e litigato coi crucchi. È a Roma che bisogna indagare, non a Berlino."

Aveva sempre desiderato conoscere l'America. Per riuscirci, aveva proposto al "Telegrafo" di Livorno, il quotidiano dei Ciano, un'inchiesta sugli italiani di New York, che in realtà si sarebbe trasformata, come mi confidò, in un rapporto sui circoli finanziari ebraici di Wall Street. Dovette rinunciarvi all'ultimo momento. Interpretò la cosa come un indizio che forse la guerra sarebbe arrivata prima del previsto, aggiungendo: "Dovrò fare anch'io la mia parte, se succede."

Ne parlava come di una passeggiata fuori porta: "Durerà tutto pochissimo tempo, quello che hanno di buono i tedeschi è che fanno le cose alla svelta."

Di quello che è accaduto fa la metà del '40 e l'inizio del '42, ho già parlato.

L'ultima volta che vidi Alex prima della guerra fu ai primi di giugno. Pochi giorni dopo andò sul fronte francese per collaborare con i servizi di informazione militari; poi lo persi di vista fino al mio rientro con le ossa rotte. Seppi allora che era stato per qualche giorno in Albania mentre anch'io mi trovavo lí. Durante la mia convalescenza era rientrato a Roma per qualche settimana, ma lo sentivo solo per telefono. Era occupatissimo e anche preoccupato, perché alcuni gerarchi cominciavano a fare il vuoto intorno a Ciano, già correva voce che i tedeschi ne volessero la testa.

Anche quando la situazione militare non era ancora compromessa del tutto, non si mostrava ottimista: "Ci siamo messi in un bel guaio, e ora sarà un'impresa uscirne. Se ci cacciano dall'Africa va tutto a puttane. Vedrai che allora i tedeschi ci scaricano."

All'epoca, la cosa mi sembrava impossibile.

*****

Il congedo ebbe su di me effetti quasi taumaturgici.

Quando rientrai alla Banca ero ancora claudicante. In compenso il dolore si era di molto attenuato, i ronzii alle orecchie diminuiti, e la perdita parziale dell'udito all'orecchio destro, confermata dagli accertamenti, costituiva un disagio piuttosto limitato.

Mia madre scherzava sugli oscuri legami che legano il corpo alla mente, sostenendo che i miei sintomi rappresentavano una presa di posizione politica nei confronti della guerra. A posteriori, non posso escludere che avesse la sua parte di ragione. Fatto sta che i miglioramenti furono assai rapidi.

Decisivo fu il passaggio a un fisioterapista privato: quel cieco aveva dita che sapevano scrutare nel profondo dei tessuti, più sensibili di una lastra radiografica. Disse subito che il ginocchio bisognava lasciarlo stare, non essendovi lesioni ai legamenti. Concentrò tutta la sua manualità sull'articolazione della spalla e sui muscoli delle gambe. Poi, accortosi dei miglioramenti prima che me ne rendessi conto io stesso, mi impose una serie di esercizi ginnici da eseguire in sua presenza, correggendomi senza vedermi. Infine mi mise a dieta – ero rapidamente ingrassato – e mi spinse a brevi tragitti in bicicletta, per poi tentare qualche corsa di pochi minuti.

Dopo cinque o sei settimane delle sue cure non ero pronto per una partita di calcio, ma camminavo e mi muovevo come una persona normale. Come il professor Alimonti aveva previsto, le mie articolazioni risentivano dei traumi subiti, anche oggi può bastare un po' di umidità per soffrire di reumatismi. Un problema più che sopportabile. Quando mi sentii in buona forma mi preoccupai di arredare l'appartamentino al rione Monti su cui avevo già messo gli occhi prima di partire per l'Albania. Per il momento, tuttavia, non mi mossi da casa dei miei.

Sul lavoro beneficiai degli aggiornamenti che il professore mi aveva fatto pervenire a casa quando ero convalescente. Non fu necessario alcun periodo di reinserimento, mi ritrovai immerso nel cuore dei problemi come se fossi stato assente solo per una breve vacanza. Nessuno mi aveva realmente sostituito nel mio ruolo a diretto contatto con il capo, anche se in molti ci avevano provato.

Negli ultimi due mesi del '41 vidi poco Dell'Acqua: era spesso a Milano, e il più delle volte quelle trasferte proseguivano a Lugano o a Ginevra. Mi pare che una volta andò anche in Portogallo, partendo in aereo dalla Svizzera. Doveva essere qualcosa di molto importante, perché a quei tempi volare era molto rischioso e costoso. Qualcuno sussurrava che da Lisbona il professore era solito raggiungere Londra, ma nessuno poteva smentire o confermare simili illazioni.

Le festività passarono in modo sereno. La sera della vigilia replicammo la solita tavolata fatta di sette persone: papà e mamma, i due fratelli, Maria e i bambini. Per Capodanno, festeggiamenti piuttosto contenuti con gli amici rimasti a Roma, senza musica, senza baldoria, senza grida di gioia allo scoccare della mezzanotte. Filippo propose uno dei suoi brindisi, ma questa volta lo dedicò alla pace: ci unimmo a lui senza allegria.

Ci chiedevamo come stesse Anna, rimasta bloccata in un Paese al quale stavamo facendo la guerra. Inutile dire che avere informazioni era difficilissimo. Un'amica comune era riuscita a sapere dal padre che stava bene e lavorava. Per quanto l'uomo fosse stato sbrigativo, la notizia riuscí a risollevarci.

Il giorno dopo, in tarda mattinata, passai sotto casa di Anna e incontrai suo padre sotto il portone, mentre usciva. Lo trovai invecchiato e affaticato, afflitto da un leggero affanno. Fu contento di vedermi. Mi salutò affettuosamente e non attese che gli chiedessi della figlia: "Riesco ad avere notizie tramite la nunziatura apostolica a Londra, per quanto non sia facile neppure in questo modo. Le più recenti sono di quindici giorni fa, freschissime quindi, e sono buone, anche se come sempre molto sintetiche. Mia moglie e mia figlia stanno bene, nessun danno dai bombardamenti. In un anno siamo riusciti anche a scambiarci poche lettere, brevissime: dobbiamo stare molto attenti a quello che scriviamo, altrimenti il nostro amico monsignore potrebbe avere seri guai. Sai, c'è il problema dello spionaggio. Non so altro, Michele. Bisogna aspettare."

Quell'uomo aveva moglie e figlia a Londra e un figlio in Africa settentrionale. Ammiravo la serenità con cui parlava. Mi chiedeva notizie dei miei, si interessava alla mia convalescenza. Soltanto prima di salutarci si lasciò andare a qualche recriminazione: "Anna è una testarda, la conosci. Sulla partenza alla fine ero d'accordo anch'io, mi sono dovuto piegare, anche se con mille riserve. Quando è partita, alla guerra ancora non ci si credeva. Una leggerezza terribile, Michele, terribile... Solo che lei ci teneva cosí tanto, era da un anno che non parlava d'altro."

Aveva bisogno di sfogarsi: "Quando la Francia è stata travolta dai tedeschi si è capito che stava per succedere qualcosa anche da noi, già c'erano mille difficoltà per comunicare. Ti giuro che ho mosso mari e monti, fino all'inizio di maggio, per mandare qualcuno da loro a scongiurarle di salire su una nave qualsiasi, per qualunque destinazione, Sudamerica, Nordamerica. Poi avremmo pensato a come farle rientrare a casa. Niente da fare: Anna non voleva partire, o meglio, non voleva scappare. Poi ci si sono messi anche Dunkerque, Mussolini e tutto il resto. Londra martellata dai bombardamenti... non posso pensarci! E ora, chissà quando tornerà... chissà come la trattano gli inglesi... d'accordo, mia moglie è inglese, mio cognato è un Pari del Regno. Ma mia figlia ha un nome italiano, è italiana anche nella testa."

Non restava che accontentarsi, per il momento, del fatto che Anna stesse bene. Gli dissi che l'avremmo rivista presto. Nessuno riteneva possibile che la guerra dovesse protrarsi oltre il 1942.

Non lo credeva mio padre, che pure aveva notizie di prima mano; non lo credeva Alex, altrettanto bene informato; e neppure Dell'Acqua, forse il più pessimista dei tre.

Non appena ebbe la possibilità di dedicarmi due ore filate, Dell'Acqua mi parlò di come nel frattempo le priorità della Banca si fossero modificate proprio in funzione della nostra belligeranza: "Siamo uno strano popolo, noi italiani: vogliamo attraversare il Sahara con una borraccia d'acqua, poi vaghiamo alla ricerca di un'oasi!"

Mi spiegò che l'economia di guerra cominciava a farsi sentire, che tutto il sistema era impreparato quanto fragile. L'industria era sostanzialmente divisa in due: chi lavorava a supporto della produzione bellica lucrava, e aveva tutto l'interesse a investire attingendo al credito bancario. Chi produceva per il mercato interno, invece, galleggiava in uno specchio d'acqua progressivamente prosciugato dal conflitto e destinato a ridursi prima a uno stagno, poi a una pozzanghera. Su tutti pesava l'incertezza sia sull'esito che sulla durata della guerra, e per il professore la seconda era molto più importante della prima.

"Se noi avessimo il potere di governare gli eventi," mi diceva, "dovremmo soprattutto preoccuparci di non gettare ogni risorsa in questa voragine, altrimenti non ci sarà differenza fra vittoria e sconfitta, ma solo fa due tipi diversi di sconfitta. La guerra è una padrona esigente, come del resto i nostri alleati. A tutti era chiaro, ma non a noi, che i conflitti moderni possono anche esplodere per colpa della fede politica o dell'orgoglio nazionale, ma poi si trasformano in una competizione fra economie. Solo adesso cominciamo ad accorgerci che il nemico non cerca di uccidere il maggior numero possibile di nostri soldati, come avveniva nel '15-'18. Si preoccupa invece di colpire i trasporti, la produzione: per loro un ponte o una fabbrica distrutti valgono più di un battaglione eliminato sul campo."

Ascoltandolo avevo l'impressione che la sua enorme competenza economica e finanziaria lo portasse a sopravvalutare gli elementi che conosceva meglio. Dovetti ricredermi con il trascorrere dei mesi, perché tutte le informazioni che ci passavano sotto gli occhi sembravano dare ragione a Dell'Acqua.

Spesso mi ripeteva un concetto che mi aveva esposto anche prima della guerra, ovvero che non si può capire quello che succede se non si sa guardare al di fuori dei confini, e che era appunto questa conoscenza a difettare nella stragrande maggioranza degli italiani, "...compresi quelli che decidono, caro Michele. Non solo da noi, però. Pensi: i tedeschi sono ancora convinti che l'idea giapponese di attaccare l'America sia stata, alla fin fine, un fatto positivo, perché dirotterà nel Pacifico risorse altrimenti destinate ad aiutare i russi, o gli inglesi. Sotto sotto, quei capoccioni sono ancora convinti che a Tokyo siano stati molto furbi. Ma signori miei, abbiamo veramente un'idea della capacità produttiva degli americani? Ci rendiamo conto che possono alimentare tutti i fronti che vogliono? Che possono sostenere i loro alleati per anni e anni? Oppure ci ostiniamo a pensare che siano solo dei bonaccioni arricchiti e ingenui? Ma andiamo..."

Immancabilmente, dopo simili considerazioni, tentava di rincuorarmi incitandomi a ritenere il mio lavoro come la cosa migliore che potessimo fare per la Patria in quei tempi, e cioè far funzionare quel poco che ancora funzionava. Ricordo che un giorno mi disse: "Quando un giorno avrà dei figli li faccia viaggiare, li faccia studiare all'estero, saranno veramente degli uomini liberi."

Mi riusciva spontaneo paragonare i discorsi che avevo sentito da mio cugino in camicia nera alle piccole lezioni impartitemi dal mio capo con la sua bonaria pomposità. Razionalmente ero costretto a propendere per Dell'Acqua, era la realtà circostante a impormelo. Tuttavia, lo vedevo ispirato da un pragmatismo illuminato ma senza fede, come un osservatore esterno occupato a calcolare danni e vantaggi con numeri, dati, diagrammi.

Quando anni prima Alex mi aveva comunicato il suo atto di fede nel regime, io avevo provato un brivido di ammirazione, riuscendo a condividere e desiderare, in quel momento, l'idea di un'Italia protagonista, trattata alla pari, rispettata. I ragionamenti del professore, invece, mi lasciavano sempre un'impressione amara, mi portavano ad ammettere la mia incapacità di capire da solo quello che vedevo senza l'aiuto di qualcuno a conoscenza di fatti e verità a me inaccessibili.

Fatto sta che la conclusione della guerra si allontanava sempre di più. Nell'estate del '42 lo sfondamento decisivo in Africa settentrionale non riuscí, mentre i primi successi dei tedeschi in Russia avevano lasciato il passo a difficoltà sempre crescenti.

In compenso, Roma sembrava esentata dal pericolo di incursioni aeree, e a casa nostra non mancava nulla.

Era difficile per noi accorgerci che la popolazione cominciava già a soffrire. Non c'erano informazioni sul numero dei morti. Ogni famiglia manteneva la propria piccola, tragica contabilità. Il dolore delle persone che avevano perso i loro congiunti non si vedeva, era rinchiuso nelle loro case. La speranza nella vittoria veniva pian piano sostituita da quella nella pace.

Mio padre continuava a mostrarsi sereno e a evitare, come sempre, ogni commento sull'andamento del conflitto. Gli insuccessi della Marina sembravano solo scalfirlo. So che continuava a incontrarsi con i colleghi ancora in servizio per avere notizie più attendibili di quelle ufficiali: non credo che ne ricavasse motivi di ottimismo. In ogni caso gli eventi militari, per quanto sfavorevoli, si svolgevano lontano dall'Italia, e nessuno di noi aveva il timore che il territorio nazionale potesse trovarsi in pericolo.

Qualcosa in più lo apprendevo da mio cugino, anche se le occasioni di incontrarlo si diradavano. Alex mi spiegava che il vero problema lo avevamo con i tedeschi, i quali concentravano gli sforzi sul fronte orientale, e non volevano persuadersi dell'importanza del Mediterraneo, rinunciando a dotarci dei mezzi per risolvere favorevolmente la situazione nordafricana.

Alex mi giurava che il Duce aveva ben chiaro il problema, e non faceva altro che insistere nei confronti del suo amico Führer ("Vedrai, ci riuscirà!") per convincerlo a dare una spallata decisiva agli inglesi in Libia: "Se i tedeschi non ci danno gli aiuti promessi, noi non saremo più tanto sicuri a casa nostra."

Per il momento Alex non riusciva a trasmetterci la paura dell'invasione, e si andava avanti nella vita quotidiana con un sottofondo di tristezza e di preoccupazione ancora lontano dall'ansia di una disfatta imminente.

La nostra famiglia non aveva vissuto i drammi di altre meno fortunate o meno privilegiate. Noi continuavamo ad attendere serenamente la fine della guerra, la "pace onorevole", finché a essere toccato non fu mio fratello Giorgio.

*****

Giorgio era rientrato dalle colonie nel settembre del '40, cosí come mio padre gli aveva quasi imposto all'inizio delle ostilità. Aveva lavorato per qualche mese a Torino, poi era riuscito a rientrare a Roma. Continuava nella sua vita fatta essenzialmente di lavoro e di Maria, ma già alla fine del '41 mio padre venne a sapere come la società di costruzioni per cui lavorava, che aveva grossi interessi in Libia, cominciasse a soffrire di una preoccupante carenza di commesse.

Spesso la domenica ci ritrovavamo tutti a pranzo dai miei, e quando mia madre gli chiedeva come andasse il lavoro, Giorgio cambiava discorso, oppure se la cavava con un "Bene, bene". Fossi stato un buon osservatore, avrei notato subito l'ombra che passava sul viso di mia cognata, la piccola ruga sulla fronte che turbava il viso solare di una giovane donna molto ingrassata dall'epoca del matrimonio, ma ancora piacente.

Giorgio si confidava solo con il padre. Nella primavera del '42 l'ammiraglio mi disse di essere molto preoccupato, domandandomi se fosse il caso di rivolgersi a Dell'Acqua per informazioni più dettagliate: "Posso dirglielo io o puoi chiederglielo tu, è lo stesso, ma vorrei capire se tuo fratello sta per perdere il lavoro."

Me ne occupai io, senza neppure bisogno di passare per il mio capo. Le notizie erano pessime.

Non era possibile parlarne direttamente con Giorgio, a causa del suo carattere chiuso e orgoglioso. Mio fratello era sempre stato molto autonomo e geloso delle sue cose: non avrebbe accettato né interessamenti né aiuti, neppure dal padre.

Dal punto di vista economico non era un dramma. Giorgio aveva dei risparmi non trascurabili, i miei potevano permettersi di non far mancare nulla alla sua famiglia per tutta la durata della guerra. Mio fratello, però, era abituato a fare affidamento sulle proprie forze, il che escludeva anche la possibilità di fargli pervenire un'offerta di lavoro da qualche conoscente, perché sarebbe riuscito a risalire alla fonte. Inoltre, Giorgio diceva che avrebbe accettato solo proposte all'altezza delle sue capacità, altrimenti, "meglio stare a casa, o andare in guerra".

Quando la sua società fu lí lí per chiudere i battenti, un intervento politico eseguito in pieno agosto ne consentí l'acquisizione da parte di un altro gruppo industriale. Almeno metà dei dirigenti, fra i quali Giorgio, non riuscirono a salire a bordo delle scialuppe di salvataggio. Purtroppo l'affare non fu seguito dalla Banca, altrimenti saremmo riusciti a metterci una pezza *in extremis*. Dell'Acqua mi rivelò, tempo dopo, che nell'esclusione di mio fratello c'era stato anche lo zampino di personaggi vicini ai Rossato: una piccola, squallida vendetta nei miei confronti.

Giorgio si isolò da noi tutti e per diverse settimane visse il suo dramma chiuso in casa. Non rispondeva al telefono nemmeno al padre. Ci sentivamo impotenti.

A volte Maria veniva a trovare i miei, sapendo che il nonno voleva vedere i bambini. La ragazza superficiale e allegra di un tempo si era trasformata in una moglie triste e preoccupata: "Non è più lui, si sente inutile, un fallito. È nervoso, non dorme, reagisce male su ogni piccola cosa. Si vergogna come se fosse colpa sua. E poi, ora che non è più in un posto strategico, non rischierà pure di essere richiamato?"

Non era un'eventualità che si potesse del tutto escludere. Mio padre, contrariamente a tutti i suoi principi, arrivò a dire che si sarebbe prestato a evitare un eventuale richiamo. Maria, per quanto spaventata dall'idea del marito al fronte, gli rispose immediatamente: "No, questo no, ti costa troppo. Aspettiamo. Possibile che non ci sia un lavoro adatto a lui? Se abbiamo pazienza forse si trova."

Alla fine di settembre, una scenata terribile di Maria riuscí a vincere il mutismo del marito, e cosí mia cognata venne a sapere che uno dei titolari della società fallita, uscitone prima del tracollo per dissidi con i soci, si era trasferito in Argentina, dove in pochi mesi era riuscito ad avviare un'attività edilizia piuttosto promettente. Gli serviva un direttore generale, lo voleva italiano, e aveva pensato subito a Giorgio. Per averlo a Buenos Aires era disposto perfino a cedergli, praticamente gratis, il 10% delle quote societarie. In altre parole, gli stava offrendo di fare fortuna.

Mia cognata si disse terrorizzata all'idea di andare cosí lontano, con due bambini piccoli al seguito: l'esperienza a Tripoli le era pesata e non voleva più ripeterla. Era altrettanto chiaro, però, che non ci avrebbe raccontato nulla se non si fosse già convinta che il marito avrebbe dovuto accettare e che lei lo avrebbe seguito.

"Io non ci penserei due volte," dissi, "non è un dramma vivere laggiù, almeno fino alla fine della guerra."

Mio padre pensò ai nipotini, deglutí, ma si disse d'accordo. Mia madre era della stessa opinione e chiese a Maria: “Lui cosa ne pensa?”

“È indeciso. Tentato ma indeciso.”

“Sta a te convincerlo, e alla svelta. Noi non possiamo fare niente.”

La nuora non perse l’occasione di riabilitarsi agli occhi della suocera. Riuscí nell’intento di convincere Giorgio a partire. Ne fummo piacevolmente sorpresi. Senza peli sulla lingua mia madre ipotizzò uno sciopero della camera da letto, poi scoprimmo che mia cognata aveva semplicemente minacciato di andarsene per sempre con i bambini. Ora però restava da risolvere un altro problema, ovvero se farlo partire da solo o tentare di farlo seguire subito da tutta la famiglia. La prima ipotesi era di gran lunga la più sensata, ma sapevamo che mio fratello non voleva assolutamente separarsi da moglie e figli.

Muoversi dall’Italia via mare, e oltretutto in quattro, non era possibile neppure pagando cifre enormi. Il Mediterraneo era teatro di guerra. Le navi non potevano certamente passare davanti alla rocca di Gibilterra e, per la verità, non erano sicure neppure al largo delle nostre coste. Mio padre non riuscí a escogitare una soluzione decente: troppi rischi. Giorgio, senza molta convinzione, si dichiarava disposto a partire da solo e farsi raggiungere dopo la guerra. Poi si accorse che la separazione gli risultava insostenibile, cambiò idea, tornò a chiudersi nei suoi silenzi, già preparandosi alla rinuncia.

Non restava che rivolgersi a qualcuno che fosse ben ammanicato con il Ministero degli Esteri.

Eravamo tutti convinti che l’ultima persona di cui Giorgio avrebbe accettato l’aiuto fosse nostro cugino. Decidemmo allora che Alex avrebbe solo preparato la soluzione, ma che il regista ufficiale sarei stato io, con la supervisione di Dell'Acqua. Non dicemmo nulla a mio fratello finché non fu tutto pronto, avvertimmo solo Maria, imponendole di tener duro per altri dieci giorni.

L'operazione fu rapidissima, la nostra "blitzkrieg", come la definí l'ammiraglio. Mio cugino ottenne dei lasciapassare diplomatici per Giorgio, Maria e i bambini. Nessuno avrebbe chiesto quali fossero gli incarichi speciali di due ragazzini. Un funzionario del ministero, sempre mosso da Alex, si mise in contatto con Berna, e anche il professore fece la sua parte, prima consentendomi di far transitare tutti i risparmi di Giorgio in una banca di Buenos Aires, poi organizzando da Roma il passaggio aereo dalla Svizzera al Portogallo, itinerario di cui era sicuramente esperto. Quando mio fratello si trovò in mano quei documenti, di sicuro ebbe più di un sospetto su come fossero stati ottenuti, ma era ormai troppo tardi.

Ai primi di novembre Giorgio e famiglia erano a Lisbona, dove si imbarcarono per l'Argentina. I miei erano tristi, ma convinti di aver salvato una famiglia.

Ogni tanto andavo a trovare il padre di Anna.

Mi fermavo pochi minuti, le notizie erano sempre le stesse, rare e sintetiche: moglie e figlia stavano bene. Il fratello di Anna era stato fatto prigioniero in Libia. Il padre aveva accolto la notizia con sollievo, meglio la prigionia che finire ammazzato. Scherzando, quell'uomo diceva che gli inglesi tenevano prigionieri tutti e due i suoi figli.

Stava molto male, respirava faticosamente. Quando andai a trovarlo per l'ultima volta, pochi giorni dopo la partenza di Giorgio, fu un'infermiera ad aprirmi la porta. Lo trovai sprofondato in una poltrona, sofferente, la sorella più anziana seduta vicino a lui. Naturalmente le due donne a Londra non sapevano nulla delle sue condizioni:

"Sapranno tutto quando me ne sarò andato, ora è inutile addossargli quest'altra croce."

Nelle visite precedenti non avevo mai avuto il coraggio di chiedergli se fosse possibile, in quelle difficili e asfittiche comunicazioni, far giungere ad Anna un mio saluto. Mi pareva una richiesta del tutto fuori luogo. Quel giorno avevo nuovamente scartato dalla mente l'idea, quando lui mi disse: "Mia figlia ti saluta, e ti ringrazia di essere venuto a trovarmi."

Morí all'inizio del '43. La zia di Anna si preoccupò, attraverso il solito canale, di far pervenire la notizia in Inghilterra. Potevano passare due settimane, forse di più, prima che il messaggio arrivasse a destinazione. Immaginai il dolore di quella ragazza, il senso di rabbia e frustrazione nel sapere tutto in ritardo, senza potersi muovere. Mi illusi di rappresentarla in qualche modo a quel desolante funerale. Maledissi la guerra come mai avevo fatto prima.

*****

Anche a Roma la vita si era fatta più difficile. Cominciavano a esserci problemi per il riscaldamento. Molte stufe iniziavano a essere alimentate da materiali puzzolenti e insani. I carburanti e i lubrificanti erano razionati, le automobili si usavano poco, un serbatoio pieno poteva comportare molte domande a cui rispondere. Scarseggiavano i pezzi di ricambio per qualsiasi tipo di motore o di apparecchiatura, alcuni generi alimentari cominciavano a sparire dai mercati nonostante la politica dei tesseramenti. Chi aveva possibilità economiche, tuttavia, poteva limitare al minimo le "privazioni", e noi queste possibilità le avevamo. "Per quanto tempo?" si chiedeva mia madre, a voce alta. Non si riferiva naturalmente alla disponibilità dei soldi, quanto alla durata del loro potere sulle conseguenze del conflitto.

La mente organizzativa di mio padre, nella circostanza, ebbe un improvviso risveglio.

Nino, l'ultimo autista assegnatogli dal Ministero, era stato assunto da papà dopo il congedo. Era un bravo ragazzo nato a Zafferana Etnea, a due passi da Catania. Faceva un po' di tutto, era uno di casa. Abitava in un piccolo appartamento non lontano da noi e per la verità non era l'uomo più occupato del mondo. Per sua fortuna i quattro figli a carico – uno all'anno, a partire dal '38 – gli avevano risparmiato il richiamo militare. La moglie, piccola, cicciottella e chiacchierona, dava una mano in casa nostra. Perfino mia madre ammetteva che era un'ottima cuoca: "Peccato che non faccia altro che parlare dei suoi parenti."

Due o tre volte il nostro tuttofare (che senza cattiveria mamma definiva il *facpocum*) era stato mandato in Sicilia da mio padre, per dare un'occhiata ai suoi possedimenti, compresi quelli ereditati dalla prima moglie: l'affidabilità di Nino venne sperimentata, a loro spese, da un amministratore e da due grossisti di vini.

Nello stabile dove abitava Nino c'era una cantina libera e molto ampia. Mio padre lo finanziò e gliela fece comprare, destinandola a deposito-magazzino.

Nino cominciò a fare la spola con assiduità fra Roma e la nostra casa di campagna del Viterbese, il cui terreno circostante garantiva un'apprezzabile autoproduzione. La cantina divenne presto un deposito riccamente dotato di generi alimentari non deperibili, ma c'erano anche diverse taniche di carburante e di olio lubrificante.

Ci chiedemmo se sarebbe mai stato necessario fare

ricorso alle nostre riserve segrete, e anche se fosse giusto accumulare quei beni, dimostrando un simile attaccamento alle cose materiali. Mia madre pose fine alla discussione affermando che quella roba, un giorno, avrebbe potuto essere utile a chi ne avesse avuto più bisogno di noi.

Mentre Roma continuava a essere immune dalle bombe, molte altre città italiane subivano pesanti incursioni aeree. Il 1943 si era annunciato come l'anno del nostro tracollo militare: a fine gennaio apprendemmo che Tripoli era definitivamente perduta, evento peraltro atteso. Non ci sorprese neppure, in primavera, la partenza delle nostre ultime guarnigioni dalla Tunisia. Papà, con amara ironia, diceva che presto i pescherecci di Mazara del Vallo sarebbero usciti in mare a pesca di americani.

Vidi di sfuggita Alex ad aprile, era preoccupato. Non lo angosciava solo la sconfitta imminente, ma anche la sempre più evidente caduta in disgrazia del conte Ciano, silurato dal suocero come Ministro degli Esteri e confinato presso la Santa Sede. Più che temere per se stesso, gli dispiaceva per il suo principale referente politico: "È vero, a volte è un superficiale, ama la bella vita, ha commesso molti errori. Quando eravamo in Albania, per esempio, e faceva l'ufficiale pilota, non si è fatto scrupolo di festeggiare rumorosamente il Capodanno, mentre sul campo le cose andavano male e i nostri soldati morivano. Una figuraccia. Però è un ragazzo intelligente, è stato un buon diplomatico. E un amico. Ora, più che l'andamento militare, sta pagando l'odio dei tedeschi. Forse il Duce lo ha tolto di lí per proteggerlo, non so che dirti..."

Gli chiesi se anche la sua attività avrebbe risentito dei mutamenti politici. Lui scrollò le spalle: "Non saprei, forse no. Io non sono mai stato molto in vista, e poi ho collaborato con molte persone, non solo con Ciano. Però in questi giorni non ho molto di che occuparmi a Roma, preferisco darmi da fare in giro per l'Italia. Il problema è un altro: stiamo per essere sconfitti, anzi abbiamo già perso, i tedeschi ci hanno praticamente lasciato a noi stessi. Le posizioni personali ormai contano poco. Resta solo da vedere se gli Alleati, per lo sbarco, sceglieranno la Sardegna o la Sicilia."

Gli rivolsi una domanda molto banale: "Ma non sarebbe il momento giusto per chiedere un armistizio?"

Si fece una bella risata, come se avessi scoperto l'acqua calda: "Ma lo sanno tutti che è cosí, lo sa anche il Duce. Ma tutti i sondaggi fatti presso il nemico si imbattono in una sola frase: resa incondizionata!"

"Io non capisco però... gli americani e gli inglesi hanno tutto l'interesse a vederci fuori dalla guerra, dovrebbero farci ponti d'oro. O sbaglio?"

"Certamente, e infatti chi ha tenuto i contatti ha avuto l'impressione che le condizioni reali della resa non sarebbero poi cosí gravose. Non ce l'hanno con gli italiani, specie gli americani... sai, ci sono tanti italiani in America, e anche tanti cattolici. Ma il messaggio è chiaro: Mussolini se ne deve andare. Cosa che sarebbe automatica, se ci fosse la resa incondizionata."

"Quindi l'ostacolo è lui..."

"Ma certo! Il che vuol dire che l'ostacolo è il fascismo. E dal loro punto di vista hanno ragione, a loro non importa nulla di cosa ci farebbero i tedeschi se noi uscissimo dalla guerra. Io li conosco i nostri *kameraden*, non gli andrebbe proprio giù. Vogliono che resistiamo fino all'ultimo uomo, cosí guadagnano tempo e possono sperare che le cose cambino sugli altri fronti."

"Ma insomma, cosa si dice? C'è una via d'uscita?"

"Io so per certo che il Duce sta facendo gli ultimi tentativi per convincere i tedeschi a darci una mano. Uno sbarco sulle nostre coste potrebbe anche fallire, se siamo ben preparati, e allora potremmo avere una boccata d'ossigeno. Ma se questo non avverrà, poi starà a lui trarre le conclusioni... Non posso dire altro perché non so altro, possiamo solo aspettare e sperare."

"Ma tu pensi davvero che il tuo Duce sia disposto a farsi da parte? Andiamo, Alex..."

"Mussolini, che è anche il *tuo* Duce, sarebbe capace di sacrificarsi per evitare la catastrofe totale. Ma se non sarà possibile, se non lo farà, dovremo restare al nostro posto fino alla fine."

Gli chiesi cosa volesse dire "fino alla fine". Ebbi la risposta che temevo: "Nella vita si vince e si perde, alla fine conta come hai lottato. È facile essere dei capi quando le cose vanno bene. Gli uomini si vedono nella disgrazia: e allora restano tali anche dopo morti."

Non avevo dubbi che fosse fermamente convinto di quello che diceva, anche se riprese subito il suo atteggiamento allegro, sfrontato: "Ma che è 'sta faccia? Basta coi disfattismi, non facciamo i tacchini prima di Natale! Non sono ancora sbarcati. Finché c'è vita c'è speranza, tutto può ancora succedere, tutto..."

In quel periodo notai un cambiamento anche in Dell'Acqua.

Non rimaneva più fino a tardi in ufficio, diradava le riunioni, a volte le disertava. Quando ero da lui divagava spesso, parlando di argomenti poco attinenti al lavoro. Raccontava degli inizi della sua carriera, dei viaggi fatti, di quello che aveva imparato sui tedeschi, sugli americani, sugli inglesi. Era inevitabile che il discorso scivolasse sempre sulla guerra e sui belligeranti. Amava soffermarsi sulla loro psicologia e sulla loro cultura (o "non cultura", riguardo agli americani). Sosteneva che per opposti motivi nessuno di quei popoli poteva accettare la distruzione dell'Italia, neppure i tedeschi, e che l'unico davvero capace di consentirla fosse proprio Hitler ("...perché non è tedesco, è austriaco, ed è anche un ignorante. Un austriaco paranoico e ignorante!"). Bisognava trattare, diceva, negoziare. Non serviva implorare Hitler di aiutarci, serviva convincere gli Alleati a proteggerci da Hitler quando lo avremmo abbandonato "...perché, ragazzo mio, è evidente che lo abbandoneremo, non possiamo seguirlo fino all'annientamento totale. Se ci sganciamo ora, potremo sopravvivere. Se lo facciamo dopo, invece, saranno guai."

Poi allargava le braccia, come un padre che fa la predica ai figli che non lo ascoltano. Si alzava dalla poltrona, indicava i documenti aperti sul tavolo, mi diceva: "Ci pensi lei, faccia come crede," e usciva su via del Corso per delle lunghe passeggiate, probabilmente senza meta.

Questo andazzo durò fino all'inizio dell'estate. Era una situazione che non mi piaceva, perché ero abituato a concentrare la mia attenzione sul lavoro. Se il mio capo si mostrava demotivato anch'io, di riflesso, perdevo interesse alla mia attività, e avevo molto tempo libero di cui non sapevo cosa fare.

All'inizio di luglio, improvvisamente, tornò a essere il Dell'Acqua di sempre. Anche se perdurava il suo disinteresse per le questioni di lavoro, era di nuovo presente a se stesso, attivo, autoritario. Nessuna passeggiata per il Corso. Il giorno in cui apprendemmo della caduta di Pantelleria non si dichiarò stupito né sdegnato dell'assoluta mancanza di resistenza da parte delle guarnigioni: "Meglio cosí," commentò, "niente morti inutili." Tutto quello che accelerava i progressi degli Alleati sembrava essere benvenuto.

Il lavoro per me non era aumentato, anzi diminuiva. Il professore restava ore chiuso nel suo ufficio, riceveva persone che non conoscevo. Con me parlava poco, non leggeva quasi più i miei appunti. Pur con tutto quello che stava succedendo intorno a me, mi sentivo in qualche modo trascurato. Un giorno trovai il pretesto per andare da lui e gli chiesi: "Professore, c'è qualcosa che non va nel mio lavoro? Vi pregherei di dirmelo chiaramente."

Lui alzò gli occhi da un documento che stava leggendo e poi mi invitò a sedermi, per la seconda volta, nella *camera caritatis*.

"Michele, in questi anni ho imparato a conoscerti e so che posso fidarmi di te."

Mi stava dando del tu!

Parlava a voce bassa, con un tono insolitamente moderato, quasi dimesso: "Fino a oggi abbiamo fatto bene il nostro dovere. Abbiamo difeso il lavoro della gente, soprattutto: in questo Paese tormentato ancora si produce, il nostro apparato industriale non è andato distrutto. Siamo ancora in condizione di risollevarci, ma non avremo per molto tempo questa possibilità. Tu sei giovane, non hai vissuto un dopoguerra: è una cosa terribile."

Mi sembrava strano sentir parlare del dopo mentre stavamo precipitando nell'abisso. A me, come a molti altri, bastava la pace.

"Michele, il nostro dopoguerra da vincitori, nel 1918 ha portato un sacco di guai. Io ho visto di persona quello della Germania sconfitta, ed era molto peggio: disoccupazione, inflazione, senso di frustrazione, un grigiore desolante sotto il quale covava la rabbia. La gente comune dava ascolto a chi indicava un nemico qualsiasi, e cosí chi si scagliava contro gli ebrei è divenuto popolare. Sentendosi senza un futuro, hanno cominciato a guardare al passato, alla mitologia: avviene sempre cosí quando il presente è dominato dagli incubi. Ma anche prima di Hitler il clima che si respirava non era buono. Io ero già stato in Germania nel 1913, e avevo conosciuto un paese completamente diverso da quello che ritrovai nel 1920. Rifletti: loro ne sono usciti perché hanno risorse notevoli, materie prime, un'industria che è cinque volte la nostra. Noi in che condizioni siamo? Cosa ci porterà la sconfitta? Come vivremo, se vedremo distrutto tutto ciò che ancora dà lavoro alla gente? Ci hai mai pensato?"

No, in quei termini non ci avevo pensato. Ma era possibile che, oltre ad aver paura della guerra, si dovesse aver paura anche della pace?

"Ormai, ragazzo mio, ci sono zone d'Italia dove il problema è il cibo. Sono le stesse zone che stanno per subire un'invasione, perché ormai è chiaro che gli Alleati sbarcheranno in Sicilia, e poi risaliranno verso Roma. Il Governo è ridotto all'impotenza. Al Nord ci sono stati scioperi, cosa mai vista durante il regime. Siamo in tempo di guerra, eppure non ci sono state pesanti repressioni, retate, reazioni violente. Strano, no? Si sapeva benissimo che i promotori erano nuclei politicizzati. I pochi gerarchi ancora presentabili sono andati nelle fabbriche a parlare, a tentare di convincere gli operai; hanno perfino fatto pressione sugli industriali per riportare i salari a soglie di sopravvivenza. Cose mai viste. Ti sei chiesto perché?"

Io, veramente, non sapevo bene cosa fosse successo, quelle sugli scioperi erano solo delle voci, non parlavo ogni giorno con i grandi imprenditori come faceva Dell'Acqua. Azzardai lo stesso un'ipotesi: "Forse si rendono conto che alla guerra non ci crede più nessuno, e capiscono che in fondo quella gente ha ragione. Se fosse stata scelta la linea dura, i gerarchi sarebbero diventati ancora più impopolari.”

“Questa è buona spiegazione psicologica, Michele, in pratica hai detto quello che volevo dire io. Aggiungerei solo che il regime sta disperatamente cercando di sopravvivere a se stesso. Ora però siamo alle strette. Non abbiamo più margini di manovra.”

Il solito ritornello: fare presto.

“E cosa potrebbe salvarci?”

“Una trattativa per una pace separata e rapida, meglio ancora se ci porta a ottenere dagli Alleati una protezione efficace contro le reazioni tedesche.”

Mi ricordai delle considerazioni di Alex: tutto combaciava. Non restava che chiedere anche a Dell’Acqua: “E il Duce lo farà?”

“Non credo, perché sarebbe la sua fine politica e quella del fascismo.”

“E allora?”

“Allora, allora... qualcosa forse si sta muovendo. Non è solo la gente comune che non ne può più. Sento spesso persone influenti che prima accettavano Mussolini come il male minore, e ora sostengono che è il male peggiore. Hanno contatti con l’estero, sono il tramite naturale per discutere la pace, se gli si vuol dare spazio. Io non sono cosí importante da sapere che strada si sceglierà, ma credo che ci saranno presto novità. C’è un Re, per quel che vale, che è ancora il capo dello Stato. Anche nelle gerarchie fasciste esiste gente disposta a rimuovere l’ostacolo. Nei paesi che ci bombardano, ai quali abbiamo dichiarato guerra, c’è ancora un atteggiamento favorevole all’Italia, sanno che il loro vero nemico è Hitler. Io spero tanto che non li costringeremo a massacrarci. Ogni giorno che passa è una sofferenza per me, Michele: io sono italiano, voglio bene al mio paese. Ci soffro, e non sai quanto."

Non me la sentivo di chiedergli altro, né potevo domandargli da quali fonti ricavasse le sue sensazioni. Non mi restava che condividere quelle speranze.

Una settimana dopo gli Alleati sbarcarono in Sicilia. Poche ore di resistenza, poi cominciarono a penetrare con facilità nell'entroterra: lo sbarco era riuscito. Il giorno dopo Dell'Acqua sembrava contento. Un estraneo lo avrebbe giudicato un traditore, io no. Anche mio padre disse che la guerra per fortuna stava finendo. Non è uomo da festeggiare una sconfitta, ma lo disse con sollievo.

Qualche giorno dopo rividi Alex. Era in preda a una strana eccitazione. Da alcuni mesi aveva lasciato la sua grande casa all'Argentina, ora abitava in un appartamento di sessanta metri quadri sulla Nomentana. Scherzando, disse che era diventato un vicino di casa del Duce.

Gli chiesi che impressioni avesse sull'immediato futuro. In risposta ricevetti una rivelazione molto importante: "Ho appena saputo che il Duce sta per incontrare Hitler. Forse nel Veneto. Sono sicuro che stavolta non si farà condizionare: tirerà fuori le palle, non lascerà che ci immoliamo per ritardare la fine del Reich. Gli dirà che se non avremo subito tutti i mezzi e i rinforzi necessari per resistere saremo costretti a uscire dalla guerra. E poi, cosa vogliono ancora da noi i tedeschi? Non hanno mai mantenuto i patti, ci hanno forzato a entrare in guerra due anni prima del previsto, e ora vorrebbero che ci trasformassimo nella loro trincea meridionale. Che razza di alleati sono?"

Continuò a lungo nella sua filippica contro i tedeschi, alla fine della quale riuscí a persuadermi che presto una decisione sarebbe stata presa.

Ero fra le poche persone in Italia a sapere dell'imminente incontro di Mussolini con Hitler, e speravo solo che Alex fosse in condizione di conoscerne presto l'esito. Ricordo che passai quei giorni con il fiato sospeso. Faceva caldo, era luglio inoltrato. Eravamo davvero alla fine dell'incubo?

Mentre Mussolini riceveva il Führer a Feltre, Roma fu bombardata per la prima volta: ormai non c'erano più riguardi per Pio XII. Molte volte avevamo sentito le sirene e avevamo visto gli apparecchi sorvolare minacciosamente la città, diretti altrove: questa volta erano proprio per noi. Non fu un bombardamento massiccio come quelli subiti da molte città italiane e tedesche, ma non fu neppure uno scherzo: dopo la prima ondata pensammo che fosse finita, ma non eravamo esperti della tecnica di bombardamento, perché ne seguirono altre, almeno quattro.

Per mesi avevo sopportato le battute sferzanti dei colleghi delle filiali del Nord, dai quali ascoltavo frasi come: 'Ma qualche bombetta anche da voi, quando la mandano?' Ora potevano ritenersi accontentati. La zona dove noi abitavamo non fu colpita, ma avevamo paura. A cose fatte ci restò dentro un senso di depressione e impotenza. A casa mia si cominciò a parlare di trasferirsi in campagna o in Versilia. Mio padre disse: "Aspettiamo a decidere. Manteniamo la calma, qualcosa dovrà pur succedere, no?" Mamma non era ancora convinta, ma lui voleva restare: "Guarda fuori dal balcone, Lisetta. Si vede la cupola di San Pietro, è vicina a noi, qui le bombe non cadranno mai. *Loro* ci hanno mandato un segnale, un biglietto di avvertimento su cui si legge, se si sa leggere: *Italiani, sbrigatevi a decidere. Arrendetevi. Stiamo arrivando.* E sulla busta c'è l'indirizzo: *Mister Vittorio Emanuele di Savoia, Palazzo del Quirinale, Roma.*"

Visto che le linee telefoniche erano interrotte, la sera passai da Alex: non sapeva ancora nulla del vertice. Mio padre cercò di contattare un suo amico ed ex collega che lavorava a stretto contatto con il generale Ambrosio, ma era troppo presto per ricavarne qualche notizia. Ripassai da mio cugino il mattino dopo: ancora niente. Intanto le comunicazioni erano state riattivate. Nel pomeriggio, finalmente, Alex si fece vivo. Dal tono della sua voce al telefono capii subito che il Duce le palle non le aveva tirate fuori. Mi disse solo: "È andata male, anzi malissimo. Non so altro." Non aveva voglia di parlare e riattaccò.

Qualche notizia in più la ebbe papà dal suo amico: "Si sono visti a Feltre, ed è stato un disastro. Pare che abbia parlato solo Hitler. Un monologo da allucinato, una requisitoria sulla nostra debolezza morale e militare, la nostra inefficienza, la nostra incapacità di capire come si fa la guerra. È apparso un uomo in difficoltà, ma ancora parla della vittoria finale. Mussolini lo ascoltava con le dita incrociate sulle ginocchia, senza mai riuscire a interloquire. Poi hanno pranzato insieme, ma velocemente, senza che la musica cambiasse. Il Duce sembrava rassegnato, Ambrosio invece era furioso, per l'ennesima volta gli aveva preparato l'elenco dettagliato delle esigenze militari urgentissime. Mentre Mussolini subiva Hitler, Ambrosio ha provato a convincere Keitel, e quello gli ha risposto picche. Alla fine, l'unica proposta immediata da parte loro prevedeva di far assumere dai generali tedeschi il comando diretto delle nostre forze, non solo in Sicilia. In pratica, una vera e propria occupazione militare! Roba da pazzi!"

Ebbi per una volta il privilegio di essere io a informare Alex. Non fece commenti, provò a scherzare: "Che dici, Michele, mi vesto da cowboy per accogliere gli americani?" Poi soggiunse: "Speriamo che succeda qualcosa, ora."

Tutti dicevano che qualcosa *doveva* succedere. Non avevo la minima idea di cosa, ma ormai ne ero sicuro anch'io, e aspettavo.

Mio padre compie gli anni il 24 luglio. Aveva sempre ricevuto il giorno prima, o il 24 stesso, un biglietto di auguri dal duca Acquarone, il braccio destro del Re, quello che sondava, tesseva, tramava. Quel giorno il biglietto augurale non gli arrivò e mia madre glielo fece notare. Lui non si mostrò per nulla sorpreso: "Oggi il duca dev'essere molto occupato."

Non era un giorno lavorativo, ma andai lo stesso in ufficio, sapendo di trovarci Dell'Acqua. Era in maniche di camicia e parlava al telefono. Mi fece cenno di uscire: non lo aveva mai fatto prima. A telefonata conclusa venne nella saletta di attesa e si scusò. Era eccitato, voleva parlare ma non poteva. Poi guardò l'orologio: erano circa le cinque e un quarto. Allora si lasciò sfuggire qualcosa: "A Palazzo Venezia è appena cominciata una riunione molto, molto importante. Andiamocene a casa, Michele. Non chiedermi altro, sapremo presto. E preghiamo il Cielo che vada tutto liscio."

Le preghiere di Dell'Acqua, un ateo, furono esaudite. La sera del 25 la radio annunciò la rimozione del Duce e l'incarico a Badoglio. Non avevamo neppure finito di ascoltare il comunicato che mio padre ebbe un moto evidente di stizza. Gli sfuggí anche qualche oscenità, cosa che accade una volta ogni dieci anni.

Mia madre gli chiese: "Ma che dici? Ora ti dispiace per Mussolini?"

"Ma che Mussolini! È per Badoglio... ma come si fa? Siamo impazziti? È incredibile, vogliono che sia

Badoglio a trattare l'armistizio. Non posso crederci, non posso proprio..."

"E il Re chi doveva nominare, allora?" chiesi io.

Rispose immediatamente: "Caviglia! Il generale Caviglia era l'uomo adatto," e andò a chiudersi nello studio, sbattendo la porta. Non lo avrebbe mai ammesso, ma era furioso con il suo Re.

Mi sentii truffato: troppo rapida la risposta di mio padre. Tutti sapevano qualcosa che non mi dicevano. Non mi restava che fare la verifica con Alex. Uscii di casa che era già quasi mezzanotte, camminai di corsa in mezzo alla gente che festeggiava, piombai da lui deciso a prenderlo in contropiede: "Sputa il rospo, Alex: non ti fidi più di me? Possibile che il tuo amico Galeazzo non ti abbia detto nulla?"

Non mi disse di entrare, io naturalmente lo feci, cosí rimanemmo in piedi nel piccolo ingresso di casa sua.

"Calmati, Michele, non mettertici anche tu adesso. Io sapevo della riunione del Gran Consiglio, e sapevo anche che circolava un documento sul passaggio al sovrano del comando militare, preparato da Grandi e alcuni suoi amici. Nient'altro. Ciano era favorevole, questo lo so per certo. Stamattina ho saputo che il documento è stato approvato a notte fonda e che il Duce era incazzato, sí, ma non più di tanto. Non so neppure dirti se c'è un collegamento con le decisioni del Re, ho ascoltato la radio come l'hai ascoltata tu. Le persone che ho sentito dopo sono altrettanto sorprese. Ma tu, invece, ti rendi conto di quello che è successo? Un colpo di Stato in piena regola! Il Re ha fatto arrestare Mussolini!"

"Arrestare? Addirittura?"

"Ma sí, non si sa dov'è, ammesso che sia ancora vivo."

Mi resi conto solo in quel momento di quanto fosse disorientato.

Cercava di mantenere il suo sangue freddo, di ragionare: “Si aspetta di conoscere la composizione del Governo. L’incarico a Badoglio non promette nulla di buono. Se, come è probabile, ci saranno solo esponenti militari, burocrati, e nessun fascista, allora il regime è liquidato. Ci sarà una dittatura militare. E se è cosí, saranno cazzi amari. Non per te, bello mio, ma per il tuo caro cugino.” Mi liquidò rapidamente: “Ora tornatene a casa, sto per ricevere una signora. Partecipa alle feste di piazza, se ti va. Io ho voglia solo di scopare e di ubriacarmi. Domani ti cerco.”

Il lunedí successivo, in Banca, non si parlava d’altro. La stanza di Dell’Acqua era piena di dirigenti piuttosto apprensivi, lui era tranquillo e non faceva altro che ripetere: “Noi, cari signori, continuiamo a fare il nostro lavoro. Come sempre.”

Quella mattina, tuttavia, era impossibile lavorare. Ogni cinque minuti entrava nel mio ufficio qualcuno per dire la sua sulla caduta di Mussolini. Mi toccò sentire le ipotesi più fantasiose sull’immediato futuro, l’unico denominatore comune era un clima da dopoguerra. Solo nel pomeriggio passai pochi minuti con il capo, per placare la mia curiosità di ascoltarne i commenti.

Non era completamente soddisfatto. Dava per scontato che il documento votato al Gran Consiglio fosse stato decisivo per la rimozione del Duce “...ma solo per la scelta della data, era da tempo che la Corona cercava un appiglio per liberarsi di Mussolini”. Non riusciva ancora a vedere una volontà precisa di uscire dal conflitto, “...e questo sarebbe deludente, Michele, perché il senso di questo colpetto di Stato non può essere che l’armistizio. Qui la gente si sta facendo illusioni, restare in guerra sarebbe il colpo di grazia per tutti gli italiani."

Memore dei commenti sentiti in famiglia, gli chiesi di Badoglio. Lui scrollò le spalle: "Che dirti, Michele? Per me è una scelta pessima, tipica della tortuosità sabauda. Badoglio era il comandante in capo delle Forze Armate quando siamo entrati in guerra, quanta credibilità potrà avere nei confronti di inglesi e americani? E poi è un intrigante ambizioso, pieno di sé, sfuggente. Era stato rimosso per inefficienza, quindi l'unica garanzia che può offrire è il suo odio nei confronti di Mussolini. Però si dice fedele alla Corona..."

"Ma secondo voi chi avrebbe dovuto nominare il Re?"

"Io trovo giusto non aver nominato nessuno dei personaggi che hanno firmato il documento nel Gran Consiglio, sono comunque gerarchi fascisti: almeno un segnale chiaro c'è, il regime è finito. Posso anche capire l'esigenza di avere un militare... ma Badoglio! Purtroppo il nostro sovrano è un uomo diffidente verso tutti e tutto, compresi i buoni consigli."

"Cosa mi dite di Caviglia?"

Capendo che ero informato, smise di girare intorno alle questioni: "A me non sarebbe affatto dispiaciuto. Mi dicono che il Re lo ha considerato e poi scartato. Voleva il piemontese. Pare che i motivi addotti contro Caviglia fossero l'età – come se Badoglio fosse un giovanotto – e poi la solita menata della massoneria. Pretesti, solo pretesti."

Per un momento fui sfiorato da un dubbio, una domanda che non ho mai fatto a mio padre, e non gli farò mai. La cancellai subito dalla mente, volevo saperne di più sulla situazione che si era creata.

Dell'Acqua non si spinse oltre: "Comunque, mio caro, dobbiamo accontentarci, questo passa il convento. Un passo è stato fatto, tardivo quanto si vuole, ma è stato fatto. Staremo a vedere. Se Badoglio ci porta subito fuori dalla guerra, viva Badoglio! Sennò..."

*****

Ricominciava l'attesa di una pace che per qualche ora era sembrata a portata di mano. Per molti erano anche giorni di tensione e di paura. Le notizie erano scarse e contraddittorie, il nuovo Governo si era ben guardato dal rinunciare alla censura. Alex avrebbe dovuto farsi vivo, come promesso, ma lo aspettai invano per diversi giorni. Sembrava svanito nel nulla. Ero preoccupato, mi rendevo conto di come la sua posizione fosse doppiamente difficile: era fascista, ed era anche amico di Ciano. Di inimicizie ne aveva collezionate anche troppe. Circolavano voci di arresti, fughe, epurazioni. Al telefono non rispondeva, smisi di chiamarlo quando mio padre mi disse che poteva essere pericoloso per tutti e due. Tornai a casa sua dopo una settimana di attesa e lui non c'era. Ingenuamente, provai a contattare qualcuna delle persone che avevo conosciuto durante le famose serate nella casa all'Argentina: facevano finta di non ricordare chi fossi, qualcuno negava perfino di conoscere mio cugino.

In Banca non c'era praticamente nulla da fare: solo ordinaria amministrazione, che ero autorizzato a trascurare. In altri tempi sarebbe stato un periodo feriale, ma la guerra non andava in vacanza. Era un momento triste, per me come per tutti, pieno di domande senza risposte. Vivevo in una Roma assolata, accaldata, pigra; ma anche stanca, intristita, irreale. Il coprifuoco ci privava della possibilità di uscire all'aperto la sera per respirare un po'. "La guerra si addice poco a questa città, la stranisce," diceva mia madre. Un giorno mio padre si irritò per l'apparente frivolezza di quella frase e le chiese a quale città potesse mai adattarsi una guerra. Lei lo aspettava al varco: "Te lo dico subito: Berlino, Dusseldorf, Brema... se ai tedeschi piace tanto la guerra, che se la godano loro!"

I bombardieri alleati tornarono a trovarci, tanto per rammentarci che per loro noi italiani eravamo ancora dei nemici. Le bombe cadevano lontano da casa dei miei, ma per sicurezza andammo nella cantina di Nino, più sicura di un rifugio antiaereo. Vi si accedeva anche da una porticina sul retro del palazzo, i cui abitanti, terrorizzati, ci seguirono di sotto. Si sentivano le esplosioni in lontananza e mamma, per rincuorare i nostri ospiti, parlava continuamente, si mostrava allegra, giocava con i bambini. A un certo punto chiese all'ammiraglio: "Che c'è scritto oggi sulle bombe?" La sentirono tutti, e una donna che ci conosceva, una negoziante, chiese a papà: "*A comandà, ma che ce stanno a mannà la posta l'americani?*" Per tutta risposta lui si esibí in una improbabile imitazione del romanesco: "Certo, signora. Oggi sulle bombe c'è scritto: *A Bado', che vvoi fa'? Quanno t'arenni? Te dai 'na mossa*?' Si divertirono tutti, nonostante la paura, e i nostri ospiti del sottosuolo furono ancora più contenti quando uscirono portandosi via una parte consistente del ben di Dio che era custodito là sotto.

Non essendo vincolato da orari, trascorrevo poche ore in ufficio e poi me ne andavo a casa. Prima di uscire passavo a salutare il professore e lo vedevo sempre più deluso e innervosito dal fatto che riguardo all'armistizio non si decidesse praticamente nulla. Continuava a ricevere gente mai vista prima senza ammettere la presenza di nessun altro, neppure la mia. Ebbi l'impressione che non ci fosse una grande sintonia fra lui e il nuovo Governo. Appariva abbastanza tranquillo, semmai un po' infastidito, e ci scherzava su: "La cosa paradossale è che io passavo per un *afascista* e i camerati non mi amavano, ma ti posso assicurare che le più grandi rotture di scatole non le ho avute da loro, le sto avendo da *questi qua*."

Alex si fece vivo alla fine di agosto. Ero uscito per via del Corso all'ora di pranzo, quando una signora elegante e sorridente, accompagnata da un profumo intenso, poco consono alla stagione, mi avvicinò e mi chiese: "Siete l'avvocato Anastasi, il cugino di Alessandro?" Al mio cenno di conferma, senza dire altro, mi consegnò un biglietto e si allontanò. Su quel foglio lessi un indirizzo, un orario – le 21 – e una *A.* puntata come firma. C'era anche un post scriptum: "*Se intorno vedi gente torna indietro e ripassa domani*".

Seguii le istruzioni: l'indirizzo corrispondeva a una palazzina piccola ma elegante in zona Parioli. Non vidi nessuno per strada, quindi salii e suonai alla porta.

Mi accolse la stessa donna che mi aveva consegnato il messaggio, porgendomi la mano mentre ero ancora sulla soglia: "Benvenuto, avvocato. Sono Teresa, un'amica di Alex, e questa è casa mia. Ci diamo del tu, vero?" Dando per scontato l'assenso, Teresa mi fece accomodare. Aveva i capelli sciolti e indossava una vestaglia di ispirazione orientale. Era una bella donna sulla quarantina, di classe, senza alcun imbarazzo a mostrarsi piuttosto discinta. "Alessandro arriva subito, serviti da bere," disse, sparendo all'interno della casa.

L'appartamento non sembrava molto grande ma era arredato con gusto. Non si trattava di una garçonniere, era la rispettabile dimora di una famiglia benestante.

Mio cugino era rilassato ma stanco. Esordí scusandosi della strana convocazione: "Potrei averti fatto correre qualche rischio, ma credo che tu sia intoccabile come tuo padre e il tuo capo. Devo avvertirti che sono stato sotto sorveglianza e forse lo sono ancora. Non so se sanno già dove mi trovo. Scusami, ma non avevo scelta."

Ormai ero lí. "Che sta succedendo?" gli chiesi.

"Di tutto. Tempi difficili."

Teresa rientrò un po' più vestita e sempre sorridente. "Vieni, tesoro, mio, siediti con noi," le disse Alex. Poi rivolto a me: "Di Teresa ci si può fidare. Lei è innamorata, vero?" La donna annuí come avesse ricevuto una grazia dal cielo.

"Allora, Michele, questa è la situazione. Quel traditore di Senise, il capo della polizia, ha fatto due liste: una è delle persone da arrestare, l'altra di quelle da controllare. Io dovrei essere nella seconda, ma mi fido poco. Basti pensare alla fine che ha fatto Ettore Muti."

"Non ne so nulla. Che è successo a Muti?"

"Fatto fuori a Fregene dai carabinieri. È accaduto l'altro ieri. Quanto agli altri, tutti spariti.Nelle ultime due settimane ho dovuto dormire un po' qua, un po' là."

Guardai la donna, semisdraiata sul divano di fronte a me. Fu lei a darmi spiegazioni: "Qui per ora è al sicuro, per via di mio marito. È un altro intoccabile," specificò. Non chiesi di chi si trattasse, avevo già notato sulla credenza la foto di un matrimonio in cui Teresa in abito da sposa sorrideva vicino a un ufficiale dei carabinieri, con tanto di pennacchio.

"Come hai saputo di essere su quella lista?"

"Me l'ha detto il generale Amè in persona."

Conoscevo di nome molti generali, quello non sapevo chi fosse.

Mi spiegò: "Amè è il nuovo capo dei servizi di informazione. Mi ha fatto cercare, voleva vedermi con urgenza."

"E perché hai paura di lui?"

"Di lui in particolare non ho paura. Ma degli altri, della situazione..."

"Perché ti ha convocato?"

"Voleva solo guardarmi in faccia. Mi ha salutato, mi ha detto 'sta cosa delle liste senza farmi parlare, poi mi ha presentato un *sottopanza* in borghese, raccomandandomi di ascoltare con attenzione quello che costui aveva da dirmi. Se n'è andato subito dopo lasciandomi con quel tipo. Il succo è questo: mi hanno proposto di lavorare per loro."

"Loro chi?"

"I badogliani."

"Beh," dissi io, "ora il Governo della nazione è questo qui. Tocca prenderne atto. In fondo faresti lo stesso lavoro per un Governo diverso..."

Alex si mostrò infastidito: "Ma andiamo, Michele, non diciamo fesserie. Non sarebbe lo stesso lavoro, sarebbe sicuramente lavoro sporco, e a danno dei miei camerati. E poi questo è un Governo di pagliacci. Di traditori. Gli interessano solo le cose che so, sarei una miniera per loro."

"Ho capito, hai rifiutato."

"Non gli ho detto nulla, solo che ci avrei pensato. E infatti per cinque secondi ci ho pensato. Il tempo di uscire da quella porta. Ma poi..." E accennò il suo famoso gesto con la mano, strappando una risatina alla sua amante.

Continuò con le spiegazioni: "Con Ciano non sono riuscito a parlare, forse era già partito, forse non può muoversi, comunque casa sua è sorvegliata dalla polizia. Ho visto per cinque minuti Pavolini, anche lui sul piede di partenza: Germania."

"E come ti ha accolto?"

"Con la sua solita aria spiritata da Robespierre.

Incazzato nero per tutto quello che sta succedendo. Ha esordito dicendo che Ciano è un traditore, ha scandito nome e aggettivo fissandomi negli occhi, tanto per mettere le cose in chiaro. Poi mi ha appoggiato una mano sulla spalla, e ha ammesso che se ero andato da lui per raccontargli la proposta che mi era stata fatta, allora non potevo essere anch'io un traditore. Aveva fretta, ha tagliato corto: 'Non ci servono infiltrati fra i badogliani. Hai fatto bene a rifiutare. Se vorrai continuare ad agire da fascista, per uno come te ci sarà sempre posto. Magari cerca di organizzarti la partenza per la Germania, a Monaco: ci ritroveremo tutti lí e decideremo cosa c'è da fare finché non sapremo dov'è il Duce'."

"Che vuoi fare adesso?"

"Io non ho dubbi, Michele. Sono e rimango fascista. Badoglio e i suoi mi fanno schifo. Infatti ero pronto a partire."

"E perché sei ancora qui?"

"Perché ero pedinato e senza soldi. Rischiavo di essere bloccato a Roma, o magari alla frontiera. Io non ho molti rapporti con i tedeschi, per me è più difficile espatriare. Per ora devo nascondermi, appena possibile andrò in Germania."

"Qui però sei al sicuro..."

Teresa si inserí nella conversazione: "Non per molto, purtroppo. Mio marito rientra a Roma fra due giorni. Sarebbe imbarazzante l'incontro, non trovi?"

"Piuttosto imbarazzante," convenni.

Alex venne al punto: "Michele, puoi cedermi per qualche giorno l'appartamento che avevi preso per te?"

Mi aveva preso alla sprovvista. Non potevo e non volevo dirgli di no, ma percepivo anche il rischio.

Alex non si mostrò deluso dalla mia esitazione. Con

voce affettuosa mi disse: "Di persone cui potevo rivolgermi ce ne sono tante, ma nessuna di cui possa fidarmi, a parte questa bellezza che mi sta aiutando. Ci ho pensato su per diversi giorni prima di mandarla a cercarti. Il ragionamento è questo: sono tuo cugino e ho un'amante." Si girò per un attimo verso Teresa, che gli mandò un bacio soffiando sul palmo della mano. "Ti chiedo un posto dove incontrarla, tu mi dai le chiavi. Tutto qui. Teresa è d'accordo, semmai il rischio è per lei, lo scandalo e tutto il resto. Tu non sai altro, mi hai solo fatto un favore. Nessuno potrà accusarti di niente, male che vada tu confermi la versione e tutto finisce lí. Però se mi dici di no ti capisco, ti vorrò bene lo stesso, non preoccuparti. Hai due giorni per riflettere, intanto io mi cerco un'altra sistemazione."

"Non mi serve pensarci," dissi d'istinto, "l'appartamento è tuo. Nessun problema."

Mi ringraziò quasi commosso. La donna si alzò esultante dal divano, esclamando: "Che amore di cugino che hai, Sandrino!" Ciò detto mi stampò un bacio sulla guancia.

La mattina dopo andai a un appuntamento con Teresa per consegnarle le chiavi. Le affidai anche una busta contenente denaro: per quanto Alex non me lo avesse chiesto, sapevo che gli serviva. "Hai fatto bene," disse la donna, "da me li ha rifiutati."

Volevo offrirle qualcosa, accettò un gelato. Ci sedemmo all'aperto. Quando si tolse i grandi occhiali scuri notai che aveva pianto. Le chiesi se fosse preoccupata per Alex.

"Un po' sí, ma non è solo questo."

"E allora cos'è?"

"Non lo rivedrò più. Non si farà più vedere da me. Me lo sento."

Mi sentii in dovere di lasciarla parlare, sapevo che aveva ragione.

"È uno strano fascista tuo cugino. Lo conosci, no? Scherza su tutto, è strafottente, prende in giro questo mondo e quest'altro, i tedeschi, gli italiani, fascisti compresi. Poi, quando va tutto a rotoli e gli altri scappano, ecco che si scopre più fascista di Mussolini. Gli avevano offerto di dimenticare il suo passato, l'amicizia con Ciano e tutto il resto. Poteva continuare a essere qualcuno, vivere bene e in pace... e lui che fa? Rifiuta! Senza sapere quello che succederà. E per cosa, poi? Per andarsene in Germania, lui che i tedeschi proprio non li può vedere."

"Lo biasimi per questo?"

"Ma no, come potrei? A me piace cosí. Fra tanti palloni gonfiati almeno è un uomo. Chissà che fine farà... non posso pensarci. Mica può stare da te in eterno. E se l'Italia passa con gli americani, come farà ad andare in Germania?"

Cercai di tranquillizzarla: "Secondo me in Germania non vuole andarci, ora si sente solo obbligato a farlo. Magari se ne andrà da qualche altra parte. Ci sono molti posti dove non c'è la guerra. Vedrai che non gli succederà nulla."

"Speriamo."

"Speriamo," ripetei, poco convinto.

*****

La mia casa serví ad Alex per pochi giorni, un tempo sufficiente perché qualche grana la avessi anch'io.

Una mattina vennero a trovarmi in ufficio due uomini presentandosi con gradi militari. Uno era alto, sui trent'anni, aria decisa, capelli corti, arrogante ma formale. L'altro era sulla cinquantina, grasso, sudaticcio, con un sorriso artefatto stampato sulla faccia. Si sedettero davanti a me dopo avermi salutato con una cortesia che mi apparve subito piuttosto sgradevole. Mi fecero subito capire che conoscevano mio padre e che per questo mi usavano ogni riguardo. Dopo alcuni convenevoli mi spiegarono che si trattava di un colloquio confidenziale, e che motivo della visita era mio cugino. Il ciccione entrò per primo in argomento: "Avvocato, avete visto vostro cugino ultimamente?"

"E io posso domandarvi perché lo state cercando?"

"Ma certo che potete," disse il più giovane, "non ci sono misteri. Noi abbiamo avuto l'incarico di rintracciarlo perché potrebbe essere in grave pericolo."

"In pericolo? E da cosa è minacciato, se posso?"

La bugia era già pronta, ci pensò l'anziano: "Da elementi fascisti irriducibili che ancora agiscono nell'ombra e che potrebbero nutrire propositi vendicativi. Voi saprete certamente che vostro cugino ha collaborato per anni con il Ministero degli Esteri quando Ministro era il conte Ciano. Oggi, per i fascisti, Ciano è il peggiore dei traditori."

"Non sapevo che mio cugino fosse cosí importante da meritare la vostra protezione."

"Lo è, avvocato, lo è. Poco in vista, forse, ma non per questo meno addentro alle cose. Noi comunque agiamo sulla base delle segnalazioni che riceviamo, ed è nostro dovere proteggere qualsiasi persona se la sappiamo in pericolo. Ci teniamo molto a impedire disordini e vendette politiche."

"Capisco... ma il fatto è, purtroppo, che non vedo mio cugino da due mesi."

Menzogna per menzogna: se mi avevano spiato ora dovevano scoprire le carte.

Il più giovane, che non voleva mollare l'osso, cercò di essere più diretto: "Avvocato, voi siete proprietario di un appartamento che non utilizzate. Posso chiedervi se attualmente è disabitato?"

Sapevano tutto. Cercai di prendere tempo: "Posso non rispondere?"

"Ma certo che potete, ve l'abbiamo detto che è una visita informale. Se volessimo obbligarvi a una risposta vi faremmo convocare."

Non feci una piega: "Vi rispondo, comunque: è tuttora disabitato. A voi risulta per caso il contrario?"

"Veramente sí, avvocato."

"Quindi avete fatto sorvegliare casa mia."

"Non ci permetteremmo mai. Solo che abbiamo ricevuto una segnalazione al riguardo."

"Un'altra? Quante segnalazioni avete..."

L'anziano pensava di avermi messo alle corde: "È il nostro lavoro."

"Siete molto bravi. È da tempo che fate questo lavoro?"

"Perché ce lo chiedete?"

"Perché da come parlate dei fascisti devo supporre che vi dedichiate a questo tipo di indagini solo da un mese. Oppure facevate questo lavoro anche sotto Mussolini?"

Il giovane si spazientí: "Avvocato, noi sospettiamo che vostro cugino si trovi in quella casa."

Ero arrabbiato, il che mi rendeva coraggioso: "E se pure fosse, sarebbe un reato? O non posso dare le chiavi di casa mia a chi mi pare?" Istintivamente, mi astenni dalla versione dell'appartamento-alcova: era evidente che non mi avrebbero creduto, sapevano benissimo che stavo aiutando Alex.

Continuarono a pressarmi: "Perché allora ci avete detto di non averlo visto? Ci avete mentito!"

"E voi perché avete mentito a me, dicendo che lo cercate per proteggerlo?"

"È la verità, avvocato. Vogliamo proteggere lui, e anche voi."

Eravamo a un punto morto. Ancora non mettevano le carte in tavola. Alzai leggermente la voce: "Insomma, cosa volete da me? Se sapete dov'è, perché non andate a prenderlo?"

Avevo fatto la domanda giusta. Si guardarono l'un l'altro per decidere chi doveva rispondere, poi fu nuovamente il più anziano a parlare: "Non ci è stato consentito farlo prima di parlarne con voi. Vorremmo evitare, per ora, di entrare a casa vostra senza il vostro permesso. Preferiremmo non avere problemi, insomma."

Non riuscii a controllare una nervosa ilarità: "Ma davvero? Che riguardo! Cosí volete che sia io a portarvi lí? O a darvi le chiavi?"

"Esattamente. Facciamo appello al vostro senso patriottico. Il Governo ritiene necessario porre sotto custodia, in via del tutto temporanea, gli elementi che potrebbero creare disordine. Esclusivamente nel loro interesse, sia chiaro. Voi dovreste convincere vostro cugino a non opporre resistenza e accettare il nostro aiuto. Vi garantiamo che entro pochi giorni verrà rimesso in libertà senza conseguenze."

"E nel caso mi rifiutassi?"

"Ne avete il diritto. Decideranno le autorità. Ma sarebbe disdicevole se i nemici di vostro cugino lo rintracciassero prima di noi... un conflitto a fuoco in casa vostra, ci pensate?"

Avevo paura per me e per Alex, cosí decisi di guadagnare tempo.

"D'accordo, ci penserò e vi farò sapere."

Si guardarono ancora, poi il giovane disse: "Quando, avvocato?"

"Entro domani."

"D'accordo. Ma nel caso desideriate consultarvi prima con vostro cugino, mi corre l'obbligo di informarvi che non vi sarà possibile contattarlo senza preavvertirci."

Questo l'avevo capito. Ero nei guai.

Rimasi freddo fino a quando se ne andarono, congedandosi con la stessa untuosa deferenza con cui si erano presentati. Rimasto solo, non potevo più controllare l'agitazione che si era impossessata di me. Passai mezz'ora a camminare su e giù per la stanza, senza riuscire ad articolare uno straccio di piano. Come uscirne senza vendere Alex? Cercare di avvertirlo sarebbe stato un errore: avrebbero facilmente intercettato il tentativo.

Appena fui in grado di ragionare pensai di parlarne con mio padre. Non avevo detto a nessuno che avevo nascosto Alex. Papà mi sembrava l'unico in grado di darmi un buon consiglio.

Non era un passo che facevo volentieri. Non volevo dipendere ancora una volta dall'aiuto degli altri. Alex, mio padre, Dell'Acqua, Alimonti, tutti in passato avevano risolto i miei problemi. Volevo assumermi le mie responsabilità. Cercai una soluzione diversa, ma le alternative visibili restavano due: o fare come dicevano quei due, o esporre Alex alla fine di Ettore Muti.

Dissi tutto all'ammiraglio. Lo feci di sera, nel suo studio, mentre mamma era impegnata altrove. Lui ascoltò il racconto, invitandomi ogni tanto a stare calmo. Quando ebbi terminato disse la sua: "Giustissimo dare una mano ad Alessandro, specie dopo quello che ha fatto per tuo fratello. È che forse lo hai voluto aiutare nel modo sbagliato... ti rendevi conto che era pericoloso, non è vero?"

"Non sapevo fino a che punto, papà. Ma come potevo dirgli di no?"

"Hai agito di impulso. Se me ne avessi parlato lo avremmo fatto venire *qui,* dove non avrebbero mai osato ficcare il naso. Ora non sai che pesci pigliare, non è vero?"

"Già. Non so che fare."

Rimase pensieroso per un po', rigirando fra le dita gli occhiali da presbite, mentre io lo osservavo in attesa del Verbo, che non si fece attendere troppo: "Io dico che bluffano. Secondo me non violeranno mai il tuo domicilio, sennò lo avrebbero già fatto. Purtroppo per loro sei mio figlio. E inoltre, se tuo cugino è armato e si difende? Da quanto ho capito gli serve vivo. La verità è che cercano solo di arrestarlo gratis, senza troppe complicazioni. Oppure vogliono che noi lo convinciamo a collaborare. Ci stanno provando, insomma, come si dice qui a Roma."

"Ne sei sicuro?"

"E come faccio a esserne sicuro? Dico solo che è molto probabile. Comunque, quello che posso fare è contattare questo generale Amè, forse potrò saperne di più. Ora dormiamoci sopra, la notte porta consiglio."

Era una buonanotte.

Non sembrava troppo preoccupato, il che mi lasciò interdetto, perché io lo ero moltissimo e gli avevo chiesto aiuto. Possibile? Questo atteggiamento non era da lui.

Inutile dire che passai la notte in bianco. Non volevo che fosse mio padre a togliermi le castagne dal fuoco, ma neppure volevo fare sciocchezze. Mi fidavo di quanto mi aveva detto, era un bluff, non poteva che essere un bluff, di questo ero convinto. Più pensavo ai due visitatori della mattina, meno mi facevano paura. In questo papà mi aveva già aiutato, spingendomi a ricordare il proverbio sul cane che abbaia ma non morde. Ma se nonostante tutto ci fossimo sbagliati? Non potevo commettere errori, ma anche non far nulla poteva rivelarsi un errore. L'unica certezza era che *io* dovevo fare qualcosa per mio cugino. Ero in debito con lui, la mia famiglia altrettanto.

Verso l'alba fui raggiunto, finalmente, da un barlume di follia. In altre parole mi venne un'idea, o meglio, un embrione di idea. Avrei fatto ricorso alle mie truppe.

Quando mi alzai, incrociai mio padre già in piedi, e lo pregai di aspettare a contattare il generale. Mi mostrai determinato. Gli dissi che avrei tentato di risolvere il problema a modo mio. Mi aspettavo un'indagine approfondita sulle mie intenzioni, lui invece si disse subito d'accordo, senza chiedere altro. Anzi mi incoraggiò: "Bravo, è cosí che si fa. Stai solo attento a non dire nulla a tua madre, almeno per ora."

Avvertii in Banca che quel giorno non sarei andato in ufficio. Poi telefonai a Filippo, che era – come lui stesso ammetteva – imboscato in Vaticano, grazie a un suo zio porporato. Saltando i saluti gli chiesi: "Come te la passi fra le tonache?" Lui mi rispose: "Una noia mortale, Michele." Allora colsi la palla al balzo: "Bene, ce l'ho io un bel diversivo per te. Aspetta che arrivo."

Passai da lui per spiegargli tutto a voce. Temevo di doverlo convincere, invece fu proprio il mio amico a trascinarmi, mettendo a punto i particolari con rapidità ed entusiasmo. Diventò un vulcano di idee: aveva un bisogno disperato di fare qualcosa che spezzasse la malinconica monotonia dell'imboscamento.

Fummo rapidi quanto incoscienti.

Nel primo pomeriggio mi diressi a piedi verso l'appartamento che ospitava Alex. Sotto il portone vidi due persone che non potevano essere dei passanti. Mi sentii sollevato, dalle facce non parevano fulmini di guerra. C'era gente per strada: anche su questo contavamo. Si poteva procedere. Mi avvicinai tranquillamente verso l'ingresso e subito uno di loro, come previsto, mi si parò davanti: "Polizia. Dove siete diretto?"

"A casa mia," risposi.

"E dove abitate?"

"Secondo piano, interno 5."

"Non è casa vostra, signore."

"Come no? Guardate, ho le chiavi. Devo salire sopra un attimo."

L'altro accorse in aiuto del collega. Era meglio informato: "Avvocato, siete qui per parlare con vostro cugino?"

"Non sono affari vostri. Volete impedirmi di entrare a casa mia?"

Non sapevano come comportarsi. Erano indecisi se bloccarmi oppure convincermi a portare giù Alex. In quel mentre si avvicinò una enorme automobile nera con la targa della Città del Vaticano, con tanto di bandierina gialla e bianca. A bordo c'erano due passeggeri oltre l'autista. Sul sedile posteriore si intravedeva la papalina rossa di un prelato immerso nella lettura dell'"Osservatore Romano"; vicino a lui era seduto un prete molto più giovane.

L'auto accostò senza spegnere il motore. Il pretino scese, ignorò i due, salutò me: "Buongiorno avvocato. È da molto che aspettate?"

"No, padre, siete puntualissimo. Mio cugino sta per scendere."

"Bene, allora perché non andate a sollecitarlo?" Indicò l'automobile: "Sua Eminenza ha fretta, l'appuntamento col Santo Padre è stato anticipato di quindici minuti."

"D'accordo, voi restate qui, noi veniamo subito."

Passai sotto gli occhi dei due poliziotti, approfittando

della loro evidente indecisione. Entrai nel portone, salii le scale di corsa, bussai alla porta gridando: “Alex, sono io! Sono Michele! Apri!”

Mi aprí agitatissimo, con una pistola in mano: “Che succede?”

Per fortuna era già vestito: “Qui ti hanno scoperto. Prendi la giacca e vieni, ti porto da un’altra parte.”

“Ma dove andiamo?”

“Muoviti, poi ti spiego. E nascondi quell’arma.”

Mentre scendevamo le scale Alex si annodò al collo la cravatta che avevo in tasca per lui. Usciti dal portone trovammo la portiera dell’automobile semiaperta, da essa ci separavano tre metri e i poliziotti. Il prete era già risalito a bordo. Alex guardò i due ed ebbe un attimo di indecisione, io lo scossi: “Che aspetti? L’udienza è fra dieci minuti.”

Non capí ma si fidò di me. In una frazione di secondo passò davanti ai due, praticamente paralizzati, e salí in macchina seguito da me. Il conducente innestò la prima e si allontanò rapidamente, mentre i poliziotti già cominciavano a insultarsi fra loro.

Ce l’avevamo fatta!

In quel macchinone si stava comodi anche in quattro. Alex si era seduto sul predellino di fronte a noi e guardava le persone all’interno dell’auto con aria incredula. Dopo un centinaio di metri controllai la strada attraverso il lunotto posteriore: nessuna automobile ci stava seguendo.

Stavamo tutti zitti. Appena girato l’angolo, Filippo cominciò a sbottonarsi la tonaca. La faccia incredula di Alex si rivelò la parte più divertente della nostra spedizione. Seduto accanto a lui c’era un uomo di mezza età, vestito di scuro, che si tolse la papalina rossa dalla testa e si rivolse a me, ignorando Alex: “Buongiorno, Michele. Io sono Alfredo, vi ricordate?”

"Ma sí che vi riconosco! Il giardiniere del principe, non è vero?"

"Esatto. Divertente il giochetto, no?"

Alex non ne poteva più: "Ma insomma, cazzo, mi spiegate che è 'sta storia, sí o no?"

Glielo spiegammo. Lui ascoltò a bocca aperta e si mise la testa fra le mani, non sapendo se ridere o piangere. Poi disse: "Michelino, sei una rivelazione! E questi due sono fantastici!"

Filippo non stava più nella pelle dall'euforia per l'impresa compiuta. Alfredo invece si fece serio e si rivolse a mio cugino: "Grazie, signore, ma devo farvi presente che da sempre io sono un antifascista. Ci tenevo a precisarlo."

Alex gli rispose divertito: "Ma chi se ne fotte se siete antifascista! Tanto lo sono tutti, adesso. E poi, nessuno è perfetto!"

"Quello chi è?" chiesi io a Filippo, indicando l'autista che continuava impassibile a guidare.

"Quello? Lui è Giovanni, il *vero* chauffeur di mio zio, che se viene a sapere di questa prodezza, mi manda al fronte per direttissima."

Giovanni si girò per un attimo, con un sorriso certamente ispirato dalle migliaia di lire che gli erano state versate per il disturbo. Riprendendo a guardare la strada disse: "Sua Eminenza lo saprà sicuramente. Non è difficile identificare una macchina come questa."

Per quanto tale eventualità fosse stata prevista, Filippo si rabbuiò per un momento, ma era troppo divertito e troppo fiero di se stesso per rovinarsi il trionfo con simili preoccupazioni: "E allora, pazienza! Siamo pieni di rifugiati in Vaticano, se ne salviamo uno in più alla fine sarà contento anche mio zio. E tu non preoccuparti, Giovanni, ci penso io, a te al massimo dirà di andarti a confessare.

Ora facciamo presto a riportare indietro la macchina."

Alex guardava fuori dal finestrino, quasi temesse ancora di essere seguito. "Dove si va?" chiese al mio amico. "Da Pio XII?"

"Ma no," rispose Filippo, "ti portiamo in un appartamentino che di solito uso per le mie amichette. Te ne starai lí dentro chiuso per un po', poi vedremo come sistemarti."

Alex era tornato Alex: "Magnifico! E ditemi, ci saranno anche le amichette?"

La sera, quando raccontai tutto a casa, mia madre rischiò di sentirsi male per il gran ridere. Solo a tavola io e mamma cominciammo a riflettere sulle possibili conseguenze del mio gesto, e l'allegria fece presto ad andarsene. Sicuramente *loro* non sapevano dove fosse Alex, quindi mio cugino per il momento era al sicuro. Per Filippo, al massimo una lavata di testa dallo zio cardinale. Io invece rischiavo di essere inserito nella lista nera di Senise.

Quando si era già cominciata a ipotizzare, con ansia crescente, una mia lunga vacanza dalla Banca, lei si rivolse all'ammiraglio: "Ma insomma, tu non dici nulla?"

Lui era di una calma olimpica. "State tranquilli," si limitò a dire.

"Tranquilli?" protestò mamma. "Con i guai che sta per passare tuo figlio?"

"Lisetta, calmati. E fidati. Si dimenticheranno prestissimo di Michele. Avranno altre cose cui pensare, nei prossimi giorni. Loro e tutti noi."

Era la sera del 7 settembre 1943.

*****

Che l'armistizio fosse stato firmato quattro giorni prima mio padre l'aveva saputo dall'ammiraglio De

Courten. Ecco – pensai – perché era cosí tranquillo per me e per Alex e non mi aveva impedito di prendere iniziative. Gli alti gradi militari aspettavano solo l'annuncio al Paese. Il giorno dopo ci fu il comunicato di Badoglio, seguito dalla partenza del Re e dall'inizio del caos.

Nel dopoguerra che oggi stiamo vivendo quei giorni rappresentano una ferita ancora aperta, una specie di vergogna collettiva dalla quale non si riesce a uscire. Io racconto semplicemente la storia di alcune persone, quindi farò il possibile per limitarmi ai ricordi legati a loro. So che non è facile: quelli erano i tempi, quella era l'Italia, solo adesso posso rendermi conto di quanto poco fossimo padroni delle nostre vite.

Ricordo che la prima impressione fu di sollievo. Non eravamo più nemici degli Angloamericani, quindi niente più bombardamenti, niente più guerra. Si poteva sperare di riprendere pian piano una vita normale.

I primi scontri con i tedeschi, la liberazione di Mussolini, la massiccia presenza di soldati germanici ci richiamarono duramente alla realtà. La percezione di quanto stesse accadendo variava in proporzione alle informazioni di cui si disponeva. In quei giorni, poter contare su notizie non accessibili ai più rappresentava un privilegio poco invidiabile, perché si viveva in anticipo l'angoscia per un'Italia spaccata in due da una linea di sangue.

Mio padre, che era sempre riuscito a mantenere un certo distacco dagli avvenimenti, visse mesi terribili. Prima dell'8 settembre, dalle poche battute e soprattutto dai suoi silenzi, ero riuscito a capire il suo atteggiamento nei confronti della guerra e i motivi del suo apparente disincanto. All'inizio del conflitto era stato in condizione di valutare meglio di moltissimi italiani il nostro grado di preparazione e i rischi di quella avventura: per lui, ufficiale di marina, fedele alla monarchia, quel conflitto era un errore del fascismo, una guerra fascista che la Corona aveva dovuto subire, cosí come il popolo italiano. Quanto alla Marina, meglio che continuasse a seguire la propria strategia attendista e cercasse di limitare i danni, per poi disporre di una carta da giocare in un ipotetico tavolo di trattativa.

Già dopo il 25 luglio papà era rimasto profondamente deluso dalle decisioni del Re, poi dalle tragiche indecisioni che seguirono. Dopo la partenza del sovrano, già allora definita una fuga, tutto quello in cui aveva creduto dovette sembrargli crollato irrimediabilmente.

Non era questo, tuttavia, l'aspetto peggiore.

Mantenendosi in contatto con i comandi militari, almeno con quelli rimasti a Roma, fu subito in grado di capire che il rovesciamento di fronte poteva costare molto caro a chi si fosse trovato faccia a faccia con i tedeschi. A molti suoi ex colleghi si sarebbero presentate scelte terribili, senza ordini chiari, senza un Governo e un'autorità che fossero in grado di aiutarli o indirizzarli.

Quando si capí che in Italia ci sarebbero stati due governi – quello del Sud e quello del Nord – lui non ebbe esitazioni a sostenere che quello del Nord fosse uno strumento di Hitler e che il senso dell'onore comportasse inevitabilmente l'obbligo di resistere ai tedeschi. Soffrí tremendamente nell'apprendere che gli ufficiali i quali avevano agito in base a quei principi venivano accusati di tradimento, e spesso pagavano con la vita.

Io era già al Nord quando mesi dopo, nella Repubblica Sociale, ci furono le "fucilazioni degli ammiragli", eseguite a danno dei comandanti che avevano dato ordine di resistere alla Wermacht. Papà li conosceva personalmente. Mia madre mi ha raccontato che quando venne a saperlo fu sconvolto: non lo avevamo mai visto piangere, mamma ebbe questo amaro privilegio.

Alex uscí dalla clandestinità e riprese contatto con i suoi camerati. Quando lo incontrai, i vertici della futura Repubblica Sociale non erano ancora rientrati in Italia. La liberazione di Mussolini aveva avuto un effetto galvanizzante per molti fedelissimi. Lui era un po' meno entusiasta, ma aveva recuperato parte del suo ottimismo: "L'importante è che ci sia uno stato indipendente, non un'occupazione militare. E finalmente ci siamo liberati della monarchia. Ora tutto può succedere."

Quando Pavolini rientrò a Roma per ricostituire le strutture del partito, Alex andò a salutarlo. Mi raccontò dell'incontro, in cui aveva appreso che per ragioni di sicurezza la sede del Governo sarebbe stata portata nel Nord Italia. Ci sarebbe stata una costituzione repubblicana – diceva – e insieme a essa profonde riforme sociali, tali da riguadagnare al fascismo la fiducia degli italiani. Via i vecchi gerarchi corrotti e imborghesiti, largo al popolo.

Eravamo nella sua casa sulla Nomentana. Avevo il sospetto che volesse darsi coraggio con le sue stesse parole. Gli domandai se quindi, secondo lui, i tedeschi fossero ancora alleati e gli Angloamericani ancora nemici.

"Naturalmente, è nella logica delle cose!"

"Allora pensi che alla fine i tedeschi vinceranno?"

"Perché, ci si allea solo con chi vince?"

"No. Ognuno fa quello in cui crede. Ma qui è in ballo la vita di milioni di persone, e nessuno ne può più dei tedeschi e della guerra. Abbiamo perso, ci siamo arresi, ora abbiamo diritto alla pace."

Si adagiò sul divano e mi parlò con voce più bassa: "Michele, è stata una necessità."

"Cosa? La guerra?"

"No. La Repubblica fascista."

"A me non pare una necessità, a me pare un modo per farci combattere fra italiani."

"Michele, ho parlato con molte persone e ho capito come stanno le cose. I tedeschi si sentono traditi: chi può dargli torto? Erano pronti a trasformare l'Italia in terra di occupazione, a trattarci come hanno trattato i polacchi, i russi, mettendo tutto a ferro e fuoco. Per loro soltanto con Mussolini poteva esserci uno Stato italiano che non fosse da considerare né traditore né ostile. Per questo lo hanno liberato. Lui voleva ritirarsi, ma ha dovuto accettare. Se non lo avesse fatto, sarebbe stata una catastrofe."

Gli dissi allora che chiunque avesse la sfortuna di trovarsi nelle zone occupate dai tedeschi doveva subire la situazione, ma gli altri – lui compreso – potevano ritenersi liberi.

"Liberi?" protestò. "Ma in che razza di libertà credi? Quella concessa dai vincitori? Io andrò con i miei camerati, al mio posto. Sono fascista, obbedisco al Duce e al Governo fascista, altri non ne riconosco."

"Quando parti?" gli chiesi, rassegnato.

"Presto, spero. Ti farò sapere."

Pensai che non lo avrei rivisto per molto tempo. Mi sbagliavo, ma eravamo comunque a un crocevia in cui uno dei due stava prendendo la propria strada. Mi dispiaceva che Alex avesse scelto l'avventura della Repubblica fascista, ma non potevo farci nulla, se non sperare che ne uscisse fuori sano e salvo.

Io mi trovavo ancora una volta in una situazione privilegiata. Non ero assillato dalla necessità di opzioni irrimediabili, potevo proseguire con il mio lavoro in attesa degli eventi. C'erano ancora i tedeschi a Roma, ma io ero convinto che gli Alleati sarebbero arrivati di lí a poco, e che presto avremmo potuto ricominciare una vita normale.

PARTE SECONDA

Milano

Ai primi di ottobre Dell'Acqua, reduce da un'assenza di una decina di giorni, mi fece chiamare nel suo ufficio.

Erano le sette di sera e stavo per andarmene. Dall'orario capii che aveva aspettato l'uscita di tutto il personale, quindi c'era in ballo qualcosa di importante.

Come mi vide sulle soglia, mi indicò il solito divano: "Siediti, Michele, devo raccontarti alcune cose. Chiudi prima la porta però."

Cominciò, come sua abitudine, con un volo circolare di avvicinamento che precedeva la planata sull'obiettivo. Mi spiegò che la preannunciata Repubblica del Nord avrebbe creato una divisione amministrativa fra due pezzi d'Italia, complicando ulteriormente l'attività di una struttura articolata come la Banca. Mi accennò alle difficoltà nelle comunicazioni, al rischio di avere più monete in circolazione, ai titoli pubblici ("Di quale Stato?" chiese), alla Banca d'Italia ("Di tutte e due le Italie?"); il tutto, ovviamente, in una situazione di guerra che rischiava di non essere più limitata allo scontro fra Alleati e tedeschi.

Il quadro era complicato, ma fin qui il professore mi aveva riassunto problemi che anch'io ero riuscito a intravedere. Naturalmente era solo un preambolo.

"Ora sappiamo che fra le due amministrazioni ci sarà una specie di confine mobile corrispondente alla linea del fronte. Man mano che gli Angloamericani risaliranno, si assottiglierà il territorio controllato dalla Repubblica, e quando tutto sarà finito la piena sovranità sarà ripristinata. Ma se Roma sarà sgombrata entro poche settimane, massimo pochi mesi, quanto ci vorrà per liberare l'Italia Settentrionale?"

"Sei mesi? Un anno?" azzardai.

"Io lo spero. Fatto sta che il pazzo con i baffetti non si arrenderà fino al crollo finale, e ho l'impressione che questo qui, quello italiano intendo, non sia il fronte decisivo per l'esito finale. Non si arriva a Berlino passando attraverso le Alpi. Ciò significa che lo sforzo bellico maggiore non verrà esercitato in Italia e che le cose potrebbero andare per le lunghe."

"E quindi?"

"Quindi noi dobbiamo prendere atto che la parte del Paese dove ancora si riesce a produrre sarà per un periodo non breve, indeterminato direi, sotto il controllo di questa neonata Repubblica e dei suoi protettori con la svastica. Inoltre, da qui mi riesce sempre più difficile curare i rapporti internazionali che fino a oggi, fra mille difficoltà, anche sotto le bombe, eravamo riusciti a mantenere. Non trovi che le nostre priorità siano nuovamente cambiate?"

Sempre le *priorità*. Aspettava che fossi io a trarre le conclusioni, ma siccome non mi piacevano, cercavo di rimuoverle dalla mente e continuavo ad ascoltarlo.

"Insomma, Michele, nei prossimi tempi ci sarà un bel po' da fare a Milano e dintorni, quindi sarebbe molto utile se tu mi accompagnassi per renderti conto di persona e darmi una mano."

Era quello che temevo: "Per quanto tempo?" domandai subito.

"Intanto andiamo su per due o tre settimane. Poi rientriamo a farci vedere dai topi che ballano mentre il gatto non c'è, e ci regoliamo di conseguenza. Che ne dici?"

Tentai una disperata manovra difensiva: “Ma non sarebbe più utile, se posso permettermi, che io rimanessi a Roma proprio mentre voi non ci siete?”

“E a fare che, Michele? Ormai le cose importanti si svolgono lontano da qui.”

Il modo in cui aveva pronunciato la parola *importanti* mi parve poco rassicurante, pur non riuscendo ad afferrarne la ragione. Non me la sentivo di sottrarmi, chiesi solo un po’ di tempo.

“D’accordo, Michele, ne riparliamo domattina. Ci vediamo a mezzogiorno. La partenza è per dopodomani.”

Mi piaceva poco l’idea di allontanarmi da Roma, cioè dagli americani che supponevo in arrivo. Dell’Acqua era stato troppo evasivo sulla durata della trasferta, ormai lo conoscevo: lui le fregature le dava con classe, un po’ alla volta. Tuttavia, preso alla sprovvista, non ero riuscito a trovare una scusa che potesse minimamente reggere, quindi dovevo seguire Dell’Acqua. Questi aveva dato già per scontata la mia adesione, tanto è vero che quando lo rividi non chiese neppure una risposta e mi fissò un appuntamento per l’indomani mattina alle sei: “Andiamo in automobile, ti passo a prendere. Se tutto va bene siamo a Milano in serata.” Idea strana, l’automobile: un viaggio lungo e scomodo.

A casa mia la cosa fu presa come una normale trasferta di lavoro, solo un po’ più lunga del solito. L’ammiraglio fece qualche domanda sulla natura dell’incarico, io me la cavai dicendo che, come sempre, era tutto nella testa del mio capo.

Mi aspettavo l’autista, invece al volante di una delle Fiat della Banca c’era proprio lui, Dell’Acqua, in maniche di camicia e con la cravatta slacciata.

Appena partiti, gli chiesi il perché dell’automobile, per

sentirmi rispondere che c'era sempre la possibilità che fossero bombardati gli snodi ferroviari, mentre una macchina non era un bersaglio. Non ero molto convinto della risposta, a ogni modo apprezzai la prudenza.

Avevo altri dubbi: "E per i rifornimenti come facciamo? Chi ce la dà la benzina lungo la strada?"

"Michele, mi prendi per scemo? Tutto organizzato!"

Mi accorsi subito che gli piaceva guidare, e anche correre. Nei pochi rettilinei in cui l'asfalto era integro vedevo la strada inghiottita a velocità preoccupante. Le curve venivano affrontate ricorrendo con molta parsimonia all'ausilio dei freni. Presi a tossire e schiarirmi la gola per ricordargli che c'era un passeggero. Lui ridacchiò e cercò di tranquillizzarmi: "Ti ho mai detto che ho partecipato a due Targhe Florio? Su una Bugatti e su una Scat, per l'esattezza, quando pesavo trenta chili di meno." Poi, tristemente: "Ero anche molto più giovane: *fugit irreparabile tempus...*"

Era la prima volta che parlava del suo passato, a parte i viaggi di studio e di lavoro. Fece qualche accenno a insospettabili lati avventurosi della sua giovinezza, ricordando il fascino che i piloti esercitavano sulle signore della buona società. Continuò per una mezz'ora a parlare di automobili con grande competenza, mentre io mi abituavo alla sua guida. Appresi che in garage custodiva una Bugatti Tipo 57, una macchina elegante e veloce che sfiorava i 200 all'ora. Era stato tentato di utilizzarla nell'occasione, poi ci aveva ripensato: un'auto del genere avrebbe dato nell'occhio, attirando controlli e domande a non finire.

C'erano numerosi tratti di strada danneggiati che ci costringevano a noiose deviazioni, spesso effettuate su stradine secondarie male asfaltate: solo in tali circostanze la velocità era forzatamente ridotta.

Continuava a parlare di motori: "Noi abbiamo un grande talento nel costruire auto, mio caro, forse è per questo che i carri armati ci sono riusciti maluccio. Anche gli aeroplani li facciamo bene... ma naturalmente non quelli da combattimento, a sfornare bombardieri sono molto più bravi gli altri. Tuo padre insisteva sulle portaerei... si vede, eh, che non l'hanno ascoltato!"

Percepivo che si erano allentate delle barriere, che le distanze fra di noi si stavano progressivamente ridimensionando.

Gli chiesi come avesse conosciuto mio padre. Lui parlò di tavoli di bridge, poi di interminabili riunioni ministeriali, dove loro due si scambiavano sottovoce battute sul rapporto inversamente proporzionale fra la lunghezza degli interventi e la ricchezza dei contenuti: "In poco tempo scoprimmo che la pensavamo allo stesso modo su molte cose e molte persone. È cosí che nascono le amicizie."

"Mio padre è massone?" chiesi a bruciapelo.

Fu sorpreso dalla mia audacia, ma non si scompose: "Di tuo padre posso soltanto dire che è un galantuomo; un esempio di cultura e di stile; un amico leale e prezioso; un patriota; è anche una persona molto simpatica, dotata di raro *sense of humour*. Ti serve sapere altro?"

"No, non mi serve," dovetti ammettere, "era solo una curiosità. Ho un'altra domanda però."

"Scommetto che vuoi sapere se io sono massone. Naturalmente no: che risposta ti aspetti?"

"Veramente volevo solo chiedervi cosa andiamo a fare al Nord."

"Io lo so. Ci sto lavorando da tempo. Per te sarà una possibilità, la scoprirai sul posto."

Cominciavo a temere che di lí a qualche giorno mi sarei ritrovato sulle spalle un peso più grosso di quello che potessi sostenere. Trovai un modo di esprimerlo: "Le possibilità sono tali per chi è in grado di coglierle. Io non so se sarò all'altezza."

Annuiva, come se approvasse. Poi capí che aspettavo una risposta: "Mi è stato detto che recentemente sei tornato goliarda."

"Magari, professore, l'età delle goliardate l'ho passata da un pezzo..."

"Davvero? E come definire una beffa con tanto di travestimenti per far uscire tuo cugino da una casa sorvegliata?"

Ero nuovamente disarmato: da chi l'aveva saputo? Da mio padre?

Restò sul punto: "Rifletti un attimo, Michele. Perché l'hai fatto?"

"Per mio cugino," replicai subito.

"Una buona ragione. Ma sapevi che era pericoloso, no? Aiutare un fascista in quel periodo... mica poco!"

"Non credevo fosse troppo pericoloso. Magari, se mi fossi fermato a pensarci su, non l'avrei fatto."

"Esatto! È questo il punto: prima si decide cosa è giusto, poi il coraggio lo si trova. Funziona cosí."

Continuavo a difendermi: "Il coraggio fisico non è mai stato il mio forte. In Albania avevo paura dei combattimenti, sono stato perfino contento di tornare con le ossa rotte ma senza aver mai visto in faccia il nemico."

Aveva una risposta a tutto: "Non sempre serve il coraggio fisico. Quello dei combattenti, almeno. Come diceva Don Abbondio, se uno non ce l'ha, non se lo può dare."

"E cosa serve, allora?"

"Servono delle buone ragioni. Ma corri troppo, ora. Abbi pazienza per qualche giorno."

"*Voi* correte troppo, credo," dissi, guardando il tachimetro.

"Non è vero. Sembra a te. Potrei andare più forte, se..."

Lo interruppi: "...se non ci fossi io a bordo, giusto?"

"Sí. Io sto andando alla velocità giusta per te, al tuo limite, altrimenti mi chiederesti di scendere. E invece voglio che tu arrivi fino in fondo."

Non capivo se stesse parlando dell'automobile o della mia vita.

Indubbiamente quell'uomo era un grande maestro di seduzione. Ripensando a quanto mi aveva appena raccontato delle sue avventure giovanili, fui preso dalla curiosità di sapere come avesse esercitato quell'arte in campo amoroso. Non sapevo come prendere il discorso, quindi lo feci nel modo più banale: "Avete mai pensato di sposarvi?"

"Veramente no. Mai!"

"E non vi dispiace non avere figli?"

La rivelazione giunse improvvisa: "Io ce l'ho un figlio."

Dell'Acqua aveva un figlio! Dissimulando la sorpresa, gli chiesi: "E dov'è ora?"

"In Russia, credo. Con la Wermacht."

Per quanto incuriosito, non me la sentivo di insistere sull'argomento. Ma ormai l'avevo toccato, e lui voleva parlarne: "Io non l'ho mai visto questo ragazzo, neppure da neonato. È nato nel '21."

Raccontò quella storia con grande serenità: la madre del ragazzo si chiamava Else, viveva a Monaco di Baviera di fronte alla casa in cui abitava Dell'Acqua nel periodo in cui teneva lezioni e conferenze in Germania. Else era sposata e aveva già una bambina: la classica storia di un amore impossibile. "A Monaco c'è un avvocato, nazista convinto, che crede Helmut suo figlio, e dopotutto è vero: è lui che lo ha cresciuto, sarà lui a disperarsi se tornerà in una bara. Prima di rientrare in Italia avevo strappato alla madre la promessa di avere notizie, ogni tanto. Lei ha mantenuto l'impegno, anche se molto saltuariamente. Tutto qui."

"Sentite la mancanza di questo ragazzo?"

"Sarò sincero, Michele: no. È tardi per i rimpianti."

Intorno a noi scorrevano i paesaggi della campagna toscana. Era un bella giornata. Se ogni tanto non avessimo incontrato delle colonne militari avremmo potuto illuderci che la guerra fosse estranea a quei luoghi.

Dell'Acqua continuava a parlare, a raccontare: "Se c'è un Paese che ho amato molto, dopo l'Italia, è la Germania. La cultura, la musica, i luoghi. La gente. I tedeschi non devi immaginarli tutti con l'elmetto in testa. La Baviera, ad esempio: è una terra meravigliosa. C'è una strada che parte da Monaco e arriva fino alle Alpi bavaresi, la chiamano la Strada Romantica. Si può percorrere tutta in automobile. Davvero richiama alla mente Goethe o Schiller. Passa attraverso la campagna: colline dolci, riposanti, di una bellezza diversa da queste che vediamo ora, perché i paesaggi sono più aperti e più solari, anche se meno spettacolari. Ogni tanto la strada si incunea fra i boschi, poi ne esci e intravedi dei paesini che sembrano dipinti. Se vuoi ci passi in mezzo, ti fermi e assaggi un bicchiere di vino. Proseguendo nella campagna vedi delle case coi tetti spioventi e intorno tutto il verde che vuoi. Vedi correre e giocare dei ragazzini tutti biondi. Un senso di pace e di tranquillità che non si può immaginare. Poi, quando sei abbastanza a sud, cominci a intravedere le montagne che separano la Baviera dal Tirolo. Sulle prime propaggini ci sono dei castelli da favola. Una meraviglia... chissà se è ancora cosí."

"Forse quella gente non sorride più molto," osservai.

"Vero. Ma chi l'avrebbe mai potuto immaginare che la pazzia covasse proprio in quei luoghi? Che quella terra fosse la culla del nazismo? È nata lí, la belva: misteri della storia! A me sembra impossibile, eppure..."

"Se mi guardo intorno, anche a me sembra tutto impossibile."

"Splendido questo Paese, non è vero? Non merita quello che sta succedendo."

Eravamo già in prossimità di Firenze. Il tempo era volato.

"No, non se lo merita proprio," sussurrai, non so se a lui o a me stesso.

*****

Ci fermammo fuori città, all'altezza di una trattoria. Era presto per mangiare, ma lo scopo della sosta era un altro. Dell'Acqua conosceva Checco, il proprietario, che lo salutò con familiarità, da pari a pari, chiamandolo addirittura col diminutivo di Aris. Poi salutò anche me, chiedendomi se per caso volessi del *vero* caffè. Non si poteva dire di no. Preso il caffè con noi l'uomo si fece dare le chiavi della macchina e si allontanò.

Dell'Acqua era tranquillo, di conseguenza lo ero anch'io. Aspettavamo seduti a un tavolino, domandai alla moglie di Checco se fosse possibile avere un altro caffè, mi accontentò sedendosi con noi a fumare una sigaretta.

Dopo una mezz'ora riapparve il marito: "Aris, adesso hai il serbatoio pieno. Ci arrivi fino a Milano?"

"Non è un problema, ho previsto un altro rifornimento."

"Benone. Ma allora perché non ti fermi a mangiare?"

Il professore guardò l'orologio: erano le undici. "No, è presto. Sarà per un'altra volta."

"Che strada prendi? Il Passo della Futa?"

" Sí, la Futa. Fra un'ora saremo in vista di Bologna."

Un'ora? Pensai subito alla strada di montagna che ci attendeva e mi vennero in mente i filmati sulla Mille Miglia che avevo visto al cinema. Ne dedussi che stavo per morire. Come estremo tentativo di salvezza chiesi se potevo essere io a guidare.

La richiesta fu presa come una provocazione: "Ma neanche per sogno, proprio adesso? Cosí mi togli tutto il divertimento! Ora sali e stai tranquillo, a Bologna ti cedo il volante."

Prima che cominciassero i tornanti volle spiegarmi la familiarità con Checco: "Abbiamo fatto delle corse insieme, ama i motori come e più di me. Era il mio meccanico di fiducia, ma anche un vero amico."

Fu peggio di quanto mi aspettassi. Sarebbe eufemistico definire "sportivo" il modo in cui Dell'Acqua affrontò il tratto appenninico. Sembrava non aspettasse altro dall'inizio del viaggio. Non riuscivo neppure a protestare, tanto non sarebbe servito a nulla. Una tregua veniva concessa solo dall'attraversamento dei paesi e da alcuni rari mezzi da trasporto, per lo più militari. Se era costretto ad accodarsi il professore si innervosiva e suonava il clacson, lo faceva anche se si trattava di tedeschi. Per fortuna non ci spararono. Aspettava imprecando il momento di sorpassare, senza accelerare troppo, ma non appena le camionette scomparivano dal retrovisore il rally ricominciava.

Quando iniziammo la discesa verso Bologna provai a chiudere gli occhi, ma era peggio, mi sentivo precipitare nel vuoto e non potevo fare a meno di controllare il percorso. Impedivo a me stesso di pensare a guasti meccanici, pneumatici esplosi, e altre simili sciagure. A ogni tornante ero sicuro che saremmo precipitati nel burrone e non me la sarei cavata come in Albania. Tuttavia la macchina restava miracolosamente inchiodata alla strada.

Dell'Acqua si divertiva come un bambino a far stridere le gomme, era tutto normale per lui, ed era incredibile scoprire come l'auto, all'uscita di ogni curva, fosse perfettamente riallineata con la carreggiata. Era molto bravo, questo sí. Anche troppo.

Non ci fu molta conversazione, nessuna direi. In vista di Bologna l'incubo finí. Ero sopravvissuto ancora una volta.

"Ora ho fame," disse Dell'Acqua, "cerchiamo un posto per pranzare."

"Non ho più uno stomaco per metterci dentro il cibo," risposi.

"Lo recuperi presto lo stomaco, tranquillo."

La via Toscana ci portava direttamente al centro di Bologna. Ci fermammo a mangiare in un piccolo ristorante. Il proprietario si scusò di non poterci servire dei tortellini, e nemmeno il ragù, perché quel giorno gli mancava la carne fresca. Prendemmo volentieri degli spaghetti al pomodoro. C'erano altri avventori che parlavano a bassa voce, l'atmosfera era accogliente, ritrovai l'appetito.

Il mio capo non appariva troppo stanco per la sua prestazione da pilota, il più provato ero io. "Siamo a buon punto del viaggio," disse alla fine del pranzo, "prendiamocela comoda, restiamo un po' qui seduti. Dimmi, Michele, sei fidanzato?"

"No no," risposi io, come se mi avesse chiesto se avevo la TBC.

"Ragazze?"

"Ogni tanto. Niente di impegnativo."

"Ma c'è qualche damigella che avrebbe titolo per ritenersi più importante delle altre?"

Era insolitamente curioso, in ufficio non chiedeva mai nulla dell'altrui vita privata. Pensai che volesse sapere se avevo legami.

"No nessuna," risposi, poi mi corressi: "Nessuna che stia a Roma."

"Ah sí? Dimmi, dimmi, dov'è adesso?"

Gli parlai di Anna. Credo che avesse intravisto una piccola ombra di commozione durante il racconto, perché restò in argomento: "Le separazioni sono una delle tragedie di questi tempi. Molti sapranno solo alla fine della guerra se le persone che amano sono rimaste in vita. Dev'essere una ragazza in gamba, questa Anna. Sarei contento per te se vi rincontraste presto, perché ti ispira delle reazioni positive."

Lí per lí l'osservazione non mi piacque: "Avete mai notato mie reazioni negative?"

"Certo. All'epoca del caso Rossato, ad esempio. C'era di mezzo una donna, non è vero?"

In simili momenti lo odiavo: dovetti ammettere che era vero. Gli raccontai brevemente di Ines, in fondo la faccenda aveva riguardato anche lui.

Vedendomi imbarazzato commentò: "Michele, sapessi quante persone ci cascano! Gente più vecchia e più smaliziata di te. Prova a pensare che è stata un'esperienza utile, in fin dei conti. Ad esempio, hai messo alla prova il tuo senso del dovere, la fedeltà alla Banca."

La presi come una magra consolazione. Tornò a parlare di Anna: "Quindi, questa tua amica ora è a Londra e non potete comunicare. Giusto?"

"Già," dissi tristemente. Non capivo dove volesse andare a parare.

"Potevi dirmelo. Avrei potuto mettervi in contatto."

"Come potevo parlarvene? Non ci ho neppure pensato, era una faccenda molto personale."

"Sí, capisco. Peccato..."

Colsi con qualche attimo di ritardo una implicazione di

quanto mi aveva detto e sperai, per una volta, di averlo preso in castagna: “E poi, professore, come potevo immaginare che voi foste in contatto con gli inglesi?”

Sembrò molto soddisfatto della mia intuizione, che si premurò subito di correggere: “Ehi, parla piano, ci sentono... detto cosí sembra spionaggio contro la nostra Patria!” Poi, più seriamente: “Noi non abbiamo mai aiutato il nemico, anche se non lo riconoscevamo come nemico. Ti ho già spiegato una volta che la comunità degli affari è come una grande famiglia, dove non ci si separa mai del tutto. Diciamo piuttosto che ho contribuito, molto modestamente, a favorire alcuni sondaggi tesi a evitarci il disastro totale. È un’altra cosa, non trovi?”

Ne convenni, mi era già chiara la differenza.

“Comunque, Michele, adesso per me sarebbe più complicato raggiungere la tua amica. Credo però che avrai presto occasione di conoscere qualcuno che potrà darvi una mano a scambiarvi qualche notizia.”

Un colpo basso. Un po’ per Anna, un po’ per quello che mi attendeva, che non sapevo fino a che punto dovessi temere, mi si accavallarono nella mente molte domande. Non ebbi il tempo di formularne neppure una: “Ora ripartiamo,” sentenziò, e si alzò da tavola.

Durante il tragitto fra Bologna e Milano Dell’Acqua mantenne la promessa e mi lasciò guidare. Io ero più rilassato, lui piuttosto annoiato. Canticchiò qualche aria d’opera, dimostrandosi assolutamente stonato. Non mancava di fare osservazioni critiche sul mio stile di guida, lento e insicuro. Qualche volta sembrò addormentarsi, ma non perse mai di vista la strada: mi diceva in anticipo quali tratti stradali avrei trovato interrotti, mi suggeriva i percorsi alternativi. Ci fermarono due volte per brevi controlli in cui ci chiesero i documenti e la ragione del viaggio.

Nessuno aveva voglia di crearci problemi.

All'altezza di Crema deviammo per l'ultimo rifornimento, eseguito utilizzando due taniche nascoste nell'officina di un meccanico che non disse una parola, neppure per ringraziare quando ricevette il denaro.

Spesso incontravamo lungo la strada degli stabilimenti industriali, qualcuno era visibilmente danneggiato, altri invece sembravano attivi. Il professore sapeva cosa si produceva in ciascuno di essi, dove si vendevano i prodotti, chi erano e come se la passavano i titolari. Mentre parlavamo di un'industria che aveva cessato la produzione, manifestai dispiacere per il fatto che i dipendenti avessero perso il lavoro. Disse: "Stanno lavorando in Germania, come schiavi. Schiavi retribuiti, ma pur sempre schiavi."

Gli ultimi chilometri, percorsi di notte, trascorsero in silenzio. Dell'Acqua aveva ripreso il suo dormiveglia vigile. Riflettevo sui discorsi fatti, e mi convincevo che il mio compagno di viaggio non aveva scelto l'automobile per divertirsi a imitare Nuvolari. Aveva voluto passare quel tempo solo con me, aveva lasciato che ci conoscessimo e ci osservassimo a vicenda. Non voleva trascinarmi dalla sua parte, voleva che fossi io a desiderarlo.

Mi rispettava. Mi proteggeva. Il che non gli impediva di chiudere, una dopo l'altra, tutte le porte che io lasciavo aperte alle mie spalle.

*****

Milano aveva subito per ultima i bombardamenti alleati e quindi, come Dell'Acqua mi aveva preannunciato, portava segni recentissimi di quanto fossero costati i traccheggi di Badoglio. La sede milanese della Banca fortunatamente era intatta, anche se alcuni edifici circostanti apparivano piuttosto danneggiati

Prima di varcare il portone Dell'Acqua mi istruí: "Per i primi giorni tu ascolta e non fare domande. Abbi pazienza, poi avrai tutte le spiegazioni che ti servono. Se i colleghi ti chiedono che incarico hai, rispondi che ti ho delegato a revisionare i plafond per il credito a breve."

"E che vuol dire?"

"Assolutamente nulla. Cosí non ti faranno altre domande, anzi, ti guarderanno con rispetto."

Fummo accompagnati in due uffici contigui. Il professore scelse quello con la linea diretta, io avevo un telefono collegato a un centralino.

Rimasi solo per tutta la mattina mentre Dell'Acqua faceva il giro dei vari dirigenti per salutarli. Non sapevo cosa fare, ma avevo capito perfettamente che dovevo aspettare. Verso l'ora di pranzo fece capolino la signora Rosetta: "Avvocato, come state? Vi piace Milano? Un po' acciaccata, ma è pur sempre Milano." L'avevo vista pochi giorni prima a Roma, non sapevo che anche lei fosse della partita. Sembrava molto contenta di essere tornata a lavorare nella sua città.

Il professore non si fece vivo neppure per l'ora di pranzo, non sapevo se restare in ufficio o fare due passi per Milano. Alla fine mi misi a cercare la stanza della signora Rosetta, tanto per fare due chiacchiere.

La trovai indaffarata con un cumulo di minute da trasformare in lettere, ma interruppe volentieri il lavoro, precedendomi nelle domande che stavo per rivolgerle: "Avvocato, il professore è in riunione fuori, non credo che rientrerà per stasera. Non mi ha lasciato detto nulla, ma sicuramente telefonerà prima delle sei. Voi dove siete alloggiato?"

Le dissi il nome dell'albergo.

"Ma sí, è vero, che sbadata, l'ho prenotato io. Non è male, di questi tempi è quanto di meglio si possa trovare."

"Il professore dove alloggia?"

Rosetta tradí un attimo di imbarazzo, poi mi disse: "È una informazione riservata. Ma sono sicuro che a voi lo dirà quanto prima, aspettate che sia lui a farlo."

"Sí, capisco. Ma quanti misteri..."

Sorrise: "Dovevate aspettarvelo, avvocato."

Evidentemente era anche lei coinvolta nel gioco: mi irritò constatare che ne sapesse più di me. Non volevo che se ne accorgesse, per cui tirai fuori un "Già" di assenso. Nel frattempo mi ero seduto su una seggiola davanti alla sua scrivania, accendendomi una sigaretta. Lei me ne chiese una e accettò di fare un po' di conversazione: "Avvocato, il presidente è stato per molto tempo in dubbio se coinvolgervi o no. Con me si confida, sapete... anzi, voglio dirvi subito che io l'ho sconsigliato."

"Posso chiedervi perché?"

"Perché non so fino a che punto voi desideriate veramente darci una mano. Mi sbaglio?"

Stava dicendo che proprio non mi ci vedeva nel ruolo di antifascista. Le confessai la mia ignoranza: "Rosetta, voglio essere sincero. Io non so ancora bene di cosa si tratti."

"Oddio, ma siamo ancora a questo punto? Sempre con i piedi di piombo si muove... Sapete cosa penso?"

"No, ditemelo."

"Penso che si comporti cosí perché vi vuole molto bene."

"Ma allora, Rosetta, perché non mi dite voi cosa stiamo facendo qui?"

Tornò subito sulla difensiva: "Se lui ha deciso di aspettare a parlarvene, non sarò certo io..."

"Insomma, ormai ho capito che ha a che fare con gli antifascisti e con gli Alleati, anche se non capisco il nesso con la Banca. Ho seri dubbi che si tratti di lavoro... non è cosí?"

Assunse un atteggiamento quasi materno: "Avvocato, io posso dirvi solo che è lavoro, in un certo senso, ma anche che ha a che fare con tutto quello che avete detto. Abbiate pazienza. E non mostratevi risentito per il fatto che io sia più informata di voi: è normale, lo conosco da diciott'anni. Con voi usa dei riguardi, sicuramente vi lascerà libero di scegliere e di decidere."

Poi, vedendomi perplesso, soggiunse: "Io comunque non ne so molto, sono soltanto una segretaria. Sono sicura che parlerete presto di questioni che io non sono all'altezza di capire o seguire."

In realtà non mi sentivo diminuito per aver ricevuto meno confidenze di Rosetta. Ero solo desideroso di sapere, per quanto mi rendessi conto che non avrei mai intaccato la riservatezza di quella donna. Mi alzai per andarmene, ma sulla soglia mi venne un'idea improvvisa: "Rosetta, forse non toccherebbe a me, non so se è il caso, però, dopo tutti questi anni, fra colleghi..."

"D'accordo, Michele. Diamoci del tu, era ora!"

Alle sei e un quarto Dell'Acqua telefonò. Finalmente un'indicazione: "Michele, per stasera non rientro. Esci pure da lí. Ci vediamo domattina alle nove e trenta sotto lo studio dell'avvocato Grandoni. Rosetta ha l'indirizzo. Buona serata."

Forse l'indomani avrei capito qualcosa. Cenai in albergo e andai a letto presto, non avevo nulla da fare, non conoscevo nessuno. Ripensai a quanto mi era stato detto prima della partenza, ovvero che presto avrei potuto fare rientro a Roma. Non ero affatto sicuro che fosse vero, ma serví ad addormentarmi.

*****

L'indomani trovai Dell'Acqua ad aspettarmi sotto il portone dello studio Grandoni. Prima di entrare mi istruí: "Come ti ho già spiegato, per il momento limitati ad ascoltare. Ci penso io a presentarti."

Lo studio dell'avvocato era situato in una via signorile, con eleganti palazzine di uno stile che io identificai come liberty, o qualcosa del genere. L'interno era all'altezza: tappeti, mobili in stile, porte in legno pesante dalle maniglie decorate, applique alle pareti. Un'impiegata ci accolse con grandi sorrisi e ci fece attraversare due corridoi diventati stretti per le interminabili scaffalature colme di raccolte legislative, fino a raggiungere una saletta ancora vuota, con un tavolo ovale, poltroncine, e nessun altro arredo. Ci fu offerto un caffè. Nell'attesa Dell'Acqua leggeva il "Corriere", io ero rimasto in piedi e guardavo fuori dalla finestra.

L'avvocato Grandoni entrò dopo aver bussato alla porta, chiedendo permesso come se non fosse lui a ospitarci. Era un uomo simpatico sulla sessantina, identificabile come milanese alla prima parola pronunciata. Dell'Acqua si alzò per stringergli la mano, capii che i due si conoscevano da molto tempo. Era entrato anche un tal ingegner Rinaldi, un tipo alto vestito di scuro, capelli grigi a spazzola, occhiali, e un atteggiamento cordiale ed energico. Anche lui sembrava un vecchio amico del professore. Terminati i saluti, cui assistetti in silenzio, Dell'Acqua mi presentò: "Questo giovanotto è molto in gamba, e gode della mia assoluta fiducia."

Sia Rinaldi che Grandoni mi accordarono una stretta di mano forte e calorosa. L'avvocato andò oltre: "Grazie, avvocato, grazie! Abbiamo bisogno di persone come voi."

Io non sapevo cosa replicare, il professore venne in mio aiuto: “Signori, il mio giovane amico non è ancora pienamente informato dei nostri progetti.”

L’ingegnere aggrottò le ciglia e osservò: “Aristide, posso chiederti allora cosa diavolo ci fa qui?”

“Certo che puoi. Come ho già detto, l’avvocato Anastasi è persona affidabile e riservata. Desidero che si renda conto della situazione e vi conosca, poi deciderà liberamente se riprendere servizio a Roma o trattenersi qui.”

Rinaldi non era convinto: “Lo trovo giusto in linea di principio, ma non mi pare una condotta prudente. Potevi benissimo spiegargli tutto a Roma.”

Io mi sentivo di troppo, avrei voluto andarmene: parlavano di me come se non ci fossi. Dell’Acqua non era tipo da incassare critiche senza replicare: “Senti, devi fidarti di me. Se ho ritenuto di agire cosí, ho i miei motivi. Ora sediamoci e cominciamo.”

“Manca ancora qualcuno,” disse l’avvocato.

Gli fu chiesto di chi si trattava.

“Pietro. Mi ha detto poco fa che ci avrebbe raggiunto con un amico che dovremo considerare un ospite d’onore.”

Dell’Acqua parve molto soddisfatto dell’annuncio: “Bene, bene. Ho capito chi è. Cosí il quadro è completo.”

Ci sedemmo in attesa dei nuovi arrivati. Notato in mezzo al tavolo un portacenere, accesi una sigaretta che però spensi subito, visto che ero l’unico a fumare. Allora dalla cartella che avevo portato con me estrassi una penna e un blocco di appunti, come facevo sempre quando ero in riunione con il mio capo.

Pessima iniziativa: l’ingegnere mi rivolse uno sguardo omicida, gli altri sembravano divertiti. Che c’era di strano? Con molta tranquillità Dell’Acqua mi spiegò: “Michele, grazie, ma metti pure via quella roba. Non si usa prendere appunti in queste riunioni."

Avevo cominciato con il piede sbagliato. Riposi carta e penna nella cartella, probabilmente arrossendo, e mi augurai che gli ospiti attesi arrivassero subito. Cosí fu: dopo neppure un minuto entrò Pietro, un uomo sulla cinquantina con due bei baffi grigi, il viso rotondo e lo sguardo intelligente. Fu presentato come l'ingegner Pietro Longhi. Salutò tutti con la mano invitandoci a restare seduti. Insieme a lui c'era un signore della stessa età, più magro e più alto, elegantemente vestito con una giacca di pregio, ma senza cravatta. Era un noto industriale lombardo, proprietario di una delle principali imprese italiane.

"Allora? Chi comincia?" domandò Pietro.

Gli fecero intendere che toccava a lui.

Dai primi discorsi capii che Pietro doveva essere un personaggio molto importante. Parlava come un capo. Il primo argomento che affrontò fu quello relativo a un Comitato che non avevo mai sentito nominare e di cui sembrava essere uno dei responsabili. Descrisse brevemente le difficoltà della costituzione, poi i problemi derivanti dalla *situazione cospirativa*: si trattava quindi di un'aggregazione clandestina. Fece dei nomi e dei cognomi lasciando intendere che erano fittizi. Ne dedussi che anche il suo doveva esserlo. Poi, sempre utilizzando pseudonimi, parlò di rappresentanti politici: liberali, democristiani, socialisti, comunisti, azionisti. Perfino un neofita come me arrivò a capire che questi ultimi non erano i soci di un'impresa, ma i membri di un partito politico. Quando ebbe finito la ricostruzione, io ero ufficialmente venuto a sapere dell'esistenza di un Comitato di Liberazione Nazionale che operava in clandestinità, e di cui facevano parte tutti i partiti politici antifascisti. A questa entità facevano capo diversi comitati locali, mentre altre formazioni si stavano aggregando su tutto il territorio della Repubblica Sociale. Anche a Roma. Ero in preda a un'emozione che mi risultava molto difficile controllare: quelli erano i capi. O almeno, alcuni dei capi. E io ero lí con loro.

Completata la sua introduzione Pietro si concesse una pausa, approfittando dell'ingresso di una brocca di caffè portata dalla stessa ragazza che ci aveva accolto al nostro arrivo. Dell'Acqua mi guardava sorridendo sotto i baffi, come suo solito, mentre io – visto che ormai tutti fumavano – mi accendevo una sigaretta dopo l'altra cercando di mascherare un leggero tremito delle dita. Il contenuto della riunione era di per sé sconvolgente, ma ciò che mi sorprese maggiormente fu il livello dei partecipanti. Mi rendevo conto che essere presente costituiva un privilegio, e anche un atto di grande fiducia nei miei confronti.

Il secondo argomento trattato fu quello di carattere militare, cosí come lo aveva definito Pietro. L'altro ingegnere, quello che si era mostrato perplesso sulla mia partecipazione, prese la parola e dalla sua competenza dedussi che era un esperto in materia, un ufficiale.

Ricostruí anzitutto la situazione bellica, facendo capire che l'avanzata angloamericana verso Roma era destinata a rivelarsi piuttosto lenta, elemento ovviamente negativo, ma compensato dalle difficoltà dei tedeschi sul fronte russo. Fece anche un accenno alla situazione nel Pacifico, mostrandosi ottimista. Poi tornò finalmente a parlare del fronte interno. Appresi cosí che si erano già costituite in montagna delle formazioni combattenti italiane, prima in Piemonte, poi nelle altre regioni del Nord. Il reclutamento procedeva bene, ma purtroppo i tedeschi e i fascisti avevano già dato inizio alla repressione. Il compito principale del Comitato era quello di fornire il massimo appoggio a quelle formazioni e, se possibile, di farlo in collegamento con i comandi alleati. Inoltre, il vertice del Comitato doveva preoccuparsi con urgenza di assicurare i finanziamenti. Cominciavo a intuire, sia pur vagamente, come potesse entrarci la Banca.

Ricordo che tutti si soffermarono su problemi di carattere politico. C'era perplessità sul fatto che fosse realmente possibile la coesistenza di espressioni politiche cosí diverse fra loro. Ricordo anche come il padrone di casa, l'avvocato, fosse piuttosto scettico sulla possibilità di tenere sotto controllo la componente comunista, sostenendo che mai gli inglesi e gli americani avrebbero accettato una collaborazione completa con essa.

Pietro replicò sostenendo che proprio la sua posizione di indipendente avrebbe costituito una garanzia nei confronti degli Alleati, e che comunque ci trovavamo in una guerra di liberazione nella quale tutte le forze erano ugualmente legittimate, in quanto unite dal desiderio comune di scacciare i tedeschi e abbattere la Repubblica Sociale. Su questo punto si trovarono tutti d'accordo.

Si arrivò, infine, al vero scopo della riunione. Fino a quel momento Dell'Acqua era intervenuto solo a margine della discussione, chiedendo chiarimenti o facendo brevi commenti, senza esprimere posizioni particolarmente significative. Non appena chiamato in causa direttamente, prese la parola con un atteggiamento molto diverso da quello che ero abituato a vedergli assumere durante le riunioni di lavoro, nelle quali era il protagonista assoluto e indiscusso.

Parlava con tono pacato e uniforme, quasi con modestia, ed era assolutamente lineare e pragmatico.

Mostrò di essere già a conoscenza di quali fossero le difficoltà organizzative del Comitato, poi chiese una previsione a tre-sei mesi del fabbisogno. Gli fu risposto che era prematuro formulare stime: mentre i partigiani piemontesi avrebbero potuto contare sulla cassa dell'armata italiana rientrata dalla Francia, una vera rete di finanziamento per le altre zone non era ancora stata creata. Era necessario trovare il modo di far affluire dei soldi. Pietro sosteneva che i combattenti dovevano essere trattati come soldati, e quindi avere, se possibile, il *soldo* per loro stessi e per le famiglie, che dovevano essere aiutate mentre i congiunti erano alla macchia. Tutti convennero sul fatto che il ricorso all'autofinanziamento, ovvero alle razzie, doveva essere il più possibile evitato, sia per dare dignità al movimento di liberazione, sia per non offrire argomenti alla propaganda nemica. Pietro aggiunse anche che la sua esperienza bancaria – di cui venni a conoscenza in quel momento – sarebbe stata di indubbia utilità al Comitato, potendo risultare spendibile anche nelle trattative con gli Alleati, il cui apporto era necessario non solo in termini di rifornimenti, ma anche dal punto di vista finanziario. La banca di cui era un alto dirigente poteva essere utilizzata per le operazioni che servivano a raccogliere e smistare i fondi, altri istituti minori potevano fare altrettanto.

Ora toccava a Dell'Acqua pronunciarsi sulla nostra Banca. Fu l'imprenditore a sollecitarlo: "Aristide, io e te abbiamo già dato una mano nei contatti con l'estero, e abbiamo favorito la creazione di punti di riferimento in Svizzera. Ora sappiamo che se andassimo oltre, potremmo risultare troppo esposti. Per quanto mi riguarda, metterò a disposizione dei fondi disponibili da parte della mia azienda non appena saranno messi a punto i canali giusti. Potrò farlo senza entrare nel Comitato, ho le spalle coperte e non mi succederà nulla. So di altri colleghi che ci aiuteranno, al momento opportuno vi dirò chi sono. Tu però hai ancora responsabilità esecutive: credi di poterci ugualmente aiutare?"

Dell'Acqua pensò un po' prima di rispondere, poi disse: "Mi pare chiaro che neppure io potrò entrare direttamente, come vorrei, a far parte del Comitato. La mia posizione è tale da essere più utile proseguendo nel mio lavoro a cavallo fra Roma e Milano. La mia Banca, però, continuerà ad aiutare la guerra contro i tedeschi e i fascisti, questo è sicuro. Adotteremo tutte le cautele necessarie, ma andremo avanti. Riguardo ai rischi, difficile valutarli: non sappiamo *questi qui*, i governanti di Salò, come si comporteranno. I vecchi gerarchi non erano un problema, sappiamo tante cose su di loro da averli in pugno, molti devono a noi le loro fortune personali, specie se custodite all'estero. Quelli attuali sono in lotta per sopravvivere e sicuramente non mi vedono come un personaggio di cui fidarsi. La cosa migliore, credo, sarà quella di dedicarsi esclusivamente alla circolazione dei soldi, contando su funzionari fidati che conosco personalmente. Distrarre direttamente risorse dalla Banca, invece, sarebbe imprudente. Almeno per ora."

"E riguardo alla concessione di prestiti?" chiese Pietro.

Il professore si aspettava la domanda: "Complicato per il problema delle garanzie, ma non impossibile. Forse potremo trovare il modo, facendo riferimento a persone fisiche. Vedremo. E dobbiamo anche pensare a come distribuire il denaro ai combattenti in banconote di piccolo taglio, senza correre rischi eccessivi. Non credo si voglia mandare nessuno a morte sicura, o sbaglio?"

Tutti annuirono. Pietro aggiunse che alla distribuzione stava già pensando, sarebbe passata per la Svizzera, tramite corrieri accuratamente selezionati: "L'importante è che ci siano quattrini da distribuire, poi il modo si trova. È una responsabilità degli Alleati: non bastano i rifornimenti paracadutati, ci vogliono molti soldi, e dovranno darceli. Avremo anche dei donatori privati, che nel frattempo ci aiuteranno a sopravvivere. Quanto alla sicurezza, in tutta onestà devo precisare che possiamo ridurre i rischi personali, ma non certo eliminarli. L'Italia resterà divisa in due per un bel pezzo, e quindi ci imbatteremo in due frontiere critiche: quella con la Svizzera, e quella fra Italia libera e Italia fascista. Io sono ottimista: i colleghi del Comitato ormai sono dei provetti cospiratori, possiamo lavorare bene con loro fino alla vittoria."

Il tempo era volato, era già mezzogiorno. Io avevo bevuto ogni parola con avidità, mi sembrava incredibile aver potuto conoscere, seduto intorno a quel tavolo, un mondo che neppure immaginavo esistesse. Non pensavo più, come all'inizio della riunione, che da un momento all'altro avrebbero fatto irruzione i fascisti con i mitra spianati e ci avrebbero portati tutti in galera. Quella era gente seria e determinata, che sapeva il fatto suo. Ero ancora confuso e scosso, questo sí, ma anche affascinato.

L'incontro sembrava concluso, ma Dell'Acqua aveva ancora una domanda da rivolgere all'industriale: "Cosa pensano i tuoi colleghi? I tedeschi hanno alcuni appetiti, come sai, e sarebbe una tragedia se riuscissero a soddisfarli."

Il senso della domanda lo capii dalla risposta: "È vero, loro non vogliono solo operai-schiavi, vogliono che noi si produca per loro. È un bel dilemma: se non lo facciamo chiudiamo bottega, gli schiavi finiscono in Germania, e con loro i nostri impianti migliori. Se lo facciamo, aiutiamo il Reich a resistere, e insieme al Reich Mussolini. Bisogna barcamenarsi. Io credo che sia un problema di equilibrio e di buon senso: dobbiamo trovare il modo di fare il minimo indispensabile per salvaguardare il lavoro e gli impianti. Ci dobbiamo riuscire, sperando anche che questo Governo-fantoccio conservi almeno un po' di dignità, e non aiuti i tedeschi a depredarci."

La riunione era finita e si sciolse alla svelta, tutti avevano da fare. Prima di andare, l'ingegnere-militare mi regalò il primo sorriso: "Allora, avvocato, possiamo considerarvi dei nostri?"

Pur esitante, ero sul punto di rispondergli di sí, ma Dell'Acqua mi anticipò da par suo: "Per tutto quel che riguarda l'attività della Banca, Michele collaborerà con me come sempre. Quando non sarò reperibile potrete rivolgervi a lui. Per il resto, vedremo cosa ci sarà da fare, poi decideremo."

L'ingegnere sembrò accontentarsi della risposta.

Usciti per strada notai che il professore aveva quell'espressione furba e soddisfatta che Rosetta avrebbe definito *discola*. Ogni tanto mi guardava per capire se fossi sopravvissuto allo shock. Io ero impegnato a cercare varchi di raziocinio fra i miei pensieri: "Per il resto," aveva detto. Cosa significava? Avrei dovuto nascondermi? Travestirmi? Sarei andato fra le montagne insieme a quelli che i fascisti già definivano "banditi"?

Camminavamo sotto una leggera pioggia autunnale senza curarcene, in cerca di un locale conosciuto dal mio mentore, che non perdeva mai l'appetito.

Percorso un tratto di viale Venezia giungemmo all'altezza di uno slargo: sul lato opposto della strada stazionava un carro armato pesante tedesco, affiancato da una autoblindo. C'erano dei militari vestiti con tute mimetiche di un tipo che non avevo mai visto. Le mostrine mi erano note: SS. Erano molto giovani, tutti alti e robusti; sembravano rilassati ma vigili. Notai delle armi automatiche modernissime, anch'esse mai viste prima: doveva trattarsi di un reparto di eccellenza. Me lo confermò Dell'Acqua dicendo: "Pare sia la migliore divisione corazzata che hanno in Europa meridionale; questi signori sono qui da pochi giorni."

Dovevamo attraversare la strada. Eravamo solo due passanti, ma avvertivo una paura istintiva a passare davanti alle SS dopo aver partecipato a quella riunione. Il mio accompagnatore mi guardava di sottecchi col solito sorrisetto che non sopportavo. Attraversai a testa bassa, come se mi sentissi sorvegliato. Naturalmente i tedeschi ci ignoravano, erano lí soprattutto per farsi vedere. La loro inquietante presenza era un messaggio per gli italiani, e infatti quei reparti non si trattennero a lungo. Qualcuno mi disse che poco tempo dopo quegli stessi soldati sarebbero stati quasi tutti massacrati in Ucraina, sacrificati dal Führer nell'estremo tentativo di difendere un fronte che stava crollando.

Ci sedemmo all'interno del ristorante prescelto dal professore. C'era una discreta scelta di portate e ciò bastava ad alimentare il suo buonumore. Appena seduti a tavola mi chiese: "Allora? Impressioni?" Poi soggiunse: "Sincere, mi raccomando."

Dissi quello che pensavo: "Persone di altissimo livello. Un mondo che mi era sconosciuto, una realtà di organizzazione che non mi aspettavo. Però vi confesso, professore, che mi sono sentito un po' a disagio. Apprezzo la fiducia che si ha in me, ma cosa ci facevo io là in mezzo?"

"Tranne l'ingegnere, quello alto, sapevano già tutti della tua partecipazione all'incontro. E cosa ci facevi lo hai sentito con le tue orecchie."

"Il compito di alter ego? Mentre voi sarete a Roma?"

"Esatto. Ma all'inizio sarà limitato a facilitare operazioni bancarie che verranno predisposte indipendentemente da te e di cui non sarai tu il responsabile. Mi pare un avvio molto morbido, non trovi?"

Dipendeva dalla natura delle operazioni, ovviamente. Ma non lo dissi: pensavo al "resto".

Ordinati i risotti riprese il discorso: "Non erano esattamente queste le impressioni che volevo ricevere da te."

"Volete sapere cosa penso del Comitato? Dell'attività clandestina?"

"Sí. Voglio sapere se tu condividi quello che si sta facendo."

Non potevo mentire: "Sí, lo trovo giusto."

"Ne ero sicuro," commentò, contento della risposta.

Temendo di essermi spinto troppo oltre, tentai un recupero: "Giusto, certamente. Ma illegale."

Avevo scelto un termine infelice, mi corressi subito: "Pericoloso, volevo dire."

Mi aveva portato al punto cruciale della conversazione. Lui non voleva forzarmi e io non volevo essere forzato. Non aveva senso mostrarmi più coraggioso di quanto non fossi in realtà. Avevo paura, e molta. Inutile nasconderlo.

"Ascolta, Michele. Per il momento non ci sarà nulla di realmente rischioso, prenditi un po' di tempo per decidere. Potrai tornare a Roma quando vorrai, hai la mia parola. C'è pronta per te una promozione già decisa, e presto ci troverai anche gli americani. Io non posso spostare la mia attività qui al Nord, si chiederebbero tutti come mai lo faccio, sono troppo in vista nell'ambiente finanziario. Per ora mi serve il tuo aiuto a predisporre certi meccanismi, perché solo di te posso fidarmi al cento per cento. Il Comitato avrà l'organizzazione generale, ma ci sono molti modi per sostenerlo senza aderirvi direttamente. A ognuno il suo mestiere: noi saremo utili facendo il nostro. Ci occuperemo dei soldi. Cominciamo cosí, poi si vedrà."

Potevo dirgli di no?

La cotoletta era buonissima, c'era dell'ottimo pane bianco, e il vino novello mi aiutò a rilassarmi.

Parlammo un po' di Rosetta. Io volevo fargli ammettere che l'accettazione del trasferimento era un segno della proverbiale devozione di quella donna nei confronti del capo. Lui di rimando mi accusò di sottovalutarla: "È una gran donna, intelligente e responsabile. Io sono stato onesto con lei, ho dovuto dirle che non avrebbe lavorato solo per la Banca, e che quindi era libera di rifiutare. Lei ci ha pensato su per un giorno, e poi sai che mi ha detto? 'Voi uomini avete perso la guerra sbagliata, sarà il caso che qualche donna vi aiuti a vincere quella giusta!'"

Mi venne in mente Alex. Gli raccontai di quel discorso che avevo sentito da mio cugino in camicia nera, quando abitava nella grande casa di largo Argentina: "È strano, no? Oggi ero affascinato da quello che ho sentito, ma lo ero anche quel giorno. Eppure, sono due mondi opposti... mi sembra cosí assurdo!"

"Sei molto legato a tuo cugino, non è vero?"

"Sí che lo sono. Una volta mio fratello Giorgio mi ha accusato di averlo inconsciamente retrocesso al rango di cugino per promuovere Alessandro a quello di fratello. Non sono sicuro che scherzasse."

"Diciamo allora che tuo cugino è nato con la toga di un console, ma si è vestito con i panni di Ariovisto."

"Devo considerarlo un nemico, allora?"

"No. Il nemico è qualcuno che odi. È una guerra questa, ma è una guerra bastarda, che mette in trincea anche l'anima delle persone. Non si potrà mai perdonare chi ci ha portato a questo. Mai."

Parlammo d'altro. Il caffè era d'orzo, ma quello passava il convento. Il proprietario ci chiese le tessere, ma si capiva che avrebbe gradito denaro contante e, visto che eravamo rimasti gli unici avventori, fu accontentato. Ci ringraziò offrendoci un'acquavite.

Prima di alzarsi Dell'Acqua mi prese nuovamente alla sprovvista: "Michele, non ti sembra strano questo modo di parlarci?"

Non capivo.

"Intendo dire: tu che mi dai del voi, io che ti do del tu. Fra l'altro in pubblico si nota, e non sta bene. Ti toglie prestigio: ormai sei un dirigente."

Stentavo a crederci, finché non me lo disse chiaramente: "Insomma, ce la fai a darmi del tu?"

Non mi sembrava la stessa cosa che darsi del tu con Rosetta. Provai a sottrarmi: "Ma professore, dopotutto io sono molto giovane, e..."

"Vuoi dirmi che sono vecchio? È questo che vuoi dire?" Era sinceramente risentito di questo.

"No, non intendevo questo, ma non so se ci riuscirei..."

"Palle! È un ordine, quindi vedi di farlo!"

Mi ci vollero settimane per abituarmi.

*****

Per diversi giorni non accadde nulla.

Vedevo Dell'Acqua raramente, sempre in giro com'era per Milano e dintorni; quando lo incontravo, teneva soprattutto a farmi rispettare la consegna del "tu". All'epoca credevo che Aristide desse importanza a questi particolari perché voleva farmi sentire arruolato a tutti gli effetti. Oggi penso che volesse semplicemente farmi capire che mi considerava un amico.

In mancanza di istruzioni, non avevo molto da fare. Mi

era stato raccomandato di *sembrare* occupato, ma era più facile a dirsi che a farsi. Spesso, con la scusa della sigaretta, andavo da Rosetta per fare conversazione, ma lei era molto più brava di me a lasciarsi coinvolgere dal lavoro ordinario e finiva quasi sempre per cacciarmi dalla sua stanza con un sorriso che non ammetteva repliche. Per evitare la curiosità dei colleghi milanesi, tenevo sempre la porta chiusa e, nel caso non potessi evitare intrusioni, mantenevo la scrivania ingombra di carte del tutto inutili: fumo negli occhi, per quel che valeva.

Dopo le prime notti passate in albergo fu deciso che dovevo prendermi in affitto un appartamento, naturalmente a spese della Banca. In questo l'aiuto di Rosetta fu fondamentale: visto che ero autorizzato a trattarmi bene, me ne trovò uno non lontano dallo studio dell'avvocato Grandoni, che era il padrone di casa. A mio carico erano solo le spese per le pulizie, affidate a una donna molto gentile che non lasciava nulla fuori posto e ogni tanto mi cucinava qualcosa. Il riscaldamento funzionava quasi sempre, questa era davvero una fortuna.

Trascorse le prime due settimane, Aristide mi comunicò che era opportuno spostarmi dalla sede centrale, dove ormai avevo acquisito la fama di romano nullafacente, alla piccola sede di una consociata della Banca. Nel nuovo ufficio trovai a disposizione una segretaria, due o tre impiegati anziani, un telefono con la linea diretta, ancora troppo tempo libero. Pochi giorni dopo fui raggiunto da Rosetta, cosa che comportava, come lei sottolineò con ironia, il ritorno della segretaria giovane e graziosa nella sede principale: "Michele, se non hai attaccato fino a ora peggio per te, ormai sei fuori tempo massimo: ti sorbirai la compagnia di una vedova cinquantaduenne!" Anche i pochi impiegati furono spostati altrove nel giro di pochi giorni.

Era arrivato il momento di darsi da fare.

Si era appena concluso il Congresso di Verona, che dava il via ufficiale alla Repubblica Sociale.

Su un quotidiano lessi un resoconto firmato da Alex. Il pezzo era scritto in stile piuttosto conformista, ma era meno ridondante di ottimismo rispetto agli articoli che si leggevano sugli altri giornali. Era l'unico in cui non si esprimeva la certezza nella vittoria finale, né si esagerava il valore degli alleati tedeschi.

In una delle mie conversazioni con Roma, seppi da mia madre che Alex mi aveva cercato e che la chiamata proveniva da Milano. Non c'erano purtroppo indicazioni su come raggiungerlo, ma confidavo sulla possibilità di incontrarlo in qualche modo. La moglie di Nino, che aveva risposto al telefono, si era attenuta alla consegna di non dire a nessuno dove mi trovassi: "Fuori Roma per lavoro," era la risposta obbligata.

Arrivarono finalmente i primi incarichi per me.

Si trattava di raccogliere denaro presso finanziatori sparsi in vari centri della Lombardia, portarlo in sede, far transitare le contribuzioni su alcuni conti correnti intestati a mio nome. Mi spostavo in automobile, per lo più da solo, talvolta con alcuni incaricati del Comitato che lo stesso Dell'Acqua mi aveva presentato. Qualcuno di loro lavorava per la Banca, altri non so cosa facessero.

Dopo settimane di noia e inattività, l'idea di muovermi un po' non mi dispiaceva. Aristide mi aveva assicurato che avrei avuto contatti solo con gente fidatissima, e che i *donatori* – per lo più imprenditori – erano tutti persone fattesi avanti spontaneamente. Fui munito di una documentazione firmata da un Direttore Centrale della Banca che mi dava esplicito mandato di trasportare valori per conto dell'Istituto. Ciò doveva bastare nel caso fossi stato oggetto di perquisizioni o controlli. Per le somme più piccole, la consegna era dire che si trattava di soldi miei, ed eventuali verifiche sui miei conti correnti avrebbero confermato la versione. L'importante era stare alla larga dai punti di accesso alla Svizzera: se l'incarico mi avesse portato in vicinanza del confine, non avrei dovuto muovermi nelle ore del coprifuoco, né fare alcunché potesse autorizzare il sospetto di un tentato espatrio.

Questo incarico durò fino al febbraio del '44 senza nessun inconveniente. Fui fermato quattro o cinque volte, ma fu sufficiente mostrare i documenti di identità e rispondere a domande di routine. Nessuno mi chiese di aprire la valigetta dove erano custoditi i soldi o gli assegni. Mettevo tutto in quella borsa di pelle e non nascondevo nulla nell'automobile o su di me, anche quando si trattava di diverse centinaia di migliaia di lire. Gli ultimi controlli subiti non mi provocarono neppure l'ansia dei primi, non erano quelli i pericoli.

Conobbi persone di vario genere, mosse dalle motivazioni più disparate.

Alcuni sembravano sinceri nella volontà di aiutare gli antifascisti, evitavano di dare troppe spiegazioni e non si aspettavano ringraziamenti. Altri, invece, era meglio perderli che trovarli.

Ricordo il titolare di un'officina meccanica di Cremona che produceva componenti per macchinari agricoli e che in quel periodo, anche per la carenza di materie prime, si era dedicato a riparare motori di ogni genere. Faceva anche lavori di autoriparazione e carrozzeria. Prima della guerra aveva un centinaio di operai, ora gliene erano rimasti una ventina, tutti cinquantenni. Era angosciato dall'idea che fossero mandati a lavorare in Germania. Per questo motivo – mi disse – lavorava volentieri per i tedeschi e per i repubblichini, facendo prezzi che gli consentivano a stento di rientrare nei costi: “Io sono ricco, posso permettermi di rinunciare a fare profitti, mi basta tenere aperto. E se poi alla fine mi toccherà sbaraccare, mi dispiacerà per questa gente, ma quanto a me chi se ne frega, non ho più nessuno a cui lasciare la fabbrica.”

Suo figlio era morto in Russia.

Per consegnarmi l’assegno mi invitò a casa sua, una villa fuori città. La moglie insistette per avermi ospite a pranzo: sapeva il motivo della mia visita e mi trattava con grandissima cordialità.

Dopo il pranzo seguii l’uomo nel suo studio, dove compilò l’assegno in mia presenza, chiedendomi solo se preferivo una tal banca rispetto a un’altra. Gli domandai se aveva notizie degli operai che non lavoravano più per lui. Mi disse: “Qualcuno in guerra, qualcuno in Germania. Qualcun altro è andato con i partigiani. Spero che non li prendano mai.”

“E le famiglie?”

“Non ne so molto.”

Non gli credevo e glielo feci capire, fino a quando non ammise: “Alle famiglie non manca nulla.”

Era quello che mi aspettavo. Prima di salutarci fu lui a ringraziare me, con gli occhi lucidi: “È bello sentirsi utili, cosí non ho lavorato inutilmente nella vita.”

La sua stretta di mano è un bel ricordo. Mi piacerebbe rincontrarlo.

Non erano tutti cosí. Qualcuno aveva paura, faceva mille domande, mi chiedeva i documenti, arrivava perfino a negare di aver preso quell’appuntamento. Mi domandavo a volte se avessero il sospetto che fossi una spia della Repubblica. Tipi del genere mi facevano paura, li ritenevo poco affidabili quanto a segretezza e quindi molto pericolosi. In un caso – era un commerciante di Busto Arsizio – mi assunsi la responsabilità di andarmene a mani vuote, mandandolo a quel paese, per poi essere inseguito fino alla macchina e accorgermi che mi veniva fatto scivolare un assegno nella tasca del cappotto. Era di cinquantamila lire, e all'incasso risultò scoperto. Purtroppo non potevamo permetterci di mandarlo in protesto.

Un episodio piuttosto sgradevole ma in fondo divertente mi capitò a Erba, a due passi da Como.

Mancavano dieci giorni a Natale, faceva un freddo cane. Arrivai nello stabilimento di un tal Cazzaniga, dove feci una buona mezz'ora di anticamera davanti al suo ufficio prima che avesse la compiacenza di ricevermi. Una volta introdotto mi trovai di fronte un ometto pelato e vivace sulla sessantina, che mi accolse in modo ossequioso e mi fece portare subito una bevanda calda.

Seduto di fronte alla sua scrivania, fui costretto a sorbirmi la storia della sua azienda, che produceva mobili e serramenti; poi la storia della sua vita, comprese le battaglie sull'Isonzo, i viaggi, le avventure galanti con signore che non potevo fare a meno di supporre tutt'altro che disinteressate. Con qualche giro di parole riuscii faticosamente a farlo tornare alla scopo della mia visita. Fece finta di ricordarsene in quel momento, poi cominciò a parlare di politica, a straparlare direi, esprimendo la convinzione che la guerra sarebbe finita presto, che Mussolini sarebbe stato esiliato, e che al potere sarebbero andati i comunisti. "A questo ci ha portato Mussolini," disse, "non si è accontentato dell'Etiopia, ha voluto un vero Impero e si è messo contro quelli più forti di lui."

Io naturalmente mi astenevo da commenti, mi interessava solo incassare e tornarmene a Milano.

Alla fine, con gesti lenti e maestosi, quasi teatralmente, estrasse dal cassetto il carnet degli assegni, prese una stilografica dal taschino e si accinse a compilarlo. Mi chiese: “Bastano ottocentomila lire?”

Io gli risposi che non c’erano tariffe. Lui insistette: “Ma vi sembra una cifra congrua? Magari un milione è meglio, che ne dice?” Mi spazientii e tagliai corto: “Vanno benissimo le ottocentomila.”

Lo fece di un milione. Dopo aver scritto la cifra rimase qualche secondo a contemplare la sua opera d’arte, vi appose il suo nome come se stesse siglando il Trattato di Versailles, dopodiché si decise a consegnarmi l’assegno: “Mi raccomando, fatene buon uso!”

“Ma andranno ai comunisti, non lo sapevate?”

Il Cazzaniga rise senza sembrare divertito, e commentò: “Beh, pensateci voi, ormai è fatta.”

Quando mi alzai per andar via, ringraziando a nome dei bolscevichi, lo vidi restare interdetto: “Ma avvocato... non dimenticate qualcosa?”

La borsa l’avevo già in mano, la sciarpa era ancora intorno al mio collo, per cui dissi: “Nulla, credo.”

“Avvocato... e la ricevuta?”

“La ricevuta?” ripetei, più stupito che indignato.

“Esatto. La ricevuta. Gradirei averne una.”

Fui tentato di restituirgli subito l’assegno, ma un milione era pur sempre un milione. Intuivo che voleva una pezza d’appoggio da esibire ai comunisti il giorno in cui avessero minacciato di espropriargli la fabbrica. Allora mi rimisi a sedere, arraffai un foglio di carta dalla sua scrivania, presi la penna e scrissi, attribuendomi deleghe che non avevo: “*Erba, 10 dicembre 1943. A nome e per conto del Comitato Nazionale di Liberazione ricevo in data odierna da Antonio Cazzaniga la somma di lire 1.000.000*

(= unmilione =) a titolo di contribuzione volontaria. In fede, Ing. Andrea Bianchi".

Lui lesse soddisfatto la "ricevuta", ma arrivato in fondo alla pagina obiettò, piuttosto seccato: "Ingegner Bianchi? Ma voi non siete l'avvocato Anastasi?"

Assunsi un'aria da cospiratore: "Ora che siete dei nostri posso confidarvelo: io sono davvero l'ingegner Bianchi, quell'altro era un nome di copertura." E soggiunsi, quasi sussurrandogli nell'orecchio: "Sono queste le direttive del partito."

Non so se lo convinsi, ma non aspettai di verificarlo, e me ne andai alla svelta con il milione.

Oltre a raccogliere contribuzioni, portai a termine alcune consegne di denaro destinato ai combattenti. Questo tipo di operazioni richiedeva maggiori cautele, perché il contatto avveniva con persone direttamente collegate ai partigiani. All'atto pratico fu tutto abbastanza semplice. La prima consegna avvenne nel Varesotto: avevo ricevuto nel mio ufficio due pacchi di banconote, portati da una persona fidata da cui ricevetti le istruzioni per la consegna, insieme a una serie di raccomandazioni sulle precauzioni da adottare. In caso avessi incontrato difficoltà ero autorizzato a liberarmi dei soldi. Sistemai i pacchi di banconote in una valigetta piena di indumenti che nascosi sotto il sedile dell'automobile, la stessa Fiat con cui ero arrivato a Milano insieme ad Aristide. Giunto in paese lasciai la macchina in un garage che mi era stato indicato e cercai un bar pieno di fumo, dove vidi solo gruppi di anziani intenti a giocare a carte. Non appena mi vide entrare, il gestore del bar mi fece segno di avvicinarmi al bancone per consumare qualcosa. Presi un vermut, anche se non mi andava. All'atto di pagare l'uomo mi disse sottovoce: "È tutto a posto. Puoi ripartire tranquillo." Andai a recuperare la macchina: i soldi erano già stati prelevati. Nel liberarmi le tasche dagli spiccioli mi accorsi che il gestore mi aveva dato un resto esattamente uguale alla somma che avevo pagato. Offriva la ditta.

La seconda consegna, in una zona di montagna, fu un po' più complicata. Arrivai a Castione della Presolana in ritardo, perché fin da Bergamo avevo trovato nevischio sulla strada. L'appuntamento era fissato in una stradina adiacente la piazza principale. Giunto sul posto non trovai nessuno ad aspettarmi. Dopo una breve attesa decisi di tornare indietro: non volevo rischiare il rientro con il buio. Tornato alla macchina e aperta la portiera, mi accorsi di essere stato seguito da una ragazzina di otto o nove anni, tutta imbacuccata, con il viso quasi nascosto da una enorme sciarpa. La bambina si avvicinò e mi disse: "Signore, hai i cioccolatini?" Un po' stordito dal freddo, non afferrai al volo e dissi che no, non ne avevo, e mi dispiaceva tanto. La bambina insistette, tirandomi per il cappotto: "Papà mi ha detto che tu hai i cioccolatini per me. Devi darmeli." Allora capii, mi guardai intorno, le lasciai il pacco con i soldi. Sparí con la rapidità con cui era comparsa.

Sempre nel periodo in cui facevo l'elemosiniere in giro per la Lombardia, mi fu chiesto di sperimentare qualche passaggio della frontiera svizzera. La cosa si risolse in due gite di mezza giornata nel Canton Ticino, senza alcun movimento di denaro. Dovevo limitarmi a verificare che tipo di controlli avrei potuto subire se fossi stato impegnato in qualche vera missione e avessi tentato di espatriare in modo normale. Fui munito di regolare passaporto, col mio vero nome, e mi fu richiesto semplicemente di riportare le mie impressioni. Mi mancava un motivo valido per espatriare, ovviamente, ma a questo pensò Rosetta:

aveva effettivamente un cugino che abitava a Lugano, non lo vedeva da molto tempo, per cui assunsi il ruolo di suo accompagnatore. In sostanza, lei faceva la parte della signora milanese che andava a trovare i parenti, io quella del suo autista.

Facemmo due tentativi, uno a Chiasso, l'altro a Gravedona. Riuscimmo a passare e a rientrare, ma l'esito del test fu negativo, perché i controlli erano macchinosi, le domande molte, e le rispettive autorità molto sospettose. Ci apparve subito evidente che sarebbe stato troppo pericoloso collegare gli espatri a operazioni di tipo finanziario. Inoltre, subito dopo le nostre gite si registrò un ulteriore irrigidimento delle procedure di espatrio, per cui la sperimentazione fu abbandonata senza rimpianti.

Per Dell'Acqua e gli altri si trattava solo di una conferma: qualsiasi inconveniente alla frontiera avrebbe creato seri problemi a tutti e compromesso la Banca, e fu deciso una volta per tutte che, in futuro, i canali svizzeri sarebbero stati utilizzati solo per vie clandestine.

Partecipai ad altre due o tre riunioni, sempre in posti diversi. Una di esse fu tenuta a casa mia.

Non intervennero le stesse persone che avevo incontrato dall'avvocato. Si discutevano problemi organizzativi, a volte si parlava di politica: quasi tutti i presenti aderivano a uno dei partiti che avevo sentito nominare durante il primo incontro. Da ciò che ascoltavo si capiva che la caccia ai partigiani era già cominciata, che c'erano stati dei morti e che le Forze Armate della Repubblica Sociale erano impegnate soprattutto sul fronte della repressione. I tedeschi si riservavano di portare a termine i rastrellamenti di portata più ampia. Era una guerra fra italiani, ma questo lo avevo già capito. Dell'Acqua quando era presente ascoltava in silenzio, non rispondendo mai a chi gli chiedeva previsioni su quanto si dovesse ancora aspettare per la liberazione. Una volta mi accorsi che faceva gli scongiuri.

*****

Rividi Alex pochi giorni prima di Natale.

Si presentò senza preavviso nel mio nuovo ufficio. Aveva la camicia nera sotto la giacca e Rosetta, quando andò ad aprirgli, dovette ricorrere a tutto il suo sangue freddo. Lo fece accomodare su un divanetto del corridoio, poi entrò da me con la voce calma ma lo sguardo allarmato: "Michele, c'è un fascista che chiede di te." Trasalii per un attimo, ma quando mi disse il nome mi alzai di scatto e andai a riceverlo. Rosetta ci mise un po' a tranquillizzarsi, per lei il fatto che si trattasse di mio cugino non poteva certo rappresentare una garanzia.

Alex era in ottima forma. I capelli erano sempre più brizzolati, si era tagliato i baffi: "Mi dicevano che volevo assomigliare a Pavolini," fu la sua spiegazione. Mi raccontò subito come aveva fatto a trovarmi: "Non ho più chiamato casa tua, ho evitato, sono anni che devo una visita a zia Lisetta ma non ne ho mai avuto il tempo. Invece sono andato alla Banca, dove mi hanno detto che eri stato trasferito a Milano. Qui è stato facile trovarti."

Dopo i primi momenti di contentezza per la rimpatriata, mi ricordai che molte cose erano cambiate dal giorno della beffa ai badogliani. Cosa potevo dirgli di quello che stavo facendo? Come l'avrebbe presa? E d'altra parte, come potevo avere segreti proprio per lui?

Aspettai l'inevitabile domanda, che infine arrivò: "Allora, cugino, che ci fai qui? Non ti bastava la carriera che hai fatto a Roma?"

Era quasi impossibile rispondere senza mentire, ma ci provai: “Dell’Acqua voleva seguire da vicino alcune attività del Nord, e mi ha convinto a lavorare qui per qualche mese.”

“E ti ha relegato in questo ufficetto? Non me la conti giusta, qui si devono trattare affari importanti. Affari molto riservati...”

“Sí, affari importanti e riservati.” Stavo provando lo stesso disagio che avevo sperimentato di fronte agli agenti di Badoglio. Lui mi osservò per un po’, poi mi invitò a uscire: “Dai, molla ’ste cartacce: andiamo a fare due passi.”

Uscimmo insieme. Rosetta mi seguiva con lo sguardo e voleva capire se mio cugino mi stava arrestando. Io le feci l’occhiolino per tranquillizzarla. Sono sicuro che Alex se ne accorse.

Faceva molto freddo, entrammo nel primo locale che trovammo. Alex si diresse subito in fondo alla sala verso un tavolino piuttosto appartato. Appena seduti riprese a fare domande: “Ora dimmi: cosa stai facendo qui a Milano?”

Ero combattuto. La segretezza era la regola numero uno, non potevo violarla. Non potevo neppure esitare. Risposi: “Te l’ho già detto, è un incarico del mio capo. Due o tre mesi e ritorno a Roma.”

Non era soddisfatto: “Allora dimmi, Michele: quest’incarico cosí misterioso lo hai accettato per lavoro o per convinzione?”

“Per tutt’e due.”

“Capisco. E questa convinzione è più importante del lavoro? È molto forte, intendo?”

“Non lo so ancora, Alex. Mi serve tempo.”

Il suo unico commento fu: “Stai attento, Michele. Ti

prego." Poi cambiò subito discorso: "Senti un po', come te la passi qui? Come stai a ragazze?"

"Non conosco nessuno, per la verità." Mi aveva fatto pensare che da un bel pezzo non uscivo con una donna.

"Sempre il solito imbranato. Il tuo lavoro ti rende monastico?"

"No, assolutamente, solo che non ho amici a Milano."

Mi obbligò ad accompagnarlo all'Odeon per assistere a uno spettacolo di varietà. Qualche volta ero andato al cinema, ma non uscivo quasi mai dopo cena, avevo preso l'abitudine di svegliarmi e andare a dormire presto. La sera leggevo o ascoltavo la radio prima di addormentarmi.

Lo spettacolo mi sembrò un po' triste, probabilmente era effetto della sala semivuota. Naturalmente lui conosceva quasi tutte le ballerine. Ero molto indeciso se accettare una serata diversa dal solito, specie come la intendeva Alex. Sondò il terreno chiedendomi, verso la fine dello spettacolo: "Ce n'è qualcuna che ti piace in particolare?"

"Tutte carine, ma nessuna più delle altre."

"Insomma, ti va o no?"

"Non saprei."

"Capito. Non ti va. D'accordo, andiamo a casa tua io e te, come due finocchi. Hai da offrire, almeno?"

Ci dirigemmo a piedi verso il mio appartamento. Non sapevamo neppure se quella sera ci fosse il coprifuoco, ma per noi non era un problema: entrambi, per vie molto diverse, avevamo ottenuto il permesso di libera circolazione.

"Ti trattano bene," fu il suo commento appena entrato. Avevamo appetito. Cucinò lui gli spaghetti, che condimmo con una specie di margarina e con il sugo di pomodoro preparato dalla signora delle pulizie. Poi trovai qualcosa da bere e ci sedemmo in poltrona. Gli dissi che avevo letto il suo articolo sul Congresso di Verona, e che mi era piaciuto. Sembrò piuttosto divertito del mio commento: "È stata una gazzarra, Michele. Non si capiva nulla, un casino indescrivibile. Chiunque poteva alzarsi a dire cazzate e tutti giù ad applaudire. Pavolini non riusciva a controllare la platea, ma questo è successo soprattutto perché il Duce non c'era. Molta gente ce l'aveva perfino con lui."

"Con Mussolini? E perché mai?"

"Perché è stato troppo tenero. Perché ha dato potere ai traditori. O perché si scopa la Petacci. Ma soprattutto per via del genero."

"Già, Ciano, il bieco traditore..."

"Mi dispiace questo: erano Grandi e i suoi amici i veri traditori. Lo sapevi, no, che sta per cominciare il processo?"

"No. Ho saputo che Ciano è rientrato dalla Germania ed è stato arrestato, ma non so altro."

"È in prigione a Verona, circondato dai tedeschi. Al Congresso l'unica cosa su cui erano tutti d'accordo è che bisogna fucilarlo. Come se ammazzando lui e gli altri si potesse salvare il fascismo! È stata fatta una legge *ad hoc*, tanto perché non ci siano dubbi. Sarà giudicato molto presto da un tribunale speciale creato apposta per quelli del 25 luglio. Inutile dirti qual è la pena prevista." Fece il pollice verso, semmai vi fossero stati dubbi da parte mia.

"E tu credi che Mussolini lo farà davvero ammazzare?"

Scrollò le spalle: "Questo proprio non lo so, ma l'aria che tira è quella. Pavolini lo vuole morto."

"Bella gratitudine. A quanto so è stato Ciano a inventarlo come politico."

"È vero. Ma qui la gratitudine c'entra poco. C'entra la politica. E la guerra."

"E tu cosa fai, in questa guerra?"

Cambiò umore, lasciando intravedere un'espressione malinconica che non gli conoscevo. Sembrava avercela con qualcuno: "Ancora non lo so bene cosa faccio. Il giornalista sicuramente no, anche se non mi dispiacerebbe. Nessuno mi pagherà per scrivere. Non è più come prima, qui."

"Ora sei tu a essere evasivo."

"No, non è vero, è che proprio non lo so. Ora ho un incarico burocratico che non so quanto durerà. Io sono uno dei tanti, ormai. Devi sapere che se prima cercavo di essere in vista il meno possibile, adesso non devo neppure sforzarmi, perché mi conoscono in pochi, e quei pochi, tranne il Segretario, sono molto diffidenti per via dei trascorsi. Al Congresso ho sentito gente parlare ostentatamente della morte di Ciano in mia presenza, solo per farsi sentire da me. Il gioco alla grande è finito, mio caro: qui le uniche informazioni che servono sono quelle utili a localizzare i banditi."

Mi colpí sentirgli usare quell'espressione: *banditi*. Mi faceva sentire suo nemico. Provai a pensare che era solo linguaggio corrente fra i suoi camerati.

Presi un decisione improvvisa, istintiva, ma l'unica che in quel momento mi sembrò possibile: gli dissi perché ero al Nord. Gli confessai che non avevo ancora deciso se andare fino in fondo. Mi aspettavo che da un momento all'altro mi fermasse, che mi invitasse a cambiare discorso. Invece mi ascoltò come se fosse il racconto di un film visto la sera prima, attento, rilassato. Sembrava quasi contento di sapermi dall'altra parte della barricata. Alla fine, come sempre, la buttò sullo scherzo: "Dovrei farti fucilare domattina all'alba."

Stetti al gioco: "Anch'io, quando sarà il momento." Poi aggiunsi: "Qualcosa lo avevi già capito, non è vero?"

"Sí," ammise, "la Banca è sospettata di dare sostegno agli antifascisti, e Dell'Acqua non è molto ben visto dalla Repubblica. Comunque, per ora non ci sono elementi seri, e poi il tuo capo non lo toccheranno: non si sa mai, lasciare aperti questi canali potrebbe essere utile a tutti in futuro. Anche a molti di noi."

Non ci avevo pensato. Gli chiesi subito: "Anche a te?"

"Ma sí, certo, anche a me. Perché no?"

"Allora vedrai che ce la caveremo tutti e due."

Si fece molto serio: "Michele, stammi bene a sentire: ora forse non ci sono pericoli per te, ma potrebbero essercene in futuro. E grossi, anche. Queste cose non si fanno per lavoro o perché non si ha nulla di meglio da fare. Si fanno per convinzione, dopo averci pensato bene, e assumendosene tutte le responsabilità. Poi non si torna più indietro..."

"È per questo che non ho ancora deciso. Credo che sia una cosa giusta, ma non so se ho abbastanza coraggio. Non mi andrebbe di morire giovane, con l'ultima sigaretta in bocca e una benda sugli occhi."

"Dici? Per ora vengono messi al muro solo quelli trovati con le armi in pugno, oppure i disertori. Tu avresti un bel processo, probabilmente finiresti solo in galera."

"Già, un bel processo equo. Come quello che faranno a Verona."

"No, molto migliore. Tu non sei cosí importante... ma forse sí, dai, una bella fucilazione potresti anche guadagnartela, se ti ci metti di impegno!"

Quello scherzo mi piaceva poco. Si divertiva a spaventarmi, forse mi metteva alla prova. Si versò dell'altro vino, si adagiò nella poltrona guardando il soffitto. Ricominciò a parlare: "Stai crescendo, cugino, mi piaci. Mi sei sempre piaciuto, ma ora di più. Non siamo poi cosí diversi noi due, fai sentire migliore anche me. Vuoi sapere una cosa? Sono contento di quello che ho sentito."

"Diresti lo stesso se non si trattasse di me?"

"Bella domanda, Michele. Dovrei dire di no, ma sarebbe una bugia. Io non li odio quelli come te, e neppure quelli che si sono dati alla macchia. Li rispetto: hanno un'idea, hanno le palle. Però devo combatterli."

Mi illusi di scorgere lo spiraglio della redenzione: "Senti, Alex, ma se le cose stanno cosí, tu sei fuori posto qui. Tiratene fuori."

Si indurí improvvisamente: "Non dire fesserie. Non sono fuori posto, sono al *mio* posto. Io ho una sola parola e una sola faccia. Ho anche una sola vita, purtroppo, ma non mi ha obbligato nessuno a viverla cosí."

"Non ti capisco, Alex, non ti capisco proprio. Sei il primo a renderti conto che è solo questione di tempo, poi crollerà tutto. Vale la pena di sacrificarsi per niente?"

Mi compativa: "Ora mi piaci di meno. Torna il borghese, il bambino viziato che ha sempre avuto tutto facile e pensa che la via più comoda sia sempre la migliore."

"Anche a te è sempre piaciuta la bella vita."

"Sí, ma è stata bella perché è stata la mia. Non me ne serve una lunga. Quello che devi sforzarti di capire è che io sono e rimango fascista, e non smetto di esserlo solo perché ora c'è da dare invece che da prendere. Le donne e i soldi potevo guadagnarmeli in cento altri modi, da fascista ho avuto molto di più: ho avuto il potere, ho girato il mondo, ho avuto la soddisfazione di fare quello che volevo per qualcosa in cui credevo. Non cambio ora che la pacchia è finita. Non mi interessa cosa può succedermi: molti arrivano a ottant'anni senza avere vissuto come ho vissuto io in trenta."

Non serviva rispondere. Ero in piedi, alzai il bicchiere verso di lui, come per dedicargli un brindisi. Lui ricambiò. Dall'inizio della serata c'era qualcosa che volevo chiedergli, finalmente ci riuscii:

"Alex, io e te non siamo nemici, vero?"

"Come no? Obiettivamente siamo nemici. Molto nemici. Nemicissimi!"

Scherzava, io lo presi seriamente: "Dobbiamo combatterci, allora?"

Per tutta risposta si alzò, posò il bicchiere sul tavolo, e si avvicinò per puntarmi l'indice contro il petto, facendomi perfino un po' male: "Apri bene le orecchie: io non farò mai niente contro di te. Mai."

Si diresse verso un tavolino, trovò un pezzo di carta, scrisse dei numeri e degli indirizzi. Lasciò il foglio sul tavolo: "Qualsiasi cosa ti serva, in questo modo puoi trovarmi. Ricordatelo."

Prese il cappotto, prima di uscire disse: "Comunque, guerra a parte, ci si rivede presto, no? Basta solo che non sia un'altra serata per soli uomini. Le mie amichette ci saranno rimaste male stasera."

Mi sentii un po' in colpa: "Ma dai, ci rifaremo presto."

"Io mi rifarò, questo è sicuro. Se aspetto te, sai che carestia!"

*****

Ero in credito di un rientro a Roma: mi era stato promesso. Dell'Acqua era già rientrato due o tre volte per qualche giorno, senza neppure propormi di seguirlo. Il suo andirivieni era previsto perché il ruolo glielo imponeva, quindi io non avevo protestato. Non volevo fare la figura dell'impiegato che aspetta le ferie. Fui accontentato senza troppe difficoltà, tanto più che ad Aristide servivano alcuni incartamenti che erano custoditi nel mio ufficio romano.

Arrivai alla stazione Tiburtina la mattina del 24 dicembre, a corto di sonno ma felice. Notai subito la differenza di temperatura. Nino era sulla banchina ad aspettarmi: gli impedii di portarmi la valigia e gli offrii un caffè d'orzo al bar della stazione, in compagnia di un gruppo di ferrovieri e di una mezza dozzina di soldati tedeschi. Quello buono lo avrei trovato a casa. Durante il breve percorso notai in giro un'aria poco natalizia, come del resto era da attendersi in una città occupata. C'era il sole, però: "Roma è un'altra cosa," commentò Nino. A casa fui accolto con più feste che al mio rientro dall'Albania. Appresi subito che Maria era di nuovo incinta, il terzo nipotino era atteso per giugno. Giorgio, nel frattempo, era diventato socio al 50% e gli affari andavano a gonfie vele. Qualche buona notizia, ogni tanto, non guastava.

Mia madre era allegra, rideva e scherzava in continuazione. Mio padre si lasciava contagiare, pur senza perdere la sua flemma. Rimasi in casa tutta la mattina, gironzolando e dando fastidio in cucina, come ai bei tempi. Dopo pranzo cedetti alla tentazione di un sonnellino. Nel pomeriggio uscii per incontrarmi con Filippo. Nonostante la sua raffica di domande, evitai accuratamente di fargli capire cosa stessi facendo al Nord. Mi raccontò che stava cominciando a occuparsi di politica a contatto con alcuni cattolici, parte dei quali erano in Vaticano. Pensai che forse ero stato troppo riservato con lui, ma anche che sarei tornato presto, e ci sarebbe stato tempo per scambiarsi confidenze. Gli chiesi se avesse novità da parte di Anna, ma non sapeva nulla di nuovo: le ultime in suo possesso gliele avevo date io prima di partire. Ci scambiammo gli auguri, e mi diressi subito dalla zia di Anna. Rimasi deluso: probabilmente ci sarebbero state nuove notizie solo dopo la partenza dei tedeschi da Roma.

La sera cenammo con Nino, la moglie e i figli. I bambini mettevano allegria. Nino aveva procurato il pesce, il vino era ottimo. Poco prima di mezzanotte gli ospiti tornarono a casa loro, dato che i bambini erano ansiosi di trovare i numerosi regali cui la mia famiglia aveva generosamente contribuito. Rimanemmo soli e un po' di malinconia cominciò a farsi strada.

Era pur sempre un Natale di guerra. A papà mancavano Giorgio e i nipotini. Nella lettera di Maria c'era la promessa che a guerra finita sarebbero tornati tutti in Italia per farci conoscere il "numero tre" e magari per rimanervi stabilmente. Papà ci credeva poco, si diceva sicuro che mio fratello sarebbe rimasto in Argentina: "Lí ha tutto quello che vuole, sta facendo fortuna. Perché dovrebbe rientrare?" Mia madre replicò dicendo: "Non sottovalutare tua nuora." Ci ricordammo tutti di come la considerava prima della guerra e papà non mancò di farglielo notare. Lei non si scompose: "Solo i cretini non cambiano idea. È stata in gamba, quella ragazza. Forse l'avevamo giudicata male." Nessuno osò rammentarle che a giudicarla male era stata solo lei.

Parlai di Alex, raccontai come l'avevo incontrato a Milano. Papà si rivolse a mamma: "Vedi, Lisetta? Alessandro non è un cretino, tutt'altro, eppure non cambia idea." E lei: "Spero che la coerenza non costi troppo, a quel benedetto ragazzo. Sono tempi pericolosi." L'ultima frase era per me. Infatti aggiunse subito: "È venuto a trovarci Dell'Acqua."

"Ah sí? Lo sapete che ci diamo del tu?"

"Era quello che temevo," replicò subito mia madre con improvvisa durezza, poi si alzò fingendo di dover riportare i piatti in cucina, cosa che non faceva mai.

Guardai mio padre e lui, mentre si accendeva un toscano: "Neppure tua madre è stupida, Michele."

Aspettai che mamma tornasse a sedersi per domandarle cosa avesse detto loro Aristide.

Mi rispose l'ammiraglio: "Ci ha semplicemente informati che la Banca appoggia la Resistenza, facilitando i finanziamenti. Ci ha assicurato che tu lo stai liberamente aiutando, che è fiero di te, e che anche noi dovremmo esserlo. Alla fine ci ha promesso che tornerai sano e salvo."

"Non lo ha promesso," protestò mi madre, "ha solo detto che ne è convinto. È venuto qui apposta per raccontarci tutto questo. Per farci morire..."

L'ammiraglio emise una specie di sospiro, poi assentí: "Sí, credo anch'io che sia venuto per questo. Lo ha fatto perché a me lo doveva. Sapeva che nostro figlio non ci avrebbe detto nulla per non preoccuparci. Conosco Aris: è soprattutto un uomo d'onore. Il suo senso dell'amicizia non gli avrebbe mai permesso di nascondermi una cosa del genere."

"Ma che senso dell'amicizia!" lo interruppe mamma. "Dí pure che era un senso di colpa!"

Papà non si scomponeva: "Non vedo la colpa, Lisetta. Tuo figlio è un uomo: è in grado di decidere da solo."

"Mio figlio ha ventott'anni!" sbottò lei.

"Appunto, amore mio. È un uomo."

Se c'è una cosa che non sopporto, è che si parli di me in mia presenza come se io non ci fossi. Alzai la voce per coprire la loro: "Insomma, fatela finita! Che volete da me? Per ora è solo lavoro, passa tutto per la Banca. Poi si vedrà. Mica l'ho scelto io di vivere di questi tempi, ne avrei fatto a meno volentieri. Non ho dichiarato io la guerra. Non li ho chiamati io i tedeschi. Mi ci trovo in mezzo, come tutti."

"Non come tutti, Michele." Era mio padre: "Puoi starci dentro meglio o peggio."

"Lo farò come so e come posso. Ora parliamo d'altro, per piacere!"

Era mezzanotte. Mamma si attenne alla consegna e tenne per sé le sue paure. Ci scambiammo gli auguri e non toccammo più l'argomento, neppure i giorni successivi.

Ripartii il 27, dopo essere passato alla Banca. A casa i saluti non furono tristi. Mamma aveva ripreso il suo umore, cercò solo di strapparmi la promessa di tornare presto: "Spero che torni a salutarci prima che arrivino gli americani. E spero anche che arrivino alla svelta, quindi... datti una regolata!" Promisi di farlo. Poi se ne andò in camera da letto per non farsi vedere.

Mio padre aveva le mani in tasca, era sorridente, ma non si decideva a salutarmi. Io ero fermo sulla porta, c'era Nino giù che mi aspettava. Poi l'ammiraglio si decise a congedarmi, ma invece di abbracciarmi mi strinse la mano, come si fa fra vecchi amici. Era orgoglioso di me.

Non sarei più tornato a Roma fino alla Liberazione.

Avevo deciso di passare il Capodanno con Alex e le sue amiche del varietà. Sapevamo tutti e due che non c'era molto da festeggiare, ma volevamo farlo lo stesso, alla faccia della guerra e di tutto quello che comportava. Non ci fu possibile, perché entrambi fummo occupati fuori Milano.

Alex doveva andare sul Garda, dove qua e là erano distribuiti i ministeri della Repubblica. Io fui impegnato da un mancato ritiro di denaro, che mi costò quasi un'ora di inutile attesa in una stazione ferroviaria, con la Guardia Repubblicana che faceva la ronda, fino a quando non realizzai che prima o poi, se non me ne fossi andato alla svelta, mi avrebbero chiesto cosa stessi facendo lí. Mi fu poi spiegato a muso duro che ero stato incosciente, perché avrei dovuto allontanarmi immediatamente. Rientrai a casa alle undici di sera del trentuno e me ne andai subito a dormire, infreddolito e intristito.

Con Alex ci rincontrammo qualche giorno dopo.

Quella sera era di umore nero. C'era qualcosa che gli rodeva e ci volle un po' per tirarglielo fuori. Ciano e gli altri quattro erano stati fucilati, lui aveva appena ascoltato il racconto di un testimone oculare: "Non è stata un'esecuzione, è stato un macello. Quel volgare assassino di Furlotti comandava un plotone di gente che sbagliava la mira a meno di dieci metri. Non è morto nessuno con la prima scarica, Pareschi addirittura era incolume. Li hanno dovuti finire a colpi di pistola in testa. Uno schifo!"

"Ti dispiace per il tuo amico?"

"Era scontato. Però è morto bene. Si è avviato verso la sedia a passo fermo insieme agli altri, tranne quel poveraccio di Marinelli che gridava e piangeva. So che avevano chiesto la grazia, ma Pavolini l'ha intercettata prima che arrivasse al Duce, mettendoci tutta la notte a trovare un pinco pallino di ufficiale che la respingesse. Una commedia vergogonosa."

"A questo è arrivato l'ex amico?"

"Ti sembrerà strano, ma io non ce l'ho con lui. La politica, la guerra, i tedeschi... capisco tutto. Pavolini è stato coerente con se stesso, per lui non era una questione personale. La maggior parte di quelli che sono rimasti con noi voleva quella fucilazione, e alla fine l'hanno avuta. Però questa vergogna ce la porteremo appresso anche se sopravviveremo."

Era depresso. Mi raccontò di quando aveva conosciuto sia Ciano che Pavolini durante la campagna di Abissinia. Alex era andato in Africa come giornalista, coinvolto nelle attività di propaganda che lo stesso Ciano aveva sapientemente organizzato. Presso ogni comando c'era una specie di ufficio stampa che aveva il compito di decantare l'eroismo degli italiani, la liberazione degli etiopi dalla schiavitù e, naturalmente, le gesta aviatorie del conte. Mi raccontò di aver perfino partecipato ad alcune missioni di ricognizione aerea. Parlava di quel periodo come se fossero passati vent'anni: per lui era stata comunque una stagione felice e avventurosa.

Quella sera non potevo negargli la mia complicità. Andammo al varietà alla fine dello spettacolo e ci dirigemmo immediatamente verso i camerini. Portammo a casa mia due ragazze del corpo di ballo. Ai regali per loro avrebbe pensato Alex il giorno dopo; a me le due sembravano già abbastanza contente della cena che avevamo offerto.

Preferirei calare un velo sul prosieguo della serata.

*****

Verso la fine di gennaio ci fu un'altra riunione nello studio dell'avvocato Grandoni. Eravamo in quattro: io, Aristide, l'avvocato e Alfio, un membro del Comitato. Facemmo il punto della situazione.

La lotta si era incattivita. L'attività della Resistenza si faceva sentire, le repressioni erano aumentate di intensità e di durezza. Le nostre unità combattenti erano cresciute di numero, quindi il fabbisogno finanziario era aumentato. Gli Angloamericani effettuavano lanci paracadutati di materiale bellico, compatibilmente con le condizioni climatiche di un inverno molto freddo; tuttavia servivano soldi, molti soldi, e quelli disponibili non bastavano. Pietro stava stabilendo in Svizzera un contatto più stretto con gli Alleati, su base essenzialmente fiduciaria: si era infatti assunto il compito di convincerli a finanziare massicciamente il Comitato.

Io chiesi perché ci fossero tante difficoltà a ottenere

soldi dagli inglesi e dagli americani: dopotutto gli Alleati avevano tutto l'interesse a rafforzare le azioni di disturbo alla spalle dei tedeschi. Alla mia domanda Alfio rispose in modo piuttosto vago, lasciando capire che forse non c'era un grosso interesse a potenziare il fronte italiano, visto che si aspettava di lí a breve lo sbarco in Francia. Sembrò anche critico nei confronti di Pietro, che a suo dire gestiva tutta la trattativa per conto proprio, senza avere ancora ottenuto nulla.

Sentendo questo Aristide scosse la testa e intervenne: "Non è questo il punto. La verità è che ancora non si fidano: chi gli dà garanzie sull'utilizzo di quei soldi?" Nessuna risposta. Proseguí: "Se Pietro riuscirà a convincerli sarà perché si fideranno di lui, e solo di lui. Io sono ottimista, lasciamolo fare e prepariamoci invece a far circolare il denaro che lui ci porterà."

Rimasto solo con Aristide osservai: "Pare che sia tutto nelle mani di Pietro, allora."

"Non dovrebbe essere tutto nelle mani di un uomo solo," osservò lui, "però è cosí. Vedi, Pietro è un grande patriota, un uomo molto capace, credo che riuscirà a ottenere il suo scopo. Ma non è un politico. Si sforza di mediare, di tenere insieme tutte le forze, ma intimamente non lo riconoscono come vero capo del movimento. Alla fine quello che si aspettano da lui è solo che faccia arrivare i soldi ai partigiani. Anche noi dobbiamo fare di più: i canali sono molteplici, il Comitato non raggiunge tutto e tutti. Dobbiamo sfruttare ogni risorsa a disposizione."

Non senza apprensione, chiesi cosa significava "fare di più".

Aristide aveva già le idee molto chiare: "La chiave è in Svizzera. Dobbiamo lavorare sia qui che lí. Organizzarci meglio. Raccogliere e distribuire tutto quello che possiamo." Poi aggiunse, finalmente: "Ora, Michele, siamo arrivati al punto di non ritorno. Tutti sono utili ma nessuno è indispensabile. Sentiti libero, hai già fatto molto, può bastare. Pensaci su prima di dirmi se te la senti di continuare."

Non potevo lasciare tutto a metà. Lo desideravo, questo sí, ma non potevo. Gli dissi subito di sí.

Due giorni dopo, di notte, io e Aristide ci portammo presso la frontiera svizzera. Lui avrebbe potuto espatriare con il suo passaporto, o in molti altri modi, ma affermò di non volere che i suoi movimenti fossero segnalati, per cui si era deciso a transitare come clandestino. Oggi mi rendo conto che, in realtà, non voleva lasciarmi solo.

Giungemmo verso le nove di sera in un paese di confine dove era previsto l'incontro con due persone, marito e moglie, in un bar affollatissimo di cui erano i proprietari. Lei si chiamava Mara, era una donna sui trentacinque, alta e attraente, con i capelli neri molto corti e uno spiccato accento brianzolo. Era vestita quasi da uomo, con un giaccone di pelle, e i pantaloni di velluto a coste larghe. Lui era il marito, Gino, un quarantenne robusto e stempiato dai lineamenti ruvidi, piuttosto silenzioso, con un maglione a collo alto e una giacca impermeabile di tipo militare. Notai che tutti e due portavano ai piedi degli scarponi da montanari. Ci invitarono a mangiare qualcosa, optammo per un panino e una birra. Poi vidi entrare una ragazza, probabilmente una parente, cui Mara lasciò le consegne per servire al banco. Uscimmo qualche minuto dopo la coppia, che ritrovammo più avanti ad aspettarci. La strada che portava fuori dal paese proseguiva per un chilometro fino alla frontiera, ma appena lasciata alle spalle l'ultima casa deviammo per la campagna.

C'era qualche grado sotto zero, il giorno prima era nevicato. Fu facile capire il perché degli scarponi. Io e Aristide, con in mano una valigia, affondavamo nel fango, scivolavamo, imprecavamo. Il ginocchio cominciò a farmi male. I due, senza commenti, erano costretti a fermarsi per aiutarci. Mi seccava moltissimo essere continuamente assistito da Mara, ma con le mie scarpe da città non c'era scelta: andavamo avanti al buio, in salita, e lei conosceva ogni centimetro di quel terreno. Quando Aristide cominciò ad avere il fiatone Gino prese in consegna la sua valigia e gli chiese se se la sentisse di proseguire. Lui, per tutta risposta gli intimò: "La prossima volta lorsignori abbiano la compiacenza di farci trovare un equipaggiamento adatto alla bisogna. Ora muoviamoci."

La scarpinata durò a lungo, o almeno cosí mi parve, finché non ricominciammo a scendere e arrivammo in prossimità di un filo spinato. A non più di tre chilometri si vedevano le luci del paese che avevamo appena lasciato: a me sembrava di aver percorso una distanza molto superiore. Gino ci fece cenno di aspettare. Dall'altro lato vidi le finestre illuminate di alcune case. Dopo una breve perlustrazione, Mara era già dall'altra parte e si esibí in un fischio da scaricatore di porto. La porta della casa più vicina si aprí: ne uscí un uomo che aveva addosso, sbottonata, la giacca dei doganieri svizzeri. "Tranquilli," sussurrò Gino, "è un amico." L'uomo si avvicinò, e dalle risate capimmo che stava scherzando con Mara, rivolgendole più di un complimento. Nella semioscurità il marito sembrava imperturbabile. Finito il flirt ci fecero cenno di procedere. Gino trovò rapidamente un varco già predisposto nel filo spinato, facendoci capire che dovevamo passarci sotto. La prestazione di Dell'Acqua fu davvero comica, ma alla fine ci ritrovammo tutti in Svizzera.

Il nostro accompagnatore era già tornato indietro. Mara e il doganiere ci fecero strada fino alla casa, dove l'uomo ci invitò a entrare con ampie manifestazioni di ospitalità. L'abitazione era accogliente e soprattutto calda. Dell'Acqua chiese subito dove fosse il bagno, noi non potemmo fare a meno di metterci a ridere.

Prima di andare a dormire Giovanni – cosí si chiamava il doganiere – ci offrí del buon cognac francese. Chiamava Mara la sua "socia", il che confermò la mia idea che lei e il marito fossero dei contrabbandieri. Si era fatto tardi: a me e ad Aristide fu mostrata una stanza a due letti, ma Giovanni capí subito dall'espressione del professore che questi gradiva dormire da solo, per cui gli cedette la sua camera, senza che Dell'Acqua facesse neppure il gesto di rifiutarla. Io dormii con Giovanni, mentre Mara si sistemò su un divano del soggiorno.

La mattina dopo ci alzammo alle prime luci del giorno. Mara, che si muoveva in quell'abitazione come a casa sua, ci fece trovare del buon caffè, delle brioche, e un sorriso di buongiorno. Mi chiesi perché non fosse rientrata in Italia la sera prima, ebbi la risposta quando disse a Dell'Acqua: "La macchina dovrebbe arrivare fra un quarto d'ora." Voleva controllare che tutto funzionasse come previsto. L'espatrio era stato piuttosto scomodo, ma il servizio era perfetto. Mara era particolarmente gentile con me: mi chiese se avessi dormito bene, se volessi ancora caffè, mi offrí un'altra brioche. Io risposi a monosillabi, memore delle figuracce fatte la sera prima.

Notai che mi guardava i piedi e sorrideva. Mi resi conto solo allora che avevo appena indossato le mie scarpe perfettamente pulite e lucidate. Era stata opera sua. Mi profusi in scuse e ringraziamenti, ma lei si giustificò con il generoso compenso percepito, che comportava senz'altro qualche riguardo in più. Le chiesi se fosse italiana o svizzera.

"Io svizzera? Ma per chi mi hai preso? Sono italianissima!"

"E come vanno gli affari?"

"Vanno benone, si guadagna perché sono rischiosi. Io e Gino sappiamo il fatto nostro e abbiamo gli amici giusti. Non preoccupatevi, non ci prendono mica."

"E perché ci aiutate? Per i soldi?"

"Certo, per che altro dovremmo?"

"Per la Patria," risposi, sforzandomi di sembrare serio.

Mi scrutò incredula, poi mi chiese: "Quale Patria? Quella di Mussolini o quella di Badoglio? E poi non so chi siete né cosa fate, e non lo voglio sapere."

Non sapevo se risponderle o meno, lei mi anticipò: "Io immagino te per che Patria lavori. E mi piaci. Sappi che non ci interessano solo i soldi, almeno a me. Non puoi sapere quanti ebrei ho fatto espatriare."

Volevo metterla in difficoltà: "E per loro lo hai fatto gratis?"

Rispose maliziosamente: "Io faccio gratis solo le cose che mi piacciono."

La macchina arrivò con puntualità svizzera. Salutati Mara e Giovanni ci avviammo verso Lugano. L'Italia era poche centinaia di metri alle nostre spalle. In quei luoghi la gente parlava italiano come noi, ma si respirava un'aria molto diversa. Semplicemente, non c'era la guerra: nei negozi si trovava quel che si voleva, per mangiare non servivano le tessere, tutto era molto tranquillo, pulito, quasi irreale. Quasi odioso.

Appena arrivati in città prendemmo possesso dei nostri alloggi, situati in un residence sul lago dove si affittavano appartamentini piuttosto lussuosi. Aristide aveva già le chiavi e mi spiegò che, per ulteriore cautela, la prenotazione era stata effettuata da Rosetta utilizzando nomi falsi. Questa volta lui era avvocato e io ingegnere. In mezzo alle comodità aveva ripreso il suo umore e il suo attivismo. Indossati abiti puliti, facemmo il giro di tre o quattro istituti bancari incontrandone i direttori generali, che erano tutti vecchie conoscenze di Dell'Acqua. Si poteva parlare molto liberamente, del resto loro sapevano quali fossero gli orientamenti di Aristide e ne conoscevano già le intenzioni. Lo rispettavano e si rivolgevano a lui con deferenza. Per la verità uno di loro cercò con grande delicatezza di sapere se la posizione di Dell'Acqua all'interno della Banca fosse ben salda come in passato. Lui gli fece capire, con altrettanta delicatezza, che la domanda era ingenua, visto che non solo molti industriali, ma anche diversi gerarchi avevano depositato a Lugano milioni e milioni in titoli proprio utilizzando la Banca.

Non ci furono grossi problemi a ottenere il nome di funzionari fidati cui rivolgersi per operazioni di cambio. A me fu riservato il compito di mantenere i contatti. L'unica difficoltà era oggettiva, e consisteva nella carenza di biglietti di piccolo taglio in valuta italiana. Aristide assicurò che ci avrebbe pensato la Banca.

Tutti i nostri interlocutori sottolineavano il fatto che Lugano era piena di spie tedesche e italiane: volevano farci intendere che non bastava registrarsi sotto falso nome per non essere notati, e che un personaggio come Dell'Acqua rischiava di non passare inosservato. Lui rispondeva di aver preso le precauzioni essenziali, e che non si preoccupava più di tanto. Durante il tragitto a piedi fra un appuntamento e l'altro, cercai di sapere da lui se fosse valsa la pena di passare in Svizzera insieme a due contrabbandieri, per poi essere comunque individuati da qualche spia. Aristide scrollò le spalle: "Non è detto che ci abbiano individuati, per ora è improbabile, ma se pure fosse potrebbero avere solo sospetti. L'alternativa sarebbe operare in clandestinità: per ora non se ne parla neppure. Troppo scomodo per me, prematuro per te. La riservatezza delle operazioni bancarie qui è a prova di bomba, è in Italia che bisogna stare attenti. Noi comportiamoci come se questa fosse normale attività di lavoro e vedrai che andrà tutto liscio."

Devo riconoscere che mi comunicava una grande tranquillità. Cominciavo a essere contagiato dalla sua determinazione. Ero contento di essere lí con lui.

Il giorno successivo, mentre il mio capo si concedeva una passeggiata sul lungolago, incontrai alcuni dei funzionari indicatici dai direttori. Era una visita di cortesia, dato che il meccanismo non era ancora stato attivato. Avevano tutti un'atteggiamento cordiale quanto distaccato: sapevano che si trattava di movimenti delicati, ma ci erano abituati. Non gli importava assolutamente nulla delle mie motivazioni, per loro ero solo un cliente di riguardo da assistere al meglio.

Nel pomeriggio andammo a Locarno per altri appuntamenti. Sembravano davvero riunioni di lavoro, in cui Aristide riusciva perfino ad affrontare questioni che non avevano nulla a che fare con la guerra. I nostri interlocutori avevano tutti in comune la convinzione che l'esito del conflitto fosse segnato, che la RSI si sarebbe dissolta rapidamente, che in futuro gli affari migliori si sarebbero fatti con gli inglesi e, soprattutto, con gli americani. Per loro, le macerie lasciate dalla guerra in Italia significavano investimenti per ricostruire e aziende da partecipare. Per quanto poco mi piacesse, capivo che era quello il motivo per cui collaboravano con noi, mantenendo contemporaneamente buoni rapporti con i tedeschi. Una garanzia anche per noi, dopotutto.

Nei giorni successivi incontrammo molte persone, soprattutto italiani. Alcuni erano lí per sicurezza personale, altri si erano trasferiti per interesse insieme alle famiglie e al proprio denaro. I primi erano persone sotto possibile sorveglianza, quindi gli incontri avvenivano di sera, con alcuni sotterfugi dei quali i nostri connazionali si mostrarono esperti. A Dell'Acqua interessavano di più i secondi, gli imprenditori: si portavano appresso un complesso di colpa su cui potevamo far leva per ottenere soldi. Anche loro pensavano al dopo, sia pure per motivi meno nobili dei nostri. A me ricordavano il Cazzaniga, quello della ricevuta. Ottenemmo diversi milioni, quindi i miei colleghi delle banche ticinesi potevano mettersi al lavoro. Chiesero qualche giorno di tempo, ma furono efficienti come da loro ci si attendeva.

Nei colloqui precedenti avevamo espresso la preferenza per accrediti da trasformare in valuta nostrana tramite la Banca, da distribuire successivamente per mezzo dei nostri corrieri. In qualche caso i donatori si erano detti disposti a cedere titoli al portatore di società svizzere, il cui valore era destinato ad aumentare con la durata della guerra. Dell'Acqua non voleva cambiarli subito, per cui decise che sarebbero stati portati a casa insieme ai contanti: lire italiane, franchi svizzeri e marchi tedeschi. Fu quindi necessario predisporre il mio rientro.

In attesa di ripassare la frontiera, fummo invitati a una riunione in cui, a detta di Aristide, avrei conosciuto alcuni personaggi molto interessanti. L'incontro ebbe luogo in un elegante villino nei pressi di Lugano, situato in una posizione da cui si poteva ammirare una splendida vista sul lago.

Alfio ci accolse sulla porta e ci presentò il maggiore Philip Anderson, dell'esercito inglese, il capitano Frank Aniello, americano, e uno svizzero di Ginevra, Gerard Lautier, della Croce Rossa Internazionale. Tutti e tre parlavano un ottimo italiano.

Anderson era alto e massiccio, capelli e occhi chiari, due borse sotto gli occhi che lo facevano sembrare più vecchio. Aniello era sul metro e settanta, magro, capelli neri più lunghi della norma, sembrava un ragazzino. Gerard era biondo, elegante e sorridente. Notai subito che c'era del whisky per l'inglese e del bourbon per l'americano. Noi italiani optammo per il whisky.

L'incontro era nato dal desiderio dei due militari di conoscere personalmente Dell'Acqua e il sottoscritto. Gerard, che da anni era in contatto con il mio capo, era stato il tramite utilizzato da entrambe le parti. Philip e Frank erano molto amici fra di loro e si scambiavano spesso battute in inglese. Si instaurò rapidamente un rapporto di grande fiducia e cordialità, sia perché Aristide esercitava tutto il suo fascino, parlando anche in inglese e in francese, sia perché i due sapevano ciò che stavamo facendo e ci trattavano come veri alleati. Per loro e per i loro governi Dell'Acqua era un personaggio importantissimo, cosa che di riflesso dava importanza anche a me. Aniello cominciò quasi subito a chiamarmi Mike, mentre con Aristide si atteneva al tradizionale "Mr. Dell'Acqua". Si informarono sulle nostre attività e sulla nostra organizzazione, dimostrando di saperne già abbastanza. Ci fecero capire che tenevano molto a operazioni che potessero portare al recupero di prigionieri inglesi e americani: nel vederci disponibili, si mostrarono più che soddisfatti e sentimmo di averli completamente dalla nostra parte.

Un primo risultato fu quello di sapere che, se mai avessimo avuto bisogno di riparare in Svizzera, avremmo trovato tutta la loro assistenza. Philip disse che presto Roma sarebbe stata liberata ("dal generale Alexander," specificò, guadagnandosi l'ironia di Frank), ma che probabilmente sull'Appennino il Reich avrebbe resistito a lungo, per cui la svolta definitiva della guerra – *the final blow* – era affidata allo sbarco in Francia. Dell'Acqua ebbe la faccia tosta di chiedergli: "*When*?" Philip lo guardò come se gli avesse chiesto di calarsi i pantaloni, allora Frank intervenne in suo aiuto: "Anche Mr. Stalin fa sempre questa domanda, e i nostri capi gli dicono: '*As soon as possible*'." Soggiunse: "Ci stiamo già lavorando, e non sarà un mezzo fiasco come a Salerno." Pensai in quel momento che i generali tedeschi avrebbero dovuto vedere la sua espressione mentre lo diceva. Ancora speravo che si sarebbero arresi di lí a poco.

Alfio commentò, con rassegnazione, che ci aspettava almeno un altro anno di guerra. Nessuno poteva smentirlo. Frank raccomandò di dire ai partigiani che la vittoria era a portata di mano: "I tedeschi sanno già tutto quello che gli serve per decidere la resa. Ma chi li comanda non vuole capire." Poi disse qualcosa sull'eroismo dei nostri combattenti, quelli sulle montagne. Alfio aveva gli occhi lucidi, lo avrebbe abbracciato. Philip parlò anche dei bombardamenti sulla Germania, sempre più devastanti. Ricordo che a questo punto Frank lo interruppe: "Phil, i nostri amici ne sanno qualcosa dei bombardamenti." "*That's right,*" si difese Phil, "ma sulla Germania è diverso."

Frank ci strizzò l'occhio e osservò, rivolto all'amico: "Dobbiamo dirglielo, però, che su Roma siamo stati noi americani a toglervi l'incombenza. Il nostro Presidente lo aveva detto: 'Ragazzi, mandiamolo noi il messaggio, sennò gli inglesi ci vanno con la mano pesante'. Giusto, Phil?" L'inglese non perse la battuta: "Vedete? La solita storiella che gli americani sono quelli buoni. Ve ne accorgerete..."

Naturalmente si parlò anche di soldi. Apprendemmo che Pietro aveva raggiunto il suo scopo, avendo convinto gli Alleati a finanziare la Resistenza italiana. I diretti superiori dei due ufficiali, in contatto diretto con il Foreign Office e con il Dipartimento di Stato, si erano espressi favorevolmente. Si trattava di molte decine di milioni, forse centinaia. Ora bisognava lavorare sodo, loro si fidavano di noi. Ancora una volta ci sentimmo ripetere: "Coraggio, amici, stiamo vincendo. Sarete liberi molto presto." Frank si rivolse a Gerard, il più silenzioso, e lo chiamò in causa: "Voi svizzeri, invece siete liberi da sempre. Troppo liberi, temo."

La replica fu immediata: "Conviene a voi e conviene a noi, non ti pare?"

Dell'Acqua, a questo punto, pose ai due una domanda che li mise in imbarazzo: "Ci avete dato notizie del fronte occidentale e adesso vivremo tutti per il giorno del grande sbarco. Evviva. Ma cosa potete dirci di quello orientale?"

"I russi?" chiese Philip.

"Esatto. I russi. Stanno vincendo anche loro insieme a noi, o sbaglio?"

Frank afferrò subito dove Aristide volesse andare a parare: "Volete dire, Mr. Dell'Acqua, fino a dove arriveranno?"

Alfio, che era comunista, si fece molto attento.

Philip cercò di restare sul vago: "Noi sappiamo poco della grande politica."

Dell'Acqua non si lasciò frenare: "Io so che i tre grandi capi si sono incontrati e non è pensabile che non si siano posti reciprocamente degli obiettivi e dei limiti. Io un'idea ce l'ho, in proposito."

"Allora ditecela, professore. Cosí anche noi impariamo qualcosa."

"Maggiore, lei vive di informazioni e ne sa più di me. Comunque non ho problemi a esporre la mia idea, che è molto semplice: voi anglosassoni già combattete sul nostro territorio, quindi saremo alleati anche in futuro. Alleatissimi. Non è cosí?"

Nessuna smentita. Tutti guardarono Alfio, che appariva imperturbabile. Il discorso fu lasciato cadere.

L'incontro volgeva al termine. I contatti sarebbero stati mantenuti con la massima frequenza possibile. Alfio doveva recarsi a Mendrisio, quindi fu il primo a uscire. Pensavo che fosse lui il padrone di casa, invece era Frank, l'unico che non aveva indossato il cappotto. Salutò Alfio con una interminabile stretta di mano. Gli disse: "Presto ci vedremo in Italia, senza bisogno di nessuna precauzione." E lui, di rimando: "Avete proprio intenzione di trattenervi a lungo?"

Non era un incontro destinato a realizzarsi: di lí a due mesi Alfio sarebbe caduto davanti a un plotone di esecuzione.

Gerard e Philip uscirono insieme. Io e Dell'Acqua eravamo sulla porta. Ci attendeva una passeggiata di due chilometri per raggiungere i nostri appartamenti. Frank guardò l'ora e disse: "È tardi, io mi trattengo qui per stanotte. Ho da mangiare e da bere. Perché non vi fermate?"

Aristide guardò me e disse: "Grazie, capitano, ma ho

più sonno che fame, voglio dormire. Resta tu, Michele, cosí continuate a fare amicizia."

Frank non voleva restare da solo: "Giusto, Mike, fermati. Niente lavoro e niente guerra per stasera. Okay?"

Accettai, mi era simpatico.

In quella casa non mancava nulla. C'erano dei panini e una bottiglia di vino del Reno comprata a Losanna, "alla faccia dei tedeschi". Ci mettemmo pochissimo a diventare veri amici.

Era figlio di italiani, nato e cresciuto a New York, avvocato. Divorziato, senza figli ("Non era italiana, vedi che succede?"), poi risposato. Dal 1941 lavorava per il servizio informazioni militare, l'OSS. Per via della lingua si era sempre occupato dell'Italia. Era stato in Tunisia, era sbarcato con i reparti combattenti in Sicilia, poi anche a Salerno. Era arrivato nel Nord raggiungendo una spiaggia ligure di notte, dopo essere stato portato in zona da un sommergibile. In Svizzera si era raccordato ad altri colleghi inglesi già attivi sul posto, fra cui Philip. Avevano i contatti con italiani, francesi, anche con i tedeschi. La Svizzera era un crocevia fondamentale e tutte le trattative più o meno sotterranee si svolgevano da quelle parti.

Il padre di Frank, napoletano, era arrivato in America all'inizio del secolo e aveva sposato una ragazza italiana conosciuta a New York. Si era fatto una posizione prima facendo il sarto, poi aprendo un negozio di abbigliamento. Aveva due figli: uno era Francesco, Frank, l'altra Lucia, Lucy.

Mi raccontò tutto questo spontaneamente, poi chiese di me. Per la verità, volle prima conoscere i particolari del mio passaggio in Svizzera. Approvò quasi tutto. Poi volle sapere qualcosa della mia vita: gli studi, il lavoro, la campagna di Albania. Si dichiarò dispiaciuto che ci fosse stata quella "fottuta guerra", diceva che combattere gli italiani era "...come sparare a mia madre e mio padre".

Quando mi chiese se fossi sposato o fidanzato, gli raccontai di Anna.

Frank disse che Anna gli piaceva senza conoscerla: "Lei è okay per te, anzi, è okay per chiunque. Phil può aiutarti a contattarla, è un bravo ragazzo. Non è duro come sembra. È solo molto inglese, ma ha passato la vita nelle colonie, ha una mentalità molto aperta, perciò non ce l'ha con voi italiani come i suoi connazionali. Poi gli sei piaciuto, ne sono sicuro."

Gli risposi che non mi sembrava cattivo, che anche Philip mi piaceva, solo che a volte era un po' formale. "*Sure*, lo è, ma è un ufficiale di Sua Maestà. Sai, Mike, loro credono ancora di avere l'Impero..."

"Invece adesso ce l'avrete voi..."

"Ehi, questa è colpa vostra, di voi europei. Avete fatto disastri su disastri, a noi è toccato due volte toglervi dai guai. E questa volta è molto dura riuscirci."

Tornai sull'argomento che mi stava a cuore: "Davvero posso dirlo a Philip?"

"Mica ti serve il mio permesso. Lui comunica con Londra via radio, ma spesso manda in Patria documenti, ha i suoi canali. Tu sei un alleato, sei un capo. *Good relationship,* è fra i nostri compiti."

Trovai ridicolo che mi avesse definito "capo". Chiesi come avrei fatto a ricontattare Philip.

"Io domani lo vedo. Sai che faccio, Mike? Gli accenno la cosa, poi voi due vi parlate, okay?"

Altro che okay!

La sera dopo, nel mio appartamento, sentii inaspettatamente squillare il telefono. Non lo avevo mai usato, nessuno poteva avere quel numero. *Quasi* nessuno: in linea c'era il maggiore Anderson. Andava di fretta, fu estremamente sintetico: "Mike, sono Philip Anderson. Apri le orecchie, queste sono le istruzioni: scrivi una lettera per quella persona e mettila in una busta, domattina alle otto passa un mio uomo a ritirarla."

"Posso scrivere tutto quello che voglio?"

"Quello che ti pare. Anche le porcherie, se vuoi. Nessuno la aprirà, non preoccuparti delle spie: siamo noi le spie!"

"Grazie, maggiore."

"Chiamami Philip, anzi Phil. E niente ringraziamenti. Mr. Dell'Acqua è un grand'uomo e tu sei il suo braccio destro. Stiamo combattendo la stessa guerra."

Per una sera ho amato alla follia il maggiore Anderson. Dimenticando, sul momento, che quel trattamento eccezionale lo dovevo essenzialmente a Dell'Acqua. Aristide ha sempre negato che fosse tutto preordinato, ma io non gli ho mai creduto. Era una sorta di premio di ingaggio per me.

Scrissi fino a notte fonda, in modo frenetico e disordinato, cercando di concentrare quattro anni in poche pagine (che alla fine non risultarono cosí poche: almeno otto). Ci misi dentro l'Albania, l'incidente, la convalescenza, i bombardamenti, l'Italia a pezzi, Giorgio, i miei, Alex. Parlai anche dei funerali di suo padre, del dispiacere di saperla lontana. Sul presente non entrai in particolari: non potevo e non dovevo. Scrissi solo che mi trovavo al Nord per lavoro.

Finita la mia opera, mi ricordai che non avevo un indirizzo. Non potevo certo chiedere agli inglesi di cercare una mia amica per tutta Londra. Che fare?

Ricordavo il nome dello zio di Anna: lo scrissi sulla busta e mi augurai che fosse sufficiente: dopotutto era un Pari del Regno. Se proprio volevano farmi quel favore, i

Servizi inglesi non si sarebbero arenati di fronte a un cosí piccolo ostacolo. L'incaricato di Philip, nel leggere quella specie di indirizzo, fu laconico ma incoraggiante: "*Should be enough*".

*****

Dovevo rientrare per qualche giorno in Italia. Con Aristide ci saremmo ritrovati a Milano per tornare insieme in Svizzera. Il mio rientro in Italia fu assicurato da Mara e Gino e fu piuttosto agevole. In un negozio di Lugano mi ero procurato un paio di scarpe adatte per le escursioni in montagna. In presenza del marito Mara fu un po' meno gentile e premurosa. Tuttavia, quando capitò a lei di scivolare, e mi tolsi la soddisfazione di soccorrerla, notai che per qualche secondo non volle lasciare la mano con cui l'avevo risollevata.

Allo spuntare del giorno ero in Italia, in prossimità del paese dove avevamo lasciato l'automobile. Viaggiai tranquillamente fino all'ufficio, dove Rosetta annotò i titoli e il contante, quindi sistemò tutto nella piccola cassaforte che avevamo fatto incassare nel muro.

Nei giorni successivi mi preoccupai della custodia dei titoli in un cassetta di sicurezza, poi del cambio delle somme in biglietti di piccolo taglio. Utilizzai, come già previsto, una filiale periferica della nostra Banca dove non mi conoscevano di persona, e nessuno avrebbe chiesto spiegazioni. Solo il direttore, che era dei nostri, sapeva chi ero: con lui discussi a lungo per cambiare i marchi e i franchi svizzeri alle stesse condizioni duramente contrattate da Dell'Acqua. Senza neanche rendermene conto, ero io che gli davo disposizioni.

Ottenuti i contanti dovevo avviare le consegne.

Avevamo dei corrieri selezionati con la consulenza di Alfio. Aristide non era d'accordo, diceva che dovevamo fare tutto noi e che per maggior sicurezza non era opportuno allargare l'organizzazione. Si era piegato quando Rosetta gli aveva fatto osservare che se gli altri si fidavano dei bancari che lui riteneva "sicuri", allora lui doveva fidarsi delle scelte di un cospiratore esperto come Alfio.

Non appena mi pervenne l'indicazione dei destinatari, suddivisi la cifra in tre tranche. Rosetta si preoccupò di confezionare i pacchetti. La prima consegna la feci io stesso, e fu molto facile: una canonica alla periferia di Milano. Mi occupai personalmente anche della seconda, che comportò un'escursione sul Lago Maggiore, bello e triste sotto un pallido sole di febbraio. Il contatto partigiano fu puntuale ed efficiente: feci finta di chiedergli un'indicazione stradale, e mi bastò lasciare aperta la portiera per dieci secondi, a mo' di schermo, perché i soldi passassero da sotto il mio sedile alla protezione del suo pastrano.

La terza consegna capitò un giorno in cui dovevo restare in ufficio, per cui feci rintracciare un corriere. Ci incontrammo fuori dall'ufficio. Si presentò una ragazza sui venticinque anni di nome Antonietta, operaia come suo padre che era stato arrestato dopo gli scioperi dell'anno prima e si trovava ancora a San Vittore, in attesa di andare in Germania con la Todt. L'alternativa sarebbe stato un processo, non aveva avuto scelta. Antonietta appariva tranquilla e affidabile. Ricevette sul momento le istruzioni per la consegna, che doveva avvenire a Legnano. Era un'operazione piuttosto semplice, destinata a concludersi in poche ore.

Avrei dovuto ricevere il pomeriggio stesso la notizia dell'avvenuta consegna: a cose fatte Antonietta, che non doveva sapere come rintracciarmi, avrebbe chiamato un numero telefonico che avrebbe trovato scritto, con inchiostro rosso, in margine a un manifesto pubblicitario. La persona incaricata di ricevere la telefonata avrebbe avvisato me o Rosetta in ufficio.

Il pomeriggio passò senza che ricevessimo alcuna notizia. Io e Rosetta eravamo prima ansiosi, poi agitati, infine angosciati. Provammo a chiamare il numero-ponte, ma l'incaricato ci liquidò bruscamente dicendo che non sapeva nulla. Avrebbe richiamato lui se il corriere si fosse fatto vivo. Improvvisamente Rosetta si mise a piangere: mi fu chiaro che voleva dirmi qualcosa senza averne il coraggio. Dietro mia insistenza, trovò le parole: "Nel pacco non c'erano solo i soldi."

"No? E che altro c'era?"

"C'era una lettera del Comitato per i nostri di Legnano."

"E che ci faceva lí dentro quella lettera?"

"Ce l'ho messa io. Me l'ha chiesto l'avvocato Grandoni, sapeva che dovevamo fare la consegna. Sapevo che alla consegna ci avresti pensato tu quando ho preparato il pacco, poi mi sono dimenticata di averci messo la lettera, me ne sono ricordata ora. Ma il guaio è che la lettera è in una busta con l'intestazione dello studio Grandoni."

Per effetto del panico divenni furioso e la apostrofai violentemente. Le urlai che era una disgraziata, una rincoglionita, una pazza incosciente. Che stava rischiando di far arrestare decine di persone, tra cui io e lei. Che ci avrebbero ammazzati tutti per colpa sua.

Lei piangeva e non replicava: si scosse solo quando le dissi che avrebbe comunque dovuto essere autorizzata da me a inserire un documento in mezzo ai soldi. Mi investí: "Visto che sei tu il capo, smettila di insultarmi! Cerca di non fartela sotto dalla paura e dimmi cosa dobbiamo fare!"

Aveva ragione. Toccava a me stabilire il da farsi: "Aspettiamo un'ora, non di più. Poi chiudiamo ogni contatto, facciamo sparire da qui tutti i documenti che intanto tu raccogli e andiamo casa per casa ad avvertire tutti quelli che sono a Milano. Faranno il passaparola se serve. Poi tu ti nascondi e io, se domani sono ancora a piede libero, cerco i contrabbandieri e vado in Svizzera ad avvertire quelli che stanno lí."

Rosetta si calmò e cominciò subito a raccogliere i documenti da far sparire. Io avevo ancora due sigarette nel pacchetto, mi accesi la penultima. Appena finita mi misi in bocca l'ultima, senza fumarla, associandola mentalmente a quella che si offre ai condannati a morte. Quando stavo per accenderla il telefono squillò. Rosetta si gettò sull'apparecchio, io cercavo di capire dalla sua espressione che tipo di notizie stesse ricevendo. La sentii dire: "Va bene, riferisco." Riagganciò, poi mi raccontò cosa aveva saputo: "La ragazza ha perso i soldi, dice che glieli hanno rubati in treno. Ti aspetta nel punto in cui vi siete visti stamattina. Quel tipo ci ha detto anche che qui siamo tutti dei pirla, e ci ha mandati a cagare." In altri momenti sarebbe stato divertente.

"Io ci vado," dissi subito.

"E se con lei ci trovi i fascisti?"

"Se quella roba l'avessero presa i fascisti, saremmo stati già arrestati. Ma se Antonietta dice la verità, ci serve sapere come è successo e dove. Tu però puoi restare qui o andare a casa. È inutile rischiare in due."

"No vengo anch'io. Voglio sapere subito."

La presenza di Rosetta si rivelò utile. Giunti sul posto vedemmo Antonietta in attesa seduta sui gradini di una chiesa. Sembrava che non ci fosse nessuno intorno, ma Rosetta mi disse di aspettare e si avviò. Passò davanti alla ragazza ignorandola e dando un'occhiata in giro per vedere se ci fosse qualcun altro ad attenderci. Tutto tranquillo: mi avvicinai alla ragazza, Rosetta mi raggiunse subito dopo. Ci sedemmo accanto a lei. Antonietta era stanca e sconsolata, ma riuscí ad articolare un racconto esauriente.

Appena ricevuto il pacco dalle mie mani, lo aveva messo in una borsa ed era andata a prendere il treno locale per Legnano, sempre affollato. Una signora anziana, salita fra gli ultimi, le aveva chiesto se il posto vicino a lei fosse libero. Lei si era alzata un attimo per aiutarla a sistemare la valigia sopra le loro teste. "Un attimo," ripeté. Si era rimessa a sedere mentre il treno cominciava a muoversi, per accorgersi che la borsa non c'era più. Dal finestrino aveva fatto in tempo a notare un uomo che si allontanava con la refurtiva, ma non poteva mettersi a gridare, guai se fosse intervenuta la polizia. Gli altri passeggeri si erano accorti che qualcosa era successo, lei aveva cercato di non crollare davanti a tutti: "Ho pensato di non scendere alla fermata successiva ma di arrivare comunque fino a Legnano per avvertire quelli che aspettavano il pacco. Il compagno che dovevo incontrare ha imprecato alla sfiga, poi se ne è andato ordinandomi di tornare subito indietro ad avvisare voi." Prima di riprendere il treno, le era venuto in mente che potevano già ricercarla nelle stazioni ferroviarie vicine a Milano. Allora era andata sulla strada provinciale, dove era riuscita a farsi dare un passaggio da un camionista diretto a Milano. Aveva cercato il numero telefonico come da istruzioni. Il resto lo sapevamo. "Mi dispiace tanto," diceva, "ho fatto una cazzata tremenda, perdonatemi, ma vi giuro è successo tutto in un lampo. Quello era un ladro però, solo un ladro, non c'entra nulla la polizia! Almeno di questo sono sicura."

No so se riuscii a consolarla: "Sei stata sfortunata, ma

dopo hai fatto le cose giuste. Poteva succedere a chiunque. Non hai perso la testa, questo è importante. Brava Antonietta, e grazie lo stesso. Ora tornatene a casa." Se ne andò che ancora piangeva.

"Bene," dissi a Rosetta mentre rientravamo verso l'ufficio, "settecentomila lire in fumo, ma poteva andare peggio. Perché dei ladri dovrebbero denunciarci?"

"Sempre che la storia sia vera..."

"Se voleva rubare, spariva e basta. Ma l'hai vista in faccia? Era a pezzi."

"Le credo anch'io. Ma ora chi glielo dice, agli altri, che abbiamo perso i soldi?"

"E chi vuoi che glielo dica? Io, naturalmente. Succederà l'inferno. Meglio, va', cosí mi rispediscono a Roma a calci nel sedere."

Le sorprese non erano finite. Sotto l'ufficio ci aspettava l'avvocato Grandoni. In mano aveva un pacco che Rosetta riconobbe subito, con un grido di gioia: erano i nostri soldi! Salimmo tutti e tre in ufficio.

Il pacco era stato riportato allo studio Grandoni da uno sconosciuto, subito sparito nel nulla. Era stato aperto e poi richiuso. Contammo insieme i soldi: non mancava neppure una lira. Grandoni, ovviamente, ci chiese spiegazioni. Noi gli raccontammo la storia appena ascoltata dalla ragazza. Tutto combaciava. "Abbiamo dei ladri antifascisti a Milano," commentò l'avvocato. "Alla liberazione sarà il caso di fare una bella amnistia generale! E abbiamo la prova che il CLNAI è conosciuto dalla gente comune, che sta dalla nostra parte. Un successo politico!"

Non mi sentivo di condividere la sua soddisfazione: "Avvocato, consentitemi di dire due cose. La prima è che quella lettera non doveva viaggiare insieme ai soldi. La seconda è che non si deve usare la carta intestata con tanto di indirizzo. Voi del Comitato avete i vostri postini, noi facciamo un altro lavoro. La verità è che voi, avvocato, avete sbagliato nel chiedere a Rosetta di inserire quel documento, cosí come lei ha sbagliato a darvi retta senza dirmi niente, e io ho sbagliato a non controllare il contenuto. Per questa volta ci è andata bene, ma se fosse stata la polizia a trovare il pacco? C'è gente che rischia la pelle ogni giorno e si fida di noi, non possiamo commettere questi errori."

"Ma era una consegna sicura, che ne sapevo che avreste mandato una ragazzina?"

"Non esistono consegne sicure. Quella ragazzina poi è molto in gamba, ha avuto più sangue freddo di tutti noi. Poteva succedere anche a me e a voi di essere derubato in mezzo alla folla. Ma una cosa è dover giustificare dei soldi, un'altra è farsi prendere con le prove sufficienti a finire dritti dritti davanti al Tribunale Speciale. Spero che ve ne rendiate conto."

Dovette incassare. Disse solo: "Va bene, il caso è chiuso. Non lo saprà nessuno, d'accordo?"

Annuii. Ci salutammo un po' freddamente. Sulla porta lo sentii bofonchiare qualcosa che assomigliava a delle scuse. Appena fu uscito mi lasciai cadere su una sedia, sfinito. Rosetta era seduta alla sua scrivania, in silenzio, ancora con il soprabito addosso. Anche lei era distrutta. Mi pentii di averla maltrattata in quel modo: "Rosetta, scusami. Ero furioso e terrorizzato. Dimentica le cose che ti ho detto, per piacere."

Lei aspettò un po' a rispondere, poi mi disse: "Scusami tu. Meritavo di peggio. Avevi ragione, sono stata un'irresponsabile. D'ora in poi, in assenza del professore non andrò più neanche in bagno senza avvertirti. Non è un gioco questo."

Me ne ero reso conto, eccome!

Prima di chiudere bottega e uscire, Rosetta volle aggiungere qualcosa: “Sei stato bravo con Grandoni. È un pezzo grosso e con te sembrava un bambino: se n’è andato con la coda fra le gambe. Sono contenta che tu sia il mio capo.”

“Davvero? E io che speravo di tornarmene a casa!”

*****

Nei giorni successivi ripensai all’accaduto, con calma, e decisi di fare dei cambiamenti. Ci fidavamo troppo di noi stessi e della nostra buona stella. Nei sistemi che usavamo trovai dei rischi cui non avevo mai pensato. Mi chiesi quante volte un appuntamento avrebbe potuto nascondere una trappola. Quasi tutte, fu la risposta. Conclusi che prima o poi avremmo consegnato i soldi e noi stessi a una spia della Repubblica. Milano era di gran lunga la piazza più sorvegliata d’Italia. In altre città era più facile muoversi e agire liberamente, bastava evitare infiltrazioni e non farsi prendere con le mani nel sacco. Lí era diverso: ogni piccolo errore poteva sfociare in una tragedia.

Per prima cosa volli conoscere personalmente tutti i potenziali corrieri. Li incontrai uno a uno in giro per Milano, volevo sapere chi erano e perché lo facevano. Avevano tutti delle motivazioni politiche, erano pronti a entrare in clandestinità se necessario, ma non tutti mi sembrarono adatti. La migliore per me restava Antonietta, ma non me la sentivo di darle altri incarichi, almeno per il momento. Mi riservai di parlarne con gli altri e nel frattempo agii da solo. Pensai a quello che si faceva nell’ufficio della consociata, dove ormai ci trovavamo soli io e Rosetta, senza tenere più alcun contatto con la sede milanese della Banca. Mi sembrò sbagliato: o eravamo dei cospiratori a tempo pieno – e allora ci serviva una base nascosta e segreta – o la copertura doveva funzionare in modo credibile. Feci in modo che si riprendesse a lavorare per la Banca, anche a costo di non avere più un minuto libero. Il telefono dell'ufficio non venne più usato per contatti segreti, moltiplicammo invece le telefonate di lavoro, anche se spesso inutili o inconcludenti.

Nessun documento che riguardasse la nostra vera attività doveva restare presso di noi un minuto di più di quanto non fosse strettamente necessario. La contabilità dei soldi destinati alla Resistenza doveva continuare a essere conservata, ma venne occultata all'interno di normali rendiconti bancari che solo poche persone erano in grado di decifrare. Dopo aver predisposto tutte queste misure mi sentii un po' più tranquillo, ma ero cosciente di aver tutelato soprattutto gli altri, non me stesso. Giunsi alla conclusione che un'attività di copertura non avrebbe retto molto a lungo, per cui sarebbe stato molto più sicuro entrare in clandestinità. La Banca era troppo importante, però, e ci serviva: in questo aveva ragione Dell'Acqua.

Considerai anche la posizione di Rosetta: forse le avevamo chiesto troppo. Rimandai ogni decisione sul suo conto, non potevo restituirla al suo lavoro normale senza consultare Aristide.

Coerente con l'eliminazione di tutti i passaggi inutili, andai personalmente a prendere accordi per il mio rientro in Svizzera. Mi bastò far vedere la mia macchina per il paese e prendere una grappa al bar, per ritrovare Gino all'imbocco della strada per Milano. Non era molto contento di quell'incontro. Nonostante i miei sforzi, dovevo ancora imparare molto in fatto di sicurezza: mi fece capire senza mezzi termini che dovevo farmi vedere il meno possibile da quelle parti, soprattutto di giorno. Fissammo velocemente gli appuntamenti, poi rientrai a Milano in attesa di Aristide.

Alex venne due o tre volte a trovarmi un ufficio. Pensavo che fosse una buona cosa, perché un ufficio frequentato da un fascista sarebbe risultato molto meno sospetto. Aveva solo voglia di parlare e di scherzare con me. Era annoiato, irrequieto, sarcastico contro tutto e tutti. Lo vedevo volentieri, e non solo perché gli volevo bene: interpretavo le sue visite come un segnale indiretto dell'assenza di sospetti o indagini su di me. So che mi avrebbe avvertito se ci fossero stati pericoli. D'altra parte, Alex non era più in condizione di sapere tutto di tutti, come a Roma. Parlavamo poco di politica. A volte mi illudevo che prima o poi si sarebbe convinto ad abbandonare la sua Repubblica; tuttavia, il solo proporglielo sarebbe equivalso a insultarlo.

Dell'Acqua riapparve a Milano dopo un'assenza di circa un mese. Di lí a poco non sarebbe stato più possibile dividersi fa Roma e il Nord, perché i tedeschi stavano per abbandonare la Capitale. Roma o Milano? Aristide mi confessò che non sapeva cosa fare, voleva consultarsi con gli altri prima di prendere una decisione.

Mi chiese cosa ne pensavo. Gli risposi che comunque avrebbe deciso lui, di testa sua, e sicuramente per il meglio.

Mara e Gino ci fecero passare il confine in un punto diverso da quello utilizzato la prima volta. Senza valigie e con buone calzature, la passeggiata fu più lunga ma meno pesante. In compenso ci fu maggior tensione, perché ogni tanto i due si fermavano preoccupati, percependo rumori o movimenti che a noi sfuggivano. Mara ci spiegò: "Ormai conoscono i percorsi e girano anche di notte. Noi però li freghiamo sempre."

Erano falsi allarmi. Dopo aver costeggiato il confine senza mai avvicinarci a esso, iniziò una salita che si protrasse per almeno un'ora. Dell'Acqua fu eroico nel non chiedere soste, se non una volta, per orinare. Io gli tenni compagnia. Mara era molto divertita dal fatto che entrambi, nonostante l'oscurità, ci fossimo allontanati di una decina di metri: "Mica ve lo guardo," fu il suo commento.

Ridiscendemmo velocemente in mezzo a un bosco, facendo attenzione che quel che restava delle neve invernale non provocasse i soliti capitomboli. Entrati in territorio svizzero io e Aristide eravamo più rilassati e cominciammo a parlare normalmente, ma le nostre guide ci obbligarono a stare zitti e mantenere le stesse cautele fino a nuovo ordine. Non c'era più il *socio* a coprirci, ci spiegarono. All'alba giungemmo in prossimità di un paesino, dove per fortuna eravamo attesi da un ricovero al coperto: una casetta in cui qualcuno doveva vivere stabilmente, visto che non mancava nulla.

Anche questa volta era andato tutto liscio. Mara preparò subito il caffè. Nel mio mise due cucchiaini senza chiedermelo: aveva notato i miei gusti la volta precedente. "Come va il ginocchio?" mi chiese. "Solo un po' indolenzito," risposi. Gino si intromise bruscamente: "I nostri amici di Roma sono abituati alla vita comoda." "Sane abitudini," commentò Dell'Acqua, con un sospiro. Pensai che Gino stava diventando geloso di me. Raggiungemmo Lugano in corriera, poi ce ne andammo a dormire.

Fu Frank a darci la notizia che Alfio era stato arrestato. Era in mano ai fascisti dopo un'operazione di espatrio di prigionieri americani, perfettamente riuscita ma funestata da una coda dolorosa. Frank in persona aveva accolto il gruppo alla frontiera. A operazione ultimata Alfio aveva preteso di rientrare subito in Italia da solo, diceva di non aver bisogno di guide. Voleva raggiungere alcuni compagni partigiani in Val d'Intelvi, per accorgersi all'ultimo momento che era seguito: involontariamente stava guidando i fascisti a fare bottino grosso. Cosí si era fermato ed era andato lui stesso incontro ai suoi inseguitori. Si era lasciato prendere facilmente per non far scoprire i suoi compagni. Non conoscevamo ancora le conseguenze della cattura, ma le davamo per scontate e purtroppo avevamo ragione. Frank e Phil parlavano di Alfio con rispetto e ammirazione.

Io raccontai del furto e dei cambiamenti apportati dopo lo scampato pericolo. Tutti approvarono le decisioni prese. "Hai fatto un buon lavoro, Mike," disse Frank. Phil aggiunse: "Credo che avrai presto un premio, ma non chiedermi quale." "Una medaglia?" domandai, facendo finta di non capire.

Ripresi contatto con i bancari svizzeri, c'erano altri soldi da portare in Italia. Gli incontri durarono qualche giorno. Quei burocrati mi sembrarono più simpatici della volta precedente. Dell'Acqua ormai mi lasciava fare, si occupava solo dei contatti ad alto livello.

Il premio arrivò.

Philip mi convocò d'urgenza in uno dei suoi uffici: il tono era cosí perentorio da farmi pensare che si trattasse di qualche operazione speciale. L'uomo che aveva ritirato la lettera per Londra mi accolse e mi disse, consegnandomi una busta: "Il maggiore è occupato, signore. Mi ha detto solo di consegnarvi questa. Buongiorno, signore." Ero cosí emozionato da non notare che mi aveva chiamato "signore" come fanno i subalterni con gli ufficiali.

Era una busta gialla che recava il mio nome e un timbro nero con sigle militari che non potevo decifrare. Il nome era scritto con una grafia femminile. Era una lettera di Anna!

Avevo da fare, non la aprii subito, non lo feci neppure quando mi concessi mezz'ora per mangiare. Aspettai di rientrare nel mio appartamento, mi spogliai, poi mi sdraiai per leggere con tutta calma quelle pagine che ancora adesso ho qui con me, anche se ormai le conosco a memoria. Non posso fare nulla di meglio che riportarle.

Michele,

che sorpresa incredibile! Dopo quattro anni!

È arrivato un sergente della RAF a portarmi la tua lettera, mi ha perfino fatto il saluto militare. Mi ha detto che sarebbe ripassato dopo due giorni per ritirare la risposta. La risposta a cosa? Senza neppure aprire la busta, ero sicura di aver riconosciuto la tua calligrafia. Poi l'ho aperta: eri proprio tu! Anche mia madre si è commossa quando ha capito.

Anzitutto grazie, mille volte grazie. Grazie per non esserti dimenticato di me. Grazie per aver chiesto sempre mie notizie. Grazie per essere andato a trovare mio padre quando stava male. Grazie per essere andato al suo funerale.

All'inizio è stato terribile qui. Me la sono proprio cercata! Zio Charles mi aveva avvertito, papà non ne parliamo, ma lo sai che ho la testa dura!

Passati gli esami di ammissione, i primi tre mesi di tirocinio sono andati bene, ma ormai si capiva che sarebbe successo il disastro. I colleghi del corso non sapevano se trattarmi da italiana o da inglese. Erano freddi, scostanti, mi rispettavano solo perché lo zio era il primario. Poi è cominciata la guerra.

I feriti cominciavano ad arrivare da Dunkerque. Noi studiavamo in un'ala appartata dell'ospedale, ma quando gli arrivi erano più numerosi, i tirocinanti venivano chiamati in corsia per dare una mano. A me non lo chiedeva mai nessuno, mi guardavano come se avessi sparato io a quei ragazzi.

Poi i bombardamenti. So che in Italia sono stati numerosi, che anche Roma è stata colpita, ma qui è stato spaventoso. Per mesi, quasi ogni notte gli aerei tedeschi sono venuti a buttare giù bombe. Quando si sparse la voce che anche aerei italiani avevano partecipato alle incursioni, notai che qualcuno sputava per terra quando passavo. Arrivavano i civili colpiti, gente fatta a pezzi, ustionata. Volevo aiutare, ma non mi era consentito. "Guarda cosa fanno, i tuoi amici," dicevano. Non potevo neppure avvicinarmi. Venivo minacciata, umiliata e insultata da tutti: medici, infermieri, agenti in servizio. "Puttana italiana" era una delle frasi più gentili. Mi sentivo colpevole per tutto quello che stava succedendo. Dopo poche settimane non avevo più lacrime.

Alcuni medici mi trattavano come una serva, o peggio: eppure lo sapevano che ero una loro collega. Qualche ragazza mi rivolgeva la parola e cercava perfino di consolarmi; ma questo irritava di più la maggioranza delle altre, perché quelle che parlavano con me erano volontarie di buona famiglia, con un accento cockney simile al mio.

In un locale comune ognuno di noi aveva un suo armadietto: sul mio un giorno ho trovato appeso un panno sporco di materia organica puzzolente, con un rossetto ci avevano scritto sopra: "Italian flag", bandiera italiana.

Continuare il tirocinio in quel posto era impossibile. Zio Charles insisteva perché risolvessimo una volta per tutte l'equivoco della cittadinanza. Ma che potevo fare, Michele? Il problema non era il passaporto: parlo un inglese perfetto, mia madre è inglese, ma tu potresti dire che sono inglese? La situazione era insostenibile. Non vedevo vie d'uscita, ero bloccata qui in Inghilterra come lo sono tuttora. Abito con mamma in una casa signorile, a Kensington, quindi potevo starmene lí ad aspettare che tutto finisse e per un po' l'ho fatto, nascosta in mezzo alle comodità. Ma io sono venuta qui per fare il medico, per curare i bambini.

Cosí ho tenuto duro, sono tornata in ospedale. Seguivo nei reparti i pochi medici che mi trattavano con un minimo di educazione e anche se non potevo fare nulla da sola, osservavo e cercavo di imparare, aspettando l'occasione di rendermi utile. Mi bastava una semplice medicazione, o un'auscultazione, qualsiasi cosa. Ogni volta che credevo si fossero abituati alla mia presenza, nuove rudezze mi confermavano che per la maggior parte di loro ero una nemica da odiare. Qualcuno diceva addirittura che avrei dovuto essere internata, per un po' ho avuto paura che lo facessero davvero.

Dove ho trovato la forza, non lo so. L'ho trovata, questo basta. Poi, qualcosa è successo.

All'inizio del '41 i bombardamenti cominciavano a diradarsi. L'ospedale non era stato mai colpito, anche se per pura fortuna. Continuavamo a sentire le sirene, sempre più raramente, ma non ci facevamo più caso. Lo spettro dell'invasione si era allontanato. Poi, una sera, sentimmo di nuovo gli aerei su Londra, e subito dopo un'esplosione violentissima in uno dei reparti. Io ero di turno e mi trovavo lí vicino. Sono accorsa sul luogo dello scoppio e ho visto che c'erano feriti fra i pazienti. C'era anche molta confusione a causa di un principio di incendio.

Questa volta nessuno mi ha impedito di aiutare, ma non si sapeva neppure da dove cominciare. Mentre cerca-

vo qualcosa da fare, sono letteralmente inciampata in una ragazza con la pancia enorme, da parto imminente: era ferita a una gamba e piangeva. Ho visto subito che dalla ferita usciva del sangue rosso, a zampillo. Si era sicuramente lesionata un'arteria. Ho richiamato l'attenzione di un giovane medico, un ragazzino lentigginoso fresco di laurea, un certo Andrew. Lui si è avvicinato ma è rimasto paralizzato, non sapeva che fare, rivolgeva domande inutili alla ragazza, balbettando, e quella stava per morire dissanguata. Mi sono accorta anche che stava per partorire. Tutto insieme, poveretta. Non c'era tempo da perdere: non so come ho fatto, ma ho messo le mani in quella ferita e ho fermato l'emorragia, mentre urlavo al ragazzo di chiamare un chirurgo.

Si è dato una scossa e lo ha fatto. Il chirurgo è venuto di corsa. Poi è arrivata una lettiga e siamo andati in sala parto, correndo in mezzo ai pompieri. Il chirurgo mi ha ordinato di restare lí e io, con le mie mani, ho tirato fuori quel bambino, un maschietto. Lei era stata ripresa per un pelo, il neonato stava bene. Mi è sembrato un miracolo.

Sono ridiscesa giù a dare una mano, fino all'alba. La situazione era ormai sotto controllo: molti feriti ma solo un morto di infarto. Qualcuno, guardandomi in faccia, mi ha detto che potevo andarmene a casa. Anzi, che dovevo.

Prima di lasciare l'ospedale ho cercato di sapere come stava la ragazza. Ho chiesto dov'era e sono entrata nello stanzone dove era stata sistemata insieme ad altre puerpere.

Andrew e il chirurgo erano vicino a lei insieme al marito, un militare. Ho visto che parlavano fra di loro tranquillamente, mi bastava, era segno che stava bene. Non volevo farmi riconoscere. Stavo per uscire, quando mi hanno chiesto di avvicinarmi a quel letto. Non avevo neppure la forza per rifiutarmi. Andrew allora ha detto alla ragazza: "Janet, she's the doctor who saved your life". Quella, che aveva meno forze di me, mi ha sorriso. Era pallida come un lenzuolo, ma stava bene. "What's your name?" mi ha chiesto. Il chirurgo ha risposto in mia vece: "Annie." Io l'ho corretto: "Anna." Ci tenevo.

Da quel giorno le cose sono cambiate. Gli stessi medici che prima mi rivolgevano proposte oscene, ora cominciavano a spiegarmi pazientemente quel che facevano con i malati. Mi incaricavano di tenere in ordine le cartelle cliniche, poi a volte dicevano che erano troppo stanchi e io le compilavo in loro vece, fino a tarda sera. Loro leggevano e firmavano, poi dopo un po' di tempo non leggevano più. Le infermiere mi salutavano e sempre più spesso mi chiedevano istruzioni.

Ho girato tutti i reparti, comprese le sale operatorie. Proponevo terapie e loro avallavano. Facevo visite, leggevo lastre e analisi; parlavo con i parenti dei ricoverati. Ho imparato molto, in fondo ero lí per quello.

Poi è arrivata la notizia della morte di papà. Non sapevamo neppure che stesse male. Mia madre te la puoi immaginare, io ero distrutta, l'idea di non averlo potuto rivedere un'ultima volta mi risultava insopportabile. Ma ho superato anche questa, mamma sarebbe impazzita se io fossi crollata. Sapere che mio fratello è prigioniero, invece, è stato un sollievo: forse ci ritroveremo presto tutti e tre.

In ospedale ho trovato molta solidarietà. Perfino affetto. Nel frattempo zio Charles, visto che il mio genitore superstite è inglese, aveva ricominciato a fare pressioni sui colleghi più ostili, sulle autorità, su mezzo mondo, e alla fine ce l'ha fatta: potevo specializzarmi.

Ora faccio il medico, un vero medico. Una pediatra, come volevo, anche se non dove volevo, ovvero nella mia città. Per questo dovrò aspettare.

Mamma sta cominciando solo ora a riprendersi. La vita continua.

Per qualche mese sono uscita con un collega. Spero che tu sia un po' geloso nel leggerlo. La cosa è finita lí, senza rimpianti: ho chiuso. Se vuoi saperne il motivo, è perché non voglio un futuro qui. E poi, si è rivelato un vero cretino. Cretino e cafone! Altri ci provano, è un continuo. Non lo fanno più nel modo pesante dei primi tempi: mi invitano a teatro, a cena, a fare delle gite in campagna. Comincio a pensare di essere carina. Ma accetto solo se si è in tanti, qui se vai a cena con uno significa che ci stai. Per la verità, ho anche ricevuto una serissima proposta di matrimonio: se ti descrivessi il tipo ti piegheresti in due dal ridere, ha più di cinquant'anni, è pelato e ha la pancia. Gli ho detto che ero lusingata ma non ero pronta. Brava, no?

Ho del tempo libero e lo passo più che altro a leggere. Qualche volta gioco a tennis, tanto per muovermi un po' e non invecchiare troppo in fretta. Ora che mi trattano come una di loro, sento ancora di più la mancanza di casa mia, della mia città, di mio fratello. Anche la tua.

Voglio tornare in Italia, lo farò non appena la guerra sarà finita. So che ancora dovrò aspettare, ma intanto il peggio è passato.

È il tempo che non passa mai.

No, non lo so se il peggio è passato: sto scrivendo da due ore, ma solo adesso mi sto chiedendo cosa significa aver ricevuto la tua lettera dall'esercito inglese. A occhio e croce sembra qualcosa di cui dovrei sentirmi molto fiera, ma ne ho passate abbastanza per infischiarmene. Mi ricordo di averti detto, alla festa di Capodanno, che al mio ritorno avrei voluto ritrovare un uomo. Pare che sarò accontentata, ma avrei dovuto aggiungere che volevo anche ritrovarlo vivo.

Lo faccio ora, Michele: ti prego, abbi cura di te stesso. Non so se potremo comunicare ancora. Lo spero. Ma voglio solo buone notizie, d'accordo?

Ti voglio bene.

Anna

*****

Finalmente, alle soglie dell'estate, gli Alleati iniziarono l'ultimo tratto della loro avanzata verso Roma. Venimmo a sapere che i tedeschi stavano smobilitando. Lasciavano nella mia città un ricordo orrendo: morte e persecuzioni. Ma stavano andando via, e per sempre. Provavo sensazioni contrastanti: gioivo perché la vittoria era più vicina, ma provavo più forte il desiderio di casa mia.

Dell'Acqua fu costretto a rientrare in fretta e furia a Roma per non trovarsi tagliato fuori dal fatto compiuto. La sua presenza era necessaria per ragioni politiche di cui parlò solo con me e i due ufficiali alleati. Aveva intenzione di incontrare i membri del Governo, ma doveva anche evitare di essere sostituito alla presidenza della Banca da qualche antifascista dell'ultim'ora. Una "necessità strategica", commentò Philip, e infatti furono tutti d'accordo che Aristide dovesse rientrare. Io temevo che lo avrei rivisto solo a guerra finita, Frank lo capí e mi spiegò che ogni volta che fosse servito farlo arrivare in Svizzera non ci sarebbero stati problemi, ci avrebbero pensato "loro".

Aristide viaggiò su un piccolo aereo americano mascherato con contrassegni svizzeri e atterrò sul litorale pontino, in attesa di entrare in città subito dopo gli Alleati.

Ero rimasto solo.

Continuavo a fare la spola fra Lugano e Milano. Gino e Mara continuavano a cambiare itinerari. Gino ci chiedeva più soldi e veniva accontentato.

Dell'Acqua aveva acconsentito a togliere Rosetta dai pericoli, facendola riassegnare a normali incarichi di lavoro. Toccò a me dirglielo: come previsto protestò a lungo. Provai a spiegarle che in assenza del capo era necessaria in banca una persona di fiducia a sorvegliare il campo. In parte era vero, ma non fui creduto. Obbedí mandandomi a quel paese, io mi mostrai impassibile e determinato.

L'ufficio che avevamo utilizzato fino a quel giorno venne chiuso, approfittando del fatto che io ufficialmente ero stato trasferito a Firenze. Spostai la base in un appartamento messo a disposizione dal solito Grandoni, che scelsi fra quattro o cinque possibili sistemazioni. Io stesso cambiai casa, affittando sotto falso nome un piccolo appartamento nella zona di Brera. Cambiai anche macchina, munendomi di un'utilitaria. Al posto di Rosetta venne Antonietta, che come segretaria valeva poco, ma come cospiratrice era bravissima. I rapporti con la Banca per le operazioni finanziarie avvenivano tramite i pochi funzionari scelti da Aristide, dei quali ormai ci si poteva fidare a occhi chiusi. Ogni tanto chiedevo a Rosetta informazioni su di loro, ma non era necessario farlo, perché la Banca costituiva ancora un fortilizio inespugnabile. L'opera di Aristide era stata perfetta.

In Svizzera abbandonai il residence e presi possesso dell'appartamento dove ci eravamo riuniti la prima volta con gli ufficiali alleati. Mi incontravo con Frank e Philip in luoghi sempre diversi per depistare le spie nemiche. Quando si parlava di prigionieri da liberare c'era anche Gerard.

Un pomeriggio, verso la fine di maggio, giunsi in lieve ritardo alla riunione e trovai i tre che stavano litigando. Parlavano in inglese, cosí velocemente e animatamente che non riuscivo a capire tutto quello che dicevano. Gerard ogni tanto passava al francese, segno che era arrabbiato.

Non volevano coinvolgermi nella loro discussione. Philip provò a cambiare discorso: “Mike, sai che c’è di nuovo? Cose da non credere, ora Frank è maggiore, mio pari grado! Si monterà la testa?” L’inevitabile *Fuck you* di Frank non si fece attendere.

Ero curioso, ma le circostanze suggerivano di non intromettermi e di togliere il disturbo. Ci pensò Gerard a trattenermi: “Non ce l’ho con loro due, ma con i loro capi. Non fanno quello che dovrebbero.”

Frank protestò: “Gerard di problemi militari non capisce nulla, è un grande filantropo, quindi vorrebbe che noi facessimo delle crociate, non la guerra.”

“Questa è politica, non tattica militare,” lo corresse Philip. La discussione stava per riaccendersi, quindi mi proposi come arbitro: era l’unico modo di conoscere l’oggetto del contendere.

Gerard si calmò, si sedette sul divano e cominciò a spiegare: “Il problema è semplice quanto terribile. Noi della *Croix Rouge* abbiamo segnalato da tempo che da alcuni campi di concentramento tedeschi vengono notizie spaventose, di quelle a cui non vorresti mai credere. Parlo dei campi dove noi non possiamo entrare, che si pensava fossero essenzialmente luoghi di lavoro forzato. Giorni fa siamo venuti a sapere che da mesi i colleghi di questi due signori ne sanno molto più di noi. Hanno perfino fatto delle ricognizioni aeree sui luoghi da noi indicati.”

“Ma quali sono queste notizie cosí terribili?”

Nessuno voleva rispondermi, fu ancora Gerard a farlo: “Gli ebrei, Michele. Arrivano nei campi, in continuazione, ma la cosa tragica è che non ne esce mai nessuno.”

“Sí,” intervenne Frank, “purtroppo è vero. Per quanto possano stiparli come bestie in una stalla, ne sono già entrati molti di più di quanto quei posti ne possano contenere.” Non voleva trarne le conclusioni, per quanto facevano orrore. Lo fece Phil al suo posto: “Li vogliono ammazzare tutti, Mike, e già lo stanno facendo.”

Gerard aveva gli occhi lucidi e la voce rotta: “Arrivano da tutti i territori occupati dai tedeschi. Soprattutto dall’Est europeo, ma anche dalla Francia. dall’Italia, dai Balcani. Si pensa che a Berlino ci sia un’organizzazione appositamente creata per provvedere all’eliminazione. Una tragedia mai vista.”

“Quanti sono?” chiesi. “Migliaia? Decine di migliaia?”

Non mi rispondevano.

“Centinaia di migliaia?” azzardai.

“Sí,” disse Gerard, “se continueranno con questo ritmo, alla fine potrebbero addirittura essere un milione.”

Phil cercò di essere più freddo: “Calma, Gerard, le cifre non possiamo saperle. Speriamo ancora che non siano cosí tremende. Certo, le vittime potenziali sono milioni. Ma che importa il numero? Lo stanno facendo, e basta.”

Frank ammise che queste notizie erano filtrate anche in America, che c’erano stati degli articoli sui giornali – solo voci – e delle petizioni a membri del Congresso da parte della lobby ebraica. Confermò che i possibili luoghi del massacro erano stati individuati e fotografati. Ma aggiunse: “Cosa possiamo fare? Bombardare quei campi, cosí muoiono tutti prima del tempo? O mandare i paracadutisti, che magari li liberano, ma poi dove li portano? A spasso nella campagna tedesca, o in giro per la Polonia?"

Gerard si interpose con veemenza: "Possiamo dirlo al mondo, almeno! Gridarlo. E potete fare capire ai tedeschi che noi lo sappiamo."

Phil scosse la testa: "Gerard, non ci servono altre ragioni per far fuori i nazisti. E poi, finché non ci sono prove certe da esibire potrebbe essere solo propaganda. Un massacro cosí enorme è difficile da credere. Le prove definitive, purtroppo, le avremo solo quando arriveremo lí. Quanto ad ammonire i tedeschi, poi, non mi pare una buona idea. Negherebbero e si affretterebbero a completare il lavoro, per poter negare anche dopo. Non c'è scelta, purtroppo bisogna aspettare."

Gerard guardò ancora me: "Capisci cosa stanno dicendo? Che non si deve sapere. Che è un segreto militare!"

Frank voleva convincerlo: "Gerard, tu non vuoi capirlo, ma per quella povera gente possiamo fare solo una cosa: vincere alla svelta questa dannata guerra."

Restammo in silenzio per un po'. Riflettevo sulle ultime parole di Frank, senza riuscire a dargli torto, e allo stesso tempo mi sentivo solidale con Gerard. Speravo che fossero notizie almeno un po' esagerate, ma dentro di me sentivo che era tutto vero, per quanto difficile da credere e da accettare. Rivolsi loro la stessa domanda fatta da Dell'Acqua qualche mese prima: "Quando c'è lo sbarco?"

Philip e Frank si guardarono, poi l'americano venne verso di me: "Ehi, che domande! Se sapessi la data o il luogo, sarei al posto del generale Eisenhower." Si accorse che non mi aveva convinto, allora si girò verso Phil e gli chiese, in italiano: "Posso dirglielo?" L'inglese si girò dall'altra parte, come se non volesse ascoltare. Frank si ritenne autorizzato a parlare: "Non sappiamo nulla di preciso, giuro. Però i nostri comandi hanno sospeso tutti i codici, e interrotto le comunicazioni radio con le basi della Manica."

"E cosa vuol dire?"

"Semplice, Mike: vuol dire che forse ci siamo."

*****

Si moltiplicavano le notizie di rastrellamenti, esecuzioni di massa, rappresaglie, torture. Le peggiori previsioni erano superate dai fatti. La guerra non finiva mai, era crudele e sanguinosa. Forse solo io mi stupivo di quanto lo fosse.

Sapevo che Aristide, una volta a Roma, avrebbe tranquillizzato papà e mamma sulle mie condizioni e sulla mia sicurezza, rispetto alla quale mi auguravo fosse capace di mentire almeno un pochino. La mia ammirazione per lui era crescente, ma non potevo reprimere fino in fondo una punta di invidia nel saperlo in una città che stava per essere liberata. Non nascondo che avrei voluto esserci anch'io, almeno per qualche giorno.

Sapevo che parte dei soldi che riuscivamo a manovrare erano destinati a dare una mano alle famiglie dei caduti o degli arrestati. A Milano dovetti faticare non poco per convincere Antonietta che anche lei doveva accettare denaro. "Mica sto qui per lo stipendio," diceva, senza ammettere repliche. Alla fine arrivai a ordinarglielo. Mi rispose beffardamente che, ordini per ordini, allora se ne sarebbe andata in montagna a scegliersi un capo partigiano di quelli con le palle, un vero compagno, non un signorino romano senza neppure un calletto alle mani. Le chiesi allora come faceva a mantenersi, non seppe rispondermi. Era chiaro che se la passava male, avendo lasciato il lavoro, e anche che era molto orgogliosa e testarda. “D’accordo,” conclusi, “vai pure dove ti pare. Qui non servi più.”

Non l’avessi mai detto! La cosa più gentile che ricevetti in risposta fu l’affermazione che se non ci fosse stata lei a *pararmi il culo* sarei stato già arrestato da un pezzo. Litigammo furiosamente. Per fortuna tenni il punto e finí per accettare i soldi. Non volle mai dirmi il suo vero nome: “Antonietta e basta, se ti torturano non duri più di due minuti.”

Avevamo stabilito insieme cosa dovesse fare in caso di guai. Se avessi tardato più di mezza giornata da uno dei miei rientri, senza che le arrivassero mie notizie nei modi concordati, avrebbe dovuto anzitutto sgombrare la base e far sparire tutto. Solo una volta assicuratasi di non essere seguita o ricercata, avrebbe dovuto attivare un passaparola con gli altri che si trovavano a Milano, sempre adottando mille cautele, ignorando il telefono, evitando di mostrarsi di persona. Se ci fossero stati dei soldi in cassa avrebbe dovuto nasconderli e aspettare istruzioni anche per mesi senza tentare alcuna consegna. Non avrebbe dovuto cercare nessun contatto al di fuori dei canali predisposti. Soprattutto, avrebbe dovuto diffidare di chiunque l’avesse avvicinata dicendole di portarle messaggi da parte mia. Confidavo che avrebbe seguito tutto alla lettera, era troppo precisa e intelligente per commettere errori. Difatti non ne commise.

Volevo a tutti i costi dire ad Alex le cose terribili che avevo appreso da Gerard e dagli altri. Doveva saperle.

Mio cugino non conosceva i miei cambiamenti di ufficio e di casa, probabilmente mi aveva già cercato e forse si era anche preoccupato.

Ci volle qualche giorno per rintracciarlo usando i numeri telefonici che mi aveva lasciato. Era fuori Milano. Non potevo lasciar detto chi ero, ma sicuramente avrà trovato i messaggi di un certo Mario Di Michele. Quando alla fine riuscii a contattarlo, lui si prese lo sfizio di darmi appuntamento in un locale frequentato esclusivamente da fascisti e tedeschi. La notizia della caduta di Roma era di quel giorno, non si parlava d'altro. Trovai Alex che aveva quasi finito di pranzare, senza aspettarmi. Mi salutò freddamente: era arrabbiato con me per averlo indotto a pensare che mi fosse accaduto qualcosa, l'invito in quel posto era il suo modo di vendicarsi.

Ridacchiava ogni volta che mi guardavo intorno. Un suo conoscente con i gradi da ufficiale della Guardia Repubblicana venne al nostro tavolo per salutarlo. Era corpulento e piuttosto volgare. Il mio abito primaverile di buona fattura e la camicia rigorosamente bianca lo spinsero a curiosare: "Chi è il tuo amico?" chiese ad Alex .

Lui si guardò bene dal dirgli il mio nome: "Camerata, questo è l'uomo mi ha salvato a Roma, quando i badogliani mi davano la caccia." Quello mi guardò con ammirazione, poi sentenziò: "Un camerata con i coglioni, allora! Bravo, ragazzo, bravo: fossero tutti come te, avremmo già vinto!"

Fui capace di fingermi compiaciuto. Non sapevo che quell'incontro, poco tempo dopo, mi avrebbe salvato la vita.

Quando finalmente uscimmo di là Alex ebbe modo di manifestare la sua irritazione nei miei confronti: "Là dentro sembrava che tu fossi capitato in una fogna. Ti facevamo tutti schifo. Sei diventato cosí fazioso, cugino?"

"Io fazioso? Senti chi parla: camicie nere, teschi, tibie, svastiche... begli amici che hai!"

"Gli amici si scelgono, i parenti no."

Si rischiava di litigare sul serio, quindi evitai di proseguire la schermaglia. Andammo a casa sua, un modesto appartamento nelle vicinanze. Ricordavo che era abituato a ben altro.

"Come te la passi?" gli chiesi.

"Mi annoio," fu la risposta.

"Non mi pare che molta gente si diverta, di questi tempi."

"Non sono qui per divertirmi. Ma ho l'impressione di non fare nulla di utile. Ho chiesto nuovamente di essere passato ad altri incarichi."

Non mi disse quali, forse non lo sapeva neppure lui. Spostò il discorso su di me: "Dimmi di te piuttosto. Che fine hai fatto?"

"Sono vivo, vegeto e in buona salute. E non mi annoio."

"Sei cambiato, Michele," fu il suo commento.

"Anche tu."

Fece una smorfia, come se volesse esprimere un consenso forzato e sgradito. Poi mi domandò, piuttosto seccamente: "Volevi parlarmi?"

"Sí. Ho saputo delle cose."

"Ah, davvero? Bene. Sentiamo allora. Spero che si tratti di cose gradevoli, ce n'è tanto bisogno."

Non dissi della Svizzera, non nominai né Gerard né i due ufficiali alleati. Raccontai semplicemente cosa avevo saputo sugli ebrei.

Alex mi ascoltava senza tradire la minima reazione. Quando ebbi concluso sentenziò: "Volgare propaganda. Le solite bugie che voi bevete come acqua fresca. Si sa che quella gente viene messa ai lavori forzati. Chi lavora serve, quindi perché eliminarli?"

"Quello che volevo dirti te l'ho detto. Ora me ne vado."

"Vai, vai," mi disse, con un gesto della mano con cui voleva farmi capire che gli davo fastidio.

Scesi le scale, uscii dal portone e mi incamminai verso casa mia. Superati pochi isolati Alex mi aveva raggiunto e stava camminando insieme a me: "Si va via senza salutare?"

Non rallentai il passo: "Ciao, Alex. Vedi? Ti ho salutato!"

"Chi ti ha raccontato quelle idiozie?"

"Non posso dirtelo. Se non ci credi peggio per te."

"Pensi che ti denuncerei?"

Non volevo essere reticente proprio con lui. Avevo imposto ad altri regole di sicurezza e stavo per violarle io stesso. Ma Alex era Alex, volevo convincerlo, quindi mi fermai e gli risposi: "L'ho saputo da ufficiali alleati incontrati lontano da qui. Anche dal rappresentante di un organismo umanitario neutrale. Nessuno di loro ha bisogno di fare propaganda con me. È tutto vero, Alex. Neppure io volevo crederci, ma è cosí."

Ci sedemmo su una panchina. Alex era cupo, spegneva una sigaretta e ne accendeva subito un'altra. Pensai di aver provocato una breccia, tentai di sfruttarla: "Lo sai, vero, cosa hanno fatto i tedeschi a Roma prima di evacuarla?"

"C'è la guerra, te l'hanno detto?"

"La guerra, dici? Potrei citartene decine di rappresaglie e di esecuzioni, tutte cose che non si leggono sui vostri giornali."

"Neanche la faccenda degli ebrei si legge sui *vostri* giornali. Anzi, ogni tanto salta fuori qualcosa, ma poi più nulla. Noi ce la procuriamo la stampa del Sud, e leggiamo anche quella del nemico, che arriva in ritardo ma arriva, grazie ai *kameraden*. Radio Londra la ascoltiamo anche noi. Mi sarei aspettato di sentirle o di leggerle tutti i giorni queste cose, se fossero state vere."

Non gli riportai la discussione fra Gerard e i due Alleati: non perché non l'avrebbe capita, ma perché mi sembrava inutile. Mi sbagliavo, perché Alex andò oltre senza aspettare i miei commenti: "Te lo dico io perché non si legge, sempre ammesso che sia vero: perché si sono già spartiti il mondo. Prima o poi a Est il fronte crollerà e i russi arriveranno a Berlino. I russi sono dei barbari, lungo la strada si sentirebbero autorizzati a fare quel che è stato fatto a casa loro.Ammazzerebbero tutti i tedeschi che gli capitano a tiro, e avrebbero una gran bella giustificazione. La tua storia non si sa in giro, ragazzo mio, perché a guerra finita si dirà: 'Queste cose le hanno fatte i *nazisti*, non i *tedeschi*', mentre ora che la guerra si combatte contro la Germania voi dite: le fanno i tedeschi. Non si dovrà odiarla troppo, la Germania. Potrebbe servire. Sconfiggerla, far fuori Hitler, radere al suolo le città, questo sí, si può fare; ma poi ci sarà pur sempre una Germania, e bisognerà averla alleata. I tuoi amici americani ormai sono i padroni di mezzo mondo, e i russi dell'altra metà. Noi e i tedeschi saremo solo una provincia dell'Impero."

"E qui, oggi, non ci sono i tedeschi a occupare l'Italia? Ti senti libero?"

"Qui c'è la Repubblica fascista."

Risposi con una risata, lui la assecondò con un sorriso rassegnato. Un colpo di tosse gli fece buttare per terra l'ennesima sigaretta: "Fumiamo troppo, cugino. Che dici, ci accorcia la vita?"

Visto che non ridevo alla battuta, mi chiese perché avevo voluto raccontargli cosa sapevo degli ebrei.

"Perché dovevi saperlo. Non potevo nascondertelo, tutto qui."

"E cosa ti aspetti da me?"

"Io vorrei che ti tirassi fuori da questa merda."

"Mi stai proponendo di fare il partigiano? Che bella idea! Mi ci vedi insieme ai discepoli di Stalin? Mi ci vedi a sparare sui miei camerati?"

"No, non te lo proporrei mai. Ti sto solo chiedendo di abbandonare una causa persa. Persa e sbagliata. Vattene. Manda i tuoi alleati nazisti e i loro servi a farsi fottere. Tornatene a Roma, oppure vai in Svizzera, in Sudamerica, dove ti pare. Non ti sporcare, Alex."

"Bene. È un buon consiglio. Ce l'ho io una proposta, allora."

Forse ce l'avevo fatta: "Quale?"

"Semplice: lo facciamo insieme. Io e te, in questo preciso momento. Lasciamo perdere tutto e ce ne andiamo. Scegli tu dove. Prendere o lasciare. Ci stai?"

Credo di averlo mandato a quel paese, facendolo divertire della mia delusione. Ciò nondimeno insistetti: "D'accordo, aspetterò. Fra un po' di tempo potresti ripensarci."

"Quando? Quando avremo inglesi e americani alle porte? Quando qui cominceranno tutti a scappare? Dovresti conoscermi, Michele, sai bene che se non posso ora, tanto più non potrò dopo. Lasciami perdere, è la cosa migliore."

Fino alla fine: l'aveva detto.

Guardava davanti a sé, in dialogo muto con qualcuno che solo lui poteva vedere. Serrava le mascelle in un'espressione rabbiosa, mentre le labbra accennavano un sorriso che in realtà era un ghigno. Mi faceva pena. Più pena che rabbia.

Aspettammo ancora un po' a salutarci. Prima di separarci Alex ruppe il silenzio: "Non m'importa di quello che fanno i tedeschi, né di quello che faranno. Io sto dalla parte dell'Italia, di Mussolini. E di me, quando sarò morto, ci sarà una cosa che tutti potranno dire: non ha mai tradito nessuno."

Gli battei le mani in un ironico applauso. Si alzò per riceverlo con un inchino teatrale. Prima di andarsene mi lasciò il suo pacchetto di sigarette, le mie erano finite. Mi disse: "Grazie, cugino. Ci hai provato, io avrei fatto lo stesso. Complimenti, questa volta ci sei quasi riuscito."

*****

Appena messo piede a Lugano fu Frank a darmi la notizia del successo in Normandia. Era fuori di sé dalla gioia: "Mike, è stata dura, ma ormai siamo passati. Se non ci hanno inchiodato subito sulle spiagge non ci fermano più. Siamo già penetrati in profondità, è molto più di una testa di ponte: è l'invasione! Uomini e mezzi, tutti in direzione Berlino. Abbiamo vinto la guerra, amico mio. Capisci? Abbiamo vinto!"

La notizia ebbe su di me un effetto strano e imprevisto. Fui preso da un'agitazione interiore che stentai a decifrare, poi mi resi conto che ogni giorno in più che fosse passato prima della fine mi sarebbe sembrato insostenibile perché superfluo. Volevo che tutto fosse già finito. Fantasticavo sulla resa di Hitler e di Mussolini. Desideravo che qualcuno mi dicesse: "È finita, abbiamo vinto, tu hai fatto la tua parte, ora vattene pure a casa."

Qualcosa del genere, per la verità, la propose Dell'Acqua verso la metà di giugno, in occasione di una sua rentrée svizzera piuttosto anticipata rispetto alle previsioni. Era atterrato vicino Bellinzona dopo aver viaggiato su un aereo che aveva tranquillamente sorvolato il sud della

Francia. Io andai con Frank a prelevarlo in automobile per riportarlo a Lugano. Con Aristide c'era un ufficiale inglese, il maggiore Avery Hartston. Appresi che avrebbe sostituito Philip Anderson, destinato in Medio Oriente. Hartston sembrava simpatico, parlava anche lui un buon italiano, e con me era cordialissimo; ciò nonostante la notizia dell'avvicendamento mi piacque poco, perché Phil poteva farmi scambiare altre lettere con Anna, mentre a uno sconosciuto non avrei potuto chiedere un favore del genere.

Ci riunimmo tutti la mattina dopo. Dell'Acqua fece subito capire che sarebbe rientrato presto a Roma: "Sono sempre andato dove ero più utile al mio Paese, ora serve che io stia a contatto con il Governo legittimo. E poi non dobbiamo trascurare la parte d'Italia già liberata. Nel Sud le popolazioni sono ai limiti della sopravvivenza. Bisogna investire, ricostruire. Dare lavoro alla gente."

Frank gli chiese: "E Mike? Cosa farà?"

"Credo che Michele debba lavorare con me a Roma. Qui ormai in tanti possono far funzionare il sistema, e non si può negare, signori miei, che la Banca abbia fatto la sua parte fino in fondo. Continuerà a farlo, certamente, ma non credo che sia indispensabile mantenere la nostra base a Milano. Ormai i canali sono collaudati, anche per merito di Michele. D'ora in poi, meno gente mettiamo in mezzo, meglio è."

Frank era perplesso, si rivolse a me: "Tu che ne pensi, Mike?"

Non mi vergogno di ammettere che trovavo quasi irresistibile la prospettiva di tornarmene a casa. Lo dissi apertamente, ma aggiunsi anche che per i partigiani si faceva sempre più dura, quindi mi era difficile abbandonare il campo proprio in quel momento. Decidessero loro, io ero pronto a restare.

Il maggiore Hartston, constatata una certa indecisione, si rivelò molto pragmatico: "Facciamo cosí: il nostro giovane alleato porterà a termine le operazioni in corso e sistemerà tutto quello che c'è da sistemare a Milano. Appena avrà finito, lo recapitiamo noi a Roma."

Tutti d'accordo. Mi divertí l'idea di essere recapitato come un pacco postale.

Quando restammo soli, Aristide per prima cosa mi disse di aver visto i miei e di averli tranquillizzati. Poi mi parlò della situazione politica: il quadro che mi prospettò non era roseo. Mi spiegò che già si preparavano gli assetti del dopoguerra: "Ormai la vittoria è sicura, ma avremo ancora molti morti. Dobbiamo accettare il fatto che la gente come noi serve di meno in questo momento. Anzitutto ci sono i combattenti, che dovranno affrontare il peso degli ultimi mesi di occupazione tedesca. Questo è sacrosanto, perché noi siamo stati soltanto i loro umili gregari. Ora la direzione sarà quasi esclusivamente politica. Per carità, lo trovo giusto, dopo tanti anni di dittatura. Noi però saremo più utili se continueremo da Roma a fare il nostro lavoro."

"E quindi? Sbaracchiamo?"

"In un certo senso sí. Tu finisci tutto alla svelta, c'è molto da fare a Roma."

Mi disse di aver incontrato esponenti degli alti comandi alleati. Aveva ricavato la sensazione che fossero perplessi sull'opportunità di rafforzare troppo le formazioni partigiane, ora che la liberazione si approssimava.

"Cosa faranno ora, li molleranno?" Ero allarmato.

"Non credo. Non del tutto almeno. Ma potrebbero stringere un po' i cordoni della borsa e limitare i rifornimenti. I nostri amici sanno essere molto cinici, non ci sono angioletti in questa guerra." Lo trovai lucido e realista. Aristide aveva realmente considerato se stesso un "umile gregario", ma ora stava ricominciando a pensare al dopo, al lavoro, alla produzione; forse iniziava a provare un grande desiderio di normalità, o semplicemente di pace.

Mi sembrò insolitamente stanco. Prima di ripartire passò due giorni in una clinica di Zurigo, facendomi sospettare che fosse quello il motivo principale della sua visita. Gli parlai al telefono poco prima che il solito aereo camuffato lo riportasse a Roma. Quando gli chiesi delle sue condizioni di salute cercò di tranquillizzarmi: "Potrebbe andare meglio, ma non ci lamentiamo. Niente di grave, comunque. Sono molto bravi qui. Un paese di banche e ospedali, la Svizzera."

Andai a salutare Phil quando era già pronto a partire per Londra, da dove avrebbe raggiunto la sua nuova destinazione. Non era tipo da commuoversi, per lui la stessa guerra continuava da un'altra parte. Ciò non gli impedí di trattenersi con me a lungo: ci scolammo mezza bottiglia di whisky per festeggiare la sua promozione a colonnello ("Peccato non poter trattare di nuovo Frank dall'alto in basso!"). Senza che io gli rivolgessi alcuna richiesta, si offrí di recapitare un'altra missiva ad Anna, mettendomi sotto il naso una penna e un foglio di carta. Buttai giù due righe alla svelta, solo per dirle che stavo bene, che avevo trovato bellissima la sua lettera, e che non avrebbe dovuto preoccuparsi se per un po' non avesse avuto altre notizie da parte mia. Aggiunsi un post scriptum: *"Non provare neppure a fidanzarti!"* Prima di congedarmi Philip mi strinse la mano per almeno mezzo minuto, lasciandomi con le dita indolenzite.

Male che mi fosse andata, entro settembre avrei portato a termine quel che mi restava da fare e sarei ritornato a Roma.

Gli Alleati ormai avevano vinto la guerra. Sapevo bene che chi partecipava alla Resistenza armata avrebbe dovuto ancora soffrire e rischiare molto, ma io non ero un combattente, e ora un altro fronte reclamava la mia presenza. Mi convincevo che la mia coscienza era a posto. Non avevo chiesto io di rientrare, mi ero offerto di proseguire il mio lavoro fino alla liberazione. Tutti avevano detto che sarei stato più utile con Dell'Acqua, e quindi, a quel punto, mi sentivo libero di desiderare che questo avvenisse il più presto possibile.

Durante quell'estate moltiplicai le cautele e le precauzioni: non volevo farmi prendere proprio in vista del traguardo, né volevo commettere errori che compromettessero la sicurezza di altri.

Invece l'errore ci fu. Lo commise Mara, ma ebbe modo di commetterlo perché io non avevo voluto seguire un consiglio che in molti mi avevano dato, ovvero quello di non accettare l'aiuto di gente prezzolata, ma solo di persone motivate e solidali con noi: contrabbandieri sí, se necessario, ma dovevano essere "dei nostri". Mara forse lo era, almeno nelle intenzioni, ma suo marito? Era stato Alfio a contattare i due e a consigliarne l'utilizzo: per averla sperimentata di persona, conosceva la loro abilità nello sfuggire alla caccia e sapeva dei ricercati politici e degli ebrei che avevano aiutato a espatriare. Per me era una garanzia sufficiente.

Devo dirlo: ero stato io a voler continuare i passaggi di confine con Mara e Gino e, se devo essere sincero fino in fondo, non posso escludere che le attenzioni e gli sguardi invitanti di Mara avessero contribuito a quella decisione.

Le difficoltà alla frontiera aumentavano, gli itinerari di espatrio continuavano a cambiare.

All'inizio di settembre avrei dovuto compiere un'ultima missione a Milano, rientrare in Svizzera e aspettare il primo aereo disponibile per riportarmi a Roma. Solo all'ultimo momento avrei avvisato Antonietta che non mi avrebbe più rivisto, dandole incarico di consegnare alcuni documenti all'avvocato Grandoni. L'avrei lasciata libera di proseguire la lotta nei modi che avesse preferito.

Non avevo dubbi che tutto sarebbe filato alla perfezione, come sempre.

Mi presentai puntuale nel luogo stabilito in territorio svizzero, piuttosto lontano da quello dei primi passaggi. Avevo appuntamento con Mara e Gino di fronte a una chiesetta vicina a un centro abitato. Portavo con me una valigetta contenente titoli al portatore e denaro liquido in franchi svizzeri e lire italiane. I contanti ammontavano a circa un milione di lire, i titoli valevano almeno il doppio. A Milano non avrei neppure dovuto preoccuparmi di organizzare le consegne: tutto era stato già predisposto affinché avvenissero senza di me.

Per la prima volta non trovai nessuno all'appuntamento. Quando già cominciavo a innervosirmi vidi finalmente arrivare Mara, notando con sollievo che era tranquilla e sorridente: "C'è stato un contrattempo," spiegò, "ma niente di grave, possiamo muoverci."

"Sei sola?"

"Sí, non vedi? A Gino è stato proposto un affare. Ti porto io in Italia, non ti va bene?"

Mi era già successo una volta di passare solo con Gino, stavolta toccava a Mara: ritenevo fosse la più abile fra i due, quindi non mi preoccupai. Chiesi però di che affare si trattasse. Lei mi spiegò che era contrabbando di medicinali, fonte di enormi guadagni, e che i loro amici si sarebbero insospettiti se i due coniugi avessero rinunciato.

"D'accordo," dissi io, "però stavolta dimezzo la tariffa."

La parte svizzera del percorso fu perfino gradevole: era una serata molto limpida, il cammino era piuttosto lungo ma poco accidentato, io ormai ero allenato. Dissi per scherzo che dopo la guerra avrei fatto il contrabbandiere, destando l'ilarità di Mara che mi pronosticò un arresto al primo tentativo. Eravamo molto veloci, più del solito: l'aria pungente, ma non cosí fredda, ci aiutava a tenere un ritmo molto sostenuto, anche troppo. Era Mara a imporre l'andatura, aumentando costantemente il passo. Se le dicevo di rallentare, rideva e accelerava. Pensai che volesse divertirsi ancora una volta a saggiare la mia resistenza.

Passammo il confine ad alta quota, poi cominciammo a ridiscendere a valle. Entrammo in un bosco nel quale io mi sarei perso anche di giorno, mentre Mara procedeva come se conoscesse ogni albero. Raggiungemmo uno spiazzo dove c'era una piccola costruzione che era qualcosa di meno di una casa e qualcosa di più di un deposito di legna. Chiesi a Mara quanto mancasse al punto di arrivo, lei mi disse: "Solo un'oretta di cammino." Secondo i tempi previsti, avremmo dovuto arrivare all'alba. Sembrava contenta di aver fatto presto: "Abbiamo marciato veloci, siamo in anticipo. Se arriviamo ora non troviamo nessuno ad aspettarci, quindi fermiamoci qui, se vuoi puoi dormire."

Ero stanco, le dissi di sí. Entrammo dentro. Con l'aiuto della sua torcia elettrica trovò una lampada a olio e la accese. Nella casetta c'erano una vecchia stufa a legna, un tavolo, qualche sedia male in arnese, una branda, alcuni attrezzi da boscaiolo. L'unica finestra aveva il vetro rotto ed era parzialmente ricoperta da un panno con la funzione di tenda: Mara la oscurò del tutto, per evitare che qualcuno potesse notare la luce dal di fuori.

Ci sedemmo uno di fronte all'altra. Mara si tolse il piccolo zaino che portava sulle spalle e ne estrasse la borraccia dell'acqua, due panini, una bottiglietta di cognac: "È di marca," disse sorridendo. Infine tirò fuori una tavoletta di cioccolata: "Il dessert!"

Il cibo era appetitoso, un prosciutto cosí buono non lo assaggiavo da tempo. Mi chiese: "Qual è il tuo vero nome?" Lei mi conosceva come "Mario".

"Non ti piace Mario?"

"È solo un nome. Se piace a te, per me va bene. Comunque lo so che ti chiami Michele."

"E come hai fatto a saperlo?"

"Il tuo capo una volta si è tradito. Mentre pisciavate insieme per non farvi vedere l'uccellino. Che scemi, tanto al buio non si vedeva."

Detto questo mi offrí un pezzo di cioccolata, che trovai buonissima.

"Sei sposato?"

"No, per carità!"

"L'avevo capito. Ce l'hai la morosa?"

"Neanche quella."

"Sei un tipo difficile, allora. Te le vuoi scegliere bene le donne. Magari vedi qualche bella svizzerotta a Lugano..."

"Non sono i tempi adatti per queste cose."

"Hai ragione, ma sei giovane, quindi ogni tanto qualche donna non guasta. Da quanto tempo non fai l'amore?"

"E a te che importa?" Ero brusco perché quel gioco mi piaceva.

"Cosí. Curiosità. Ma non me ne frega niente, bel misterioso."

Aprí la bottiglietta del cognac, ne bevve più di un sorso, poi me la passò. Aveva ragione, era di primissima qualità.

Il cognac finí rapidamente e fece presto il suo effetto. Fui preso da una lieve, gradevole sonnolenza, che non mi impediva di osservare il volto di Mara: mi fissava col mento appoggiato sul dorso delle mani: "Hai sonno?" mi chiese.

"No. Tu sdraiati se vuoi, fra un'ora ti sveglio."

"Va bene, mi sdraio. Aspettavo che tu me lo chiedessi."

Si alzò dalla sedia, si avvicinò alla branda, cominciò a spogliarsi. Prima si tolse il maglione di lana che portava sopra la camicetta, poi cominciò a slacciarsi i bottoni, lentamente, scoprendo un po' alla volta il reggiseno e dischiudendo alla mia vista uno spettacolo piuttosto attraente, sempre rimasto nascosto dagli indumenti larghi e comodi che indossava abitualmente. Non smetteva mai di guardarmi. Si sedette sulla branda, si tolse gli scarponcini e mi chiese: "Mi aiuti a togliere i pantaloni?"

Non mi mossi.

"Dai, non ti mangio mica. Vieni solo a farmi un po' di compagnia."

Fingendo di essere seccato, accettai l'invito. Si era sdraiata con un gomito piegato dietro la testa, io ero seduto sul bordo della branda. Le sfilali i pantaloni, aveva delle gambe lunghe, forse un po' robuste, perfettamente depilate. La camicetta era totalmente aperta, il suo sguardo non ammetteva dubbi su cosa avesse in mente. Mi prese la mano e la guardò: "Mani curate, da signore. Qui, invece, tutti montanari."

"È questo che ti attira?"

Per tutta risposta si passò il palmo della mia mano sulla pancia, piatta e soda, obbligandomi ad accarezzarla. Mi disse, a bassa voce: "Domani non sappiamo dove saremo e neppure se ci saremo. Ora siamo qui, e abbiamo tempo."

Nell'attirarmi a sé non incontrò alcuna resistenza.

*****

Riprendemmo il cammino alle prime luci del giorno. La cioccolata rimasta ci era servita da colazione. Mara mi aveva svegliato mettendomi fretta, come se nulla fosse successo, già rivestita e pronta per la marcia. Mi aveva solo chiesto, prima di uscire all'aperto: "È il tuo ultimo passaggio, vero?"

"Sí, è l'ultimo."

"Peccato, pagavi bene. Ti ricorderai di me?"

"Certo che mi ricorderò. Costavi cara."

Eravamo quasi arrivati a valle quando Mara si bloccò improvvisamente: "Fermo e zitto," mi ordinò. Non sentivo e non vedevo nulla, il sonno residuo rallentò il crescere dell'ansia. Dopo un po' mi fece segno di riprendere la marcia: "Un falso allarme, pensavo di aver sentito delle voci. Non parlare, siamo quasi arrivati." Si capiva che non era tranquilla.

Uscimmo dal bosco per imboccare un sentiero in fondo al quale si vedevano le prime case. Mara mi annunciò: "Siamo a destinazione, anche questa è fatta." Si sbagliava, perché subito dopo una voce alle nostre spalle ci intimò: "Fermi o sparo!"

Restammo pietrificati.

La stessa voce ci autorizzò a voltarci con le mani alzate.

Erano in tre. Un sergente della Guardia Repubblicana con la pistola in pugno, e con lui due militi piuttosto giovani che tenevano il mitra puntato su di noi. Con calma, il sergente si avvicinò a me, prese in consegna la valigetta, la affidò senza aprirla a uno dei due ragazzi, quindi si assicurò rapidamente che non fossimo armati. Non si fece problemi a perquisire Mara. Ci rimettemmo in cammino nella direzione opposta a quella da cui provenivamo. Il sottufficiale faceva strada, gli altri due camminavano dietro di noi. Avevamo l'ordine di non fiatare.

L'unica frase che sentimmo durante il tragitto fu pronunciata alle nostre spalle da una delle due guardie: "Che culo, camerata, siamo arrivati giusto in tempo!" Guardai Mara che camminava accanto a me, abbassò gli occhi: quelle due ore di sosta ci stavano costando molto care.

Arrivammo a un edificio che prima della guerra doveva essere una scuola. Davanti all'ingresso c'era un sentinella armata, nell'androne un altro militare seduto dietro a un tavolo. Venimmo nuovamente perquisiti, neanche loro si facevano scrupolo di mettere le mani addosso a Mara. Lei non aveva documenti, io ne avevo con il mio vero nome. Finita rapidamente l'operazione, il sergente che ci aveva arrestato ci fece entrare in una stanzetta senza finestre, illuminata da una lampadina appesa al muro. Chiuse a chiave la porta e ci lasciò soli. Non si preoccupavano di dividerci.

Mara si accovacciò per terra, tenendosi la testa fra le mani: "Figlio di puttana," ripeteva fra le lacrime, "figlio di puttana!" Ce l'aveva con Gino.

"Ci ha venduti? Perché?" le chiesi.

"Non lo so, maledizione, non so perché lo ha fatto, ma solo lui sapeva che percorso avrei scelto. Lo hai capito, vero, che i fascisti cercavano proprio noi?"

Avevo una paura terribile, ma mi imponevo di pensare. Se Mara aveva ragione, come sembrava evidente, il campo delle spiegazioni che avrei potuto opporre si restringeva pericolosamente. Lei e Gino non sapevano molto, ma io certamente non potevo passare per contrabbandiere, ci avrebbero messo pochissimo a smentirmi. Temevo che ci avrebbero passati subito per le armi. Poi pensai che prima di farlo avrebbero cercato di ottenere tutte le informazioni possibili. Forse mi avrebbero offerto di salvarmi la vita se avessi collaborato: questo mi spaventava più del plotone di esecuzione, perché non sapevo se sarei stato capace di rifiutare.

Mara non piangeva più, ma era terrorizzata quanto me, le mani le tremavano, non diceva una parola. Non feci in tempo a concordare con lei una versione perché non ne avevo in mente nessuna. La porta si riaprí e un miliziano ci ordinò di uscire e di seguirlo. Salimmo una rampa di scale e arrivammo davanti a una porta chiusa. Il militare bussò e ottenuta risposta ci fece entrare in un ufficio: dietro alla scrivania vidi l'ufficiale che a Milano si era avvicinato al tavolo dove stavo pranzando con Alex.

Era sorpreso quanto me: "Camerata, che ci fai qui?"

L'istinto di sopravvivenza mi impose di rispondergli subito: "Vorrei saperlo anch'io, camerata."

Mara era sconcertata, non sapeva che pensare. Il capitano ordinò di accompagnarla fuori mentre cercavo dispetratamente di farmi venire in mente qualcosa che potesse reggere ancora per qualche ora. Il fatto che quell'uomo mi conoscesse era un'opportunità, non potevo sprecarla. Mi bastava guadagnare un po' di tempo, forse la fortuna mi stava aiutando.

Restammo soli. Mi fece sedere davanti a lui. Sul tavolo c'era la valigetta che mi era stata sequestrata: l'aveva già aperta, si era reso conto che conteneva una fortuna. Mi guardava cercando di apparire il più minaccioso possibile, ma era evidente che non capiva e che stava pensando a come interrogarmi. Sperai con tutto me stesso che se una soffiata c'era stata, fosse stata abbastanza generica da non smentire a priori qualsiasi storia riuscissi a inventare. Quell'uomo aveva oltre quarant'anni e solo i gradi di capitano: probabilmente non era un fascista fanatico, era uno dei tanti sottufficiali allettati dalle promozioni e dai generosi stipendi della Repubblica. Forse c'era la possibilità di confondergli le idee.

Attesi che iniziasse con le domande. Dovetti dirgli chi ero, che lavoro facevo, dove ero domiciliato a Milano. Venne rapidamente al dunque: "Provenite dalla Svizzera? Hai passato il confine con quella donna?"

"Sí, è cosí."

"La tua amica è sicuramente una contrabbandiera, tu no, quindi sei un disertore o un ricercato, se non di peggio."

"Niente di tutto questo, a Milano ho un regolare passaporto della Repubblica Sociale Italiana, basta controllare. Ho passato il confine in questo modo per evitare i controlli delle autorità svizzere. Quella donna mi faceva da guida a pagamento. Non so chi sia né cosa abbia fatto in passato."

"È tutto molto strano, non mi convinci. Rientro ed espatrio illegale. È già un reato. E come spieghi tutto questo denaro?"

Con tutta la calma di cui ero capace, gli spiegai che si trattava di soldi appartenenti a persone molto importanti che mi avevano chiesto di recuperarli in via riservata. Gli dissi anche che in base agli ordini ricevuti non potevo rivelare l'identità dei miei mandanti se non di fronte a un'alta autorità del Partito.

Alzò la voce per spaventarmi: "Il Partito? Ma dove credi di essere? C'è la guerra, anche qui siamo al fronte. Per me questi soldi possono avere qualsiasi destinazione, compresi i banditi. Potrei mettervi al muro anche subito." Mi parve di scorgere una certa indecisione nella sue minacce. Il mio incarico in Banca, la vicinanza ad Alex, i meriti fascisti di cui era venuto a conoscenza, erano tutti elementi che giocavano a mio favore.

Cercai di non mostrarmi impressionato: “I banditi non c’entrano nulla. Io sono fascista e sono venuto al Nord quando avrei potuto rimanere a Roma tranquillamente.”

“A me interessa il presente: il vostro passaggio ci è stato segnalato, per questo hai trovato i nostri ad aspettarvi. Sei stato descritto come individuo sospetto di collaborazione con i nostri nemici.”

Sospetto! Solo sospetto! Gino sapeva poco e poco aveva potuto dire. Il plotone di esecuzione si allontanava: “La storia che vi hanno raccontato è campata in aria, è la vostra fonte a essere sospetta, qualunque essa sia. È su quella che indagherei, piuttosto che su di me.”

Si arrabbiò, o fece finta. Si alzò dalla scrivania e cominciò a camminarmi nervosamente intorno: “Senti, camerata o chi diavolo sei, credi di dare ordini? Vuoi dire a me come devo procedere? Sei stato arrestato in prossimità del confine con una contrabbandiera e con un mucchio di soldi su cui ti rifiuti di dare spiegazioni. Sappi che posso decidere se fucilarti subito o consegnarti al mio comando a Varese, ma secondo me al muro ci finisci comunque. Ti rendi conto delle tua posizione?”

“Io mi preoccuperei della tua, camerata.” Stavo giocando il tutto per tutto. Avevo già deciso di mettere sul tavolo la carta Alex e dovevo farlo prima che facessero crollare Mara.

“Ma chi credi di spaventare? Dimmi chi sei e per chi lavori, oppure tu e la tua amica siete spacciati.”

“Io non sono autorizzato a dire nulla. Ma se non ti fidi di me, posso capirlo: contatta Alessandro Costantini, è a lui che rispondo.”

Ebbi l’immediata percezione che lo avrebbe fatto, ma era ancora incerto: “Perché dovrei? Il mio dovere l’ho fatto. Potrei semplicemente farti trasportare in città, lí ci penserebbero i miei superiori a giudicare le fesserie che racconti."

Nei suoi panni avrei detto la stessa cosa. Dovevo dargli un motivo in più per contattare Alex. Ci provai: "Puoi agire in questo modo se vuoi, ma faresti perdere un sacco di tempo a tutti. La mia missione andrebbe a puttane, e questo non sarebbe gradito sul Lago di Garda. Ci faresti la figura del fesso, camerata. Comunque fa' come vuoi, sei tu che comandi qui."

Non so come mi era venuto in mente di nominare il Lago, ebbi il timore di avere esagerato. Invece avevo colto nel segno: per quell'uomo non ero più un prigioniero, ero un problema.

Ricordavo a memoria due dei recapiti telefonici che Alex mi aveva lasciato. Il capitano chiese la comunicazione, gli dissero di aspettare. Sentivo il bisogno disperato delle sigarette che mi avevano sequestrato. Pregai tutto il Paradiso che Alex fosse reperibile. Per mia fortuna riuscirono a rintracciarlo facilmente. "Verrà qui subito," mi annunciò il capitano, "chissà, forse è vero che sei cosí importante."

Non mi trattavano più da detenuto: mi fu consentito fumare e andare in bagno, mi fu perfino offerto un surrogato di caffè. Non mi fu concesso, invece, di parlare con Mara. Ritenni imprudente insistere, mi bastava sapere che non la stavano interrogando.

Mio cugino arrivò in automobile dopo circa un'ora. Era in perfetta divisa fascista. Nel frattempo ero stato ricondotto nell'ufficio del comandante. Alex vi fece il suo ingresso con aria seria e corrucciata, come volesse far capire a tutti che per lui si trattava di una grossa seccatura, ma anche che era lui quello che comandava. Mi salutò con familiarità, fece lo stesso con il suo conoscente. Si sedette accanto a me e chiese: “Allora, cos’è questa storia?” Il capitano gli raccontò del mio arresto, dei soldi, di Mara, poi gli passò la palla: “Il qui presente camerata Anastasi ha fatto capire che sta eseguendo degli ordini. Una missione su cui rifiuta di darci spiegazioni. Comprenderai che si tratta di un comportamento poco chiaro. Mi è stato detto che tu sei in grado di spiegarmi. Sono qui e ascolto.”

Alex aveva capito al volo la situazione, ne ero sicuro. Mi resi conto che aveva capito anche più di me: gli sguardi di tutti e due insistevano sulla valigetta aperta sul tavolo.

“Restiamo soli,” disse al comandante.

Fui fatto nuovamente uscire. Attesi a lungo seduto su una panca nel corridoio, fiducioso che Alex avrebbe risolto tutto. Vidi entrare dal capitano un’ausiliaria che portava una macchina per scrivere. Ne uscí subito, non sarebbe stata lei la dattilografa.

Quando fui richiamato dentro, capii subito che ero salvo: stavano parlando e scherzando da vecchi amici. Soprattutto il capitano sembrava molto allegro. Una volta seduto trovai davanti a me un foglio dattiloscritto su cui erano riportate delle cifre: il contenuto della valigetta. Il capitano mi disse: “Ritengo sia il caso di rispettare le vostre operazioni segrete. Non voglio saperne nulla. Esigo però che, per ogni evenienza, resti in mio possesso una traccia scritta del materiale che vi ho riconsegnato sotto la responsabilità del camerata Costantini. Completa le voci mancanti e firma.”

Lessi velocemente quel foglio: la cifra in contanti figurava per 500.000 lire, la metà del contenuto reale. Non battei ciglio. Mancava la valutazione dei titoli esteri, che mi fu chiesta. Con la coda dell’occhio intravidi la mano di Alex che mi faceva segno di stare basso. Scrissi “circa

500.000 lire". La firma di Alex c'era già, io apposi la mia.

Il capitano ritirò il foglio e lo ripose in un cassetto. Poi mi porse la valigetta: "Controlla, prego."

C'erano tutti i titoli e metà della valuta. C'erano anche i miei documenti. "Tutto a posto," dissi.

Mentre chiudevo la valigetta, Alex disse: "Era giusto pensare alle vedove e ai figli dei nostri camerati caduti in combattimento o assassinati dai banditi. Non trovi, Michele?"

"Sacrosanto!" risposi.

"Allora possiamo andare, ti riporto a Milano," disse mio cugino. Il capitano sembrava ansioso di vederci sparire.

Non mi muovevo.

Alex si spazientí: "Ti sei affezionato a questo posto?"

Mi rivolsi al capitano: "E la contrabbandiera?"

Il capitano riprese l'aria marziale che poco gli si addiceva: "Non credo debba interessarti il suo destino, visto che per te era solo una guida alpina. È chiaro che quella donna ha commesso dei gravi crimini e dovrà risponderne, ma questo è compito nostro."

Guardai Alex, lui sostenne con durezza il mio sguardo: "È cosí, Michele, non avremmo dovuto servirci di persone del genere. Lasciamo che i nostri camerati facciano il loro dovere."

"Ma cosa le faranno?"

"Non ci interessa. Ricordati che hai un incarico e devi portarlo a termine per la sicurezza dei tuoi stessi camerati."

Mi stava ricordando quale fosse il mio dovere.

Salutammo il capitano con il braccio alzato, poi uscimmo da quella stanza. Fuori c'era Mara, con le mani legate, in attesa di essere introdotta per l'interrogatorio. Notai un lampo di speranza nei suoi occhi che sparí immediatamente non appena vide la valigetta e capí che stavo andando via. Mi fermai per un momento davanti a lei, volevo dirle qualcosa, ma non mi fu possibile. Prima che Alex mi strattonasse e mi trascinasse via, feci in tempo a ricevere in faccia lo sputo della donna con cui poche ore prima avevo fatto l'amore.

*****

Ogni tanto, mentre guidava verso Milano, Alex si girava dalla mia parte, accorgendosi di come fossi cupo e sconsolato. Fu lui a rompere il ghiaccio: "Datti pace. Tu non potevi far nulla per lei, e neppure io. Fattene una ragione e non pensarci più, questa è la guerra."

Non mi capacitavo: "Per mezzo milione poteva anche lasciarla andare."

"No che non poteva, proprio per via dei soldi. Nel momento in cui l'hanno presa per lei era finita. Che cosa sa, piuttosto?"

"Poco. Potrà solo dire di avermi fatto passare il confine varie volte."

"Come mai vi hanno preso?"

"Ci aspettavano. Dev'essere stato il marito, che è anche il suo socio. Ci ha traditi."

"Secondo me è un uomo morto anche lui."

Sperai che fosse vero. Chiesi ad Alex: "La fucileranno?"

Mi rispose di sí con indifferenza, guardando la strada. Mi sentivo l'essere più spregevole del mondo. Avevo ancora davanti a me quello sguardo pieno di dolore e di disprezzo.

"E prima di fucilarla, cosa le faranno?"

In risposta ottenni solo uno sguardo di compatimento.

Mi accorsi di non averlo neppure ringraziato: "Siamo pari, adesso," mormorai.

"Perché, Michele? C'è una contabilità fra noi due? Dobbiamo chiudere in pareggio?"

Mi pentii di quello che avevo detto, non se lo meritava. Gli chiesi se l'episodio potesse avere conseguenze per lui. "Non credo," mi rispose, "forse quel cretino ti crede davvero un fascista, comunque ha solo dubbi su di te, non certezze. Non ha alcun interesse a tirare fuori la storia dei soldi. Tu però sei bruciato, quindi ti consiglio di toglierti dalla circolazione."

"Ma non hai detto che il capitano non farà nulla?"

"C'è il tuo nome su quel foglio. Ti hanno visto e identificato. Io non sono onnipresente né onnipotente. E poi ci sono stati degli arresti a Milano nei giorni scorsi. Anche un noto avvocato, Grandoni. Lo conosci, vero?"

"Sí," ammisi. Non ci voleva.

Appena arrivati in città, Alex mi chiese se sapessi dove andare. Casa mia era esclusa, poteva ricondurmi a Grandoni. Finí con l'ospitarmi da lui: "Vieni da me per ora. Fra qualche giorno devo tornare a Venezia, ma fino alla mia partenza non ci sono problemi."

Non avevo dubbi che Antonietta avrebbe rispettato tutte le procedure concordate, come in effetti fece. Fra le persone che avrebbe dovuto avvertire c'era anche Grandoni, ma la ragazza non era caduta nella trappola: informata degli arresti, aveva portato via tutte le carte destinate all'avvocato, nascondendole in un luogo sicuro.

Ero salvo. A casa di mio cugino avevo da dormire e da mangiare, ma ero tagliato fuori dal mondo, senza sapere come riprendere i contatti. La vicenda di Mara mi aveva messo a terra. Dopo la guerra seppi com'era andata fra lei e il marito prima del nostro ultimo espatrio.

L'affare con cui aveva giustificato l'assenza di Gino era stato un pretesto per liberarsi: voleva trovarsi da sola con me in quella specie di baita. Gino l'aveva capito, avevano litigato per questo davanti ad altre persone; poi lei l'aveva piantato in asso ridendogli in faccia ed era corsa all'appuntamento. Gelosia, solo gelosia, banale quanto tragica. Non si ha la certezza che Gino avesse deliberatamente voluto farci prendere. Fatto sta che fuori di sé, e per giunta ubriaco fradicio, si era sfogato con la persona meno indicata: un informatore dei repubblichini. Per gelosia aveva condannato a morte Mara e se stesso. Dopo il fattaccio sembrò sparito dalla circolazione. Lo ritrovarono due settimane dopo in fondo a una scarpata, con un foro di proiettile nella testa.

Penso ancor oggi che se lo sia meritato.

Rimasi nascosto a casa di Alex per una quindicina di giorni, quasi tutti passati da solo, perché mio cugino faceva la spola fra Milano e il Veneto. Io non mettevo mai il naso fuori senza di lui. Solo una volta uscii da solo, con il suo permesso, per cercarmi un'altra sistemazione. Un giorno, dicendo che avevo bisogno di prendere un po' d'aria, mi fece fare un giro per Milano e dintorni su una vecchia motocicletta col sidecar. Per il resto del tempo rimasi rintanato.

Quando eravamo insieme non parlava mai di quello che faceva. Nella vittoria, naturalmente, non credeva più: si mostrava invece speranzoso di una qualche pace decisa non si sa dove, oppure fantasticava su una rottura fra russi e americani.

Ricordo che una sera mi disse: "Vedi, Michele? Ognuno ha il suo destino. Quelli come te comanderanno sempre, quale che sia il regime sotto cui si trovano a vivere. Sei nato in un ambiente che sarà sempre e comunque la classe dirigente. Se fossero tutti come te, non sarebbe un male. Ma non sono tutti come te. Io invece ho sperato che si potesse vivere in un mondo nel quale siano i migliori a comandare, anche se nati poveri e ignoranti. Peccato che non lo vedrò mai questo mondo, forse non esiste..."

"La gente i suoi capi se li sceglierà con le elezioni, come in tutti i paesi civili."

Divenne sarcastico: "Ah sí? Che bello! Allora comanderanno i comunisti. Bravi, fate le elezioni, sentitevi liberi e poi guardate un po' chi vi ritrovate. Ti ci vorrei vedere a te, con un Governo di comunisti. Oppure no, non andrà cosí, ci penseranno i tuoi amici americani a difenderti le chiappe."

Per non farmi trascinare in una discussione senza fine, gli chiesi se si fosse mai incontrato a tu per tu con Mussolini. Ne parlò quasi con tenerezza: "È un grand'uomo. Quello di adesso non è più lui, è una controfigura. L'ho visto in molte occasioni ma solo una volta gli ho parlato da solo, ed è stato come se mi trasmettesse qualcosa. Ora è prigioniero dei tedeschi, non decide più un cazzo, è circondato dai peggiori di noi. Forse Pavolini si salva, per la sua fede e la sua coerenza, ma non certo per quello che fa e dice. Non capisce che più gente fa ammazzare oggi, più fascisti saranno ammazzati dopo. Ma anche lui è un nessuno. Il fascismo è Mussolini, è per lui che siamo ancora qui."

"E tutto quello che è successo? La guerra, le distruzioni, i morti? Non ne è stato Mussolini la causa?"

Sorrise amaramente: "Un disastro, vero? Sí, un disastro.Si vede che non siamo stati alla sua altezza. Ci ha chiamato a un compito più grande di noi. Abbiamo quello che ci meritiamo."

Mi chiedevo se capisse l'assurdità di quello che diceva. Se fosse solo il suo orgoglio o il suo senso dell'onore a imporgli di restare al suo posto fino al tracollo finale. Rinunciai a ulteriori tentativi di dissuasione: non avevo più argomenti.

Una sera vidi Alex rientrare più presto del solito. L'indomani doveva lasciare definitivamente Milano per Venezia, sembrava contento. "Cosa vai a fare?" gli domandai, e lui: "Non ha importanza, mi sta bene andare lí e basta. L'ho chiesto io."

Aveva tirato fuori dall'armadio la divisa delle Brigate Nere, mi fece un brutto effetto immaginargliela addosso. Poteva significare il coinvolgimento in azioni cruente contro i partigiani, avevo sempre sperato che Alex ne restasse fuori. Se ne rese conto e quasi cercò di giustificarsi: "Non so esattamente che cosa dovrò fare, ma te l'ho detto, no, che avrei fatto il mio dovere fino alla fine?"

"Ma perché non vuoi stare più a Milano?"

Con una punta di risentimento, mi raccontò che i capi della Repubblica erano in guerra l'uno contro l'altro, che ognuno proteggeva le sue bande personali, e che i fedeli di Buffarini avevano cominciato a fargli il vuoto intorno. Non gli perdonavano il suo passato. Ne aveva parlato con Pavolini e il suo vecchio amico gli aveva detto di tirarsi fuori dalle beghe, perché il suo dovere era quello di combattere: "Mettiti la divisa e fai la tua parte fino in fondo, come hai sempre fatto. Ora non ci servono informazioni, ci servono capi, fascisti inossidabili, con i coglioni, che sappiano guidare i nostri ragazzi allo scontro finale. Sei fra i migliori: datti da fare, moriremo da fascisti."

"Ma perché proprio Venezia?" domandai.

"Ho una donna lí."

Non potevo crederci: una donna! Non aveva mai voluto un legame, e ora voleva andare a stare vicino a una donna. Stroncò sul nascere il fuoco di fila di domande che avevo pronte per lui: “Te ne parlerò quando ci rivediamo. Ora non mi va.”

Prima di partire mi chiese cosa avessi fatto dei soldi e dei titoli. “Sono ancora qui con me,” gli dissi.

“Hai un posto sicuro dove andare?”

“Il posto ce l’ho, se è sicuro devo ancora verificarlo.” L’indomani sarei andato a casa di Rosetta.

“Spero per te che lo sia, io sarò lontano, quindi dovrai cavartela da solo.”

A casa sua non potevo restare, l’appartamento serviva ad altri. Mi venne in mente che, non avendo ancora visto la mia nuova sistemazione, sarebbe stato meglio separarmi dal denaro e dai titoli, tanto per il momento non servivano a nessuno. Chiesi ad Alex, non senza faccia tosta, se fosse disposto a custodirli.

Fece finta di sentirsi offeso: “Io? Proprio a me lo chiedi? Ma cosa pretendi ora, che faccia il cassiere per i banditi?”

“No, per nulla, ma già che mi stai aiutando, fallo fino in fondo, no?”

Alla fine accettò di portarli con sé, dopo avermi fatto giurare che non gli avrei mai chiesto di poterne disporre fino alla fine della guerra: “Considerali sequestrati, d’accordo?”

Naturalmente accettai e gli consegnai la valigetta. Mi sentivo più tranquillo senza la responsabilità di quei soldi. “Guarda un po’ cosa mi tocca fare,” commentò nel riceverla. Uscimmo insieme la mattina prestissimo, lui salí in macchina e partí per il Veneto, io andai all’appuntamento con Rosetta.

L’avevo contattata con lo stesso stratagemma usato da Alex quando era ricercato a Roma. Non avendo amanti disponibili, avevo regalato qualche spicciolo a un ragazzino per avvicinarla all’uscita dal lavoro e consegnarle il mio biglietto. Era stata lei a insistere per ospitarmi, né c'era stato verso di dissuaderla. Sapeva dell'arresto di Grandoni e di altri, ma non aveva subito indagini o interrogatori: forse era stato merito mio, a ogni modo fui contento di averla tenuta fuori dall'attività clandestina. Quanto a lei, l'idea di potersi ancora rendere utile la rese felice.

La casa di Rosetta, in zona semiperiferica, costituiva una sistemazione ideale quanto a sicurezza. Era una palazzina piuttosto anonima su due piani, quello superiore abitato da lei, quello inferiore da due coniugi molto anziani, quasi sempre chiusi in casa. Lo stabile adiacente era completamente disabitato. Non si vedevano mai né tedeschi né camicie nere. Con un minimo di cautele poteva risultare un ottimo nascondiglio. Pensai che, in effetti, lí avrei potuto custodire tranquillamente anche la valigetta dei soldi.

La mattina Rosetta usciva verso le sette e faceva un chilometro a piedi per prendere il tram che la portava in centro. Ai vicini aveva detto che ero un nipote congedato per una ferita di guerra, suo ospite in quanto la mia famiglia era rimasta bloccata al Sud. I due vecchietti non erano sospettosi, comunque mi sforzavo di ricordarmi che in loro presenza dovevo zoppicare.

Ebbe cosí inizio un periodo di forzata inattività che durò cinque mesi, da novembre ad aprile, e che a me sembrò interminabile. Perfino in Albania il tempo passava più velocemente. Non potevo tornare in Svizzera, né attraversare la linea del fronte per rientrare a Roma. Contattare altre persone a Milano sarebbe stato inutilmente pericoloso. In conclusione, non potevo far altro che aspettare.

La casa era accogliente e ben riscaldata. Avevo una stanza tutta per me. Rosetta mi procurò rasoio, spazzolino, vestiti, biancheria, libri. Mi riforniva di sigarette, spesso comprate di contrabbando. Non volevo, tuttavia, che quell'alloggio si trasformasse in una prigione: mi era bastato il breve periodo a casa di Alex per sentirmi soffocare. Cominciai presto a uscire per delle lunghe passeggiate. Quando non faceva troppo freddo arrivavo a piedi fino in centro, dove cercavo sempre luoghi affollati. Un pomeriggio, in città, incontrai una delle due ragazze con cui ce l'eravamo spassata io e Alex l'inverno precedente. Mi riconobbe e mi fermò per strada, era con una sua amica del varietà. Mi chiesero di Alex, dissi che era in servizio fuori Milano. Mentre parlavamo le ragazze furono raggiunte da due ufficiali tedeschi, i loro nuovi accompagnatori. Dovetti subire le inevitabili presentazioni. I due militari parlavano discretamente l'italiano e con me furono molto gentili, specie dopo aver appreso che ero un amico di Alessandro Costantini. Passai un momento di paura quando uno dei due mi chiese di cosa mi occupassi a Milano. Avevo una storia pronta in caso di incontri del genere, sempre collegata alle attività della Banca. Non mi chiesero perché non fossi a combattere da qualche parte, fui felice di vederli allontanarsi con le ragazze.

Mi rendevo perfettamente conto che andarmene a zonzo come un anonimo passante rappresentava un rischio inutile. Anche se non mi davano la caccia qualsiasi ronda militare, qualsiasi camicia nera poteva domandarsi che cosa facesse in giro per Milano un uomo giovane e valido. Ci voleva poco per essere accusato di diserzione, anche nel caso il mio arresto al confine fosse stato effettivamente insabbiato. Avevo deciso che se mi avessero fermato avrei semplicemente dato il mio vero nome, presentando i documenti autentici, e avrei detto che la mia occupazione era di dirigente bancario, una mezza verità. Era una linea alquanto fragile, fondata sulla speranza di imbattermi in qualcuno che non avesse troppa voglia di approfondire.

La verità è che non ce la facevo a stare chiuso in casa a leggere e ad ascoltare la radio. A distanza di tempo, riconosco che dopo essere stato salvato da Alex e dalla buona sorte, rischiare ancora per niente era davvero una stupidaggine. Fatto sta che nessuno mi fermò, finché le continue pressioni di Rosetta e l'approssimarsi della vittoria finale, mi convinsero a non sfidare ulteriormente la fortuna. In questo fui aiutato da una brutta bronchite che ci mise due mesi a passare del tutto, alimentata dal mio rifiuto di rinunciare alle sigarette anche quando la tosse non mi faceva chiudere occhio. Rosetta mi curava con degli strani suffumigi il cui effetto migliore consisteva nel tenermi per due o tre ore lontano dal fumo.

Ero certo che in Svizzera la notizia della mia disavventura al confine fosse già arrivata, non potevo invece avere l'assoluta certezza che mi si sapesse vivo e al sicuro. Mi preoccupavo dei miei a Roma, specie nel caso in cui, tramite Dell'Acqua, fossero stati informati del mio arresto, ma non del mio immediato rilascio. Le comunicazioni fra le sedi milanese e romana della Banca erano interrotte, eravamo nella stessa situazione di migliaia di famiglie, divise senza potersi scambiare notizie. Per un po' evitai di confidare a Rosetta le mie preoccupazioni, perché temevo che avrebbe tentato di comunicare con Aristide, rischiando cosí di mettersi nei pasticci. Poi una sera, durante una delle nostre interminabili partite a carte, volle sapere che procedura avrebbe dovuto seguire Antonietta in caso di emergenza. Le riassunsi le istruzioni lasciate alla ragazza, che non prevedevano contatti con Lugano. Lei, senza chiamare in causa i miei, osservò che Dell'Acqua poteva essere ancora all'oscuro di tutto, che poteva avermi dato per morto o arrestato. Mi limitai a osservare: “Le storie di frontiera girano velocemente, vedrai che in Svizzera sanno già com’è andata.” Non devo essere stato molto convincente, perché nelle settimane successive Rosetta tornò spesso sull’argomento, fino a quando non mi sentii obbligato a diffidarla: “Senti, la guerra finirà presto, per cui non metterti in testa di cercare Dell’Acqua, è chiaro?”

“Già fatto,” mi rispose mentre catturava il mio settebello per la sua ennesima vittoria a scopa. “Aspetto solo di sapere se il messaggio è arrivato.”

Non volle spiegarmi in dettaglio come aveva fatto. Fatto sta che pochi giorni prima di Natale la risposta arrivò: a Roma sapevano che stavo bene e che sarei rimasto al sicuro fino alla fine della guerra. Un bel regalo di Natale per i miei, e anche per me, seppure non riuscissi a perdonare Rosetta per il rischio corso. “So il fatto mio, non preoccuparti,” disse. “Mi preoccupa il professore invece. Ho saputo che ha lasciato la presidenza della Banca, ora è presidente onorario. Pare che non stia bene. Non si è mai riguardato, quel benedetto uomo!”

Non poteva presentarsi un Natale più malinconico. Pensavo alla mia famiglia, ad Anna, a Mara. Ad Alex. Sapevo che era l’ultimo Natale di guerra, il più difficile. Rosetta era riuscita a trovare molte cose buone da mangiare, si sforzava di farmi da mamma, cercavo di mostrarmi perfino allegro, ma solo per ricambiare le sue attenzioni. Il 25 dicembre giocammo a carte con i due arzilli vecchietti del piano di sotto: ci ripulirono, ma in cambio ci portarono un panettone fatto con il burro vero. A San Silvestro cenammo io e Rosetta. Avevamo un buon prosecco da stappare: un lusso. Cercai di ritrovare un po’ di allegria, di scherzare e di non pensare alla guerra. Alla mezzanotte lei accettò l'invito per un ballo, dopo aver messo sul grammofono un vecchio disco. Non ballava da molti anni, l'ultima volta lo aveva fatto con il marito, morto nel '35, quando già abitavano a Roma. Se ne ricordò e diventò irrimediabilmente triste. Andammo presto a dormire, ognuno con i propri pensieri.

Dovevano passare ancora tre mesi prima che succedesse qualcosa.

Nei momenti di maggior nervosismo vagheggiavo di tentare da solo un passaggio in Svizzera, oppure di raggiungere qualche formazione partigiana in montagna. Quando mi sentivo deciso a farlo, preannunciavo la mia partenza a Rosetta, per sentirmi chiedere ogni volta: "Sai dove andare? A chi rivolgerti?" Io rispondevo che non c'era un ufficio partigiano di arruolamento e che avrei cercato di raggiungerli in qualche modo, come avevano fatto in migliaia prima di me. Allora lei mi invitava ad avviarmi verso una delle valli bergamasche, magari a piedi, e chiedere in giro ai contadini: "Scusate signori, per caso sapete dove posso trovare i partigiani? Sapete, io sarei uno dei capi..."

Una sera in cui mi sentivo particolarmente depresso, cominciai a prendermela con me stesso: "Sono stato in Albania, e poi sono stato nella Resistenza. Ma la guerra l'ho fatta per modo di dire. C'è chi in questo momento sta aspettando la fucilazione, c'è chi combatte, e io ho passato questi anni senza neppure sparare un colpo." Rosetta mi rispose come a un povero scemo: "Che delusione, Michele. Stai delirando. Tu credi davvero che un uomo si misuri da quanti colpi ha sparato?"

Soffrivo anche del fatto di essere tagliato fuori dalle notizie. Sembrava chiaro che la Repubblica Sociale era ormai prossima al tracollo, ma *quanto* prossima non era dato saperlo. Le versioni ufficiali cercavano di edulcorare la realtà e di tener vive le ultime speranze dei fedelissimi, senza riuscire a nascondere del tutto che il Reich stava per essere invaso da est e da ovest, e che la Linea Gotica stava per essere travolta. Si riusciva a sapere qualcosa in più dalle radio alleate e da informazioni che Rosetta captava in ufficio, tutte convergenti verso la stessa conclusione: la guerra stava per finire.

E non finiva mai.

Prima dell'incidente alla frontiera avevo avuto sentore di una riduzione dei rifornimenti alleati ai partigiani, per ragioni più politiche che militari, e anche di repressioni terribili in atto da parte tedesca. Ebbi poi conferma che l'ultimo inverno era stato terribilmente sanguinoso. Non tutte le notizie erano cattive però. Si venne a sapere che l'avvocato Grandoni non aveva subito alcun processo, né tantomeno condanne sommarie: Rosetta appurò che non era più a San Vittore, avendo beneficiato di uno scambio di prigionieri. Probabilmente era in Svizzera. Commentando il fatto, ne deducemmo che se le cose stavano cosí, allora molti fascisti, e anche molti tedeschi, stavano già tentando di trattare la resa per salvare la pelle. Immaginavo che i miei amici di Lugano, mentre io ero nascosto, fossero impegnati in quel genere di operazioni. Con amarezza, allontanavo da me stesso la speranza che anche Alex potesse approfittare di quei canali per salvarsi.

*****

Ai primi di aprile Rosetta mi riferí di avere visto Alex in Banca. Cercava me, ne era certa. Si erano incrociati nei corridoi, mio cugino aveva fatto finta di non riconoscerla, ma di sfuggita le aveva lanciato un'occhiata interrogativa. Poi aveva chiesto ad alcuni funzionari se avessero mie notizie: molto probabilmente contava sul fatto che ne avrebbero parlato con lei.

"Michele, che devo fare se torna?"

Ero sicuro che sarebbe tornato: "Tu non fare nulla per parlargli, ma se lui trova il modo di chiederti qualcosa non ti sottrarre, fagli capire che possiamo incontrarci."

"Se vuoi posso farlo venire qui. Ma ci possiamo fidare?"

"Di lui sí. Tranquilla."

Le cose andarono in quel modo. Dopo qualche giorno, la sera tardi, Alex si presentò da noi. Era vestito in borghese. Entrando salutò la padrona di casa con gentilezza, ostentando un sorriso che non fu ricambiato. Ci sedemmo intorno a un tavolo, fu mio cugino a richiamare Rosetta che voleva lasciarci soli a parlare: "Signora, vi prego, restate con noi, siete a casa vostra. Non ho segreti per voi." Ammansita ma senza cordialità, si sedette con noi.

Gli chiesi come stava, cosa aveva fatto, dove era stato. Disse solo che negli ultimi quattro mesi era stato in Veneto. Arrivò subito al dunque: "Michele, avrai capito che qui sta crollando tutto. Siamo alla fine. Gli Alleati sono nella Pianura Padana, i russi sono in vista di Berlino. Sono gli ultimi giorni di Pompei."

"Lo sapevamo, no, che sarebbe andata a finire cosí?"

"Sí, e sai anche che non sono rimasto qui per la vittoria. Ma non parliamo di questo. Ora c'è un'ultima cosa che devo fare e mi serve il tuo aiuto. Un'operazione che farai volentieri, perché servirà anche ai tuoi amici."

"Io sono fuori causa, Alex: non posso fare nulla."

"Puoi, puoi. Fidati di me. Ti interessa?"

Scambiai uno sguardo con Rosetta, poi dissi che mi interessava.

"Ti spiego di cosa si tratta. Uno scambio, un passaggio in Svizzera."

"Ma te l'ho detto, non ho più i contatti, sto nascosto qui da mesi."

"Ti faccio rientrare io in Svizzera. Mi serve l'assenso dei tuoi capi, trovali e convincili, poi la faccenda si conclude alla svelta."

"Aspetta, Alex, aspetta. Sicuramente c'è chi già si sta occupando di queste operazioni, dall'una e dall'altra parte. Perché vuoi che sia io ad aiutarti?"

"È un iniziativa che parte da me, e io mi fido solo di te." Era deciso, sicuro, con molta fretta di concludere.

"Di che si tratta esattamente?"

"Si tratta di portare in salvo due italiani e un tedesco. Insieme a loro restituiamo tre ufficiali americani prigionieri, piloti di aviazione arrestati senza divisa mentre erano insieme a dei banditi. Potevano già essere fucilati come spie, invece ve li ridiamo tutti interi. Mi pare equo, no? Inoltre, siccome servirà che siano d'accordo anche i partigiani, farò liberare almeno dieci dei loro non appena avremo il via libera."

"Chi sono i tre che vuoi salvare?"

"Il tedesco è un militare, un colonnello delle SS, sono sicuro che a Lugano lo conoscono già. Gli italiani sono una coppia, lui è un personaggio che non gradirebbe farsi trovare da voi quando i tedeschi se ne saranno andati, lei è solo sua moglie." Mise sul tavolo una busta: "Qui ho i nomi del tedesco e degli americani. Per loro grado, matricola, reparto di appartenenza. Ho anche le fotografie, nel caso i tuoi amici fossero sospettosi. Però bisogna concludere alla svelta."

Rosetta si inserí ostentando una calma che nascondeva ostilità: "Queste persone, gli italiani intendo, pagano molti soldi per passare il confine?"

La replica fu immediata, anche se priva di risentimento: "No, signora, niente denaro. Io non vendo servigi." Lei continuava a fissarlo, lui ne sosteneva lo sguardo.

Non capivo perché quella donna fosse cosí dura con mio cugino, pur sapendo che ero ancora vivo grazie a lui. Cosa avesse in mente fu chiaro quando chiese: "E i partigiani che erano con gli americani, che fine hanno fatto?"

Neanche stavolta Alex abbassò gli occhi: "Sono morti, signora."

Rosetta annuí: sapeva già la risposta, voleva semplicemente che l'ascoltassi anch'io. Avrei potuto chiedere ad Alex se avesse avuto qualcosa a che fare con quell'episodio, ma preferii tornare alla sua proposta: "Senti, Alex, ancora non ci vedo chiaro: cosí come puoi far passare me, perché non li fai espatriare tu direttamente, senza tutte queste complicazioni? Una volta oltre confine non li tocca più nessuno."

Fece un sospiro, alzando gli occhi al cielo: "Quante domande, Michele. Non ti fidi più di me?"

"Non ho detto questo. Ma se devo aiutarti, ho diritto di sapere."

"Va bene, hai ragione." Prese dalla tasca le sigarette, prima di estrarne una chiese alla padrona di casa il permesso di fumare. Lei indicò il portacenere senza parlare. Me ne offrí una, poi rispose alla mia domanda: "Il fatto è che non abbiamo più il controllo della zona di confine. Non siamo più noi a impedire le fuoriuscite, ora sono i vostri, perché non vogliono che scappiamo. Una persona come te o come me va bene, più persone rischiano troppo. Poi c'è anche una donna. Perché tutto funzioni senza inconvenienti serve che l'operazione sia combinata, che gli svizzeri siano d'accordo, i partigiani pure, e tutto proceda nella massima sicurezza."

"Vedo che ci tieni molto, Alex, sembra quasi una questione personale."

"In un certo senso lo è. Diciamo che è il mio ultimo incarico."

Fui felice di sentirlo: forse aveva deciso di sopravvivere alla guerra.

"Vuoi dire, Alex, che anche tu sei autorizzato a passare in Svizzera?"

Trovò divertente la mia osservazione: "Non esistono autorizzazioni di questo genere. La consegna è di resistere fino alla fine, non lo sapevi?"

"Ma tu ci sei dentro o no?"

"Michele, Michele, quante domande! Sempre domande!"

Alzai la voce: "Ma se lo hai detto tu che sta crollando tutto, che è finita... per cosa vuoi restare? Per la fede? Per l'onore? Il Terzo Reich è finito. Il fascismo è finito."

Si incupí, divenne quasi indifeso, triste: "Sí, è alla fine, e sta finendo male. Gli ultimi fedelissimi resteranno a morire, lo sanno bene che per noi non ci sarà pietà. Gli altri scapperanno, o si nasconderanno. Ognuno penserà a se stesso. Non tutti forse: resteranno i ragazzini ai quali abbiamo detto che con le armi segrete Hitler avrebbe vinto la guerra. Dio mio, che tragedia..."

Per la prima volta da quando lo conoscevo mi sembrava sopraffatto da qualcosa di più grande di lui. Quasi con dolcezza gli chiesi: "Ma tu, Alex, vuoi morire?"

Con un filo di voce sussurrò: "Io per un po' devo vivere."

Quasi incredulo, mi alzai in piedi e trassi trionfalmente le conclusioni: "Bene! Benissimo! Allora l'operazione si farà per sette persone. Tre americani, un tedesco, tre italiani. E l'italiano in più sei tu. Se è cosí li convincerò."

Alex esitava, io volevo essere sicuro: "Ho capito bene? Ho la tua parola?"

Aspettammo che si decidesse a rispondere, io in piedi, Rosetta seduta davanti a lui. Alla fine disse di sí, o meglio udimmo una specie di sibilo che assomigliava a un sí.

Stavolta ce l'avevo fatta: avevo salvato Alex! Ero di nuovo fiero di me stesso. Prendemmo gli ultimi accordi, poi mio cugino se ne andò lasciando la busta sul tavolo.

Prima di ritirarsi per la notte Rosetta tornò la donna che conoscevo: "Mi dispiace per tuo cugino. Mi fa pena, sul serio."

*****

Alex ci mise qualche giorno a organizzare il mio rientro in Svizzera. In compenso andò tutto liscio. Passai la frontiera di Chiasso in un treno merci diretto in Germania. Gli svizzeri controllavano materiali e persone, ma nell'occasione il vagone nel quale ero nascosto subí un'ispezione molto approssimativa. Saltai giù poco dopo il confine, prima che il treno riprendesse velocità.

A Lugano non ritrovai subito i contatti che cercavo. I vari appartamenti che mesi prima erano utilizzati dagli Alleati risultavano occupati da uffici di società svizzere. Ai numeri telefonici che ricordavo a memoria rispondevano illustri sconosciuti. Sapevo che si trattava di una normale prassi di sicurezza, per cui pensai di limitarmi semplicemente a farmi vedere in giro, camminando a piedi per ore e andando a mangiare nei locali che ero abituato a frequentare. Il primo giorno non successe nulla, per cui cercai una camera in albergo, lasciando in portineria il mio vero nome. Ciò fu sufficiente affinché la mattina dopo fossi raggiunto da Frank mentre facevo colazione nella sala ristorante.

Era sinceramente felice di vedermi, io lo ero quanto

lui. Si sedette al mio tavolo per ascoltare il racconto della mia cattura.

Il resoconto fu onesto: non gli nascosi nulla della sosta con Mara che era costata carissima a lei e poteva risultare fatale anche a me. Frank commentò la mia vicenda molto severamente: "La colpa principale è della donna, ma tu hai violato tutte le regole, Mike. È una cosa molto grave, te ne rendi conto, vero?"

"È un peso che mi resterà sulla coscienza per tutta la vita. È abbastanza come punizione, no?"

Frank annuí, poi volle sapere come avevo fatto a tirarmi fuori dai guai in poche ore. Era una domanda che mi aspettavo e che doveva farmi: chi poteva assicurargli che non fossi stato liberato in cambio di informazioni?

Raccontai tutto per filo e per segno, senza essere mai interrotto: l'incontro con l'ufficiale conosciuto a Milano, il mio bluff, l'intervento di Alex, le cinquecentomila lire, e poi i giorni passati in casa di mio cugino prima di trovare asilo da Rosetta. Quanto ai soldi rimasti nella valigetta, dissi che mio cugino me li aveva sequestrati, ma che contavo di recuperarli in seguito, perché Alex non li avrebbe consegnati a nessuno dei suoi camerati.

"Sei stato fortunato," fu il suo unico commento.

"Sí, Frank, molto fortunato. Devo la vita a mio cugino. Ma voi non sapevate proprio nulla?"

"Al principio quello che sapevamo non ci piaceva. Sei stato visto allontanarti dalla caserma dei fascisti in automobile con un ufficiale delle Brigate Nere. Puoi immaginarti le congetture..."

"Senti, Frank, io lo capisco, ma ti giuro che..."

Mi interruppe stringendomi il braccio con forza. "Stammi a sentire: io personalmente non ho mai dubitato un secondo di te, okay? Oltretutto, io lo so che quell'uomo è tuo cugino e che siete molto legati. Ma siamo in guerra, non possiamo correre rischi. Al principio eravamo costretti a considerarti non solo bruciato, ma anche sospetto. I partigiani della zona erano convinti che tu avessi semplicemente venduto la donna. Ma nei giorni successivi i fatti sono stati tutti a tuo favore."

Ero curioso di sapere come a Lugano avessero appreso la verità. Frank mi spiegò che, pochi giorni dopo il mio arresto, alcuni militari della Guardia Repubblicana erano caduti in un'imboscata tesa dai nostri. Appartenevano tutti al reparto di stanza presso il comando dove io e Mara eravamo stati condotti. Alcuni erano rimasti vivi, ed erano concordi nella convinzione che il loro capitano avesse preso soldi per lasciarmi andare. La mia valigetta era stata notata da tutti, nessuno pensava contenesse effetti personali. Avevano raccontato della fucilazione della povera Mara e, soprattutto, della fretta con cui era avvenuta. Mentre qualcuno passava il confine per riferire tutto questo a Lugano, un gruppo di partigiani aveva organizzato una spedizione per recuperare il denaro. L'ufficiale corrotto aveva pagato subito con la vita: del resto, se lo avessero scoperto i suoi camerati avrebbe subito lo stesso trattamento. Di Gino, vittima delle propria stupidità, ho già raccontato.

"Per dirtela tutta," concluse Frank, "Hartston non era ancora del tutto convinto su di te, ma gli ho fatto notare che l'arresto di Grandoni era avvenuto prima della tua cattura. Alla fine si è persuaso anche lui che ti eri semplicemente nascosto. Tutto è andato come doveva andare, tranne che per la donna fucilata."

Non sapevo dove rivolgere lo sguardo, la fine di Mara mi faceva soffrire come se davvero l'avessi tradita. Frank cercò di tirarmi su: "Le cose si erano messe male, molto male, a quel punto non avevi scelta, Mike, avevi il dovere di salvarti. Ti avrebbero costretto a raccontare tutto quello che sai. Nessuno può saperlo prima se è capace di rifiutare la salvezza in cambio di informazioni. Potevi anche essere torturato. Meglio non trovarsi mai in quella situazione."

"Lo sai che è stato mio cugino a farmelo capire? Io non volevo andarmene senza Mara, volevo che i soldi salvassero anche quella poveraccia. È stato lui a farmi vedere come stavano le cose. O solo lei al muro, o tutti e due."

"Strano tipo, tuo cugino. Me ne hai parlato tante volte e ancora non l'ho capito. Ma da che parte sta?"

"Alex è un fascista, sta dalla parte di Mussolini. Ma per me è molto più di un cugino. Ci siamo sempre aiutati fino a oggi. Sono tornato qui per salvarlo. Devi ascoltarmi con attenzione, Frank, perché ho una proposta da parte sua."

"Sono tutto orecchi, Mike. Se la proposta è interessante, perché no?"

Feci portare al tavolo dell'altro caffè: l'orario della prima colazione era già trascorso da un pezzo, ma i camerieri capirono subito che non era il caso di farcelo notare. Illustrai il piano a Frank, poi gli consegnai la busta con i nomi e le fotografie. Lui esaminò quel materiale con grande attenzione, aveva l'aria interessata ma dubbiosa. Ci pensò su per qualche istante, poi mi disse: "Sono tentato, Mike, ma devo considerare la situazione. È un po' tardi per gli scambi, fra pochi giorni sarà tutto finito. Le cose sono cambiate in questi mesi, conta molto la politica, io devo tenerne conto. I soldati tedeschi ormai non combattono più. Siamo disposti a lasciarli andare a casa in buon ordine, purché se ne vadano. Gli italiani, però, toccheranno agli italiani: i fascisti saranno puniti in Italia, e subito."

"A me pare giusto, dopotutto."

"Su questo non sono tutti d'accordo, ma che possiamo

farci? Sí, in fondo avete ragione voi. Ci sono stati tentativi per salvare alcuni gerarchi che forse avrebbero accettato di consegnarsi e di farsi giudicare da noi. Arrestare Mussolini e i suoi fedelissimi sarebbe il massimo risultato, gli inglesi ancora ci sperano, ma non credo che ci riusciremo. Probabilmente vi lasceremo qualche giorno per fare pulizia, poi se necessario interverremo noi per mantenere l'ordine. Ti confesso, amico mio, che non voglio commettere errori. Devo prima sapere se queste persone valgono il rischio."

Era inutile insistere: sulle questioni militari Frank poteva diventare l'uomo più inflessibile del mondo. Dovevo lasciare che facesse i suoi accertamenti. Mi promise che avrebbe fatto presto.

Era il 19 aprile. Restai in attesa senza cercare di contattare Frank, tanto le sollecitazioni non servivano. Dopo due giorni passati a fare passeggiate lungo il lago e a cercare notizie fresche sull'imminente liberazione, fui svegliato la mattina all'alba dal portiere di notte, che mi annunciò la visita di Frank nella mia stanza.

Gli aprii la porta ancora stordito dal sonno: "Svegliati alla svelta, Mike, ho buone notizie. Si può fare!"

Mentre mi radevo, con la porta del bagno aperta, lo ascoltavo: "L'operazione ci interessa. È okay per salvare i nostri, ma quelli li diamo già per salvi: ci teniamo soprattutto al tedesco. Non mi hanno fornito molti particolari, ma ho capito che è importante averlo vivo. Quanto agli italiani, se veramente saranno liberati i partigiani, posso convincere chi so io a lasciarli passare. Quindi anche tuo cugino potrà uscire dall'Italia. Contento?"

Mi chiedeva se ero contento... sprizzavo felicità da tutti i pori! Stavo salvando Alex e, cosa che non guastava, potevo riscattarmi da mesi di inattività concludendo la mia militanza con un'operazione importante.

Fui rasato e vestito in dieci minuti. Frank mi avrebbe fatto ripassare il confine quello stesso pomeriggio: una volta a Milano avrei potuto cercare Alex e passare alla fase operativa.

Prima di lasciare Frank ricevetti da lui le ultime istruzioni. Avevo alcuni giorni a disposizione per perfezionare il piano. Se non mi fossi presentato entro il 25, l'operazione sarebbe stata annullata. Nel frattempo Frank avrebbe sistemato tutto con la polizia svizzera e probabilmente si sarebbe fatto trovare nel luogo del passaggio di frontiera. I nostri gruppi combattenti di confine sarebbero stati messi sull'avviso dalle staffette. Alex doveva solo far liberare i partigiani e organizzare ciò che serviva per arrivare nei pressi del confine, dove i nostri, ormai quasi padroni del territorio, ci avrebbero scortato a destinazione.

Alle sette di sera ero a Milano, dove presi subito contatto con mio cugino tramite un giro di telefonate prestabilito. Ero entusiasta nel dargli la notizia, lui era freddo e tagliente. Era nervosissimo, si era fatto l'idea che fosse tutto andato a monte, mi rimproverò per averci messo tutto quel tempo per avere un sí o un no. Aveva fretta. Pensai che il suo stato d'animo fosse dovuto all'imminenza della resa, arrivai perfino a scusarmi del ritardo, quasi fosse dipeso da me. Mi ordinò di aspettarc a casa di Rosetta: si sarebbe fatto vivo lui non appena fosse stato pronto, e in quel caso avrei dovuto raggiungerlo immediatamente a Como, o attendere che qualcuno venisse a prendermi.

Pensavo che fosse tutto pronto, ma non era cosí. Alex non si fece vivo per tre giorni. Le cose andavano per le lunghe e il tempo stringeva. Il 24 mattina, finalmente, arrivò la sua telefonata: "Fatti trovare pronto fra mezz'ora, passo io a prenderti.”

Ci vollero tre ore per arrivare a Como, perché fummo fermati almeno sei o sette volte. Alex, tesissimo, era in borghese, con la camicia nera sotto un impermeabile blu e una giacca grigio scuro. Fu costretto varie volte a scendere dall'auto per farsi riconoscere e dare spiegazioni. Nessuno si rivolse a me direttamente, né mi furono chiesti i documenti, non sapevo neppure se venivo fatto passare per gerarca o per prigioniero. So solo che mio cugino parlava con piglio molto autoritario e che anche gli ufficiali mostravano di temerlo. Durante il tragitto guidava e taceva. Arrivai a pensare che si sentisse in colpa con se stesso per aver deciso di salvarsi. Provai a dirgli: “Alex, dai, ormai è finita, la cosa più intelligente è quella che stai facendo: non lasciarci la pelle.”

Si girò dalla mia parte come se mi disprezzasse: “Non capisci nulla. Non rompermi più le palle, d'accordo?” Mi ritenni generoso e comprensivo nell'astenermi dal replicare. Prima di arrivare a destinazione mi disse: “Forse c'è una piccola variazione al programma. Una persona in più. Ci saranno problemi?”

“E me lo dici adesso?”

“Sí, te lo dico adesso. Allora?”

“Non so veramente... i miei amici hanno approvato il piano per le persone del tuo elenco, e hanno combinato con gli svizzeri di conseguenza. Vedremo che si può fare... di chi si tratta?”

“Una signora. ”

“La tua donna?”

Si irritò nuovamente: “Ma che ti frega? Non importa chi è o chi non è. Non c'entra nulla con la politica e con la guerra, quindi perché non lasciarla passare? Devi convincerli e basta!”

"Senti, Alex, io non vedo grossi problemi, ma non dipende solo da me. Se c'è il maggiore Aniello ad aspettarci, può darsi che vi facciano espatriare tutti."

Non aggiunse altro, dava per scontato che anche la donna sarebbe passata.

*****

Arrivati a Como evitammo il centro e prendemmo una deviazione che ci riportò prima sul lungolago, poi su una stradina sterrata, fino a una casa di campagna. Di fronte al cancello c'era un milite armato il quale, non appena riconobbe Alex, ci fece segno di passare e di parcheggiare sul retro. Dentro la casa, seduti intorno a un tavolo, c'erano tutti: gli americani, il tedesco, la coppia italiana. Mancava solo la persona di cui Alex mi aveva parlato poco prima. Due fascisti armati salutarono mio cugino con il braccio levato. Lui ignorò il saluto e chiese: "Lo sapete, no, che aspettiamo un'altra macchina? Notizie?"

Gli risposero che anche loro stavano aspettando. "Doveva essere già arrivata," commentò Alex irosamente, poi si mise a sedere, facendomi cenno di fare altrettanto. Nell'attesa nessuno apriva bocca. Fumavano quasi tutti. La signora era bella ed elegante, sui trentacinque, con i capelli di un biondo non naturale; fumava con il bocchino e dispensava sorrisi senza essere ricambiata da nessuno. Il suo uomo era di almeno dieci anni più anziano, corpulento, biondastro, anche lui piuttosto elegante, ma nel complesso sgradevole. Il tedesco era stempiato, magro, occhialuto. Indossava un abito blu che sicuramente non era il suo: le maniche erano troppo lunghe, gli coprivano totalmente le mani.

I tre americani erano i più tranquilli di tutto il gruppo:

mi fecero un cenno di saluto, avendo subito capito che ero io l'alleato. Anche loro indossavano abiti civili: uno era in tuta ginnica, gli altri vestiti più o meno come dei contadini. Avevano passato la notte in quella casa, ma la barba non era troppo lunga, sembravano puliti e ben nutriti. Alex aveva trattato bene la sua merce di scambio.

La seconda automobile arrivò dopo una lunga attesa, mentre mio cugino si faceva sempre più impaziente, alzandosi e rimettendosi a sedere in continuazione. Per muoverci aspettammo che la guardia esterna ci invitasse a uscire. Quando l'autista scese dall'auto, Alex gli chiese bruscamente: "Come mai sei da solo?" Quello si giustificò: "Ho aspettato per ore ma quella persona non me l'hanno portata. Che dovevo fare? Se è solo un ritardo possono sempre raggiungervi vicino al confine." Alex imprecò alla sfortuna prendendo a calci la ghiaia del cortile. Sfogatosi in quel modo, guardò l'orologio: era tardi.

Dovevamo muoverci. Mio cugino impartí le disposizioni per gli equipaggi: nella prima vettura presero posto il tedesco, due degli americani, che si lasciarono docilmente ammanettare, e uno dei militi. Io guidavo l'altra auto, con la coppia italiana, il terzo americano e un altro fascista, che prese il posto della donna assente. Alex faceva strada: "Cerchiamo di evitare i tedeschi," mi aveva raccomandato.

Percorremmo un tratto di strada distanziati di qualche centinaio di metri. Era la parte più delicata della spedizione, anche per Alex: se ci avessero intercettato i fascisti lo avrebbero sicuramente ritenuto in fuga, per non parlare dei tedeschi.

La tensione durò solo per i pochi chilometri che separavano Como da Uggiate. Non appena avvistammo il paese scendemmo tutti dalle automobili. Stava facendo buio. Alex fece togliere le manette ai prigionieri, disse ai suoi di tornare indietro, quindi si rivolse a me: “Ora siamo nelle tue mani.” I tre americani erano sempre tranquilli, mi guardavano fiduciosi.

Avevo memorizzato tutte le indicazioni: attraverso un viottolo di campagna raggiungemmo in pochi minuti il luogo dell’appuntamento con i partigiani. Non vedemmo nessuno, anche se eravamo in ritardo. La signora aveva i tacchi alti e tentava di lamentarsi, rintuzzata a male parole dal suo accompagnatore: “Non stai andando a una festa, cretina, come ti sei conciata?” Lei sorrideva sempre, mostrandosi però molto meno impaurita del suo uomo.

I partigiani non si fecero attendere più di qualche minuto. Erano in tre, due armati di mitra, il terzo, il comandante, apparentemente disarmato. Avevano aspettato che le due automobili si allontanassero, resistendo alla tentazione di catturarne i conducenti.

Il capo si chiamava “Felipe”, era un uomo sui quaranta alto e prestante, molto sicuro di sé: a me strinse la mano, ai tre piloti fece un cenno di saluto. Gli altri li ignorò totalmente: “Siete in ritardo,” mi disse.

“Lo so, ma ora non ci sono più problemi. Siamo pronti.”

Alex intervenne: “Non ancora.”

Felipe continuò a ignorarlo, parlava solo con me: “Cosa vuole questo qui?” Alex rispose per me: “Aspettiamo un’altra persona.”

Felipe continuò a non degnarlo di uno sguardo: “Mi pare che ci siete tutti. Non è una gita a iscrizioni questa. Chi sta aspettando?”

Gli feci cenno di appartarsi con me per spiegargli la situazione. Naturalmente non voleva saperne, dovetti insistere pregandolo di lasciare la decisione a chi ci aspettava al confine. Non avevo nessuna autorità su di lui ma parlavo come se ne avessi. Fui credibile e persuasivo. Alla fine si rivolse ad Alex: "Ascolta, camerata, siamo già in ritardo: ti do mezz'ora, poi chi c'è c'è."

Il tedesco provò a protestare: "*Già tardi ora, signori, niente aspettare, noi andare, bitte.*" Uno dei partigiani gli appoggiò la canna del mitra sotto la gola: le proteste cessarono immediatamente. Gli americani sembravano molto divertiti dalla scena.

Il gruppo passò la mezz'ora in piedi, al buio, senza che nessuno provasse a fare conversazione; neanche la signora provava a lamentarsi. Alex era più teso di una corda di violino, non faceva altro che guardare l'orologio, fumare, andare avanti e indietro per scrutare la strada in attesa della macchina che non arrivava. Trascorso il tempo prestabilito il comandante, senza concedere un minuto di più, diede a tutti l'ordine di muoversi. Mio cugino aveva l'aria sconsolata, ma non chiese proroghe. Ci incamminammo nuovamente.

Solo in prossimità della linea di confine riprendemmo la strada semiasfaltata che portava al posto di frontiera. Una sbarra come quelle dei passaggi a livello ci separava da una piccola costruzione in cemento illuminata all'esterno da un lampione giallo: era il posto di guardia italiano. Qualche metro più avanti c'era un'altra sbarra, oltre la quale si trovava la postazione svizzera, con due guardie armate a presidio. Le poche automobili che provavano a spingersi fin lí venivano fermate alcune centinaia di metri più indietro, per cui le guardie di frontiera della Repubblica erano alle nostre spalle. Gli unici due italiani che sorvegliavano il punto di transito avevano l'ordine di non far passare nessuno ma, come previsto, fummo ignorati. Frank aveva lavorato bene.

Aggirammo indisturbati il primo sbarramento ed

entrammo nella casetta, ritrovandoci tutti in uno stanzone vuoto: c'era solo un tavolo senza sedie, illuminato da una lampadina che pendeva dal soffitto. La Svizzera era a non più di cinque metri. Non appena fummo tutti all'interno entrarono Frank e Gerard insieme a uno svizzero in divisa. "Finalmente!" sentii esclamare il mio amico. Era visibilmente soddisfatto. Strinse la mano ai suoi connazionali, che si presentarono con nome e grado. "Consideratevi a casa, ragazzi," disse loro in inglese. Scambiarono ancora poche parole, non c'era bisogno di avere rassicurazioni sulle loro condizioni: si vedeva che stavano benissimo. Alex, il tedesco e la coppia italiana erano rimasti in disparte, non si aspettavano certamente un comitato di festeggiamento. I partigiani erano già tornati indietro.

L'ufficiale svizzero espletò velocemente la procedura dell'identificazione chiedendo a tutti le generalità. Ricordo che il tedesco forní solo il nome, omettendo il grado militare. L'ultimo interpellato fu Alex, che rispose molto infastidito. Si poteva passare, era fatta. I primi a uscire furono i due italiani, seguiti dal tedesco, che ufficialmente si consegnava a Gerard. Poi fu la volta dei tre americani.

Ora toccava ad Alex.

Non si muoveva. Stava in mezzo alla stanza con le mani in tasca, fissando il vuoto come se non sapesse cosa fare. Frank e lo svizzero in divisa si guardarono, poi guardarono me, con aria interrogativa. Provai a scuoterlo: "Alex, che ti succede? Dobbiamo andare."

Mi gelò: "Io non vengo."

Lo disse in un modo che percepii subito come inappellabile, tuttavia mi ribellai: "Ma sei impazzito? Tutto questo casino per niente?"

"Non posso, devo tornare indietro. Chiedi piuttosto ai

tuoi amici se mi faranno passare domani, nel caso mi ripresentassi."

Avevano sentito benissimo. Lo svizzero in divisa disse a Frank: "Per me, se poteva passare oggi può passare anche domani. Ma non so come farà con gli italiani." Frank invece non la prese bene: "Mike, tuo cugino è pazzo, non sa quello che dice. Domani qui non ci sarà più nessuno ad aspettarlo. Digli di muoversi e di passare con noi adesso, perché non ho tempo da perdere. Sennò che si suicidi pure, a noi non interessa."

Alex se l'aspettava: "Ricevuto, maggiore, forte e chiaro. In qualche modo mi arrangerò. Voi andate ora."

Frank tagliò corto: "Certo che andiamo. *Come on*, Mike, saluta tuo cugino pazzo alla svelta." Uscí dalla stanza infuriato, seguito dai due svizzeri. Io e Alex rimanemmo soli.

Non mi fece neanche parlare. Mi mise in tasca un foglietto spiegazzato, poi mi strinse tutti e due i polsi: "Stammi a sentire, non c'è tempo. Tu appena puoi torni a Milano, vero?"

"Sí, ma..."

"Niente ma. Come arrivi in città vai nella strada dove abitavo, ma non provare a salire in casa, io non ci sarò. Se dovrò nascondermi lo farò da un'altra parte. Là davanti c'è un bar, te lo ricordi? "

Feci cenno di sí. Fuori Frank sollecitava a gran voce.

"Bene. Parla col proprietario, forse saprà se ce l'ho fatta. Se hai cattive notizie, o nessuna notizia, allora devi andare all'indirizzo che trovi scritto sul foglietto. Ci troverai i soldi che mi hai affidato. Giuramelo."

"Alex, non me ne frega niente dei soldi!"

"Lo so ma devi andarci, è molto importante. Giura che lo farai."

Mi arresi: “Va bene, lo farò. Te lo giuro.”

Ora sembrava sollevato. Sentimmo ancora la voce di Frank, che ormai stava perdendo la pazienza.

“Grazie, Michele. Muoviti ora, ti aspettano.”

Ci ritrovammo l’uno nelle braccia dell’altro. Avevo le lacrime agli occhi per la rabbia e la delusione. Anche Alex aveva gli occhi lucidi, tirò su con il naso per fingersi raffreddato. Ricordo che mi disse: “Non facciamoci prendere per finocchi... usciamo, dai.” Non riuscii neppure a dirgli di stare attento, di avere cura di se stesso, o qualsiasi altra sciocchezza. Uscimmo all’aperto e ci separammo. Mentre un gendarme svizzero sollevava la sbarra per farmi passare, mi girai per un ultimo cenno di saluto, e in quel momento anche lui si voltò: “Ricorda la promessa, cugino!”

Durante il trasferimento a Lugano cercavo di capire cosa non avesse funzionato. Era chiaro che Alex stesse aspettando la sua donna, ma non mi spiegavo perché non si fosse trovata già con gli altri. Sperai che mio cugino, da solo e senza più coperture, riuscisse a raggiungere Milano sano e salvo. Ero in macchina con Frank e Gerard; dietro di noi altre due automobili con i sei fuorusciti. Arrivati in città i tre americani vollero ringraziarmi. Augurai loro buona fortuna. Anche il tedesco si avvicinò, ma capí subito che non era aria. Fu preso in consegna da due uomini in borghese, mentre la coppia fu lasciata libera di andare in albergo. La missione era felicemente conclusa.

Felicemente, ma non per me.

*****

Passai la vigilia della Liberazione senza riuscire ad assaporare le sensazioni di gioia e di vittoria cosí lungamente attese. Seguirono tre giorni terribili passati in giro per Lugano, senza meta, triste come se fossi io il vero sconfitto di quella guerra. Gerard era venuto a cercarmi e si era offerto di farmi compagnia, ma preferivo restare solo. L'insurrezione dilagava in tutto il Nord, e io non c'ero. Avevo fretta di rientrare a Milano per cercare notizie di Alex, ma ero costretto ad aspettare che la città fosse completamente liberata e le strade fossero meno intasate da lunghe file di automezzi tedeschi in ritirata, ma pur sempre armati. Il rientro mi fu possibile solo il 29, sulla jeep di Frank, finalmente in divisa, che mi portò fino a piazza Duomo. In città c'era una confusione indescrivibile. Mussolini, Pavolini, gli altri capi erano morti. La gente riempiva le strade impazzita dalla gioia, per molti era il più bel giorno della vita. Doveva essere cosí anche per me. Non seguii il flusso che conduceva tutti nel luogo dove si diceva fossero stati portati i corpi dei gerarchi giustiziati. Mi diressi invece verso il bar che Alex mi aveva indicato. Arrivai giusto in tempo per assistere alla scena del gestore che veniva portato via da un gruppo di partigiani. Ero arrivato troppo tardi.

Avevo tenuto nel portafogli, senza leggerlo, il biglietto lasciatomi da Alex alla frontiera. Ero sicuro che si trattasse di un indirizzo in città, scoprii invece che era a Mogliano Veneto, fra Mestre e Treviso. Dovevo assolutamente procurarmi un mezzo per arrivare fin lí.

Decisi di fare un tentativo: raggiunsi il posto dove avevo lasciato l'automobile che avevo utilizzato per le mie missioni. Era il cortile di uno stabile semidistrutto dai bombardamenti, l'avevo scelto perché non ci abitava più nessuno e dalla strada l'automobile non si vedeva. Ero convinto che fosse stata comunque rubata o requisita, invece era lí, intatta, ancora ricoperta da scatoloni vuoti e vecchi imballaggi. Le chiavi erano a casa di Rosetta, insieme ai documenti del Comitato. Non mi lasciai scoraggiare dalle distanze, dovevo andare e tornare a piedi. Mi fermai in casa solo per cambiarmi, lavarmi e mangiare qualcosa. Prima di salutarmi nuovamente Rosetta mi chiese se avessi bisogno di soldi. Non mi erano mai mancati, ma stavolta ero quasi a secco. Mi toccò farmi prestare i risparmi che teneva in casa.

Saranno state le quattro del pomeriggio quando riuscii a mettere in moto l'auto, ferma da molti mesi. Per fortuna nel serbatoio c'era ancora carburante. Passai innumerevoli controlli prima di uscire dalla città, in giro c'era molta tensione. Avevo con me i documenti, ma ogni volta dovevo aspettare che chi li leggeva si convincesse della loro autenticità. C'era ancora un po' di luce quando riuscii a imboccare la strada per Brescia, dove fui rallentato da colonne militari, posti di blocco, deviazioni forzate. Per evitare la zona del Garda presi in direzione di Mantova, dove mi concessi due o tre ore di sonno senza uscire dall'automobile.

Appena sveglio ripartii in direzione di Monselice, trovando ancora molto movimento per le strade. All'altezza di Legnago, prima del ponte che attraversa l'Adige, fui bloccato insieme ad altri veicoli da uno sbarramento sorvegliato dai partigiani. Accostai l'auto ai lati della strada, rendendomi conto che non c'era altra scelta. Il capo della pattuglia mi chiese le solite cose: chi ero, dove andavo, da dove venivo. Divenne più cordiale nello scoprire che ero uno di loro. Alcune colonne di inglesi passarono tranquillamente, ma i civili erano ancora fermi. Chiesi a quell'uomo perché non si potesse passare. Lui mi fece capire che erano in corso delle esecuzioni: "Stamattina si fa giustizia."

"Chi state eliminando?" gli chiesi.

"I fascisti della zona: guardie repubblicane, brigatisti, spie, un federale. Almeno una trentina di camerati. Tutti arrestati e processati fra ieri e stamattina."

In quel momento sentimmo a poca distanza una scarica di fucileria. Restammo per qualche istante in silenzio: il destino di quelle persone si era compiuto. Un altro partigiano si inserí nella conversazione: "Non proprio tutti della zona, compagno. C'è anche quel pazzo che si è fatto prendere ieri."

"Di chi parli?" gli chiese l'amico.

"Ma sí, dai. Quello che viaggiava su una di quelle moto col seggiolino di lato."

Fui colto da un sospetto terribile, che scacciai dalla mente. Mantenni la calma e cercai di saperne di più: "Lo avete catturato voi?"

Si udirono ancora degli spari isolati: erano il colpo di grazia per chi non fosse morto con la prima scarica.

L'ultimo arrivato ci teneva a rivendicare i propri meriti: "L'ho preso io. Stava per fregarci, il bastardo!"

Mi raccontò com'era andata. L'uomo che viaggiava in moto si era presentato con aria tranquilla e sicura al posto di blocco, dicendo di essere un ufficiale dell'esercito che nei mesi precedenti si era nascosto per sfuggire alla coscrizione obbligatoria, e che ora andava a Venezia per raggiungere la moglie. Aveva fornito particolari precisi ed esibito documenti che sembravano in regola, con tanto di fotografia in divisa. I partigiani gli avevano creduto, chiedendogli perfino se fosse disposto a dare un passaggio in motocicletta a un loro compagno incaricato di recarsi a Mestre. Lui aveva accettato di buon grado, dicendosi contento di poter dare una mano dopo mesi di imboscamento. Mentre stava per risalire sulla moto gli avevano fatto segno di aspettare ancora per far passare un gruppo di fascisti prigionieri, che camminavano lentamente con le mani sopra la testa, guidati da pochi uomini armati.

Quando il gruppetto era ormai passato oltre, uno dei prigionieri aveva riconosciuto il motociclista e aveva gridato, con l'allegria isterica dei *morituri*: "Comandante! Comandante! Anche te hanno fottuto?"

Vedendosi ignorato, il prigioniero aveva insistito: "Alessandro, ma sono io, il Bellini! Non mi riconosci? Che fai, vieni a morire con noi?"

Era stato inutile, per Alex, sostenere che non conosceva quell'uomo, che il suo nome era Alberto, come era scritto nei documenti falsi. Lo avevano arrestato e messo insieme agli altri.

Dovevo avere un'espressione terribile, perché il mio interlocutore mi chiese: "Che succede, compagno? La storiella ti ha sconvolto?"

Risposi con un filo di voce: "Io conosco quell'uomo."

"Davvero?" chiese uno dei due. "Non sarai mica un fascista anche tu?"

"Pensa quello che vuoi," risposi, "ma lo conosco. Posso vederlo?"

"Va bene," intervenne l'altro, "se vuoi toglierti la curiosità, puoi andare a vederlo morto. Ti ci accompagno. Magari ci potrai dire come si chiamava, il cognome non ha voluto dircelo."

Mi accompagnò per una strada sterrata fino al terrapieno erboso che costeggiava l'Adige. Provavo l'impulso di allungare il passo, di mettermi a correre, ma un'altra parte di me stesso voleva rinviare il più possibile la conferma di ciò che temevo.

Quando arrivammo sul luogo dove l'esecuzione si era appena compiuta, vidi i giustiziati allineati lungo l'argine, rialzato di due metri rispetto al terreno. Formavano una lunga fila di cadaveri insanguinati. Quelli che avevano sparato erano già andati via. Mi avvicinai e cominciai a cercare Alex fra i volti di quei morti, chinandomi su ognuno di loro. Alcuni erano riversi bocconi, altri avevano il volto affondato nell'erba. Passai davanti al corpo crivellato di una ragazza con l'uniforme da ausiliaria, provando un senso di orrore. Era molto giovane. Passai oltre, non era lei che stavo cercando.

Alex era il penultimo della fila. L'avevo già visto, l'avevo riconosciuto dai capelli grigi e cortissimi, chiazzati di sangue. Ciò nonostante avevo continuato a ispezionare i cadaveri che lo precedevano, lentamente, minuziosamente, finché non arrivai vicino a lui. Era riverso a faccia in giù con le braccia allargate, la guancia poggiata sull'erba, gli occhi semichiusi. Sulla schiena aveva quattro o cinque fori di proiettile. Il suo sangue si confondeva con quello dei vicini. A pochi centimetri dalla testa c'era il mozzicone dell'immancabile sigaretta. La tempia sfondata aveva ricevuto il colpo di grazia. La sua fronte era ancora calda mentre gli chiudevo gli occhi.

"È lui?" mi chiesero, intuendo già la risposta.

Mi rialzai: "Sí, è lui. Prendete nota. Si chiamava Alessandro Costantini, detto Alex. Nato a Firenze il 9 ottobre 1912." Poi stupidamente, come se stessi dettando un verbale: "Morto non so dove il 30 aprile 1945."

"Ma chi era per te?"

"Era mio cugino."

Non riuscivo a muovermi di lí. Udii una voce alle mie spalle: "Tuo cugino era diverso dagli altri."

Mi voltai e vidi un uomo sulla cinquantina, ben rasato, vestito distintamente con un abito grigio e la cravatta, una fascia tricolore intorno alla manica. Doveva essere il comandante.

Aggiunse: “Se può consolarti, è morto bene.”

Replicai rabbiosamente: “Ma si può morire bene in questo modo?”

Non si scompose: “Sí che si può.”

Stavano cominciando a caricare i cadaveri su un camion. L’uomo mi fece cenno che dovevamo allontanarci. Guardai ancora il corpo di Alex, poi il mio sguardo tornò sulla ragazza. Mi disse: “Abbiamo tutti perso qualcuno. Io mio fratello. Fucilato come questi qui. Sai chi l’ha fatto prendere?”

Non mi importava nulla, accennai a un no.

Indicò l’ausiliaria: “È stata quella lí. Non solo mio fratello: almeno dieci ne ha fatti arrestare. È a lei che devo se sono un partigiano. Non era una donna, era una bestia. Si fingeva una che simpatizzava per noi, scherzava con quelli più giovani, faceva l’amore con loro. Alcuni erano stati miei studenti al liceo di Monselice. Li faceva divertire, poi li faceva parlare, e quando avevano detto abbastanza andava a raccontare tutto ai suoi amici. Tre non sono stati fucilati, sono stati impiccati e ci hanno messo minuti a morire. La sera prima delle esecuzioni lei andava a trovarli e diceva: ‘Compagno, vuoi un altro assaggino prima di schiattare? Vuoi che te la dia ancora?’ E rideva. Rideva per la gioia di averli fatti ammazzare. Sei ancora cosí inorridito, adesso?”

Ci stavamo allontanando da quel luogo. Sentivo che quell’uomo mi rispettava: “Perché dici che è morto bene?” gli chiesi.

“Ci ha fatto ridere poco prima di morire. Mentre li portavamo qui, quello che l’aveva fatto scoprire gli camminava accanto e non lo lasciava in pace. Gli chiedeva continuamente scusa, perché vedendolo con i nostri aveva pensato che anche lui fosse stato catturato. A un certo punto tuo cugino si è girato di scatto verso di lui, si è tolto di bocca la sigaretta che stava fumando e gliel'ha infilata fra i denti per farlo star zitto, dicendogli: 'Ti perdono, camerata, basta che non mi rompi più i coglioni!' Noi ci siamo messi tutti a ridere, perfino qualcuno dei condannati rideva. Quando abbiamo cominciato a metterli in fila si è ritrovato di fianco a lui, sembrava una persecuzione. Allora tuo cugino si è rivolto a me: 'Questo scemo dovreste lasciarlo campare, sai quanti ve ne farà prendere dei nostri?' Mi sono avvicinato, mi era quasi simpatico. Visto che la sua ultima sigaretta l'aveva sprecata in quel modo, gliene ho offerta una delle mie. L'ha accettata, ma non aveva più il suo accendino. Avevo dei fiammiferi. Volevo farlo accendere ma mi tremava la mano, non mi era ancora successo di fare questo." Indicò i morti riversi per terra. "Mi ha tenuto fermo il polso, ha acceso e mi ha detto sottovoce: 'Cosí non va, compagno, dovete sparare bene, fare un lavoro pulito'. Ho tenuto botta e ho replicato: 'Te ne intendi, allora, di questo tipo di lavoro?' E lui: 'Meglio se pensate questo. Cosí lo fate volentieri e non vi trema la mano'. Poi si è girato dall'altra parte ad aspettare la scarica. Molti piangevano, altri gridavano "Viva il Duce" o facevano il saluto romano. La ragazza prima implorava pietà, poi ci insultava, diceva che solo i vigliacchi sparano a una donna, ma non faceva pena a nessuno. Lui invece non ha fatto e non ha detto nulla: a me è sembrato tranquillo, rassegnato. Come se se l'aspettasse di finire cosí."

Provavo gratitudine per l'ultima sigaretta che quell'uomo gli aveva offerto. Gli chiesi: "Perché me l'hai raccontato? Per consolarmi?"

"No. Qui nessuno consola nessuno. Te l'ho detto solo perché sei uno dei nostri e mi dispiace per te."

Il camion con i corpi dei fucilati ci passò accanto e ci

superò. Forse un braccio che penzolava era quello di Alex. "Dove li seppellite?" domandai.

"Questo non lo so, non tocca a noi. Forse in una fossa comune."

Aggiunse che probabilmente il parroco del paese più vicino avrebbe saputo darmi delle indicazioni, ma che era meglio aspettare qualche giorno, le esecuzioni non erano ancora finite. Pensai che non ci sarebbe neppure stata una tomba per andare a trovare Alex da morto. Non potevo aspettare, dovevo proseguire per mantenere la promessa fatta a mio cugino. Mi salutò: "Ora puoi riprendere il tuo viaggio, la strada è libera. Buona fortuna, compagno." Strinsi la mano che forse aveva sparato ad Alex il colpo di grazia.

Non ce l'avevo con lui, non era colpa sua.

Ce l'avevo con Alex perché non aveva voluto passare la frontiera. Perché era morto.

Per il dolore infinito che mi aveva procurato.

*****

Avevo i vestiti macchiati di sangue. In paese cercai un posto per ripulirmi, mi osservavano con timore, ma c'erano anche sguardi compiaciuti: pensavano fossi uno di quelli che avevano partecipato alle esecuzioni. Ripresi il viaggio, continuando a trovare le strade intasate da mezzi che andavano e venivano: reparti militari, gruppi partigiani, gente in camion, a piedi, in bicicletta. In vista di Padova la benzina finí. Abbandonai la macchina dopo averla spinta ai lati della strada e proseguii a piedi fino alla città. Ero distrutto anche fisicamente, non mi reggevo in piedi, cosí cercai una stanza. Non appena appoggiata la testa sul cuscino mi addormentai profondamente.

Mi svegliai che era giorno fatto: ricordarmi improvvisamente di cosa avevo visto il giorno prima fu come ricevere un pugno nello stomaco. Mi sforzai di mandare giù del latte caldo e due biscotti semiammuffiti, poi cercai un modo per raggiungere la mia destinazione. Grazie al denaro prestatomi da Rosetta convinsi il fratello dell'albergatore, che aveva un vecchio furgone, a portarmi fino a Mogliano. Solo al ritorno mi sarei occupato dell'automobile. Gli promisi, in pratica, tutto il denaro che avevo. Non ero nello stato d'animo di mercanteggiare.

Arrivato in paese chiesi dell'indirizzo che cercavo. La prima a essere interpellata fu una donna che mi domandò subito: "Sei un amico della romana, quella troia? Cercatela da solo!" Se non altro conosceva il posto: non la mollai fino a quando non riuscii a ottenere l'indicazione che mi serviva.

Si trattava di un villino fuori dal paese: l'aspetto esterno era tranquillo e gradevole. Superato il cancelletto mi avvicinai all'uscio di casa. Le finestre erano tutte chiuse, sembrava che non ci fosse nessuno all'interno. Provai a bussare: nessuna risposta. Riprovai con più energia. Sentii urlare: "Andate via, che cosa volete ancora da me?" Cercai di farmi udire senza urlare a mia volta: "Signora, per favore, apritemi. Vengo da parte di Alessandro."

La porta si aprí. Era una donna giovane, che doveva essersela vista brutta: aveva i capelli rasati a zero, un occhio tumefatto, lividi ed ecchimosi sulle braccia. Era in stato di avanzata gravidanza. C'eravamo già visti in passato. Fui io il primo a essere riconosciuto: "Michele, perché sei qui? Dov'è Alex?"

Ines mi fece entrare, preoccupata dal mio silenzio. In casa c'era anche una donna di mezza età, con i capelli bianchi raccolti sulla nuca. Da come mi guardò mi resi conto che dovevo avere un aspetto terribile. Ines aspettava ancora una risposta: "Non vuoi dirmelo perché sei qui? Cosa è successo ad Alex?"

Non ci riuscivo: "È suo figlio quello che aspetti?"

"È già un orfano, vero?"

Dovevo dirglielo: "Alex è morto ieri. L'hanno riconosciuto e fucilato. Credo che stesse tentando di arrivare fin qui."

Cosa esisteva fra loro due lo compresi prima vedendo una smorfia di dolore contrarle le labbra, poi sentendola emettere un grido disperato, un no interminabile. Crollata su una sedia singhiozzava affannosamente, quasi avesse le convulsioni. La donna le si era avvicinata alle spalle e le accarezzava la testa rasata: "Voi siete Michele, il cugino di Alessandro?"

Feci cenno di sí. Ines improvvisamente si alzò, e con tutta la velocità che la pancia le consentiva entrò dentro una stanza e chiuse la porta. La donna la seguí e bussò ripetutamente gridandole di aprire, di pensare al bambino, di non fare sciocchezze. Non ottenendo risposta tornò da me: "Venite a sfondare la porta, è impazzita." Prima che provassi a entrare Ines riaprí: aveva in mano la valigetta dei soldi. "State tranquilli, non mi ammazzo," disse a tutti e due, e poi rivolta a me, rabbiosa: "Sei venuto per questa? Eccotela: riprendila e vattene." Le tolsi la valigetta dalle mani e la poggiai per terra: "No, Ines, sono qui perché me lo ha chiesto lui."

Si lasciò guidare verso una sedia. Le chiesi cosa le avessero fatto. Mi rispose l'altra donna: "Sono venuti l'altra mattina, lei era pronta per partire e raggiungere il suo uomo. C'era molta agitazione per le notizie che arrivavano da Milano e dalle altre città. I fascisti erano tutti spariti. Quello che doveva portarla su in macchina deve aver visto la mala parata e non si è presentato. Io ero qui con lei quando sono entrati a cercare Alessandro, poi se la sono presa con Ines, le chiedevano dove si fosse nascosto, avevano visto che era pronta a partire."

Ines continuò il racconto: "Ma io non conoscevo neppure il posto dell'appuntamento, sapevo solo che tu ci avresti fatto arrivare in Svizzera. Non ho detto neanche questo ai partigiani, mica per coraggio, solo perché non riuscivo neppure a parlare, ero terrorizzata per me e per il bambino. Allora uno ha cominciato a picchiarmi, mi ha dato un pugno in faccia, e intanto sentivo la voce di un altro che diceva: 'Facciamola fuori questa qui'. Mi hanno messo su una sedia, e una ragazza che era con loro ha cominciato a tagliarmi i capelli. Mi ha salvato lei, la signora Giuliana." Indicò la donna, che si sedette di fronte a Ines e mi spiegò: "Mio figlio l'hanno ammazzato i fascisti. Mi conoscono tutti qui. Gli ripetevo: 'Lasciatela stare, non vedete che è incinta?' Erano indecisi, e intanto la ragazza finiva il lavoro. Per fortuna è arrivato il loro capo, uno che conosco bene, una brava persona. Sapevo che a me avrebbe dato retta perché lo conosco da bambino, era amico di mio figlio. Ha capito cosa stava per succedere e ha dato gli ordini: 'Qui non si spara a nessuno, chiaro? Questa donna non ha fatto niente. Andiamo a cercare i fascisti piuttosto'."

Ines aveva ascoltato il racconto come se non la riguardasse. Voleva sapere di Alex. Io le raccontai tutto: il mancato passaggio al confine, il biglietto con l'indirizzo, il mio viaggio, e poi la sosta in riva all'Adige. Le spiegai che era stato incosciente, ma anche molto sfortunato, perché era stato riconosciuto solo all'ultimo momento. Si lasciò sfuggire un sorriso carico di amarezza: "Lo conosci Alex, no? Per lui niente poteva andare storto. Chissà cosa voleva fare... qui lo aspettavano per fargli la pelle. Ma tu, perché non l'hai convinto a passare in Svizzera? Perché?"

"Ines, ascolta, io ci ho provato, ma non c'è stato verso. Come ha capito che non saresti più arrivata ha deciso di tornare indietro. Deve essersi nascosto per tre giorni a Milano, poi non ce l'ha fatta più, ha preso la motocicletta e ha tentato di arrivare fino a qui. Da quello che mi hai raccontato aveva ragione a preoccuparsi per te." Poi aggiunsi: "Fa molto male anche a me. Era più di un fratello."

"Lo so, mi parlava spesso di te." Sembrava più calma, ora: "Mi ha raccontato del tuo arresto, dei giorni in cui ti ha nascosto a Milano. Gli piaceva quello che facevi, anche se stavi dall'altra parte. Gli dicevo: 'Non nasconderglielo che stiamo insieme, che male c'è?' ma lui non voleva, aveva quasi soggezione di te. Quando ho saputo che ti aveva agganciato per preparare l'espatrio, lo sai che mi ha detto? 'Ines, io non lo chiederei mai a nessuno questo favore, non chiederei a nessun nemico di aiutarci a scappare. Siamo fortunati io e te, perché ci aiuterà Michele, l'unico che non posso considerare un nemico'."

La signora Giuliana era andata in cucina. Ritornò con una tazza di latte caldo alla cui vista Ines si mostrò nauseata. Pazientemente, la donna cercò di convincerla a prenderne un po': "Tu non hai fame, ma il bambino sí. È da ieri mattina che non mangi, sforzati, sennò ve ne andate tutti e due all'altro mondo. E voi, Michele, non state molto meglio di lei. Andate almeno a darvi una rinfrescata."

Esitavo, allora Ines mi disse: "Fai come ti dice Giuliana. Di là nel bagno c'è il rasoio di Alex, e il suo sapone da barba. Usali, ti prego. Sono contenta se lo fai."

Entrato in bagno esitavo a toccare quegli oggetti. Mi sembrava assurdamente macabro radermi con il rasoio di

Alex appena morto. Sentii la voce di Ines: "Quando hai fatto vai in camera da letto e prendi una delle sue camicie per cambiarti." Per farla contenta feci come mi diceva. Scelsi una camicia bianca e la indossai, anche se era un po' piccola per la mia taglia. Appese nell'armadio c'erano due uniformi fasciste. Le tirai fuori e le buttai sul letto insieme alla camicie nere, perché la signora Giuliana si ricordasse di farle sparire. Poi tornai di là. Ines aveva ricominciato a piangere.

La guardavo, rapata a zero, malconcia, distrutta, provando una pena incredibile per lei e per mio cugino. Accorgendosi di me si riprese e parlò: "Sai chi è quell'uomo che hai portato alla frontiera? L'italiano, quello che hai fatto passare con la donna?"

Le dissi che sapevo soltanto come si chiamava e che era compromesso coi fascisti.

"È mio marito."

Le faceva bene raccontare. Quell'uomo faceva affari con la Repubblica e con i tedeschi, distribuendo soldi sottobanco; in cambio non requisivano mai i capi di vestiario prodotti dalla sua fabbrica e gli consentivano forti guadagni, che in parte ritornavano nelle tasche di chi lo proteggeva. La coppia aveva un appartamento lussuoso a Venezia e una villa sulla terraferma. Ines aveva tutto quello che aveva desiderato da ragazza: vita comoda, vestiti, denaro, servitù a disposizione. Poi le cose cominciarono ad andar male, l'uomo era pieno di debiti, diventava sempre più nervoso e la trattava sempre peggio.

La bella vita stava finendo sia per lui che per la moglie. Il giorno della sconfitta si avvicinava inesorabilmente. Lui voleva andarsene, lasciare l'Italia, ma era guardato a vista dai fascisti e dai creditori. Le provava tutte per poter espatriare portandosi dietro i soldi rimastigli. Era arrivato perfino a proporre alla moglie di entrare nel letto di un generale tedesco del quale sperava di ottenere la complicità. Il vizio del gioco, però, non lo aveva perso.

"Tuo cugino mi ha incontrata in una bisca mentre giocava a carte con mio marito."

La invitai a raccontarmi tutto, e non ci fu bisogno di insistere: "Eravamo in una casa privata di Venezia frequentata da gerarchi, tedeschi in cerca di distrazioni, belle ragazze, industrialotti della zona. Mio marito mi portava sempre con sé e mi diceva di mettermi elegante, voleva che tutti gli uomini mi sbavassero dietro. In una saletta riservata si giocava forte, lui cominciò a perdere e a diventare sempre più cattivo."

Mandò giù un sorso d'acqua, poi riprese il racconto: "Alex non giocava a carte da quando aveva lasciato Roma, per questo aveva accettato l'invito. Era stato lui a chiedere di sedersi a quel tavolo. Quando mi ha notata alle spalle di mio marito mi sono spaventata: sai, dopo quello che era successo a Roma poteva considerarmi ancora una sua nemica. Invece ha fatto finta di non riconoscermi."

Era un poker fortunato per Alex: "Man mano che la perdita cresceva, mio marito diventava sempre più insopportabile. Mi dava ordini, mi diceva di portargli da bere, poi mi rimproverava di aver sbagliato liquore. A un certo punto gli ho chiesto una sigaretta e lui, concentrato sul gioco, mi ha mandato a quel paese dicendo che le aveva finite. Allora Alex si è alzato, ha preso dalla tasca il portasigarette, si è avvicinato a me: 'Posso offrirvene una io, signora?'."

Si fermò un attimo per ricordare quel momento: "Non potrò mai dimenticare come mi ha guardata."

Riprese subito il filo del racconto: "Mio marito era

impaziente di rifarsi e gli ha detto: 'Ecco, bravo, pensateci voi a questa *spaccamaroni*. Però sedetevi ora, che sto perdendo'. Io rimanevo alle sue spalle, tanto non potevo andarmene senza un motoscafo che mi venisse a prendere. Cosí ho deciso di restare, volevo vederlo crollare. Alla fine non aveva più *fiches*. Ha chiesto credito, ma uno dei giocatori gliel'ha negato, voleva vedere i contanti perchè non si fidava. Allora lui si è girato verso di me e mi ha detto in malo modo: 'Dai qua quel bracciale. Poi te lo ricompro'. Gli ho detto di no, di lasciar perdere, di pagare e non perdere altri soldi. Allora si è imbufalito e mi ha urlato: 'Brutta troia, fai quello che ti dico, e alla svelta!' Volevo sprofondare. A quel punto Alex ha buttato le carte sul tavolo e gli ha detto: 'La partita è finita, signore. Pagate e toglietevi di torno'."

Stava raccontando una favola, un incontro felice: aveva gli occhi lucidi e un sorriso un pò complice e un pò malinconico. Io ero lí con loro, attorno a quel tavolo verde.

Alex doveva essere pagato. L'uomo aveva compilato un assegno: "Manca l'importo dell'ultima mano. Ho bisogno di tempo per raccogliere la cifra. Non posso saldare stasera."

Il vincitore era disponibile a concessioni pur di farla finita: "Basta la cifra che c'è qui. Se questo assegno non è coperto, però, vi faccio arrestare. È chiaro?"

"È coperto, state tranquillo." Poi, rivolto alla moglie: "Ora ce ne andiamo, bambina mia."

A questo punto Alex lo aveva bloccato: "*Voi* ve ne andate. La signora resta qui."

Ines ripeteva queste parole con lo stesso tono con cui Alex doveva averle pronunciate. Poi riprese a raccontare: "Stavo per dire qualcosa quando mio marito si è girato verso di me, quasi volesse sapere cosa ne pensavo. Ho capito che non gliene importava nulla se non lo seguivo. Allora gli ho detto: 'Puoi andartene, che aspetti?' Non gli è parso vero: si è alzato dal tavolo, ha salutato e se n'è andato. Mi ha lasciata cosí, io che dopotutto ero sua moglie. Era come si mi avesse persa al gioco. Un figlio di puttana, solo questo è."

Fece una smorfia di disgusto prima di proseguire: "Sono salita in motoscafo con Alex, poi nella sua macchina. Andava verso casa, a Mestre. Era tranquillo, però mi ignorava, non mi degnava di uno sguardo. Ero furiosa, ma anche contenta di essermi liberata di quel bastardo di mio marito. Aspettavo che tuo cugino pretendesse di riscuotere la sua vincita, ne aveva diritto. Arrivati sotto il portone, invece, Alex mi ha indicato un albergo che stava di fronte a casa sua: 'Questo è l'assegno di tuo marito. È una bella cifretta, ci andrai avanti per mesi. Sei libera, ora'. Anche lui mi scaricava? Sono scesa dalla macchina, ho svegliato il portiere dell'albergo, gli ho chiesto una stanza. Poi improvvisamente ho detto al portiere che non serviva più. Ho chiesto scusa, ho riattraversato la strada di corsa e ho suonato al portone di Alex. Quando mi ha aperto la porta ho buttato l'assegno per terra e gli ho gridato in faccia: 'Non mi servono questi. Mi hai portata fino a qui, ora mi tieni con te'. Mi ha fatto entrare. Mi aspettava, ne sono sicura."

Con il tovagliolo che era rimasto sulla tavola, la signora Giuliana le asciugava le lacrime che ricominciavano a scendere.

Volle dirmi cosa era successo dopo: "Ci siamo trasferiti in questa casa dopo qualche settimana. Aveva ottenuto di non dormire in una caserma, voleva abitare fuori città. Le cose andavano sempre peggio per la Repubblica. Tuo cugino aveva dei problemi con i capi fascisti: c'era gente che ce l'aveva con lui, in particolare Buffarini Guidi. Alex sapeva molte cose su di lui, fin dai tempi di Roma. Cominciava a essere preoccupato dei suoi stessi camerati. L'unico con cui aveva un rapporto era Pavolini, che gli diceva ogni volta di andare in prima linea, a combattere. Alex ci scherzava su: 'Mi ordinano di morire,' diceva, 'e io obbedisco!' Combattere lo sai, no, quello che significava?"

"Posso immaginarlo..."

"È per questo che qui lo volevano morto. Io non lo so quello che ha fatto, Michele, e non voglio neppure saperlo. La gente moriva ogni giorno. Lui partiva, stava fuori per giorni, tornava a casa con un'espressione tetra: aveva la morte nello sguardo. Non avevo neppure il coraggio di chiedergli cosa fosse successo, ma tanto lo so che davano la caccia ai partigiani, che se li prendevano li fucilavano sul posto, oppure li portavano da qualche parte dove li avrebbero ammazzati comunque."

Guardò la signora Giuliana, che le sorrise: "Non è stato il tuo uomo a mettere mio figlio al muro."

Sperai anch'io che fosse stato cosí. Mi piaceva la signora Giuliana. Ines era quasi stremata, ma voleva raccontarmi tutta d'un fiato la storia: "Eravamo disperati, Michele. Io vivevo la sua disperazione, che era diventata la mia. Però con me diventava gentile, tenero, a volte faceva perfino il romantico, sembrava indifeso e innocente come un bambino. Si era aggrappato a me. C'erano momenti di allegria in cui ci sembrava possibile dimenticare tutto. A volte invece era brusco, diventava intrattabile, quasi violento. Poi, quando gli passava, mi inseguiva per tutta la casa per chiedermi scusa, faceva il buffone fino a quando non mi vedeva ridere. Non sapevo come ricambiarlo, cosa dirgli, cosa fare per lui: ma posso giurarti che l'ho amato più di me stessa. Era tutto per me, tutto. Speravo che mi portasse via, ma voleva andare fino in fondo a questa maledetta guerra, diceva che doveva farlo, fino alla fine. Meno ci credeva e più lo ripeteva. Finché non sono rimasta incinta..."

Si mise la mano sulla pancia, e indicandomela, disse: "Questo non se l'aspettava. Non gliel'ho detto subito del bambino, non sapevo mica come l'avrebbe presa. Quando ho trovato il coraggio, infatti, ha urlato come un ossesso, diceva che era una pazzia, una sciagura, poi è uscito di casa sbattendo la porta. È stato via per due giorni, ero sicura che sarebbe sparito per sempre. Invece è tornato, calmo, di buonumore. Appena entrato in casa mi ha detto subito: 'Troverò il modo di uscirne. Dobbiamo dare un futuro al bambino. Lui non lo sacrifico a Mussolini'. Cosí gli è venuta l'idea dello scambio di prigionieri."

"E tuo marito cosa c'entrava con lo scambio?"

"Aveva cominciato a darci delle noie. Sapeva che vivevamo insieme, forse ha saputo pure che ero incinta, e questo gli rodeva, perché avevo fatto sempre il possibile per non avere un figlio con lui. Poi c'era anche la faccenda della razza. Lui lo sapeva. Poteva smascherarmi in qualsiasi momento e mettere nei guai anche Alex. Povero Alex... sai, Michele, io a volte scherzavo con lui, gli rinfacciavo di essersi messo con una mezza ebrea. E lui sai cosa mi rispondeva? 'Va bene, allora io sono mezzo fascista. Quale metà preferisci?'"

Ancora una pausa prima di arrivare all'epilogo: "Cercava da Alex aiuto per salvarsi. Cosí tuo cugino è riuscito a mettere insieme il gruppo da fare espatriare. Diceva che era merce pregiata, che non avrebbero rifiutato. Mio marito sarebbe passato in Svizzera e in cambio ci avrebbe dimenticato per sempre. Alex mi ha spiegato tutto solo negli ultimi giorni, sapeva che non avrei voluto rivedere quell'uomo neanche per un istante. Gli ho fatto un sacco di storie, ma mi ha convinta: 'Ignoralo, sei con me ora, non sei più sua. Passato il confine, ognuno per la sua strada'. Mi ha detto anche che avremmo portato con noi i soldi della valigetta, e che poi avrebbe lavorato tutta la vita per restituirteli."

"Non glieli avrei mai chiesti indietro. E poi, Ines, lui ti diceva cosí, ma in realtà avrebbe tentato di vincerli al tavolo da gioco..."

Riuscii a farla sorridere: "Già, è vero. Lo conosciamo bene, com'è fatto." Poi si corresse: "Com'era, voglio dire."

Solo per un istante eravamo riusciti a parlarne come se fosse ancora vivo.

Volevo quasi giustificarmi con lei: "Era troppo tardi. Se solo me l'avesse proposto un mese prima ce l'avremmo fatta. Forse bastava anche un giorno prima."

"Lo so, lo so, lo diceva anche Alex che bisognava sbrigarsi, ma mio marito gli ha fatto perdere un sacco di tempo. Pochi giorni prima della partenza ha detto che lui una moglie non ce l'aveva più, che voleva espatriare con quell'altra donna. Voleva renderci tutto difficile, voleva vendicarsi. Alex l'avrebbe ammazzato sul momento. Però è rimasto calmo, gli ha detto di sí per non mandare tutto a monte e nel frattempo ha organizzato perché mi venissero a prendere. Arrivati lí, se non si poteva passare tutti, allora avrebbe fatto passare me e non quella, anche a costo di farli fuori tutti e due. E invece, è andata com'è andata..."

"Ma la donna perché voleva seguire tuo marito?"

"Perché le conveniva approfittarne e togliersi di torno. Forse era lei a manovrarlo. È una spia dei tedeschi, me l'ha detto Alex."

"Ma chi? Quella? A me è sembrata una cretina."

"Sí, certo... cretina come un serpente!"

Ecco cos'era andato storto. Il marito di Ines e quella donna erano riusciti a rovinare tutto all'ultimo momento. Che bell'impresa avevo compiuto! Avevo salvato un nazista, una spia dei nazisti, un figlio di puttana. E Alex, invece, era morto.

Cercai di voltar pagina: "Senti, Ines, pensiamo al futuro. Recupero la macchina e ti riporto a Roma. Domani pomeriggio sei a casa."

"No, Michele, non ho più niente a Roma. Mia sorella non so dove sia, i miei sono morti. Non c'è più nessuno."

"Ci siamo noi, io e la mia famiglia. Qui non puoi restare."

Si rivelò saggia: "Michele, ascolta, non mi metto in viaggio in queste condizioni, e poi sei matto se vuoi andare in giro con una donna ridotta cosí, rischi guai seri. Aspetteremo che ci sia un po' di calma, poi la signora mi porterà a Treviso a casa della sorella. Sono due bravissime sarte, lavoreranno insieme, io darò una mano. Ne avevamo già parlato, nel caso fosse andata male."

"Quando nasce il bambino?"

"A fine giugno. Poi si vedrà."

Mi voltai verso la signora, che mi rassicurò: "Questa benedetta ragazza mi è stata molto vicina quando è morto mio figlio. E vostro cugino mi ha fatto restituire il corpo, ho avuto il privilegio di un funerale. Lo faccio volentieri, state tranquillo. Se resta con me la lasceranno in pace."

"Signora, è bello quello che fate. Ma anch'io devo pur fare qualcosa, è stato mio cugino a mandarmi fino a qui. Si fidava di me."

Ines mi prese la mano: "Hai già fatto molto. Solo essere stato qui oggi... ora però devi tornartene a casa, noi ti faremo avere notizie. Verrai a conoscere il bambino, oppure te lo porterò a Roma. Sarà un maschio, ne sono sicura."

"Sarà il piccolo Alessandro, allora..."

"No! Alex me l'ha proibito! Ha detto che se gli fosse successo qualcosa il bambino non si doveva chiamare Alessandro, perché è stupido dare a chi nasce il nome di un altro solo perché è morto giovane. Al nome ci penserò quando sarà. Intanto non resterò a piangere con le mani in mano. Lo sai che so cavarmela, no?"

Aveva ripreso coraggio. Riuscí a trasmettermi la convinzione che ce l'avrebbe fatta. La mia missione era finita, la guerra era finita. Non restava che tornare a casa.

Ines raccolse da terra la valigetta e me la consegnò: "Prendila, è roba tua."

La poggiai sul tavolo per aprirla, chiarendo: "Non sto controllando." Prelevai parte dei soldi italiani, quelli da restituire a Rosetta più quelli che potevano servirmi per raggiungere Roma. Richiusi la serratura e mi rivolsi a Ines: "I titoli sono al portatore, valgono più adesso di quando sono stati emessi. Appena la situazione si sarà normalizzata depositali presso una filiale della Banca e avvertimi: ti dirò io se sarà il caso di convertirli o lasciarli in deposito. Quanto ai franchi svizzeri, fra qualche settimana ti sarà possibile cambiarli. Se hai problemi fammelo sapere."

Ines protestò con tutta l'energia di cui ancora disponeva: "No, Michele, io non voglio questi soldi, non posso prenderli. Portateli via, ti prego."

"Mettila cosí allora: non sono per te, sono per il bambino. È mio nipote, per me Alex era un fratello. Non deve mancargli nulla. Non sono riuscito a salvargli il padre, ma non puoi impedirmi di fare qualcosa per lui."

"Ma Michele, sono tanti, sono troppi: te li chiederanno indietro."

"Non preoccuparti, li danno già per persi. Non fare storie, d'accordo?"

Continuava a dire di no, allora la signora Giuliana prese la valigetta e pose fine alla contesa: "Per il momento li custodisco io. Poi la farò ragionare. Ora tornatevene a casa, ve lo siete meritato."

Prima di andarmene, già uscito nel giardino, mi venne in mente un'ultima cosa da chiedere a Ines: "Devi farmi una promessa."

"Dimmi e lo farò."

"Torna presto a essere bella come sei sempre stata. Anche di più. Questo ragazzino deve avere una mamma bellissima. Promesso?"

"Puoi contarci. Promesso." E poi: "Grazie, zio Michele."

*****

Roma, finalmente.

Potevo considerarmi un vincitore. Mi accolse una città che era libera ormai da un anno e aveva ripreso un aspetto e un umore quasi normali. Roma si adatta, sopporta, poi ritorna sempre a essere se stessa. Volendo, bastava girare un po' nei quartieri bombardati per vedere tutti i segni della guerra, ma l'atmosfera era molto diversa da quella che avevo lasciato per trasferirmi al Nord. Gli anni bui erano alle spalle per sempre, c'era un futuro per tutti. Si percepiva nell'aria una gran voglia di vivere, di dimenticare, di ricominciare.

Io non riuscivo a esserne contagiato.

Nei primi giorni non feci altro che raccontare e dormire, dormire e raccontare. Avevo deciso di restare per qualche tempo a casa dei miei, non mi andava di abitare da solo nel mio appartamento. Volevo il caffè a letto, gli abiti lavati e stirati già pronti nell'armadio, la biancheria pulita nei cassetti, pasti ben cucinati.

Mia madre si era sforzata di evitare le lacrime quando mi aveva rivisto, senza riuscirci del tutto, ma superò presto la commozione con la sua allegria, che era tornata incontenibile. Non si trattenne solo quando seppe di Alex.

Quando feci la cronaca del mio arresto l'ammiraglio, per sdrammatizzare, indagò sulla tragica sosta in compagnia di Mara, della quale avevo fornito, per puro pudore, scarsi particolari. "*Talis pater...*" commentò, guadagnandosi la commiserazione di mamma: per lei era di pessimo gusto fare dell'ironia su una persona morta ammazzata.

Mia madre era sempre uguale. Mio padre invece cominciava ad accusare i primi sintomi della sordità. Portava i capelli lunghi, cosa assolutamente impensabile per lui. Mamma lo prendeva in giro dicendo che gli stavano bene, anche se erano tutti bianchi, solo che era in ritardo di quarant'anni.

Entrambi si mostravano orgogliosi di me: per quello che avevo fatto, per le decisioni che avevo preso, per essermi assunto delle responsabilità. Approvavano in pieno ogni mia azione, anche quando non avrebbero dovuto. Pensai che fosse cosí perché li avevo sorpresi.

Io ero molto meno contento di me.

Mi misuravo con gli avvenimenti e mi vedevo sempre più piccolo, incerto, pauroso. Ripetevo a me stesso che ero stato un comprimario meno capace e più fortunato di molti. Altri avevano vinto la guerra, altri l'avevano combattuta sul serio. Avevano una fede, erano stati capaci di scelte nette e definitive per patriottismo, per passione politica, o semplicemente per altruismo. Io, invece, ero stato spinto da ragioni personali. Da esigenze del momento. Da Aristide Dell'Acqua.

Il mio coraggio era stato molto inferiore a quello di tanti che avevo conosciuto. Ero andato a Milano malvolentieri, per starci poche settimane, poi per pochi mesi. Il mio obiettivo principale era sempre stato quello di tornarmene a casa il più presto possibile. Mi ero trovato nei guai per una leggerezza, ne ero uscito grazie ad Alex e al denaro, poi mi ero nascosto. Molte volte mi sono chiesto cosa avrei fatto se, dopo il mio arresto, mi avessero offerto la vita salva in cambio di tutto quello che sapevo. Ogni volta mi davo la stessa risposta: avrei accettato.

Quando mi concedevo più indulgenza, mi ripetevo che avevo lavorato bene, prima con Rosetta, poi con Antonietta. Che avevo potuto valutare i rischi e avevo accettato di rimanere al mio posto. Nessuno mi aveva obbligato, tutti, a partire da Dell'Acqua, mi avevano sempre lasciato una via d'uscita. Avevo fatto quello che potevo e che sapevo fare perché non farlo mi era risultato troppo difficile. Mi convincevo che la misura del coraggio è indefinibile, dipende solo dall'intensità della paura. Dovevo sentirmi colpevole per essere ancora vivo?

Non riuscivo né a condannarmi né ad assolvermi. Mi rinviavo continuamente a giudizio.

Le rivelazioni sui campi di concentramento che avevo appreso a Lugano continuavano a trovare tragiche conferme sotto gli occhi di tutto il mondo. Ora sappiamo che la realtà era molto più tragica di quanto i più informati potessero immaginare durante la guerra. Pensavo ad Alex che non voleva crederci, e che poi aveva deciso di ignorare. Forse non era vero che non gli importava nulla, forse dentro di sé provava il mio stesso orrore. Gliel'avrei chiesto, se fosse sopravvissuto.

Mi ero ritrovato dalla parte giusta quasi per caso. Alex era rimasto per convinzione da quella sbagliata, alleato dei criminali che hanno soppresso milioni di innocenti e hanno distrutto l'Europa. Combatteva al loro fianco. E cosa aveva fatto, Alex, in quei mesi passati al Nord, con la divisa delle Brigate Nere? Dove andava quando lasciava Ines nella casa di Mogliano? Perché era cosí disperato quando tornava a rifugiarsi da lei? E ancora: quanti rastrellamenti aveva compiuto? Quanta gente aveva consegnato ai carnefici?

Cominciavo nuovamente a covare un sordo rancore per lui, non riuscivo a perdonarlo. Era arrogante, eccessivo, egocentrico. Amava l'azzardo e la vita brillante. Pensava di potersi prendere tutto ciò che voleva, come se il suo prestigio potesse offuscarsi se si fosse limitato a desiderare. Ma per me era un uomo onesto e coraggioso, che credeva nella lealtà e nell'amicizia. Non era un violento né un fanatico. Era molto, molto intelligente. Eppure, era rimasto con *loro*. Era di queste colpe che non riuscivo a perdonarlo? O solo di essere morto, di non avercela fatta?

Non era finita. Altro dolore mi attendeva.

Seppi dai miei che Dell'Acqua stava molto male: era dimagrito di oltre venti chili, pareva si trattasse di un tumore. Non voleva ricevere visite, si faceva negare al telefono, e quando provai a chiamarlo mi fece dire da un domestico che mi dava il bentornato, mi ringraziava, ma che si sarebbe fatto vivo lui appena possibile.

Stava morendo.

Da Giorgio e famiglia, invece, buone notizie. Mio fratello aveva promesso che presto tutti loro avrebbero passato almeno un mese in Italia. Prima, però, doveva ultimare i lavori di una strada lunga oltre tremila chilometri, che sarebbe arrivata da Buenos Aires fino in Patagonia. I miei non conoscevano ancora Emanuele, Manuelito, il terzo nipotino: “Il terzo dei quattro,” specificò mia madre, pensando al figlio di Alex che stava per nascere.

Filippo era molto cambiato. Venne a salutarmi indossando un gessato grigio scuro, aveva sostituito gli occhialetti da studente con un paio di lenti da persona seria che lo invecchiavano di dieci anni. Non aveva perso il suo spirito, ma per la prima volta da quando lo conoscevo sembrava una persona molto occupata. Era definitivamente entrato in politica, forse si sarebbe candidato alle elezioni. Mi parlava spesso di De Gasperi, che aveva conosciuto in Vaticano. Non riuscivo a prenderlo sul serio, lui lo capiva e mi diceva che dovevo solo farci l’abitudine.

L’avvocato Grandoni venne a trovarmi verso la fine di maggio: voleva che lo accompagnassi dal Capo del Governo che desiderava ringraziare me e altri per tutto quello che avevamo fatto. Gli spiegai che non ne avevo voglia. Insistette a lungo, mi costrinse a essere quasi brusco: “Io non ho fatto nulla. Nulla di nulla. E se ho fatto qualcosa l’ho fatta male. Nessuno deve ringraziarmi e nessuno ha titolo per farlo.” Con l’occasione, lo informai che non ero riuscito a recuperare la somma persa a seguito del mio arresto. Lo feci solo per essere sicuro al cento per cento che Ines potesse disporre tranquillamente dei soldi. “Non ha più nessuna importanza,” fu il suo unico commento.

Una convocazione della Banca mi ricordò che avevo ancora un lavoro.

Il nuovo presidente mi accolse calorosamente, trattandomi da persona importante e dandomi del tu, benché non l’avessi mai incontrato prima. Mi ricevette nell’ufficio di Dell’Acqua, cosa che mi fece un’impressione pessima. Era mellifluo e supponente. Provavo un desiderio fortissimo di andare via, solo la buona educazione mi tratteneva dall'essere scortese.

Dopo una lunga serie di elogi e attestazioni di stima, prese il discorso del mio futuro in Banca. Sottolineava il fatto che, per i meriti acquisiti sia nel lavoro che nelle file della Resistenza, ero destinato a posizioni di grande responsabilità. Parlava dell'avvenire dell'Italia libera, di una nuova classe dirigente giovane, democratica, che avrebbe aiutato il nostro Paese a risollevarsi dalle distruzioni e della quale io sarei stato sicuramente uno degli elementi di spicco.

Fui tentato di chiedergli dove fosse stato in quegli anni.

Passò finalmente a elencarmi gli incarichi fra i quali avrei potuto scegliere. La vice-direzione della sede milanese era uno di quelli ("Solo due o tre anni, poi sarai il numero uno."). *Dulcis in fundo*, la proposta più allettante: "Una persona come te, che sa le lingue e conosce il sistema bancario svizzero, potrebbe dare un impulso decisivo alle nostre attività estere, aiutandoci ad avviare la sede di rappresentanza che stiamo per aprire a Ginevra, di cui ovviamente saresti il direttore." Fece anche un accenno a stipendi principeschi e a un livello di carriera che alla mia età nessuno aveva mai raggiunto.

Era evidente che non mi voleva a Roma.

Mi sentii istintivamente d'accordo con lui: l'era di Dell'Acqua era finita per sempre. Mentre quell'uomo decantava il prestigio dell'incarico offertomi io cercavo, con la mente, di individuare negli anni appena trascorsi il momento in cui avevo smesso di desiderare che le cose tornassero come prima, che la guerra finisse presto solo per consentirmi di riprendere un modo di vivere inopportunamente interrotto. Se mai fosse stato possibile collocare nel tempo quel passaggio, non poteva essere che il giorno del viaggio al Nord con Aristide. Da allora avevo cominciato a pensare al futuro come a qualcosa di totalmente diverso dal passato.

Decisi sull'istante. Mi era stato concesso "...tutto il tempo che serve, anche un mese", ma non era necessario: "Presidente, ti ringrazio per la tua immeritata considerazione, però mi metti in forte imbarazzo, perché i miei progetti per il futuro sono altri. Lascio la Banca. Approfitto di questo incontro per comunicartelo personalmente, prima che pervenga sul tuo tavolo la mia lettera di dimissioni."

Il ruolo gli imponeva alcuni paterni tentativi di dissuasione: era evidente che non gliene fregava nulla. Per me fu facile, perfino divertente mostrarmi irremovibile.

"Spero almeno che non passi alla concorrenza," fu il suo commento finale: non aveva capito nulla.

"No, non c'è pericolo," lo rassicurai, "non potrei lavorare per nessun'altra banca."

"Sono indiscreto se ti chiedo cosa farai?"

"Ma figurati, non sei affatto indiscreto. Il fatto è che ancora non lo so."

*****

Non mi è stato possibile raccontare ad Aristide l'incontro con il suo successore. La notizia della sua morte la ricevette mio padre al telefono da comuni amici. Quasi non aveva il coraggio di dirmelo.

Avvertii un senso di oppressione in cui il dolore per la morte di Alex si confondeva con quello appena provato per Aristide. Mio padre fece quello che ha sempre fatto di fronte a una brutta notizia: si ritirò in silenzio nel suo studio e ci restò per ore. Provai un particolare senso di colpa nei suoi confronti. Non avevo il diritto di sentirmi orfano: avevo un padre e un fratello che erano vivi e stavano bene, eppure soffrivo per la morte di un padre e di un fratello.

Dell'Acqua non si era dimenticato di me.

Dopo qualche giorno mi fu recapitata una busta che recava l'intestazione della Banca, cancellata dal tratto inconfondibile della sua stilografica. Dentro c'era una sua lettera. La calligrafia era un po' traballante, ma chiara. La data risaliva a circa due settimane prima.

Caro Michele,

è stata una gioia sapere che sei rientrato a Roma sano e salvo: non mi sarei mai perdonato se ti fosse successo qualcosa di grave. Ho anche appreso quel che è accaduto a tuo cugino: mi dispiace molto.

Io sto per andarmene. Vorrei credere che le porte dell'Aldilà siano già dischiuse per accogliermi, ma per quanto sia umano avvicinarsi al doglioso passo con la speranza che esso sia un mero transito, resto consapevole che si tratta di un termine definitivo e inappellabile. Per questo non cercherò conforto nelle illusioni: ho sempre trovato ridicole le conversioni "in articulo mortis".

Mi è d'aiuto, invece, la libertà di decidere il come e il quando. Non aspetterò che la devastazione del mio corpo e del mio spirito sia completa, a esclusivo beneficio delle cellule ribelli e ingorde che vorrebbero corrodermi indisturbate fino a quando vi sia di che nutrirsi.

Il mio premuroso fisiatra ha lasciato ai mercenari che mi assistono giorno e notte tutti i sedativi di cui ho bisogno. È competente ma ingenuo: pensava che io gli chiedessi di specificare il limite dei dosaggi per sfuggire al dolore fisico. So già quello che devo fare, se servirà. Il solo sapere che ciò sia possibile mi rende tranquillo. Oggi, ad esempio, mi sento un po' meglio: forse potrò fare due passi sulla terrazza.

Posso ancora aspettare, non ho fretta.

Non farò in tempo a vedere la Repubblica, ma sono certo che l'avremo. Siamo liberi, Michele. Liberi! Questo conta adesso. Ora dovrete esserne all'altezza, chi resta ha debiti che una sola generazione non riuscirà a saldare. Vi toccherà accollarvi anche i nostri. Non accumulatene altri.

Ti ho sempre ripetuto che le nostre azioni hanno un senso se servono a costruire qualcosa di utile per l'indomani. Se abbiamo la sventura di vivere in un'epoca di violenza e di barbarie, se stiamo per essere ricacciati nelle tenebre, allora è necessario che qualcuno osi sfidare la piena e progetti un ponte verso il futuro. Io spero di aver contribuito a farlo, anche se ciò non mi assolve del tutto.

Non c'è casa, in Italia, che non abbia qualcuno da piangere. Quella che ci ha colpito è una tragedia incommensurabile, aiutata dalla condiscendenza e dall'inazione di chi, privilegiato dal censo o dall'autorità, ha pensato che ciò che esiste può essere usato invece che cambiato. Ho vissuto troppo tempo in questo equivoco solo perché ne traevo piacere, ma fortunatamente avevo ancora in tasca la bussola che poteva indicarmi la giusta rotta. Eri destinato, non per tua colpa, a seguire la direzione sbagliata: le tue origini, il tuo ambiente, le tue capacità ti avrebbero riservato molto potere, almeno quanto ne ho avuto io. Tuttavia intuivo che meritavi di meglio. Non mi sbagliavo.

Io non ho fatto molto per te. Ti ho solo accompagnato nei primi passi, lasciandoti sempre libero di proseguire o fermarti. Se ora ti volti indietro, puoi misurare quanta strada hai percorso da solo, ti stupirà scoprirlo. Non devi dirmi grazie, sono io che devo esserti grato per l'opportunità inestimabile che mi hai offerto.

Qualche risultato, dopotutto, l'abbiamo ottenuto. Abbiamo subito danni immensi, ma non tutto è andato distrutto. Qualcosa siamo riusciti a salvare, sia dal punto di vista materiale che morale. Il lavoro sta riprendendo. Faticosamente, ma sta riprendendo. Gli operai vanno nelle fabbriche, ogni giorno si apre un cantiere. Eravamo in ginocchio, abbiamo già rialzato la testa. Poveri e schiavi è un conto, poveri e liberi è un'altra cosa. Tu non ci crederai, Michele, ma poteva andare anche peggio. E se sono l'unico a pensarlo, allora è giusto che mi ritiri in buon ordine.

Purtroppo ho un'altra incombenza per te: l'ultima. Sono inutilmente, scandalosamente ricco, e gli unici miei parenti sono lontani quanto avidi. Ho previsto per loro l'argent de poche che basterà a rabbonirli. Nei cassetti di un notaio, che si farà vivo con te al momento giusto, ci sono tutti gli adempimenti che già da tempo ho predisposto. Verrà creata una Fondazione che si preoccuperà soprattutto di consentire a ragazzi meritevoli, ma con poche risorse, di studiare all'estero: Inghilterra, Stati Uniti, Francia, America Latina e perché no, anche la mia cara, terribile, devastata Germania. Ricorda, più si allargano i confini e meno le tragedie si ripetono. Per almeno tre anni ti toccherà presiedere questa organizzazione, avviarla, far sí che parta con il piede giusto. Ti piacerà, vedrai, e non ti assorbirà completamente. Potrai fare altre cose se vorrai, e poi decidere se passare la mano: chi sceglierai tu andrà bene sicuramente.

Lavorerai per la pace. Nessuno meglio di te può capire cosa intendo.

Un'ultima cosa, per non ripetere gli sbagli del passato: fai in modo che questa iniziativa sia preservata da appetiti che puoi bene immaginare. Dovrà fare solo quello per cui è stata ideata, ovvero aiutare chi ha molte capacità e poche risorse, non chi potrà munirsi di buone presentazioni. Ormai conosci tutte le regole del gioco, nessuno riuscirà a coglierti alla sprovvista. Se mi consenti un'ultima civetteria, hai avuto il migliore dei precettori.

Sono stanco, scrivere mi costa fatica. Devo congedarmi. Mi auguro che tu sposi molto presto la tua pediatra. Per le tue nozze è già pronto un dono speciale che sarà una sorpresa, lo riceverai a suo tempo.

Buona fortuna, Michele.

Con affetto e gratitudine

Aristide

*****

Anna rientrò a Roma i primi di settembre. Nella casa rimasta per mesi disabitata, dopo tre anni di prigionia, era tornato poco prima suo fratello Enrico. Fu lui a comunicarmi il giorno e l'ora in cui sua madre e sua sorella sarebbero arrivate. Mi chiese di accompagnarlo in macchina alla stazione. Feci finta di volermi sottrarre, ripetendogli che sarei stato fuori luogo nel momento della ricongiunzione di una famiglia. Smisi di insistere con il rifiuto quando stava per darmi ragione.

Giungemmo in stazione che il treno era già arrivato e i passeggeri cominciavano a scendere. Mi fermai all'inizio della piattaforma, lasciando che Enrico andasse avanti. A distanza, vidi scendere la madre di Anna, poi lei. Rimasero serrati a lungo in un triplice abbraccio, poi si misero a parlare, a ridere, a piangere: si toccavano spesso, quasi per accertarsi che fosse tutto vero. Poi, una volta caricati i bagagli sulla sua carriola, il facchino prese a dare coloriti segni di impazienza, e loro cominciarono a procedere verso di me, senza smettere di parlarsi. Contraevo il diaframma cercando di abbassare il ritmo delle pulsazioni, come mi aveva insegnato il fisioterapista.

Quando si accorse di me, Anna allungò leggermente il passo, sopravanzando i suoi familiari di qualche metro. Non è da lei mettersi a correre.

Fu spontaneo abbracciarci. Non avevo il coraggio di stringerla troppo forte, ma non volevo neppure che si staccasse da me. Poi restai qualche secondo a osservarla, quasi volessi sostituire l'immagine cui avevo pensato cosí a lungo con quella del presente. I capelli chiari erano più lunghi che in passato. Mi parve un po' dimagrita; il viso si era affinato, ma le labbra avevano lo stessa piega lievemente imbronciata che rivedevo sempre quando pensavo a lei. Solo delle impercettibili linee intorno agli occhi, che non potrei neppure definire rughe, rivelavano la vicinanza ai trent'anni. Le mani erano quelle che ricordavo, agili e nervose, con le unghie velate da uno smalto trasparente. Qualche centimetro di tacco le consentiva di arrivarmi al mento con la fronte. Sentii la voce della madre che ci diceva, col suo accento inglese: "Almeno ciao ditevelo, ragazzi." Allora mi ricordai di salutare la signora, scusandomi per la maleducazione. Mi perdonò con britannica bonarietà.

Durante il tragitto in macchina guidavo senza entrare nella conversazione. Ogni tanto guardavo nel retrovisore per scorgere gli occhi di Anna, senza preoccuparmi che se ne accorgesse. Quando eravamo già sotto casa mi rivolsi a lei per domandarle: "Allora, com'è andato il viaggio?" Erano scese dal treno più di mezz'ora prima, posso capire l'effetto comico che ebbe quell'uscita a scoppio ritardato.

Aiutai a portare di sopra le valige. Enrico aprí la porta.

Madre e figlia rimasero sulla soglia, esitanti: nessuno aveva dimenticato che in quella casa mancava qualcuno. Quando riuscirono a entrare Enrico mi fece cenno di seguirli; io lo salutai con la mano e ridiscesi la scale, lasciando che quel momento del tutto particolare e doloroso non fosse turbato dalla presenza di estranei.

Ci rincontrammo il giorno dopo. Senza che vi fossero accordi precisi, ci dividemmo equamente il tempo dei racconti. Quando rievocai l'episodio di Mara, Anna non poté trattenersi: "Sempre sedotto dalle donne! E sempre guai!" Non scherzò più quando seppe com'era andata a finire, anzi mi strinse la mano, non c'era bisogno di spiegarle quanto mi pesasse quel ricordo.

Sulle soubrettine milanesi, confesso, ho sorvolato. In compenso non indagai su quel suo collega inglese, forse perché temevo le risposte. Quando giunsi all'epilogo e le raccontai di Ines, mi disse: "Me la ricordo bene, mi aveva colpito. È una tosta, tostissima, e sotto sotto è anche una brava ragazza. Non preoccuparti per il nipotino, crescerà bene." Di Alex mi disse solo: "Rinuncia a giudicare, non ha senso. Era pronto a morire, è morto quando aveva deciso di sopravvivere. Qualsiasi cosa abbia fatto, ha pagato il suo debito."

Anna aveva lavorato fino a due giorni prima della partenza. Suo zio già cominciava a farle pressioni perché rimanesse a Londra e aprisse uno studio privato. L'avrebbe appoggiata, naturalmente, e la madre lo spalleggiava apertamente. Il viaggio a Roma, all'origine, doveva durare solo poche settimane, ma in treno madre e figlia avevano ripreso l'argomento. Anna si era dichiarata disposta a rimanere in Italia anche da sola qualora la madre avesse deciso di fare ritorno in Inghilterra. Come al solito, l'aveva spuntata: avrebbe trovato lavoro a Roma e la madre sarebbe rimasta con lei per qualche tempo. Non era preoccupata per aver perso i contatti con il mondo universitario: avrebbe cercato un posto in qualche ospedale o clinica, ma era disposta anche a tentare subito la strada della libera professione, magari associandosi con dei colleghi.

Era serena e ottimista, come sempre.

Non c'è mai nulla di scontato. Neppure quello che è avvenuto fra di noi. Non era più la liceale con l'eterna infatuazione per quel ragazzo viziato e presuntuoso che studiava con lei. Aveva acquisito una dolcezza nei modi che mi incantava, ma con me la esercitava come una sorella maggiore, sempre più avanti nel capire le cose, sempre capace di leggere i miei pensieri prima che io fossi in grado di esprimerli. Qualcosa nel suo modo di fare sembrava avvisarmi che ormai guardava avanti, lontano, e che dovevo essere io a inseguirla prima che diventasse irraggiungibile.

C'era di più: prima aveva un'anima e un cervello, le cose più importanti secondo il buon senso. Per me ora aveva un corpo che desideravo ogni giorno di più. Nell'ascoltarla la sua voce cominciava a diventare più importante delle parole. A volte mi faceva notare che non la stavo più a sentire mentre parlava, che pensavo ad altro: non potevo dirle a cosa, o semplicemente non ne trovavo il coraggio. Ripensavo all'abbraccio alla stazione e volevo che si ripetesse. Guardavo le sue mani e volevo sentirle sulle mie. Vicino a lei provavo un disagio che ero sicuro di dissimulare, anche se oggi non ne sono più cosí certo. Quasi una sensazione di inferiorità.

Cercavo occasioni per rimanere solo con lei, ma l'assenza di un qualsiasi segnale invitante, di una breccia in cui inserirmi, mi lasciava fermo al palo. Mi davo per sconfitto in partenza, divagavo, scherzavo. Oppure venivo colto da insospettabili pudori, invincibili timidezze. Forse aspettavo di essere aiutato da lei, ma nulla poteva essere più ingiusto: la ragazza che non avevo mai corteggiato era diventata una donna sicura, attraente, che aveva diritto al coraggio di chi si dichiara senza certezze, senza paracadute. Di chi ammette di volere a ogni costo anche quello che non merita.

A novembre Anna riuscí a entrare in un antico ospedale romano sull'Isola Tiberina. Doveva quasi ricominciare da capo, ma era contenta. Io mi davo da fare per concretizzare l'idea di Dell'Acqua. Aristide aveva avuto ragione: mi piaceva. Dovevo anche resistere al pressante interessamento di Filippo per il progetto, cosí come Aristide aveva raccomandato. Un gruppo di avvocati miei coetanei, con molte aziende come clienti, mi contattarono perché mi associassi a loro: risposi che ci avrei pensato su.

Appena cominciato il suo nuovo incaric scoprii che Anna aveva molto meno tempo per me.

Pensai, al principio, che fosse proprio a causa del lavoro che gli incontri e le telefonate si diradassero. Poi mi resi conto che si sottraeva, sia pure con grande dolcezza e cortesia, anche nei momenti in cui sicuramente era libera. Non capivo, quindi cercavo spiegazioni. Pensai che si fosse fidanzata. Quando durante una telefonata gliene chiesi conferma, mi rispose divertita: "Ma no, purtroppo. Se fosse vero, però, non saresti contento per me?"

Accadde poi, una domenica mattina, che mi decisi a passare da lei per evitare il nuovo rinvio di un appuntamento. Non la trovai in casa, era di turno in ospedale. Scambiai due parole con Enrico, per apprendere casualmente che di lí a qualche giorno, poco prima di Natale, Anna sarebbe partita per l'Inghilterra. Mi sentii improvvisamente annichilito. Non capivo più nulla, non ricordo neppure se trovai qualche scusa decente per uscire di corsa da quella casa e precipitarmi verso l'ospedale. Ero come impazzito.

Salii di corsa al reparto pediatrico, chiesi di lei. Mi parcheggiarono in uno stanzino attrezzato con un lettino, una bilancia per neonati e un armadietto pieno di medicinali. Udii dal corridoio un collega che diceva: "Anna, c'è un paziente un po' cresciuto per te." Quando entrò, in camice bianco e con lo stetoscopio indossato come una collana, la aggredii: "Ma che fai? Ora che hai avuto questo posto te ne torni a Londra? E senza dire nulla?"

Prima di parlare mi fece cenno di abbassare il tono della voce: "Te l'avrei detto, naturalmente. E allora?" Mi guardava con un'aria di sfida che mi faceva perdere ancora più lucidità.

"Non andarci."

"Prego?"

"Non andarci. Non puoi farmi questo!"

Scrutandomi come se fossi un paziente psichiatrico, prese una seggiola e si sedette a cavalcioni su di essa, di fronte a me, facendomi cenno di sedermi sul lettino. Parlava lentamente, quasi con condiscendenza: "A parte il fatto che la nostra amicizia non ti autorizza a darmi ordini, ti pregherei di calmarti e di spiegarmi perché non hai più fiducia nelle mie scelte professionali. Potrei averci ripensato, o no? Potrei non trovarmi bene qui. Vuoi decidere per me?"

In qualche modo le dissi tutto. Tutto quello che sentivo, che provavo per lei, tutto quello che volevo da lei. Se anche volessi riportare qui le mie parole, non sarei in condizione di farlo: era un profluvio caotico e sconnesso di frasi in cui credo comparissero svariate coniugazioni del verbo "amare". Mi interruppi solo quando si mise a ridere: "Scusami," ripeteva, "scusami," ma non riusciva proprio a trattenersi. Avevo toccato le vette più eccelse del ridicolo.

"Va bene, me ne vado," dissi con un sussulto di dignità, "lo spettacolo è finito. Buon viaggio."

Mi ordinò di rimettermi a sedere. Obbedii e l'ascoltai: "Come al solito non hai capito nulla. Parto perché ho lasciato a Londra, oltre a un sacco di amici, anche molti miei oggetti personali, vestiti, libri, un bel po' di sterline in un conto in banca che è ancora aperto. Qui, tanto per dirne una, non ho roba invernale da mettermi addosso. Se tu avessi un briciolo di spirito di osservazione avresti notato che al mio arrivo avevo solo una valigia con me: un po' poco, no, dopo cinque anni? Starò lí solo una quindicina di giorni, quello che non potrò portare con me lo spedirò, poi saluterò zio Charles e tutte le persone che mi aspettavano già a ottobre. Mamma mi segue e resterà a Londra. Io, invece, ai primi di gennaio sarò di nuovo qui, e non ci sarà nessuna guerra a impedirmelo. Soddisfatto, ora?"

Tenevo la testa bassa come un ragazzino sgridato, lei si alzò e venne davanti a me. Non avevo il coraggio di guardarla in faccia. Sentii sotto il mento le sue dita che mi sollevavano il capo fino a indurmi a incontrare il suo sguardo, e bastò questo per farmi riemergere dall'abisso in cui ero precipitato: "Questa volta dovrai aspettarmi solo due settimane. Solo due, Michele. Nessuna fregatura, giuro!"

*****

Domani io e Anna ci sposiamo. In questa casa, dove Alex si rifugiò per sfuggire ai badogliani, è tutto cambiato: Anna ormai l'ha modellata a sua immagine e somiglianza.

Ancora non ci abitiamo ma ci veniamo spesso, anche se mai insieme. Sotto una finestra è stata collocata una piccola scrivania, su cui c'è la mia Olivetti. Anna, in mia assenza, conduce qui le sue squadre di operai, tappezzieri, idraulici. Io lascio quel che scrivo in un cassetto per preservarlo dagli invasori, lei lo legge quando non ci sono. Ne sono sicuro, anche se non trovo mai un foglio fuori posto.

Ieri mattina Checco, il fiorentino, mi ha portato il dono di nozze di Dell'Acqua: la sua Bugatti! Gialla e nera. Fiammante. Ha rispettato la consegna del suo vecchio amico: è venuto apposta a Roma, ha prelevato la macchina, l'ha revisionata e messa a punto, infine me l'ha portata fin sotto casa. Una meraviglia! In tutta Italia ce ne saranno poche centinaia di esemplari. Sarà una sorpresa per tutti, anche per Anna: la troveremo all'uscita del ricevimento, sarà questo gioiello a portarci lontano.

Sto vivendo queste giornate senza riuscire a liberarmi da un senso di commozione profonda, di sorda sofferenza, come se dentro di me fosse imprigionata una promessa di felicità che non riesce a esprimersi, soffocata dalla voce e dalle parole di coloro che hanno già completato il proprio cammino lasciando noi a percorrere il nostro. "Passerà," dice Anna, "domani saremo tutti un po' tristi e un po' assenti."

Avremmo fatto a meno di tutta la confusione che ci sarà al matrimonio. Per noi sarà una giornata campale, una prova faticosa che vorremmo fosse già superata, proiettandoci direttamente al giorno dopo. In principio avevamo progettato di sposarci lontano da Roma, in presenza di pochissimi invitati, o magari dei soli testimoni. Poi ci siamo resi conto che non sarebbe cambiato nulla: le persone che non ci sono più, e che avremmo voluto al nostro fianco, non si sarebbero separate dai nostri pensieri. Cosí abbiamo deciso di accontentare tutti quelli che abbiamo ritrovato. Domani sarà dedicato a loro, quel che seguirà sarà soltanto nostro.

Per l'occasione indosserò la camicia prelevata dall'armadio di Alex il giorno in cui annunciai a Ines la sua morte. Non è molto adatta all'abito, mi va stretta, ma poco importa. Penserò a come mi avrebbe preso in giro nel vedermi all'altare. A lui avrei chiesto una sigaretta appena usciti dalla chiesa. Aristide viaggerà con noi sulla sua Bugatti, cantando brani lirici e ripetendomi che non saprò mai guidar bene un'automobile. Per i presenti saremo prodighi di sorrisi e di allegria. Anna passerà a distribuire i confetti. Accetteremo di posare per le fotografie. Faremo tutto come si deve, come si aspettano da noi. Saremo come su un palcoscenico, davanti a noi una sala piena di gente. In prima fila, alcune poltrone vuote.

Ci sarà Rosetta, non poteva mancare. Ci sarà l'avvocato Grandoni, che vuole sapere tutto della nuova Fondazione, ma non ci riuscirà. Ci sarà Maria, sbarcata l'altro giorno a Napoli dopo aver viaggiato in una suite, con i tre bambini e una cameriera al seguito. Giorgio non potrà essere con noi, sta ancora ultimando la sua *carretera*, ma lo vedremo presto a Roma.

Mia cognata è diventata enorme, ora pesa più di un quintale. Si dice sicura che entro un anno torneranno tutti in Italia: "In Argentina si vive molto bene," ripete, "ma non sarà mai come qui."

Filippo e Frank saranno i miei testimoni. Conoscerò la signora Aniello che da poco ha raggiunto in Italia il marito. Frank lavora a Roma, ha ricevuto un incarico importante dal Dipartimento di Stato. È un pezzo grosso, e infatti Filippo lo ha già agganciato, il che vuol dire che mi sbagliavo, farà strada in politica.

Ci sarà Checco, cui è affidata la Bugatti. Ci sarà perfino Gerard, venuto apposta da Ginevra: una delle persone migliori che abbia mai conosciuto. Philip Anderson, invece, mi ha mandato un lungo telegramma dal Cairo, che comincia cosí: "Spero che la ragazza che sposi sia la stessa per cui ho fatto da postino".

Ci sarà anche Ines.

Ieri pomeriggio, appena arrivata a Roma, è venuta a casa dei miei e, finalmente, ci ha fatto conoscere il piccolo Michelino, che ha undici mesi, e ha immediatamente catturato l'attenzione generale, sottraendo il centro della scena a Manuelito. Ines ha mantenuto la promessa: era uno splendore. Per nulla ingrassata dalla gravidanza, vestita con gran gusto, i capelli ricresciuti e poi nuovamente tagliati, con una frangetta che le dà un'aria spiritosa, da ragazzina. Immaginiamo che domani, al matrimonio, sarà ancora più elegante: per questo Anna finge di lamentarsi dicendo che nessuno farà caso alla sposa, però l'ha accolta come una sorella e ha preteso di sottoporre il piccolo a una accurata visita che mi è parsa molto poco professionale.

Quando Ines ha fatto il suo ingresso l'ammiraglio, come se avesse avuto un'apparizione, si è alzato dalla poltrona e le è andato incontro per esibirsi in un baciamano di quelli che si usavano nel secolo scorso. Ho sentito mia madre sussurrare a Maria: "Eccolo là, ormai gli sta partendo il cervello a mio marito!" Poi mamma ha rapito Michelino e lo ha restituito a Ines solo quando giù in strada Nino era già pronto ad accompagnare madre e figlio in albergo. Era presente anche Filippo, che non toglieva gli occhi di dosso a Ines, esattamente come sette anni fa, il giorno della festa in campagna. Anna me lo ha fatto notare con una gomitata, poi gli ha detto: "Lascia perdere, Filí, quella non è roba per te!" Lui ci è rimasto un po' male.

A Treviso, con i soldi della valigetta, Ines ha preso casa, poi ha aperto un piccolo negozio di abbigliamento per signora. Lassù tutti la conoscono come "la Giusy". Negli ultimi mesi ha assunto cinque ragazze, tutte orfane di guerra, che lavorano a casa propria confezionando capi femminili secondo le istruzioni della signora Giuliana. La domenica Ines, indossati i modelli di sua produzione, si reca in centro con la sua amica per prendere il tè nei ritrovi meglio frequentati, dove ha distribuito consistenti mance ai camerieri perché rivelino alle signore curiose, e un tantino invidiose, da quale sartoria provengono quei vestiti. Sta andando tutto a meraviglia per Ines. Nessuno, a vederla, potrebbe immaginare tutto quello che ha passato.

Solo io posso accorgermi della tristezza che per un istante le offusca lo sguardo ogni volta che, nei discorsi, qualcosa può ricordarle Alex.

Roma, 15 giugno 1946

NOTA DELL'AUTORE

La collocazione storica del romanzo rende doverosi alcuni chiarimenti da parte dell'Autore.

Questa è una storia di fantasia. Il memorialista e i personaggi principali non sono mai esistiti, anche se persone molto simili a loro sono realmente vissute nell'epoca in cui si svolge la narrazione.

Ciò non toglie che in essa frammenti di realtà siano stati più volte inseriti, e con essi anche personaggi reali, alcuni noti, altri un po' meno. La maggior parte di loro fa una breve comparsa: fra di essi anche Alfredo Pizzoni, alias Pietro Longhi, il primo presidente del CLNAI, dalle cui memorie sono stati liberamente tratti alcuni episodi rielaborati in chiave narrativa. Inutile invece cercare di identificare la Banca in cui lavora il protagonista con la Banca Commerciale, il Credito Italiano, o altri Istituti: è solo la Banca. E questo lavoro va letto semplicemente per quello che è: una vicenda umana, una storia, un romanzo.

INDICE

CATALOGO DELLE EDIZIONI ROBIN - BDV

I LIBRI COLORATI

Abasolo, José Javier – *Nessuno è innocente*

Andersen, Hans Christian – *Il bazar di un poeta*

Antologia Gotica – *Cristalli Neri*

Aubert, Brigitte – *Requiem Caraibe*

Austen, Jane – *Lady Susan*

Bellei, Mino – *Delitto alle Tre Madonne*

Bleeck, Oliver – *Nessuna domanda*

Brandanus, Geron – *La tomba del diavolo*

Braque, Georges – *Il giorno e la notte*

Bresner, Lisa – *Lo scultore di donne*

Chateaubriand, F. R. de – *Amore e vecchiaia*

Chicco, Elisabetta – *La quarantaduesima carta*

Chicco, Elisabetta – *Un delitto in eredità*

Ciampi, Vincenzo – *Mio cugino il fascista*

Comparato, Doc – *La guerra delle immaginazioni*

De Amicis, Edmondo – *Il vino*

De Juan, J.L. – *Le mutazioni di Mazuf*

De Juan, J.L. – *Kant e la critica del servitore impuro*

De Melo Neto, João Cabral – *Morte e vita severina*

Dell'Atti, Massimo Guido – *L'errore fatale nel sistema*

Dickens, Charles – *Impressioni italiane*

Durrell, Gerald – *I segugi di Bafut*

Farina, Corrado – *Un posto al buio*

Ferrero, Piero – *Non il grillo ma il gatto*

Ferruzzi, Annalisa – *Il funerale di Missy P.*

Ferruzzi, Annalisa – *L'inserzione*

Garrison, Gregory K. – *Appuntamento fatale*

Giacchino, Claudio – *Combinazione mortale*

Hare, Cyril – *Morte all'ombra del tasso*

Heyerdahl, Thor – *Kon-Tiki*

Home, Stewart – *69 cose da fare con una principessa morta*

Irving, Karen – *L'alba di Plutone*

Irving, Karen – *La figlia di Giove*

Irving, Karen – *Eclissi di Marte*

Jaouen, Hervé – *Le dodici stanze di monsieur Hannibal*

Kafka, Franz – *Gli aeroplani a Brescia*

Kalo, Shlomo – *Il dollaro e la pistola*

London, Jack – *Il popolo degli abissi*

London, Jack – *La crociera del Saetta*

Lunetta, Mario – *Figure lunari*

MacDonald, John – *Grida forte, grida ora*

Magnan, Pierre – *Guernica*

Magnan, Pierre – *Come un asino in Arcadia*

Magnan, Pierre – *La tomba di Hélios*

Magnan, Pierre – *Il sangue degli Atridi*

Mansfield, Katherine – *Diari*

Marcelli, Brunella – *Una questione di contatto*

Marcelli, Brunella – *Storie di alterazione circolare*

Meini, Marco – *Il decimo corridoio*

Melville, Hermann – *Diario italiano*

Miller, Wade – *La scelta del killer*

Minniti, Barbara – *L'ombra della notte*

Monbrun, Estelle – *Delitto in casa Proust*

Monbrun, Estelle – *Delitto in casa Colette*

Monbrun, Estelle – *Delitto in casa Yourcenar*

Monfregola, Lilli – *Dodici stelle sull'oceano*

Mongai, Massimo – *Memorie di un cuoco di un bordello spaziale*

Mongai, Massimo – *Cronache, non ufficiali, di due spie italiane*

Mongai, Massimo – *"Il Fascio sulle Stelle" di Benito Mussolini*

Nardi, Andrea – *Ecce deus*

Nothomb, Amélie – *Libri da ardere*

Pellegrini, Claudio – *Le fontane dell'abisso*

Proust, Marcel – *Balzac, naturellement...*

Quattrucci, Mario – *È normale, commissario Marè*

Quattrucci, Mario – *Troppi morti, commissario Marè*

Rice, Craig – *L'isola del destino scomparso*

Rufin, Jean-Christophe – *Rosso Brasile*

Salgari, Emilio – *Le novelle marinaresche di Mastro Catrame*

Salvatorelli, Massimo – *Caina attende*

Santoianni, Francesco – *L'uomo di Leningrado*

Scataglini, Attilio Maria – *So tutto di te*

Scataglini, Attilio Maria – *L'odore della preda*

Sherry, Edna – *Paura improvvisa*

Stevenson, Robert Louis – *L'incantatrice*

Tessari, Davide – *Nordest Hotel*

Troncarelli, Fabio – *Un guscio di noce*

Twain, Mark – *Vagabondo in Italia*

Underwood, Troy – *L'inferno del nostro scontento*

Venturini, Massimo – *Jezabel*

Verne, Jules – *Viaggio (a ritroso) in Inghilterra e Scozia*

Visalli, Romano – *Vuoti a perdere*

Zizi, Bachisio – *Il ponte di Marreri*

Zizi, Bachisio – *Erthole*

Zucchiatti-Schaal, Francesca – *In un posto qualunque all'ora indicata*

Zucchiatti-Schaal, Francesca – *Il problema del mese di aprile*

Piano editoriale
Claudio Maria Messina

Progetto grafico di copertina
Roberta Melarance

Promozione e Distribuzione
Messaggerie libri spa

Centri distributivi:
Nord Italia
Milano: via Verdi 8 - 20090 Assago (MI)
Tel. 02.45774200/210
Fax 02.45774230/240
Centro Italia e Sud Italia
Roma: via Mola Saracena snc - 00065 Fiano Romano (RM)
Tel. 0765-400017
Fax 0765-400065

Finito di stampare presso
Tipolitografia Duemme grafica s.a.s.
Via della Maglianella, 71 - 00166 Roma
Tel. 06.45437273 - 06.45437338
nel mese di Giugno 2005